베르베르 씨, 오늘은 뭘 쓰세요?

베르베르 씨, 오늘은 뭘 쓰세요?

베르나르 베르베르 지음   전미연 옮김

할아버지 이지도르,

어머니 셀린,

아버지 프랑수아,

여동생 뮈리엘,

아멜리,

조나탕, 뱅자맹, 알리스를 위하여

인생은 뽑아 펼쳐 놓은 타로를 닮았는지도 모른다. 각각
의 아르카나가 우리가 진화하는 과정에서 거치는 단계, 즉
만남, 위기, 시련, 발견을 가리키기 때문이다.

— 에드몽 웰스 『상대적이며 절대적인 지식의 백과사전』

숫자 없는(0번 또는 22번) 아르카나: 바보

바보는 다른 스물한 개 메이저 아르카나의 앞과 뒤에 오는 카드다. 숫자가 없으니 0번도, 22번도 될 수 있다.

카드 속 남자가 어디론가 걸어간다. 그는 그의 지식과 꼭 챙겨 가야 할 소지품이 들었을 것으로 짐작되는 봇짐을 어깨에 메고 있다.

뒤에서 고양이 한 마리가 발톱으로 엉덩이를 할퀴어 대지만 그는 사소한 일에 시간을 허비하지 않기로 작심한 듯 전혀 개의치 않는다.

그가 손에 든 막대기는 지팡이처럼 몸의 중심을 잡아 주는 역할을 한다. 그의 시선은 오른쪽을 향해 있다. 관심이 미래로 쏠려 있다는 의미다.

이 카드는 모든 성장 서사의 시작과 끝맺음을 상징한다.

열네 살, 한밤의 소동

「다 끝났어, 넌 죽은 목숨이야.」

1975년 8월, 내 목에 총구를 들이대며 누군가 했던 이 불가역적 죽음의 예언을 지금도 생생히 기억한다. 그때 나는 열네 살이었다.

일단 전후 사정부터 얘기할 필요가 있을 것 같다.

당시 나는 코르시카섬에서 열린 여름 캠프에 참가하고 있었다. 캠프 주최 측에서 버스 투어 말고 자전거 투어를 희망하는 사람들을 따로 모으기에 거기에 끼어 자전거를 타고 섬을 일주했다.

미(美)의 섬이라는 별칭을 지닌 코르시카섬의 수려한 풍광을 감상하기에는 시간이 더 걸려도 자전거 투어가 제격이라고 판단했기 때문이다.

우리 일행은 협곡과 깎아지른 절벽 사이로 오르락내리락 구불구불 이어지는 비탈길에서 승용차들과 캠핑카들, 트럭들을 아슬아슬하게 스쳐 지나며 힘겹게 페달을 밟았다. 저녁이 되어 우리는 기진맥진한 상태로 섬 남동쪽의 솔렌자라 인근 해변에 자리 잡은, 지붕을 짚으로 엮은 간이식당 앞에 자전거를 세웠다.

친절한 식당 주인이 돈을 받지 않고 식당 앞 모래사장에 텐트를 치게 해줬고 화장실까지 써도 된다고 했다.

우리는 텐트를 세우고 나서 버너와 냄비, 인스턴트 누들을 가방에서 꺼냈다. 물만 끓이면 저녁 식사 준비는 끝이었다. 나는 얼른 물통 네 개를 챙겨 들고 물을 받으러 식당 화장실로 향했다. 텐트를 친 해변과 식당 사이에는 관목이 우거진 아담한 숲이 있었다.

매지근한 밤공기의 바람결에 솔향기가 실려 왔다.

화장실에 들어서는 순간 뭔가 이상한 느낌이 들었다.

세면대 위에 새빨간 피가 뚝뚝 떨어져 있었다.

아니, 사방에 피가 낭자했다.

수도꼭지, 세면대 앞 거울, 타일 바닥에도.

나는 피가 흥건한 바닥을 밟고 세면대로 향했다.

핏물이 들어가지 않게 수도꼭지를 깨끗이 닦고 나서 물통 네 개에 물을 가득 채웠다. 그러고는 더 궁금해하지 않고 갔던 길을 되돌아 관목 숲을 지나서 해변으로 향했다.

한 치 앞도 보이지 않을 만큼 깜깜해 손전등으로 바닥을 비추며 걸었다. 백리향과 월계수 향기로 공기마저 농밀한 여름밤이었다.

해변에 거의 다다랐을 때 느닷없이 실루엣 하나가 앞에 나타났다. 검은 그림자가 길을 가로막고 서서 숨을 헐떡거리며 소리쳤다.

「당장 그 손전등 치워!」

나는 목소리의 진원지 쪽으로 불빛을 비췄다. 얼굴이 온통 피범벅이 되고 퉁퉁 부어 형체를 알아볼 수 없는 사람이 서 있었다.

이마에서 턱까지 길게 칼자국이 그어져 있었고 터진 입술에서는 피가 떨어졌다. 눈두덩이에서도 피가 흘러내려 밝은색 셔츠는 이미 붉게 물들어 있었다. 사내는 빠르게 눈알을 굴렸다.

그가 거친 숨을 몰아쉬며 상처 난 입으로 알아들을 수 없는 소리를 계속 지껄이더니 재우쳐 말했다.

「손전등 치우라고 했지!」

손전등을 아래로 내리는 순간 반짝 빛을 발하는 물체가 눈에 들어왔다. 총. 그 급박한 순간에 어이없게도 그것의 브랜드가 궁금했다. 나는 무의식적으로 사내의 손을 향해 손전등 불빛을 비췄다. 크로뮴 도금을 한 총신이 꽤 긴 권총 한 자루가 보였다. 좌우에 가로줄 무늬가 도드라지게 새겨져 있었다. 길이로 보아 재킷 안주머니에 넣어 다닐 수 있는 총은 아니었다. 제법 비싼 돈을 주고 소장용으로 샀을 게 분명했다.

「그 망할 놈의 불을 끄란 말이야!」

사내가 더 위협적으로 변해 권총을 흔들어 대며 다가들었고 나는 손전등을 조용히 땅에 내려놓았다. 가쁘고 거친 숨을 몰아쉬는 사내의 코와 입에서 바람같이 색색거리는 소리가 연신 흘러나왔다.

「무릎 꿇어!」

나는 시키는 대로 했다. 잠시 후 목덜미에서 총신의 차가운 금속성 감촉이 느껴졌다.

「다 끝났어, 넌 죽은 목숨이야.」

긴 몇 초가 흘렀다. 그때 신기한 일이 벌어졌다. 마치 내가 육체를 빠져나가 밖에서 나를 내려다보는 듯한 느낌이 든 것이다. 손전등의 비스듬한 불빛만이 그 장면을 비추고 있었다. 나는 무릎을 꿇고 앉은 나, 그리고 내 목에, 아니, 아래에 보이는 〈나〉라는 소년의 목에 권총을 겨누고 있는 피투성이 얼굴의 사내를 내려다봤다.

순간 생각했다. 삶이 여기서 멈추는구나.

섬 일주에 나서기 직전 아버지와 했던 전화 통화가 생각났다.

「뭐? 애들하고 달랑 배낭만 메고 자전거 일주를 해? 숙소
도 정하지 않고 말이야?」

「텐트랑 침낭이 있으니까 해변 아무 데서나 자면 돼요.」

「너무 위험하게 들리네.」

「여덟 명이 같이 움직이니까 걱정하지 마세요.」

「애가 철없는 소릴 하네! 그러다 강도를 당하면 어쩌
려고?」

「누구한테요?」

「누구긴 누구야, 돈을 빼앗으려고 달려드는 놈들이지!」

「아빠, 열네 살짜리들한테 뭐 훔쳐 갈 게 있겠어요. 기껏
해야 인스턴트 수프지!」

「사방이 미친놈투성이인 세상에서 무슨 일인들 안 일어
나겠니. 너희 또래 애들 여덟이 자전거를 타고 함께 다니면
쉬운 표적이 될 게 분명해.」

나는 아버지의 망상이 지나치다고 생각하며 어깨를 으쓱
했었다. 그런데 아버지 말이 옳았음이 입증되고 있었다. 되
짚어 보니 우리 가족 중에 걱정을 달고 산 사람은 다 장수
했고 낙천적인 사람은 다 제명대로 못 살고 죽었다.

여전히 육신을 빠져나와 있던 내 정신은 바닥에 무릎을
꿇고 앉은 소년을 내려다봤다. 바로 옆에서는 예의 그 사내
가 숨을 씨근씨근하며 소년의 목덜미에 크로뮴이 도금된
권총을 겨누고 있었다.

문득 한 생각이 나를 휘어잡았다. 지금까지 뭘 하고 살았지?
열네 살이 되도록 난 뭘 했지? 변변히 이룬 것 하나 없이 이렇게 죽
는구나. 결국…… 헛살았어.

갑자기 삶을 낭비했다는 생각이 들어 견딜 수가 없었다.

그렇게 권총을 빠져나올 총알의 충격을 기다리고 있었다. 1초가 1분처럼 더디게 흐르기 시작했다.

곧 내 목숨을 거둘 사내의 거친 호흡은 진정될 기미가 없었고 뒷덜미에서 느껴지는 차가운 금속의 감촉도 그대로였다.

멀리서 찰싹거리는 파도 소리가 귓전을 때렸다. 간간이 귀뚜라미 울음소리가 섞여 들렸다. 짙은 백리향 향기에 머리가 아찔했다.

심장이 쿵쾅거리는 소리가 들렸다.

나는 차마 고개를 뒤로 돌릴 용기가 없었다.

별안간 앞쪽에서 높고 가느다란 목소리가 들려왔다.

「안 돼! 쏘지 말아요, 아빠, 그 사람이 아니에요!」

순간 차가운 총신의 감촉이 사라졌다. 권총이 목덜미에서 떨어진 게 분명했다.

목소리의 주인공인 소년이 나를 향해 소리쳤다.

「얼른 가요.」

나는 몸을 일으켜 물통 네 개를 다시 어깨에 둘러멘 다음 텐트에 있는 친구들을 향해 걸어갔다.

「인스턴트 누들에 부을 물은 가져왔어?」

우리 일행의 우두머리 노릇을 하게 된 토마가 나를 보고 물었다.

나는 물통들을 건네고 나서 차분한 목소리로 말했다.

「여길 떠나는 게 좋겠어.」

「무슨 소리야?」

「오다가 권총을 든 사내와 맞닥뜨렸어.」

「야, 베르나르, 얘가 또 얘길 지어내네. 허언증 기질이 발동하는 거냐?」

「아니, 나 진지해. 어서 여길 떠나자. 지금 당장.」

내가 재미 삼아 지어내는 판타지성 이야기에 익숙해져 있던 다른 일행들도 픽픽거리며 웃기 시작했다.

「이번에는 내 상상력이 만들어 낸 얘기가 아니야. 진짜 현실이란 말이야.」

또 한바탕 킬킬거리는 웃음소리.

토마가 태연한 얼굴로 인스턴트 누들 봉지를 하나씩 이로 뜯기 시작했다. 각자의 앞에 플라스틱 접시와 컵, 포크, 감자칩과 케첩이 놓였다.

냄비 물이 끓기 시작하는 소리가 들렸다. 그래, 당사자가 아니었다면 나도 똑같이 반응했겠지.

그때, 화장실에 갔던 쥘리가 허둥지둥 뛰어왔다. 그녀는 가쁜 호흡을 가라앉히지 못한 채 입술을 파들파들 떨며 버벅거렸다.

「……당장 여길 떠나야 해!」

쥘리가 온몸을 들썩이면서 눈물을 뚝뚝 흘렸다.

「그 남자가 베르나르를 죽이려고 했어!」

그녀가 감정이 북받쳐 흑흑 소리를 냈다.

「그가 이 주변에 있어……. 근처 어딘가에 있는 게 분명하다고…….」

그녀의 얼굴은 백지장처럼 하얬다.

「그가 우릴 다 죽이려고 덤빌 거야! 얼굴이 피범벅인 걸 내가 봤어!」

순식간에 좌중의 반응이 달라졌다. 배낭이 꾸려지고, 텐트는 해체되고, 음식은 바닥에 내동댕이쳐졌다.

소지품을 다시 배낭에 챙겨 넣으면서 나는 이번 계제에 내 단점에 대한 진지한 고민이 필요하다고 생각했다. 위급한 상황에서 당황하지 않는 것은 큰 단점이라고. 급박한 상황에서는 쥘리처럼 몸을 떨고 비명을 지르며 우는 게 상식인데, 얼굴색 하나 변하지 않았으니 사람들이 내 말을 믿어 줄 리가 있나.

「빨리 도망치자!」

쥘리가 발을 동동 굴렀다.

결국 연기력이 핵심이다. 같은 이야기라도 배우가 감정을 실어 연기하지 않으면 사람들이 믿어 주지 않는다.

이 사건은 매사에 너무 초연한 내 입에서 나오는 말들이 사람들에게 얼마나 설득력 없게 들릴 수 있는지를 일깨워 줬다. 나는 현실을 일종의 영화나 비디오 게임처럼 대하는 습성이 있다. 어릴 때나 지금이나 내가 내 삶을 멀리서 바라보는 구경꾼이라고 느끼는 것이다.

나머지 일곱 명의 일행이 야단법석을 떨기 시작했다. 〈피투성이 얼굴로 권총을 든 미치광이 살인자〉에 대한 쥘리의 묘사에 살이 붙을수록 친구들의 공포는 커져만 갔다.

나만 예외였다.

몇 분 뒤, 우리는 짐을 싸 들고 조금 떨어진 다른 간이식당 앞으로 자리를 옮겼다.

서둘러 다시 텐트를 세웠다.

토마가 우리에게 지침을 내렸다. 〈권총을 든 미친놈〉이 밤에 공격해 올지 모르니 순번을 정해 불침번을 서는 게 좋겠다고, 여차하면 주머니칼을 꺼내 무기로 사용하라고 말했다.

그날 하루 이미 감당하기 버거운 일을 겪었다고 생각하며 나는 침낭으로 몸을 밀어 넣었고, 금세 곯아떨어졌다.

몇 시간이 흘렀을까, 얼굴에 와 닿는 햇살과 쥘리의 목소리에 잠이 깼다. 여전히 창백한 얼굴인 걸로 보아 그녀는 뜬눈으로 밤을 새운 게 분명했다. 쥘리가 진정되지 않아 떨리는 목소리로 말했다.

「베르나르…… 누가 널 찾아왔어.」

침낭에서 몸을 뺀 뒤 눈을 끔뻑이며 텐트 밖으로 나갔다. 친구들이 둘러서서 구경거리 대하듯 나를 쳐다봤다.

간밤에 일행 중 유일하게 나만 잠을 잤다는 사실을 그제야 깨달았다.

쥘리가 새롭게 등장한 인물을 손으로 가리켰다.

그가 내 생명의 은인이라는 걸 직감적으로 알아챘다. 밝은 아침에 보니 그는 윤이 흐르는 검은 머리에 얼굴이 동그란 소년이었다. 그가 실수를 고백하러 온 사람처럼 난처한 표정을 지었다.

「우리 아빠가 어제저녁 일에 대한 사과의 의미로 선물을 하나 하고 싶대.」

순간 좌중의 시선이 일제히 내게로 쏠렸다.

「선물은 필요 없고 너희 아빠와는 다시 만나고 싶지 않아. 하지만 자초지종은 듣고 싶어.」

소년은 자기가 아는 선에서 어젯밤 일을 소상히 얘기해 줬다. 우리 일행이 해변에 자리를 잡았을 때 식당 안에는 손님이 한 명 남아 있었단다. 그런데 거나하게 취한 그가 술값을 못 내겠다고 버티더라는 것이다. 소년의 아빠인 식당 주인이 재차 결제를 요구하자 그가 면도칼을 꺼내 들고 주인을 위협하기에 이르렀다. 주인은 겁먹지 않고 의자를 집어 들어 면도칼 사내에게 맞섰다.

의자 대 면도칼의 격돌. 결국 난투극이 벌어졌다. 음식값을 떼먹으려던 못된 손님은 식당 사장의 얼굴과 팔 곳곳에 깊은 상처를 입혔다. 하지만 공격의 기세를 잡은 사장이 결국 사내를 무장 해제시키는 데 성공했다. 그런데 싸움에 져서 달아나던 사내가 이렇게 소리쳤다는 것이다.

「내 친구들을 몽땅 끌고 와서 네놈의 알량한 식당에 불을 싸질러 버릴 거야!」

소년의 아빠는 얼른 상처 부위부터 씻어 내고(그래서 세면대에 피가 뚝뚝 떨어져 있었던 것이다) 서랍에 있던 권총을 꺼냈다. 그러고는 정원으로 가 수풀 뒤에 몸을 웅크린 채 방화자 무리가 오기를 기다렸다.

몇 분 뒤, 해변으로 이어지는 식당 옆 오솔길에 자동차 한 대가 나타났다.

차가 식당 가까이로 와 멈춰 섰다. 시동이 꺼지더니 헤드라이트도 모두 꺼졌다. 소년의 아빠는 면도칼을 휘두르던 손님이 공갈 협박을 실행에 옮기기 위해 공모자들과 함께 타고 온 차가 분명하다고 생각했다.

식당 주인은 놈들이 자신의 소중한 식당에 불을 지르기 전에 다 무찌르기로 결심했다. 그는 얼굴에 깊숙한 자상을 입고도 매복 상태로 놈들을 기다렸다. 나타나기만 하면 방아쇠를 당길 태세를 갖췄다.

그 긴박한 상황에 내가 태평하게 물통 네 개를 둘러메고 등장한 것이다. 식당 주인이 정황상 물통에 휘발유가 채워

져 있으리라 짐작한 것은 당연했다.

그가 면도칼로 수차례 가격당해 얼굴이 훼손된 데다, 손
전등으로 바닥을 비추며 걸어가는 나를 어둠 속에 숨어 보
고 있었으니 상황은 더 꼬일 수밖에 없었다. 조금 전 식당
에서 얼굴을 본 사이인데도 그와 나는 서로를 알아보지 못
했던 것이다.

「쏘지 말아요, 아빠, 그 사람이 아니에요!」

식당 주인의 아들은 그렇게 내게 더 살아갈 기회를 줬다.

문제의 자동차에서 내린 사람들은 야간 수영을 즐기러
해변을 찾은, 방화 의도가 전혀 없는 관광객들로 밝혀졌다.

결국 식당은 불타지 않았고, 친구들을 데려오겠다던 면
도칼 사내는 다시 모습을 나타내지 않았다.

자초지종을 들려주고 돌아가는 생명의 은인의 뒷모습을
보며 생각했다. 죽음은 이렇게 불시에 찾아오는 거구나.

숨을 깊이 들이마시고 나서 눈을 감았다. 삶의 매 순간을
값어치 있게 쓰기로 결심했다.

다섯 살. 이야기꾼

「옛날 옛적에…….」

어린 시절을 회상하면 아버지 프랑수아 베르베르가 매일
밤 잠들기 전 내 침대에 걸터앉아 이야기를 들려주던 모습
이 가장 먼저 선명하게 떠오른다.

마법의 순간이었다.

멋진 이야기를 통해 미지의 세계를 꿈꾸는 일이 내게 지
극한 행복감을 준다는 걸 그때부터 알았던 것 같다.

아버지가 들려준 그리스 신화는 어린 내게 강렬한 인상

을 남겼다. 『일리아스』와 『오디세이아』. 헤라클레스의 열두 가지 과업. 오이디푸스, 프로메테우스, 오르페우스, 이아손과 아르고호의 영웅들. 판도라의 상자. 키클롭스, 이카로스, 테세우스, 피그말리온. 다들 오만불손한 허풍선이에다 싸움꾼인 그리스 신들은 허술해서 더 매력적으로 다가왔다. 신들의 왕 제우스는 마음대로 변신할 수 있는 능력이 있었다. 그가 레다를 유혹하기 위해 백조로 변신하고 에우리메두사의 마음을 얻기 위해 개미로 변신하는 장면에서 나는 숨을 죽였다.

신들을 섬기는 인간 영웅들은 호언장담의 허세를 부리고 복수를 공언하다 결투나 전쟁에서 어이없는 죽음을 맞았다. 그들은 남의 말에 귀 기울일 줄 모르고 불같이 화만 내는 존재들이었다. 명예만 좇았지 사랑은 몰랐다. 자신들의 눈에 이상하게 보이는 것들, 가령 미노타우로스, 아마조네스, 히드라, 티탄, 거인, 트로이아 사람은 무조건 죽여 없애려고 했다. 한마디로 그리스어를 모르는 존재는 모두가 제거 대상이었다.

그리스 영웅들은 개성의 차이를 존중하지 않았다. 빨간 표지의 책을 펼치면 나타나던 이미지들이 지금도 머릿속에 또렷이 남아 있다. 윗부분이 뾰족하고 머리털처럼 풍성한 술이 달린 투구를 쓴 사람들. 그들은 하나같이 짧은 치마 같은 옷을 입고 창이나 검을 들고 있었다. 이야기를 읽어주는 아버지의 목소리와 함께 피 냄새와 미모사 향기가 방 안에 퍼졌다. 땀에 전 영웅들의 샌들에서 나는 쿰쿰한 냄새와 체취에 섞인 테스토스테론이 코끝에서 느껴졌다.

아버지는 그리스 신화 말고도 〈동화와 전설〉이라는 제목의 전집을 내게 읽어 줬다. 일본, 한국, 중국, 인도, 브라질, 스칸디나비아와 아프리카 나라들. 나는 매일 밤 그 먼 미지의 나라들을 만나며 시간과 공간을 여행했다. 아버지가 읽어 준 이국적인 이야기들은 때때로 꿈속으로 나를 찾아오기도 했다.

어머니 셀린은 아들에게서 예술가적 기질을 발견하고 뛰어난 일러스트레이터가 되리라고 확신했다고 한다. 그런 생각은 아마도 할아버지가 취미로 그림을 그린 것과 무관하지 않을 것이었다. 어린 마음에도 나는 스스로 재능이 없다고 판단했고, 나의 〈평범함〉에 엄마가 실망하게 될까 두려웠다.

엄마는 나를 데려가는 곳 어디에서든 종이와 크레용을 갖다 달라고 했다. 내가 종이에 아무렇게나 끼적거려 놓으면 엄마는 대단한 벽화 작품이라도 되는 양 모아 뒀다가 사람들에게 자랑하곤 했다. 솔직히 그림에 큰 소질은 없었지만, 매일같이 그리다 보니 사람들의 시선을 끄는 나만의 스타일을 만들어 내게 되었다. 규칙적으로 반복하다 보니 그림이 주는 기쁨도 알게 되었다.

어린 내 눈에 한계는 존재하지 않았다. 현실에서 보이는 것은 물론, 상상할 수 있는 모든 것은 그림으로 표현할 수 있다고 믿었다. 잘 그리냐 못 그리냐는 중요하지 않았다. 내 관심은 이미지를 매개로 하려는 이야기에 있었으니까. 과유불급이라는 말이 있듯이 표현에 지나친 욕심을 내는 것은 내 단점이었다. 그림에 계속 디테일을 추가하다 보면 뭐가 뭔지 알 수 없는 그림이 나오곤 했다.

유치원에 다닐 때 한 선생님은 내가 수업을 듣지 않고

도화지를 앞에 두고 앉은 어린 시절의 베르나르 베르베르.

〈미술적 재능〉을 키울 수 있게 해줬다. 나만 따로 교실 한쪽 구석에서 커다란 종이를 펼쳐 놓고 펠트펜으로 그림을 그리게 허락해 준 것이다. 하지만 그녀의 후임자는 그런 식의 〈특화〉 과정을 허용하지 않았다. 그의 눈에 나는 소위 〈정상적인〉 수업을 따라갈 수 있는 기억력을 갖추지 못한 열등생에 불과했다.

나는 시를 암송할 줄도, 세계 각국의 수도와 유명한 강의 이름, 역사에 길이 남을 전투의 날짜를 기억할 줄도 모르는 아이였다. 그때부터 이미 모자란 기억력을 상상력으로 대체하려 했던 것 같다. 머릿속에 떠오르는 생각이 있으면 무조건 그림으로 그려 놓거나 상세한 디테일까지 적어 놓곤 했다. 그렇게 하지 않으면 생각이 솟구치는 순간 사라진다는 걸 알았기 때문이다.

종이에 그림을 그리면서 생각나는 대로 이야기를 만들어 가다 보면 되풀이해 등장하면서 존재감을 드러내는 이야기가 꼭 하나씩 있었다. 가령 우주를 여행하는 이야기 같은 것. 어릴 때 친한 친구 두셋이 우주선을 만들어 하늘로 띄워 보내면 나는 옆에서 그 우주선이 착륙하게 될 행성을 그림으로 그렸다. 새로운 별에 안착하고 나면 친구들은 투명한 구체를 이용해 그 속에 마을을 세웠다. 외계인들은 물론이고 뒤늦게 우주선을 뒤쫓아 온 구세계 인간들도 접근할 수 없는 요새 같은 마을이었다.

무서운 이야기일수록 사람들의 호기심을 자극한다는 걸 일찍이 깨달았던 나는 이야기의 주인공들에게 끔찍한 시련이 닥치게 했다. 하늘에서 운석 비가 쏟아지는 가운데 그들은 괴물을 물리치고 중무장한 적들에게 맞서야 했다.

타로의 이름 없는 아르카나처럼 나는 이미 탈출을 택했었다. 상상의 세계로 말이다. 아버지가 읽어 준 이야기들과 내가 지어낸 이야기들은, 조금도 소속감을 느낄 수 없었던 이 세계에서 살아남기 위한 몸부림이었다. 내가 선택할 수 있는 단 하나뿐인 생존 전략이었다.

일곱 살. 암기력 나쁜 아이가 학교에서 살아남는 법

「내가 방금 한 말을 그대로 따라 할 수 있겠니?」

근시 때문에 칠판에서 가까운 교실 맨 앞줄에 앉아 선생님들도 다 인정할 만큼 수업에 집중하고 필기도 열심히 했지만 나는 암기를 무척 힘들어했다.

성적이 시원찮은 것은 당연했다.

암기력 발달이 아동 교육에서 가장 중요하다고 여기는 세상에서 나는 큰 단점을 가진 셈이었다. 성적은 대부분 중하위권에 머물렀고, 가정 통신문에는 〈항상 딴생각을 하는 학생임〉이라고 적혔다. 어떤 해에는 성적이 너무 형편없어 유급할지도 모른다는 두려움에 시달리기도 했다.

모범생도 아니고 (사내아이들 간에 서열을 정해 주는 스포츠인) 축구에도 젬병인 내가 학교에서 일종의 〈열외〉로 인정받을 방법은 (오직!) 웃기거나 기상천외한 얘기를 들려주는 것뿐이었다.

실제로 그런 특이한 점을 높이 사 아이들이 나를 무리에 끼워 줬다.

같이 어울리던 친구 중에 몇몇은 지금도 생각이 난다. 볼이 통통하고 살집이 좋으며 잘 웃던 클로드, 앞니가 토끼처럼 튀어나온 갈색 머리 말라깽이 뱅상, 그리고 금발 앞머리를 옆으로 가르마를 타서 빗어 넘긴 프랑시스.

셋 중에 재단사 엄마를 둔 클로드가 가장 특이했다. 그는 헐렁한 셔츠가 바지 밖으로 늘 빠져나와 있었다. 내가 〈이야기꾼〉이라면 그는 〈닥치는 대로 먹어 치우는 괴물〉이었다.

한번은 툴루즈의 생조르주 광장에서 클로드가 배수구에 손을 집어넣더니 죽은 쥐를 한 마리 꺼냈다. 그가 푸르스름한 빛이 도는 회색 쥐를 흔들어 보이며 소리쳤다. 「내가 못할 줄 알지? 지금부터 어떻게 하는지 잘 봐.」 그가 머리를 뒤로 젖히더니 쥐 꼬리를 잡아 천천히 입 안으로 밀어 넣어서 씹어 먹기 시작했다. 만면에 웃음을 띠려고 안간힘을 쓰는 듯했다. 오독오독 뼈 부서지는 소리와 스파게티 면처럼 입 밖으로 빠져나와 있던 회색 쥐 꼬리를 나는 어제 보고 들은 것처럼 기억한다. 「어때, 똑똑히 봤지? 머리랑 발톱이랑 이빨까지 싹 다 먹은 거. 내가 못 먹을 줄 알았지, 그렇지?」 그는 포식했다는 듯이 배를 두드렸고, 우리는 눈앞에서 벌어진 믿기지 않는 장면에 압도당했다.

나는 그 일을 기억에 남기기 위해 그림으로 그려 클로드에게 보여 줬다.

「야, 내 입 밖으로 빠져나온 쥐 꼬리를 제대로 그렸네! 있잖아, 맛이 진짜 끝내주더라. 뭐랄까, 치킨 맛이랑 비슷한데 조금 더 짜다고 할까. 씹는 느낌은 훨씬 바삭바삭했어. 너도 꼭 한번 먹어 봐.」

어느 날 오후에 클로드의 엄마가 갑자기 교실로 들이닥쳐 수업이 중단되는 일이 있었다. 그녀는 학급 아이들 모두가 보는 앞에서 아들에게 소리쳤다.

「내가 못 할 줄 알았지? 지금부터 어떻게 하는지 잘 봐!」
(이 문구가 클로드네 가훈이었을 게 분명하다.)

그녀가 손에 든 비닐봉지에서 거뭇거뭇한 갈색 얼룩이 묻은 팬티를 한 장 꺼냈다.

「네가 볼일을 보고 뒤를 안 닦는 녀석이라는 걸 이제 다 알게 되었어. 빨래는 항상 내 차지지, 이 똥통처럼 지저분한 놈아.」

나는 말문이 막혔다. 엄마라는 사람이 이렇게까지 자기 아들을 공개적으로 모욕할 수 있는 걸까.

놀릴 마음조차 생기지 않을 만큼 클로드가 안쓰럽게 느껴졌다. 그날 나는 우리가 남이 아니라 오히려 가족에게, 자기가 낳은 자식에게 더 많은 상처를 준다는 걸 새롭게 깨달았다.

이 세계는 특이한 사람들로 가득하니 하나하나 잘 기억해 뒀다가 나중에 독창적인 인물로 빚어내 이야기에 등장시켜야겠다고 생각했다. 현실에서 만나는 사람들은 우리의 상상력을 뛰어넘는 경우가 허다하니까.

프랑시스 또한 우리 모두의 관심을 끄는 특이한 점을 지닌 친구였다. 그의 부모는 이혼한 상태였다.

1968년에만 해도 이혼이 그리 흔하지 않았다. 〈여전히 함께 사는〉 부모를 둔 불쌍한 우리에 비해 프랑시스는 좋은 점이 한둘이 아니었다. 늘 새 옷만 입고 다녔고, 집이 두 채에 방이 두 개였다. 엄마 아빠가 아들한테 잘 보이려고 경쟁적으로 장난감을 사줬기 때문에 똑같은 장난감이 두 개씩 있었다. 장난감이 오죽 많았으면 왕자님께서 우리한테 나눠 주기까지 했을까. 아들이 원하는 대로 해주는 부모가 있는 프랑시스를 우리는 다들 부러워했다.

게다가 녀석은 용돈을 두둑이 받아 수시로 군것질거리를 사 먹었다. 그게 부러웠던 나는 우리 부모님에게 넌지시 물었다. 「혹시 이혼 생각은 없으세요? 헤어져 살면 더 행복해질지도 모르잖아요. 그냥 궁금해서 물어봤어요.」 하지만 다소 구시대적 사고방식을 지닌 부모님을 설득해 아이들에게 인기 있는 새로운 형식의 관계를 시험해 보게 하는 데는 끝내 실패했다.

1968년은 프랑스뿐만 아니라 전 세계에 혁명이 일어난 해였다. 그해에 나는 우주선을 제작하기 시작했다.

이번엔 그림으로 그린 게 아니라 진짜 우주선이었다. 커다란 사각형 베니어판을 한 장 구한 다음 부서진 플라스틱 의자의 상판을 뜯어다 붙여 우주선 동체를 만들었다.

동체 뒤쪽에는 상자 하나를 놓은 다음 그 안에 마분지 원통(부모님 옷 가게에서 원단을 감아 놓던 롤) 몇 개로 엔진을 만들어 붙이고, 또 다른 원통에 고무줄을 감아서 종이 탄환을 발사할 수 있는 바주카포를 만들어 달았다. 조종간 자리에는 부서진 페달과 경적이 붙어 있는 자동차 핸들을 달았다.

나는 그 조립품에 화룡점정 격인 장치를 하나 추가했다. 우리 집 바로 옆에 있던 폴사바티에 대학교 쓰레기장에서 여전히 작동하는 레이저 빔 프로젝터를 주워 와 부착한 것이다. 어둠 속에서 레이저 불빛이 폴리스티렌에 닿으면서 연기를 내는 광경은 또래 친구들의 탄성을 자아냈다.

「탈출하자. 미래에 지구는 사람들의 기억 속에만 남아 있게 될 거야!」

「서둘러! 우주선을 이륙시켜!」

대장 노릇을 하던 뱅상이 명령했다.

친구들과 여동생 뮈리엘까지 다 우주선에 올라서고 나면 나는 우리가 우주를 가로질러 다른 행성에 도착할 것이라고, 거기서 새로운 공동체를 일구게 될 것이라고 엄숙하게 선언했다.

탈출은 늘 내게 모든 문제에 대한 최고의 해결책이었던 모양이다.

내가 탈출을 꿈꾼 보다 현실적인 이유를 하나 더 꼽자면 그건 바로 음식이었다.

나는 고기를 끔찍이 싫어하는 아이였다. 소위 〈육즙〉이라고 하는 핏물이 배어나는 고기를 보면 혐오감을 느꼈다. 어린 마음에 사람들이 〈맛있다〉고 여기는 대상과 그 고기의 실체인 동물, 그러니까 우리를 바라보는 눈을 가진 동물을 분리해 생각할 수 없었던 모양이다.

저녁 식탁에서 늘 이 문제로 가족 간에 언성이 높아졌다. 〈시체〉를 먹지 않겠다는 선언은 내가 세상과 벌인 최초의 싸움이었다.

하지만 고기가 어린이의 성장 발육에 필수라고 여기는 가족들을 상대로 한 싸움은 애초에 승산이 없었다. 돌이켜 보니 본능적으로 이런 생각을 했던 것 같다. 인간이라는 종이 죽은 동물을 먹이로 삼는 청소동물로 남자고 오랜 세월 진화를 거듭해 온 건 아니지 않은가.

일곱 살. 비숍의 대각선

〈체스 게임은 인생의 축소판이다.〉

우리 아버지는 영웅이었다. 아버지는 1942년, 열일곱의

28

나이에 제2차 세계 대전을 피해 미국으로 도망쳤다. 뉴욕에 도착한 아버지는 나중에 미군에 자원입대했다. 그는 노르망디 상륙 작전 시 최전선에 배치된 전투병은 아니었지만 탱크 기계병으로 전투에 참가했다.

아버지는 여러모로 놀라운 분이었다. 일단 1미터 92센티미터에 달하는 신장부터가 그랬고, 우아하면서도 힘차고 절도 있는 걸음걸이도 그랬다. 아버지가 긴 다리를 성큼성큼 떼며 앞장서 걸어가면 나를 포함한 가족 모두가 따라잡느라 애를 먹었다.

어린 마음에 이런 다짐을 했었다. 어른이 되면 나도 꼭 아버지처럼 저렇게 빨리 걸어야지.

아버지는 절대 엘리베이터를 타는 법이 없었다. 「걸어서 올라가는 게 나아.」 아버지는 장갑을 끼는 일도 없었고 머플러를 두르는 일은 더더욱 없었다. 「추위가 몸을 딴딴하게 만들어 준단다.」

해변으로 휴가를 가면 가족 중 유일하게 아버지만 빨간색 부표들을 지나 멀리까지 헤엄쳐 나가곤 했다. 내 눈에 아버지는 한계를 모르는 사람이었다. 아버지는 바다를 헤엄쳐 다른 대륙으로 건너갈 기세였다. 아버지를 보면서 어린 나는 뒤돌아보지 않고 멀리 나아가는 사람이야말로 진정 용기 있는 사람이라고 생각했다.

아버지는 내게 체스 교사이기도 했다. 아버지 자신은 할아버지 이지도르 베르베르에게서 체스를 배웠고, 제2차 세계 대전 때 스페인으로 도망쳤다 수감된 할아버지는 동료 재소자들한테서 마분지로 만든 체스판을 가지고 체스를 배웠다고 한다.

〈잠자리 동화〉와 함께 체스는 아버지와 나를 더욱 친밀한 사이로 만들어 줬다. 체스를 두다 보면 그것이 서로 다른 개성을 지닌 등장인물들이 긴장과 갈등 관계를 형성하는 이야기와 구조가 흡사하다는 생각이 들었다. 체스 게임에서 내게 중요한 건 승패가 아니었다. 나는 과감한 수를 구사해 상대를 놀라게 할 때 짜릿함을 느꼈다. 가장 좋아한 말은 특이한 움직임이 가능한 나이트였다. 나이트는 상대의 말을 뛰어넘을 수 있고 (일명 〈포크〉라 불리는 기술로) 두 개 이상의 기물을 동시에 공격할 수도 있다.

그때나 지금이나 내가 체스를 두는 목적은 이기는 것이 아니라 상대를 당혹하게 만드는 것이다.

그렇다 보니 상대의 허를 찌르는 수를 구사하고 나면 가끔 전의를 상실하기도 한다. 경기 결과 자체에는 크게 관심이 없기 때문에.

마침내 내가 아버지를 상대로 승리를 거뒀다.

그때부터 아버지는 웬만해서는 나와 체스를 두려고 하지 않았다.

나는 그렇게 내 방식으로 오이디푸스 콤플렉스를 극복한 것이다.

얼마 후 체스 클럽에 등록해 경쟁적인 분위기에서 시합하기 시작했다. 하지만 불과 몇 수 만에 체크메이트를 부르는 프로 선수를 상대로 만나고 나자 내가 뛰어난 체스 챔피언들과 어깨를 겨루기에는 역부족인 초보자라는 생각이 들었다. 순식간에 참패당하고 나니 아버지처럼 나도 체스를 두고 싶은 마음이 싹 사라졌다.

일곱 살은 내게 또 다른 의미가 있는 나이이다. 그때 처음으로 그림 없이 글자만 있는 두꺼운 책을 끝까지 읽었다. 초등학생들이 이웃 마을 아이들과 전쟁하듯이 단추를 뺏고 빼앗기며 싸우는 이야기인 루이 페르고의 『단추 전쟁』은 나를 매료했다.

우리가 속한 정상 세계를 비틀어 바라보는 『단추 전쟁』의 시각이 은연중에 『개미』에 영향을 미쳤으리라 생각한다. 그 이야기 속 아이들은 어른의 눈높이에서는 보이지 않는 사건들이 벌어지는 낮은 세계, 일종의 평행 세계에 살았던 셈이니까.

한동안 아들의 미술적 재능을 키워 주고 싶어 했던 어머니가 음악으로 방향을 틀어 내게 피아노를 가르쳤다. 결혼 전 피아노 교사였던 어머니는 매일 저녁 피아노 앞에 앉아 바흐와 라벨, 사티, 포레, 드뷔시의 곡을 연주하곤 했다. 하지만 아들을 손수 가르치기보다는 음악 학원에 등록시키는 쪽을 택했다. 거기서도 학교에서만큼 권위적인 교사들을 만났다. 입술을 꼭 다문 웃음기 없는 선생님들이 매일 음계 연습을 시켰다. 그리고 연습을 제대로 하지 않는다고 무섭게 야단쳤다. 이따금 손등에 지우개를 올리고 피아노를 치게도 했는데, 지우개가 떨어지면 곡을 처음부터 다시 쳐야 했다. 선생님이 계명창을 시킬 때면 끔찍이 싫었다. 그런 식으로 선율을 읽는 방식은 어린 내가 보기에 직관적이지도 자연스럽지도 않았다. 지나치게 엄격한 교사들 때문에 음악에 흥미를 잃다 못해 거부감까지 느끼게 되자 제발 고역을 중단해 달라고 어머니한테 애원했지만, 매번 똑같은 답이 돌아왔다.

「나중에 네가 억지로라도 피아노를 시키지 그랬냐고 원

망하는 소리를 듣고 싶지 않단다.」

마지못해 하던 수업이 끝나고 선생님이 떠나면 신나게 즉흥곡을 만들어 피아노를 치곤 했다. 결국 내가 견디지 못한 건 피아노 자체가 아니라 교사의 강제적 규율이었던 것이다. 지금 와서 생각해 보면 나는 부모든 학교 교사든 또래 우두머리든 축구팀 주장이든 나를 권위적으로 대하는 상대를 참지 못했다. 나중에 사회에 나가서 만난 직장 상사들도 마찬가지였다.

어린 시절을 회상하면 복종을 강요하고 〈나를 드러내려 하지 말고 남들과 똑같아지라〉고 요구하던 사람들과 갈등하고 충돌했던 기억밖에 없다.

교사들 입장에서는 그런 내가 짜증스러웠을 것이다.

「베르베르, 너처럼 형편없는 녀석은 커서 아무것도 되지 못할 거야. 너는 수업 내용을 한쪽 귀로 듣고 다른 쪽 귀로 흘리잖아. 아, 그렇지, 하나 잘하는 게 있긴 하지. 엉뚱한 소리 하나는 잘해, 암송은 꼴찌인 녀석이.」

부모님은 수시로 학교에 불려 가 야단을 들어야 했다.

일관되면서도 독창적인 새로운 시스템을 만들 필요성을 느낀 건 그때부터였을 것이다. 그래야 기존 시스템에 휘둘리지 않고 남들이 걷는 길이 아니라 나만의 길을 개척할 수 있을 테니까.

여덟 살. 거대한 세계 속 조그만 존재

〈나는 수벼룩 아빠와 암벼룩 엄마 사이에서 태어난 벼룩이다.〉

내가 처음으로 작가적 기질을 보인 게 언제였을까 하고

시간을 거슬러 올라가다 보니 딱 이 문장이 떠오른다. 이것이 아마 내가 발단과 전개, 결말의 구조를 염두에 두고 그럴듯하게 쓴 최초의 픽션이 아니었나 싶다. 이야기꾼으로 살아온 내 역사의 출발점이었던 문장. 이걸 쓸 때 나이는 여덟 살이었다. 자유로운 소재로 네 장 분량의 글을 써오라는 학교 작문 과제를 위해 지었던 이 이야기에 〈벼룩의 추억〉이라는 제목을 붙였다.

「벼룩의 추억」은 인간의 발에서 출발해 머리 꼭대기에 도달하는 대장정을 벼룩의 일인칭 시점으로 쓴 이야기다. 양말을 빠져나온 벼룩은 장딴지 털을 헤치고 기어오르면서 바지 속 세상을 만난다. 배꼽 우물에 빠지는 사고를 당하지만 가까스로 빠져나와 셔츠 속 세상을 주유한다. 길을 잃고 헤매다 귓바퀴에 빠진 벼룩은 탈출하다가 거대한 새끼손가락의 공격을 받는다. 압사 직전 가까스로 살아남지만 손가락 부대에 추격당하고 만다. 적들은 주변을 긁어 대며 거리를 좁혀 온다. 천운으로 살아나 마침내 머리 꼭대기에 이른 벼룩은 머리카락 정글 속에서 헤매다 야생 머릿니 부족과 조우한다. 그는 환한 빛이 비치는 높은 곳에서 세상을 내려다보면서야 비로소 자신이 누군지, 그리고 지금 어디에 있는지 알게 된다.

숙제를 돌려주며 선생님이 말했다.

「네 글을 읽으면서 엄청나게 웃었단다. 딱 한 가지만 지적하마. 첫 문장을 이렇게 쓰면 안 돼. 수벼룩 아빠와 암벼룩 엄마, 이건 말이야…… 말이 안 돼. 아직 어려서 설명해 줄 순 없지만, 크면 내 말이 무슨 뜻인지 알게 될 거야.」

그 선생님과 내가 들려주는 이야기를 좋아하는 학급 여

자아이들의 응원에 힘입어 점점 더 과감하고 엉뚱한 이야기를 쓰기 시작했다.

그때 쓴 것 중에 사자의 관점에서 바라보는 사파리 이야기가 있다. 사냥꾼들보다 더 영리해 몇 명을 물어 죽이기까지 하지만 결국 집에 들어가 살게 되는 사자의 모험을 다룬 내용이다.

연인들이 나무껍질에 하트 모양을 새길 때마다 아파서 괴로워하는 나무의 시점에서 쓴 이야기도 있다.

한 고성(古城)에서 벌어지는 실종 사건을 파헤치는 탐정들의 이야기도 그때 썼다. 성을 찾는 방문객들이 예외 없이 실종되고 마는데, 알고 보니 범인은 바로 그 성이었다. 성은 살아 있는 생명체였고 성의 지하실은 마치 굶주린 입처럼 방문객들을 삼켰던 것이다.

돌이켜 보면 그때부터 이미 인간이라는 존재를 벼룩이나 사자, 나무, 살아 있는 성과 같은 비인간의 관점에서, 즉 외래의 시점에서 바라보기 시작한 것 같다.

그런 상상의 세계들을 만들어 놓고 나는 그 속으로 도망쳤다. 내가 창조해 낸 등장인물들과 어울려 모험을 즐기는 동안 현실 속 인간들과의 관계는 점점 복잡하고 어려워졌다.

독창적인 이야기를 쓸 욕심에 과학에 관심을 두기 시작했다. 그 학문은 학교 밖에서 나에게 신비와 경이로움을 맛보게 해줬다.

그 여덟 살 무렵에 나는 친구 프랑시스, 뱅상, 클로드와 함께 〈어린이 화학자〉류의 과학 상자를 갖고 실험하는 재미에 푹 빠져 있었다. 『피프 가제트』라는 만화 잡지를 닮도록 읽으면서 그 안에 나오는 실험은 빠짐없이 해봤다. 가령 갑각류 키우기, 물에 녹는 아스피린 같은 발포정을 이용한 로켓 발사 실험, 버섯과 녹색 식물 재배 같은.

『피프 가제트』에는 당시 이미 대가의 반열에 올라 있던 두 만화가 마르셀 고틀리브과 휴고 프랫의 작품이 실려 있었는데, 〈게뤼롱〉 시리즈와 코르토 말테세가 주인공으로 등장하는 만화를 읽다 보면 시간 가는 줄 몰랐다.

하루는 월요일 아침에 잡지를 사러 갔더니 가판대 주인이 나를 보고 말했다.

「이번에 나온 『피프 가제트』에는 무슨 부록이 들었는지 우리 집 지하실에서 소리가 막 나더구나.」

소리의 주인공은 바로 〈멕시코 점핑 빈〉이었다. 그 큼지막한 갈색 콩은 잡지를 싼 셀로판지를 벗겨내는 순간 마치 살아 있는 듯이 통통 튀기 시작했다. 나중에 그것이 콩 속 유충이 밖으로 나오려고 발버둥 쳐서 일어나는 현상임을 알게 되었다. 인간들이 콩 표면에 니스를 칠해 놓아 구멍을 뚫을 수 없게 되자 좁은 감옥에 갇힌 애벌레가 탈출하기 위해 필사적으로 몸부림치는 소리였던 것이다. 달걀 껍데기를 단단하게 만들어 병아리의 부화를 막는 것이나 마찬가지였다. 또래 아이들이 신기해했던 콩의 점프는 사실……
포로 신세인 한 생명체의 고통스럽고도 처절한 도약과 다름없었던 것이다!

어렸을 때 나는 여러 종류의 반려동물을 길렀다. 물고기부터 시작해 거북, 햄스터, 기니피그로 점차 종류를 넓혀 갔다. 그들의 눈높이에서 보는 세상은 어떤 모습인지, 그들은 무엇을 느끼고 무슨 생각을 하는지 궁금했다.

그중에서도 가장 흥미롭게 관찰한 것은 개미들의 도시였다. 개미들은 어떤 일상을 보낼까? 그들의 삶의 동력은 무엇일까? 그들은 자신들을 둘러싼 세계를 어떤 방식으로 지각하고 어떤 경험을 하며 무엇을 배우는 걸까?

톨루즈의 코트 파베 지구, 루이블랑 거리에 있던 조부모님 댁에서 방학을 보낼 때 나는 두 가지 일을 하며 하루를 보냈다. 아침에는 정원에 나가 개미 관찰하기. 오후에는 TV에서 방영되는 「어벤저스」 보기(그때 내 눈에 세계 최고의 미인이었던 명배우 다이애나 리그가 연기하는 에마 필이라는 여자 주인공을 몰래 흠모했다).

나는 정원에서 온종일 딸기나무와 토마토 묘목 사이를 오가는 개미 떼를 관찰했다.

왜 유독 개미였을까? 이유는 단순했다. 개미가 유일하게 도시를 세우고 길을 닦는 동물인 데다 다가가도 달아나지 않았기 때문이다. 반면 빌라 뒤쪽 웅덩이에 살던 도마뱀과 두꺼비는 마을을 세우지 않을 뿐더러 극도로 소심하고 폐쇄적인 동물이었다.

한동안 개미를 자연 상태에서 관찰하다가 몇 마리를 잡아 유리로 된 잼 통에 넣고 뚜껑을 닫았다. 그러고는 금속 병뚜껑에 구멍을 뚫어 공기가 통하게 해줬다. 아마도 그게 내 개미 기르기의 시초가 아니었을까. 병을 들여다보다가 포로로 잡힌 개미가 불행해 보이면 잡았던 곳에 다시 풀어 줬다. 〈불행〉의 판단은 〈개미 사체가 도시 입구에 높이 쌓일 때〉 내려졌다. 그 광경을 보면 〈내 백성들〉이 나를 못된 신으로 여겨 원망한다는 느낌이 들었다. 그게 하나뿐인 여왕개미와 강제로 떨어지게 된 개미들이 불만을 표하는 방식임을 그때는 몰랐다. 개미들이 펼치는 흥미진진한 세계는 우리 인간들이 처한 조건을 생각하게 했다.

혹시 우리도 생살여탈권을 쥔 어떤 거대한 존재에게 관찰되고 있는 건 아닐까?

만약 그 거대한 존재가 외계에서 온 어린아이거나 초보 신이라면 우리에게 어떤 일이 벌어질까?

나는 유리병에 갇힌 주인공 개미들이 탈출을 시도하는 이야기를 상상하고 그림으로도 그렸다.

여덟 살 하고 6개월에 쓴 여덟 장짜리 이야기가 바로 『개미』의 첫 버전이었던 셈이다.

12번 아르카나: 매달린 남자

매달린 남자는 멈춤을 뜻한다. 그는 꼼짝도 못 하고 있다. 앞으로 나아갈 수도 움직일 수도 없다.

하지만 발이 묶인 채 거꾸로 매달려 있는 그가 불행해 보이진 않는다. 세상을 거꾸로 볼 수 있기 때문이다. 통상적 관점과는 전혀 다른 시각을 갖추게 되었기 때문이다.

아홉 살. 몸이 굳다

「앉은 자세로 꼼짝 못 하는 게 낫니, 아니면 누운 자세가 낫니?」

어느 날 아침, 갑자기 침대에서 몸을 일으킬 수가 없었다.

어떻게든 일어나 보려고 발버둥 치다 보니 내가 마치 투명 압정을 꽂아 고정해 놓은 곤충처럼 느껴졌다.

그런 상태가 자꾸 반복되었다. 등이 딱딱하게 굳어 몸을 일으켜 침대를 내려올 수가 없었다. 잠이 깨고 한참이 지나야 겨우 가구들을 붙잡고 벽을 손으로 짚으면서 천천히 움직일 수 있었다. 증상이 빈번해지자 부모님이 나를 데리고 여러 의사를 찾아갔지만 이렇다 할 설명을 듣진 못했다. 대부분의 의사는 심리적 원인에 의한 증상 같다는 진단을 내렸고, 혹시 내가 학교에 가기 싫어 〈연극〉을 하는 게 아닌지 부모님에게 물었다.

1980년대가 되어서야 그 병의 정체가 밝혀졌다. 노벨 생리 의학상 수상자인 툴루즈 출신의 의사 장 도세가 HLA(인간 백혈구 항원) 체계라는 것을 발견하면서 내 병에 정확한 진단이 내려진 것이다.

내 병은 강직 척추염Ankylosing Spondylitis, 준말로 AS이다(흔히 떠오르는 그 AS가 아니라). 유전적 요인이 강한 척추 질환의 일종으로, 관절이 하나씩 서서히 굳어 결국 몸 전체를 움직일 수 없게 되는 병이다.

처음으로 그 진단을 내린 의사가 내게 물었다.

「나중에 나이가 들어 질문을 받게 될 테니 지금부터 천천히 생각해 두렴. 앉은 자세로 꼼짝 못 하는 게 나은지 누운 자세가 나은지.」

순간 당황했지만 나는 곰곰이 생각했다.

앉은 자세로 몸이 굳어 버리면 일하기에는 편해도 잠자기에는 무지 불편할 거야.

강직 척추염을 앓는 환자들이 몸을 수직으로 세운 채 잘 수 있는 해먹 침대가 있다는 사실을 알게 되었다. 천장에 고리를 걸어 해먹을 고정해 놓고 머리는 위로, 발은 아래로 향하게 한 상태에서 잠을 자는 침대라고 했다. 머리가 위로 향하는 것만 다를 뿐 박쥐처럼 매달려 자는 것은 매일반인 셈이었다. 물론 달가운 자세는 아니지만 그래도 최악은 아니라고 어린 나는 생각했다.

그때 진단을 내린 의사에게 치료 약이 없는지 물어본 기억이 난다. 의사는 치료 약 개발을 위한 실질적인 투자가 이뤄질 만큼 그 병에 걸린 사람의 수가 많지 않다고 대답했다. 결국 아스피린을 비롯한 일반 소염제를 쓸 수밖에 없었다. 어린 나이에 나는 병을 치료하려면 똑같은 병에 걸린 사람이 많아야 한다는 것을, 그래야 제약 회사가 효과적인 치료제 개발에 투자한다는 것을 의사의 말에서 추론해 냈다. 적절한 치료 약이 없던 상황에서 나는 〈금염〉이라는 이상야릇한 약의 임상 테스트에 참여한 최초의 환자 중 하나가 되었다.

통증이 극심해지면 이따금 지팡이를 짚고 다니기도 했다. 그러다 보면 아홉 살의 내가 마치 노인네처럼 느껴졌다.

의식하지 못하는 사이에 나는 내성적인 외톨이 소년의 전형적인 범주에 들어가 있었다. 안경을 쓰고 책을 읽고 이상한 이야기를 그림으로 그리기를 좋아하는 소년. 암기력이 나빠 성적이 시원찮고 축구에는 젬병이며 체육 시간에는 줄타기도 못 하는 소년. 붉은색 고기는 죽어도 싫다고 버티는 소년. 남자아이들보다 여자아이들과 어울리고 얘기하는 걸 좋아하는 소년. 거기다가 지팡이까지 짚고 학교에 나타났으니. 완벽한 그림이었다.

앉은 자세가 나을까, 누운 자세가 나을까? 나는 그 형이상학적 질문에 대한 답을 고심하기 시작했다.

우리가 살면서 어떤 징조를 눈여겨보지 않고 무심히 넘기는 게 안타깝다. 감각을 열어 일상에서 만나는 징조에 더 예민해져야 한다. 내 병도 지나고 보니 하나의 징조였다. 12번 아르카나인 매달린 남자와 조우할 징조. 그때처럼 몸을 꼼짝도 할 수 없는 상태에서는 발버둥 치지 말고 기다리는 게 답이다. 거꾸로 매달린 사내처럼 내게 강제로 주어진 멈춤의 시간을 성찰의 기회로 삼으면서 말이다.

열한 살. 심리 테스트

〈만약 당신이 산타클로스가 되어 자신에게 멋진 선물을 하나 할 수 있다면, 무슨 선물을 하고 싶나요?〉

열한 살, 여전히 툴루즈에서 페르마 중학교 6학년에 다닐 때 학교에서 했던 심리 테스트의 질문 중 하나이다. 전교생이 그 유명한 산타클로스 질문에 답해야 했다.

그때 이런 답을 적었던 게 기억난다.

1) 내 몸의 에너지 시스템이 바뀌어서 음식을 먹지 않아도 되고, 화장실에 가지 않아도 되면 좋겠다. 빛과 공기의 섭취만으로 몸을 유지할 수 있게 되고, 더는 고체 상태의 물질이 몸으로 들어오거나 빠져나가지 않으면 좋겠다.

2) 손가락 크기만 한 초소형 인간이 존재했으면 좋겠다.

어디든지 드나들 수 있는 초소형 인간들이 내 친구가 되어 내가 하는 일을 다 도와주면 좋겠다. 지금 생각해 보니 이 아이디어가 〈제3인류〉 3부작[1] 중 초소형 인간을 다룬 제2부의 바탕이 되었던 것 같다.

심리 테스트를 하고 나서 상담 교사가 부모님을 학교로 불러 혹시 나한테 소화 장애가 있지 않냐고, 그래서 화장실에 가기를 꺼리는 것 아니냐고 물었다.

초소형 인간들과 친구가 되고 싶다고 쓴 답변과 관련해서는 보통 체구의 친구가 없어서 그럴 것이라면서, 내가 사회성이 떨어지지 않냐고 진지하게 물었다.

그날 그 질문을 던지며 나를 쳐다보던 심리 상담사의 시선은 나를 딱…… 정신 이상자로 여기는 시선이었다.

열한 살. 상대적이며 절대적인 지식의 백과사전

〈잊지 않기 위한 가장 좋은 방법은 기록이다. 무엇이든 닥치는 대로 기록하는 게 방법이다.〉

지금까지 살아오는 동안 내게 자극제가 되고 촉매제가 된 사람을 여럿 만났다. 그들은 내가 더 빨리, 더 멀리 나아가게 도와줬다.

나는 그저 왕성한 호기심을 갖고 그런 사람들을 발견하고, 그들의 말에 귀 기울이고, 가르침을 익혔을 뿐이다. 물론 거기서 그치지 않고 그들의 가르침을 기록해 뒀다.

인생 초반의 〈스승〉 중 한 사람은 페르마 중학교에 다니

---

1 〈제3인류〉 3부작은 프랑스에서 제1부 『제3인류』, 제2부 『초소형 인간』, 제3부 『땅의 목소리』로 각각 출간되었다. 한국어판은 그것들을 묶어 『제3인류』로 선보였다. 이하 〈원주〉라고 표시하지 않은 모든 주는 옮긴이 주이다.

던 열한 살에 만난 미셸 비달[2]이다.

그는 나를 세 가지에 입문하게 했다.

1) 전자 장치 조립. 미셸은 트랜지스터와 콘덴서, 전열선으로, 다가오는 물체의 움직임을 감지하는 광전판을 만들었다. 용접할 때 금속이 녹으면서 나는 냄새를 나는 무척 좋아했다. 그의 권유에 따라 모기 쫓는 소리를 내는 미니 오르간을 비롯해 온갖 신기한 전자 장치를 만들었다.

2) 미셸은 발사나무 모형 비행기를 만드는 법도 가르쳐 줬다. 꼼꼼함이 요구되는 모형 비행기를 제작해 본 경험은 나중에 소설의 구조를 짜는 데 적잖이 도움이 되었다. 나는 종이로 된 비행기 설계 도면을 합판 위에 펼쳐 놓은 상태에서, 키트에서 잘라 내 따로 모아 놓은 부품들을 (엄마한테 얻은 핀으로 고정하고 풀칠해서) 조립한 다음, 조립한 부품들을 도면에 맞춰 올려놓고 하나씩 끼워 넣었다. 항상 비행기 전체의 모습을 머릿속에 그리면서 작업해 나갔다. 비행기가 완성되면 마지막으로 기름 먹인 종이를 덧대 외관에 개성을 불어넣었다(소설로 치면 이걸 〈문체〉라고 할 수 있지 않을까?). 그 과정까지 끝내고 나면 드디어 모형 비행기가 실제로 날 수 있는지 확인하기 위한 시험 비행에 들어갔다.

3) 사라진 아틀란티스 대륙 얘기를 들려준 것 역시 미셸이었다. 그와 나는 지상에서 사라진 그 문명에 관해 열띤 대화를 나눴다. 그 섬이 유럽과 아메리카 대륙 사이에 존재

2 자전적 성격을 지닌 이 책에서 나는 등장인물들을 한 가지 방식으로 통일해 호칭하지 않는다. 반드시 기억할 필요가 있다고 여기는 인물은 실제 이름과 성을 그대로 표기했으나, 〈중요도가 덜한〉 인물은 성을 빼고 이름의 이니셜만 적었다 — 원주.

하다 물속으로 사라졌으리라는 가정에 관한 다양한 정보를 수집해 수업 시간에 급우들 앞에서 발표하기도 했다. 훗날 『기억』을 비롯해 내가 쓴 여러 소설에도 그때 싹튼 아틀란티스를 향한 관심이 반영되었다.

『상대적이며 절대적인 지식의 백과사전』을 쓰기 시작한 때가 바로 그 무렵이다. 나는 미셸 비달이 들려주는 얘기들을 두꺼운 노트 한 권에 빠짐없이 적었다. 꼭 기억하고 싶은 신기하고 환상적인 이야기들을.

그 노트에 빅뱅부터 오늘날에 이르기까지 우주의 역사를 요약해 적어 놓은 기억이 난다. 무한소부터 무한대까지, 원자에서 시작해 은하단까지, 우주의 생성 단계를 보여 주는 그림과 사진 들을 찾아 텍스트 옆에 나란히 붙여 놓았다. 나중에 다시 들춰 보고 싶어지게 잡지나 신문에서 오린 흥미로운 사진과 만화도 덧붙였다.

요리 레시피, 전자 장치 조립 설명서, 재밌는 농담, 흥미 있게 본 영화의 스틸 사진, 내가 꾼 꿈의 줄거리, 사람들과 나눈 대화, 꼭 기억하고 싶은 기발한 문구들도 그 백과사전에 들어갔다.

아마 그 무렵이었을 것이다. 어머니가 점쟁이인 마르시 부인한테 카드 점을 보고 온 얘기를 아버지한테 해줬다.

「당신의 두 아이는 과학자가 될 거예요. 그런데, 무슨 이유에서인지 둘 중 하나만 흰 가운을 입을 거예요. 다른 하나는 흰 가운을 입지 않은 과학자가 될 거예요.」

아버지는 객쩍은 소리나 듣자고 50프랑(대략 10유로)을 낭비하고 왔다며 어머니를 타박했지만, 그 얘기는 내가 미래를 읽는 능력을 갖춘 〈영매〉라는 존재에 관심을 갖게 했다. 무엇보다 두 자식 중에 내가 〈흰 가운을 입은 과학자〉가 되리라고 마음먹었다.

점쟁이의 말에 자극받아 학교 천문학 클럽에 가입하고 아인슈타인 방정식을 공부했다. 그런데 그게 물리 선생님의 심기를 건드린 모양이었다.

「잘난 척하지 말고 교과서에 나오는 것만 공부해, 베르베르. 아인슈타인은 올해 교과 과정에 없으니까 쓸데없이 시간 낭비하지 마라. 지금은 뉴턴의 중력의 법칙만 알아도 충분해. 네 성적으로 봐서 그것도 제대로 이해하지 못하는 것 같지만.」

천문학 클럽의 한 상급생이 내 나이를 알고 한마디 했다.

「어이, 꼬마야, 여긴 어린애들이 오는 데이케어 센터가 아니야!」

옆에 있던 다른 상급생이 말을 받았다.

「왜 그래, 천문학이 좋아서 온 애한테. 어리다고 무시하면 안 되지. 꼬마야, 이 친구 말에 신경 쓸 거 없어. 우리가 공부할 때 방해만 하지 않으면 얼마든지 있어도 돼. 자, 흑점을 관찰해서 이 종이에다 그려 봐. 화상을 입으니까 망원경 렌즈에 눈을 대고 봐선 안 돼. 먼저 검은색 태양 광선 차단판을 대물렌즈에 끼우고 나서 관찰을 시작해야 해.」

그가 말끝을 달았다.

「내가 신기하고 재미있는 거 하나 가르쳐 줄까? 지금부터 〈1 + 1 = 3〉이 어떻게 가능한지 증명해 보여 줄게.」

「그건 불가능하죠.」

내가 대답했다.

그 상급생은 방정식 $\langle (a + b) \times (a - b) = a^2 - ab + ab - b^2 \rangle$

이 여러 단계를 거쳐 〈1 + 1 = 3〉이 되는 과정을 보여 줬다.

훗날 『상대적이며 절대적인 지식의 백과사전』에 삽입된 그 수식은 독자들에게 큰 반향을 불러일으켰다.

수학이라는 개념을 통째로 뒤흔드는 그 수식은 사회학의 영역으로까지 성찰을 확장해 주기도 한다. 각자가 지닌 재능을 단순히 합했을 때보다 그것들을 유기적으로 결합했을 때 우리는 더 큰 힘을 발휘한다는 의미가 담겨 있기 때문이다. 각각의 요소를 단순히 더했을 때보다 그것들을 융합했을 때 더 큰 가치가 발생할 수 있다는 철학적 해석 또한 가능하다.

그를 처음 만난 지 40년이 지난 2016년, SNS를 통해 우연히 미셸 비달과 연락이 닿았다. 그는 시끄러운 세상을 떠나 피레네산맥에서 목동으로 살아가고 있었다. 행복해 보였다.

열세 살. 절망

〈누구나 자신이 원할 때 편안히 죽을 권리가 있어야 한다.〉

13은 예전이나 지금이나 나와 악연이 있는 숫자다.

열세 살 무렵, 내가 너무도 사랑하던 할아버지 이지도르 베르베르의 건강이 급속도로 악화하기 시작했다. 나는 학교에서 돌아오는 길에 꼭 할아버지 댁에 들러 오만 가지 얘기를 하면서 한 시간씩 머물다가 집에 오곤 했다.

할아버지는 〈복싱을 배우거라〉, 〈진정한 힘은 과시할 필요가 없는 거야. 힘을 과시하는 순간 이미 진 거나 다름없어〉 등등 지금까지 기억에 남는 조언을 해주셨다. 우스갯소리로 〈여자를 너무 믿으면 안 된다〉고 하시기도 했다.

1890년, 지금의 우크라이나 땅인 폴란드의 스칼라트라는 작은 마을에서 태어난 이지도르 베르베르는 답답하고 숨 막히는 집에서 벗어나고 싶어 스물두 살에 친구들과 함께 고향을 떠나 무작정 서쪽으로 향했다. 그는 독일을 가로질러 프랑스에 도착해 툴루즈에서 긴 여정의 마침표를 찍었다. 1914년 제1차 세계 대전이 발발하자 프랑스 정부는 외국인 거주자들에게 입대하면 프랑스 국적을 주겠다고 제안했다. 거기에 혹해 소위 〈외국인 의용군〉으로 참전한 사람들은 보병으로 최전선에 투입되어 독일군의 기관총 세례를 받아야 했다. 그들이 전쟁에서 살아 돌아올 확률은 5퍼센트에 불과했다. 애초부터 정부 제안에 함정이 있다고 느낀 이지도르는 전쟁에 나가느니 아베롱에 있는 외국인 수용소에 감금되는 쪽을 택했다. 그는 수용소 취사부에서 일했다. 종전 후에는 수용소에서 만난 친구의 권유로 우연히 사진사의 길을 걷게 되었다. 그는 직업적 성공을 꽤나 거둔 후 다시 고향을 찾았다. 그러고는 스칼라트에서 드물게 프랑스어를 할 줄 아는 여성이던 (내 할머니) 사라 사메와 가약을 맺고 함께 툴루즈로 돌아왔다. 그때부터 부부는 온갖 직업을 전전하며 이방인으로서의 전형적인 삶의 궤적을 밟게 되었다.

1) 식료품점(파라옹 거리)
2) 식당(카름 광장, 할머니가 주방을 맡았다)
3) 양품점
4) 의류 도매업
5) 마지막 사업장인 폼 거리의 옷 가게

〈실바〉라는 상호의 그 옷 가게는 〈당신에게 안성맞춤인

실바의 옷〉을 캐치프레이즈로 내걸고 〈강한 여성들〉을 위한 옷으로 차별화를 시도했다.

〈남들이 거들떠보지 않는 길을 개척해야 한다〉는 신념대로 할아버지는 강한 여성들을 타깃으로 하는 옷 가게를 열었던 것이다. 툴루즈 인근의 수요를 독점하게 된 조부모님의 사업은 나날이 번창했다.

제2차 세계 대전이 발발해 남부 지방이 독일에 병합되자 지인들은 할아버지에게 경찰이 들이닥칠지 모르니 서둘러 몸을 피하라고 했다. 이지도르와 사라는 두 아이 도레트와 프랑수아를 데리고 툴루즈를 떠나 남쪽으로 도망쳤다. 가족은 걸어서 피레네산맥의 퓌모랑스 고개를 넘었고, (페르피냥 헌병들인) 밀입국 안내인들의 도움을 받아 스페인 국경을 통과해서 바르셀로나에 도착했지만 결국 프랑코 경찰에게 체포되고 말았다. 다행히 정치 상황의 급변을 감지한 경찰들이 그들을 독일군에게 넘기지는 않았다. 우리 아버지 프랑수아는 난민 자녀를 돕는 미국 구호 단체 조인트 JOINT가 만든 가짜 서류를 들고 포르투갈 국적의 배에 올라 미국으로 탈출했다. 당시 아직 미성년자였던 아버지는 무사히 미국 땅을 밟았고, 나중에 미국 대학에 입학했다. 그는 미군에 입대해 다시 유럽 땅을 밟았다.

전쟁이 끝나고 할아버지 이지도르가 프랑스로 돌아와 가업을 물려받는 게 어떻겠냐고 하자 아버지는 순순히 제안을 받아들였다.

날이 갈수록 노쇠해지던 할아버지는 청력을 거의 상실하기에 이르렀다. 극심한 피로를 호소하며 숨 쉬기조차 힘들어하던 그는 결국 병원에 입원해 폐에 찬 물을 빼는 수술을 받아야 했다. 그는 〈편안히 죽게〉 해달라고 애원했지만, 그를 담당했던 껄렁한 젊은 의사는 들은 체 만 체 했다. 이지도르는 등에 타는 듯한 통증을 느꼈고 온몸에 욕창이 생겼다. 숨 쉬는 것조차 고역이었다. 중환자실로 옮겨지자 할아버지가 링거 줄을 뽑아 버리려고 했다.

「나 좀 내버려 둬, 그냥 죽게 해줘, 살아 있는 게 지긋지긋해.」

할아버지의 애원에도 병원에서는 다시는 그런 짓을 못하게 양손을 가죽끈으로 묶어 놓았다.

그러던 어느 날 저녁, 분노에 찬 할아버지가 필사적으로 온갖 기계 장치에 연결된 줄을 뽑아 치웠다. 그는 마침내 속박에서 벗어났다.

그 일을 겪으면서 우리한테는 편안히 죽을 권리조차 없다는 생각이 들었다. 죽고 싶어 하는 사람을 강제로 살게 하는 세상에서 살고 있다는…….

그런 생각은 나의 마지막에 관한 고민으로 확대되었다. 나중에 할아버지와 비슷한 상황에 처했을 때 의사들이 나한테 이런 말을 하면 어떡하지. 〈우리가 치료해 드릴 테니 아무 걱정 하지 마세요. 당신이 원하든 원하지 않든 우리가 살려 드릴게요…….〉

할아버지가 돌아가시고 나서 강직 척추염이 심하게 재발해 지팡이를 짚고도 보행이 힘들어졌다. 상황이 꼬여 가기만 했다.

학교에서는 방정식을 무조건 외우라고 재촉하는 선생님을 교사로 만나는 바람에 수학 성적이 형편없었다. 〈암기〉는 넘을 수 없는 문턱이었고 내 무능력의 방증이었다.

고등학교를 과학 계열로 진학하기를 희망했던 내가 매우 중요한 시험을 앞두자 걱정이 되었는지, 부모님이 수학 과외를 시켜 주겠다고 했다. 그렇게 시험 준비를 위해 만난 과외 선생님 덕분에 따분하다고 생각했던 과목에 뜻밖의 흥미를 느끼기 시작했다. 과학자의 길을 가로막는 장애물일 것 같던 수학이 역설적이게도 개미와 천문학에 이어 새로운 열정의 대상이 되었다.

수학 중에서도 특히 어떤 일이 미래에 일어날 가능성을 점치게 해주는 〈확률〉을 좋아했다. 이 확률이라는 소재를 발전시켜 훗날 단편집 『나무』와 『카산드라의 거울』을 쓰게 되었다. 『카산드라의 거울』에는 5초 후 사망할 확률을 예언하는 시계가 등장하기도 한다.

재시험을 치르던 날, 시험 문제가 너무 짧고 예상보다 쉬워 당황스러울 정도였다. 시험지에 적힌 〈해당 페이지/전체 페이지〉 표시의 뜻을 몰라 페이지를 넘기지 않았으니 대수학 문제와 기하학 문제가 절반씩 섞여 있는 걸 알았을 리가 있나. 푼 문제들에서는 최고 점수를 받았지만 그것으로는 모자랐다.

결국 고등학교를 과학 계열이 아니라 경제 사회 계열로 갈 수밖에 없었다.

발명과 발견을 업으로 삼겠다는 야심 찬 꿈은 그렇게 멀어졌다.

천문학자도 우주 비행사도 물리학자도 엔지니어도, 심지어는 의사도 미래의 가능성에서 지워야 했다. 손톱만큼도 흥미가 없는 무역, 마케팅, 금융과 관련된 지식을 습득한 뒤 잘해야 회계사가 되겠지.

그렇게 또 한 번 좌절을 맛봤다.

중학교 3학년 때 수학 선생님 말씀이 맞았어. 주제 파악을 못 했던 거야. 이제 나 자신을 직시해야 해. 내가 얼마나 형편없는 인간인지 깨달아야 해. 그때 선생님의 지적을 모욕으로 받아들일 게 아니라 세상을 바라보는 방식을 획기적으로 바꾸는 계기로 삼았어야 했어.

열패감에 시달리던 나는 우연히 손에 잡게 된 프레데리크 다르의 〈산안토니오〉[3] 시리즈 중 하나인 『베뤼리에의 매너론』을 읽다 포복절도했다. 그때만은 내가 실패한 놈이라는 생각을 잠시 잊을 수 있었다. 알지도 못하는 사람을 이토록 위로해 줄 수 있는 작가는 얼마나 대단한 힘을 가진 존재인가! 그때 책이 누군가를 절망으로부터 건져 올릴 수 있다는 사실을 깨달았다.

내 책 읽기는 빠르고 강력한 현실 도피 효과를 발휘하는 다른 작가들의 소설로 이어졌다. 길을 건널 때도 책에서 눈을 떼지 못했을 만큼 애거사 크리스티의 소설에 푹 빠졌다.

에드거 앨런 포 역시 대단한 발견이었다. 『모르그가의 살인』을 처음 읽을 때 느꼈던 전율은 지금까지도 생생하다. 『황금 벌레』와 『맬첼의 체스 기사』는 특별히 중독성이 강한 작품이었다. 그 시절 나를 배척한 정규 교육 시스템에서 달아나는 데 소설은 훌륭한 도피처 역할을 해줬다.

쥘 베른을 읽기 시작한 것도 그 무렵이었다.

『해저 2만 리』와 『신비의 섬』은 내가 책 밖에 존재하는 세상에 더욱 무관심해지게 했다. 그러다 드디어 책 속에서

---

3 〈산안토니오〉는 책의 주인공의 이름이자 작가가 사용한 여러 필명 중 하나다.

인생의 영웅을 만났다. 네모 선장. 인간의 어리석음으로부터 대양을 구하기 위해 잠수함을 타고 바다를 누비는 그는 인간 혐오자에 무정부의자, 생태주의자였다. 그는 내가 못하는 것을 할 수 있었다. 그는 분노를 추진력으로 승화시켜 계획을 실행에 옮기는 사람이었다. 그가 가진 분노의 힘은 지구를 구하는 데 쓰였다.

상상의 세계에 빠져 지내다 보니 다시 글을 쓰고 싶은 생각이 들어 판타지 성격이 강한 단편소설들을 쓰기 시작했다.

그사이 현실의 삶은 위기로 치닫고 있었다.

물에 빠졌을 때 밑바닥까지 가라앉아야 비로소 바닥을 차고 위로 솟구칠 에너지가 생기는 걸까. 할아버지가 돌아가시고, 고등학교 과학 계열 진학에 실패하고, 엎친 데 덮친 격으로 강직 척추염까지 재발해 몸이 마비되었던 그해에 내 삶의 모든 문제를 한 방에 해결해 준 인물을 만나게 되었다.

5번 아르카나: 남교황

카드 속 남자는 3단짜리 왕관을 머리에 쓰고 있다. 이는 세계를 세 가지 층위, 즉 물질의 세계, 지식의 세계, 영혼의 세계로 바라보고 이해한다는 뜻이다. 남자가 손에 쥔 왕홀 역시 가로대가 세 개 붙어 있어 우주에 대한 그와 같은 인식을 드러내 준다.

그의 시선은 오른쪽을 향해 있는데, 이는 미래를 보고 있다는 뜻이다. 그는 제자들에게 가르침을 준다.

이 아르카나는 경청하는 이들에게 지혜를 전수해 주는 스승과의 만남을 상징한다.

열세 살. 영성에 눈뜨다

〈욕망이 없으면 고통도 없다.〉

1974년 8월, 예르에서 여름 캠프에 참가하고 있던 때의 일이다.

질문과 모색의 시기를 통과하던 열세 살의 나는 또래들과 무척 다른 한 소년을 눈여겨봤다. 그의 차분함과 미소, 느릿한 몸동작, 웬만한 일에는 흔들릴 것 같지 않은 안정감과 침착함에 놀랐다.

「그렇게 쿨할 수 있는 비결이 대체 뭐야?」

「라자 요가야.」

그가 빙긋 웃으며 대답했다.

「그런 요가가 있어?」

「요가 이상이지. 왕의 요가니까. 파리에서 앙드레 반 리즈베트 선생님께 매일 수업을 들어.」

「이름이 뭐야?」

「자크 파도바니.」

「네 〈비결〉이 진짜 궁금한데 가르쳐 줄 수 있어?」

「궁금하면 앙드레 반 리즈베트 선생님이 쓴 『나는 요가를 배운다』를 읽어 봐. 거기 많은 내용이 담겨 있어.」

「책 말고 네가 시범으로 보여 주면 좋겠는데, 그렇게는 안 될까?」

「좋아. 내일부터 시작하자. 대신 아침에 일찍 일어나야 해. 새벽 6시, 가능하겠어?」

「그렇게 일찍 해야 해?」

「일출을 보면서 해야 하거든. 요가를 가르치기에 제일 좋은 시간이야.」

다음 날 새벽, 모두가 텐트 안에 잠들어 있을 때 자크 파도바니가 나를 언덕 위로 데려갔다. 제2차 세계 대전 때 사용되었던 버려진 벙커 하나가 보였다.

함께 벙커 위로 올라가자 그가 바다를 마주 보고 앉았다. 수평선에서 아침 해가 넘실대며 솟아오르는 게 보였다. 그가 가볍게 몸 푸는 동작을 몇 번 하더니 좌선하기 위한 자세를 취했다. 간단한 책상다리가 아니라 양발을 반대쪽 넓적다리 위에 올리고 앉는 완벽한 가부좌 자세였다.

나는 따라 하려고 애쓰다가 관절이 아파 포기하고 간단히 다리만 포갠 채로 바닥에 앉았다.

가부좌를 튼 자크가 눈을 감았다. 어깨를 펴고 등을 꼿꼿이 세운 상태에서 배를 안으로 집어넣었다. 호흡이 점차 느려지더니 어느 순간 숨소리마저 들리지 않는 것 같았다. 모기가 눈꺼풀에 내려와 앉는데도 아무런 요동을 하지 않는 걸 보고 나는 그가 깊은 명상에 들어갔다고 확신했다.

그의 몸은 마치 물건 같아서, 속에 사람이 없는 것처럼 느껴졌다.

생전 처음 해보는 신기한 경험이었다. 명상 중인 그에게서 눈을 뗄 수가 없었다.

한 20분이 흘렀을까, 그가 다시 눈을 떴다.

「방금 뭘 한 거야?」

궁금해서 견딜 수가 없었다.

「심장 박동을 느리게 했어. 그런 상태에서 머릿속을 비웠지.」

「그다음에는?」

「내 정신이 몸을 빠져나갔어.」

「그래서 어디로 갔는데?」

「지구를 돌아다녔어. 그리고 별들 사이로 우주를 유영하다 왔어. 나한테 물질적 제약 같은 건 존재하지 않아.」

「나한테도 방법을 가르쳐 줄 수 있어?」

자크는 호흡의 중요성부터 강조했다.

「흔히 숨쉬기는 자연스러운 현상이라 따로 배울 필요가 없다고 생각해. 하지만 불완전한 호흡을 하는 사람이 대부분이야. 상반신을 이용한 가슴 호흡을 하거든. 진정한 호흡은 배로 하는 복식 호흡이야. 그래야 깊은 호흡이 가능해.」

그는 콧구멍 사이로 실을 통과시켜 코 속 통로를 깨끗하게 하는 법을 가르쳐 줬다. 코를 그냥 풀지 않고 레몬을 코 속에 넣고 풀면 훨씬 효과적으로 비강이 세척된다며 따라 해보라고도 했다.

복식 호흡법과 비강 세척법을 설명해 주고 나서는 집중력을 증진하는 비결도 가르쳐 주겠다고 했다. 자크는 우리가 지내던 텐트 바깥 표면에 검은색 펠트펜으로 동그라미를 하나 그리더니 눈을 깜빡이지 말고 최대한 오래 시선을 고정해 보라고 했다. 검은 동그라미 주변에 불꽃이 타오르는 게 보였다. 그 불타는 동그라미 외에는 아무것도 존재하지 않는 듯이 느껴졌다.

그것이 집중력의 힘이었다.

자크 파도바니는 자신의 심장 박동을 지각하는 게 중요하다고 했다.

「노련한 요가 수행자는 자기 심장을 빨리 뛰게도 느리게 뛰게도 할 수 있어. 자신의 몸속 시계를 제어할 수 있다는 의미지.」

「그렇다면 의지만으로 심장이 멈추게 할 수도 있겠네?」

「물론이지.」

「너도 그렇게 할 수 있어?」

자살 기도가 불가능하게 침대에 몸이 묶인 상태에서 죽게 해달라고 애원하던 할아버지의 마지막을 기억하는 내게 그것은 놀라운 발견이었다. 스스로 심장 박동을 제어할 수 있다는 것은 어떠한 상황에서도, 심지어 의사들이 내 수명을 연장하기 위해 별별 짓을 다 해도 죽음의 결정권을 쥔 사람은 나라는 의미니까.

자크의 차분함은 전염성이 강했다. 그와 함께 있다 보니 나 또한 긴장이 풀리고 마음이 편안해졌다.

자크는 모든 동작을 의식적으로 해야 한다고 했다. 가령 음식을 입으로 가져가기 전에 먼저 냄새 맡기. 오랫동안 천천히 씹으면서 맛을 음미하기. 소화 기관을 타고 내려가는 음식의 움직임을 느껴 보기. 몸속으로 들어온 공기가 폐를 부풀리고 콧구멍을 통해 밖으로 빠져나가는 과정을 세심하게 지각하기. 발이 땅에 닿을 때의 감촉을 느끼며 걷기. 하나의 대상에 시선을 집중해 보기. 미술 작품을 감상하듯 주변 세계를 바라보기. 사물을 대할 때 경중과 가치를 따지거나 비교하지 말고 세계라는 작품의 구성 요소로 받아들이며 온전히 그것의 형태와 특징을 음미하기.

자크 파도바니가 매일 아침 6시에 명상을 위해 나를 깨우면, 우리는 예르만(灣)이 내려다보이는 언덕 위 벙커에 가서 함께 가부좌를 틀고 앉았다.

「머릿속을 텅 비워 봐. 처음에는 당연히 온갖 잡생각이 구름처럼 밀려올 거야. 그러면 머릿속에 바람을 일으켜 구름이 흩어지게 해. 하늘이 깨끗해질 때까지 말이야.」

아침 명상을 며칠 계속하고 나자 자크가 다음 단계인 유체 이탈로 넘어갈 수 있다고 판단했다.

「네 심장 박동을 늦춰 봐. 몸이 땅에 고정된 무거운 물체처럼 느껴질 거야. 그 상태에서 투명한 또 하나의 너, 바로 너의 정신을 시각화해 봐. 그리고 그 정신이 정수리를 통해 너를 빠져나가는 모습을 그려 봐.」

정말로 그동안 갇혀 있던 육신의 껍데기에서 정신이 서서히 떨어져 나오기 시작했다. 마치 나비가 고치를 벗듯이.

〈바깥의 나〉는 가벼웠고 손으로 만져지지 않았다.

나는 밖에서, 그리고 위에서 나를 관찰했다.

내 정신은 자크가 하라는 대로 점점 더 높이 올라갔다. 이른 아침 아직 잠에서 깨지 않은 예르시(市)가, 프랑스가 내려다보였다(그렇게 믿었을지도 모른다). 조금 더 위로 향했다. 대기와 우주의 경계에 도달했다고 느꼈다. 우주에 떠 있는 지구가 눈에 들어왔다. 자크의 정신을 만나 함께 우주 공간을 유영하며 무수한 행성과 별을 돌아다녔다.

짧은 태양계 유람을 마치고 나서 우리 둘은 각자의 몸으로 돌아왔다.

의문이 한둘이 아니었다.

실제로 벌어진 일이 맞는 걸까?

혹시 유도몽 같은 건 아니었을까? 내가 환시를 경험했나? 만약 이 모든 것이 내 상상력의 산물이라면?

알 길이 없었다. 가이거 계수기와 비슷한 원리로 작동하는 〈탈육(脫肉)〉 감지기가 존재해 육체에서 분리된 정신을 포착할 수 있다면 모를까, 확인이 불가능한 일이었다.

아무러면 어떤가. 그때 내가 자크와 함께 정신의 힘으로 한바탕 재밌게 놀았고 유체 이탈이라는 여행을 했다는, 혹은 그랬다고 믿었다는 사실만으로 족하다.

그렇게 열세 살에 동갑인 어린 요가 스승을 만나 새로운 인생의 목표를 세우게 되었다. 내 뇌를 최대한 활용해 〈지금까지 가능하다는 상상조차 해보지 못한 새롭고 신기한 경험〉을 실컷 해보자.

자크와 깊고 진지한 대화를 나누다 보면 시간이 어떻게 가는지 몰랐다.

그의 핵심 철학 중 하나는 〈욕망이 없으면 고통도 없다〉라는 문장으로 요약된다.

자크는 우리가 늘 불행하다고 느끼는 이유는 지금 갖고 있지 않은 것을 갖고 싶어 하기 때문이라고 했다. 하나를 얻고 나면 더 나은 것을 가져야겠다는 생각밖에 할 줄 모른다는 것이다. 그것을 갖지 못하면 부당하다 느끼고 좌절한다고. 만족을 모른 채 권태감과 결핍감 사이를 오가는 게 인간이라는 존재라고 그는 말했다.

「욕망 없이 살아야 행복해질 수 있다는 거야?」

내가 고개를 갸웃거리며 물었다.

「물론이야.」

「하지만 욕망이 완전히 사라진 삶은 어딘가 좀 슬프게 느껴져.」

「그렇지 않아, 도리어 해방감을 맛볼 수 있어.」

자크가 확신에 차서 말끝을 달았다.

「욕망이 없어지면 실망하거나 좌절할 일이 없어. 삶 자체가 너를 추동할 뿐이지. 너한테 벌어지는 모든 일을 감사히 받아들이게 될 거야. 처음 겪는 일을 놀랍고 경이로운 눈으로 바라보며 이해하려 애쓰게 될 거야. 어떤 가치 판단도 내리지 않고.」

「〈욕망이 없으면 고통도 없다〉? 그럼 말이야, 너는 여자 친구를 사귀고 싶은 마음도 없어?」

한창 호르몬에 휘둘리는 나이였던 내게 멋진 여자 친구를 사귀는 일은 그야말로 일생일대의 소망이었다.

그가 고개를 까딱하더니 빙그레 웃었다.

「물론 있어. 하지만 욕망이나 소유욕과는 다른 마음이야. 서로 만나고 싶을 때 그냥 만나는 거지. 그 이상도 이하도 아니야.」

자크는 초연함과 냉소가 뒤섞인 미소를 유지하고 있었다.

「지금 마음 같아선 고통이 조금 따르더라도 욕망을 완전히 버릴 순 없을 것 같아.」

나는 쑥스러운 표정으로 그를 바라봤다.

자크가 가르쳐 준 것 중에 신기한 것이 또 하나 있다. 그는 오목한 공간이 생길 때까지 배를 쑥 집어넣으며 말했다.

「창자를 마사지하는 방법이야. 배를 안쪽으로 완전히 당겨 넣으면 소화기에 탈 날 일이 없어.」

그를 따라 배에 힘을 줘서 안쪽으로 당겨 보려고 했지만 쉽지 않았다. 어떻게 배꼽이 척추에 가 닿을 정도로 배를 당겨 창자를 가지런하게 정렬할 수 있다는 건지 신기하기만 했다.

호흡 훈련이 조금씩 성과를 냈다. 호흡이 점점 깊고 느리게 변했다. 에너지가 폐를 드나드는 것을 느낄 수도 있었다.

내 의지로 심장 박동을 느리게 할 수 있다는 생각에 기분이 우쭐해지는 날도 있었다.

하루는 수영장 바닥에서 가부좌를 튼 채 앉아 있는 자크를 보고 차마 믿기지 않아 물었다.

「어떻게 그럴 수 있지? 우리 몸은 수면으로 떠오르게 되어 있잖아.」

「그건 공기가 우리 몸을 물 위로 띄울 때 얘기지. 폐에 든 공기를 다 빼버리면 얼마든지 가능해. 잠수함에 있는 밸러스트 탱크의 기능을 떠올려 봐.」

「하지만 몸속 공기가 다 빠져 버리면 숨을 쉴 수가 없잖아!」

「우리 몸은 공기 없이도 몇십 초는 살아 있을 수 있어. 숨을 쉬기 위해 폐에 공기를 넣어야겠다는 생각 자체를 놓아 버리면 얼마든지 가능한 일이야.」

순간 내 정신이 깃든 미지근한 육신에 관해 아무것도 모르고 살아왔다는 생각이 들었다. 내 몸이 지닌 가능성도 한계도 몰랐던 것이다.

나는 아사나, 즉 요가 자세에는 별 관심이 없었다. 부자연스럽게 몸을 뒤틀고 부동자세로 오랫동안 앉아 있는 것은 지루하게 느껴졌다. 내 관심을 끈 것은 자크가 지닌 삶의 관점과 철학이었다. 그 무엇에도 구애받지 않고 어떤 상황에서도 초연한 그의 태도.

한번은 새벽 명상을 위해 자크를 만나러 가는데 어떤 녀석이 갑자기 길을 막고 섰다. 딱 바라진 어깨에 비해 얼굴이 작은 또래 소년이었다.

「지금 어디 가는 거냐?」

야니크라는 그 아이는 유소년 가라테 챔피언으로 유명했다. 그는 자신 못지않게 덩치 좋은 두 녀석을 거느리고 서서 실실거리는 시선으로 나를 쳐다봤다.

나는 못 들은 척 옆으로 비켜 지나가려고 했다.

「대체 파도바니 녀석이랑 무슨 작당을 하는 거야? 너희 두 놈은 아무리 봐도 정상이 아니야. 파도바니가 스승이고 너는 그놈 제자인거냐, 그런 거야?」

야니크가 이죽거렸다.

내가 개의치 않고 걸음을 떼자 야니크가 나를 땅바닥에 패대기치며 소리쳤다.

「당장 집어치워. 네놈들이 무슨 짓거리를 하는지는 모르겠지만 다들 신경에 거슬려 하니까 그만두라고. 내 말 알아들었어?」

야니크가 목을 움켜잡고 조르는 시늉을 해서 나는 몸을 빼려고 발버둥 쳤다. 하지만 나보다 육중한 몸이 위에서 내리누르는 데는 당해 낼 재간이 없었다.

「알아들었지? 당장 그 짓거리 그만두라고!」

야니크가 자리를 뜬 뒤에야 몸을 일으켜 명상 장소로 향했다. 오는 길에 벌어진 일을 얘기해 줘도 자크는 별로 놀라는 눈치가 아니었다. 그걸 이상하게 여기며 내가 물었다.

「야니크가 왜 네가 아니라 나한테 시비를 걸었을까?」

「네가 진화의 과도기에 있기 때문이야. 너는 그들이 속한 구(舊)체계에서는 벗어났지만 내가 가르쳐 준 새로운 사고 체계에는 아직 안착하지 못했어. 유약한 상태인 거야. 나비로 탈바꿈 중인 애벌레와 다름없지. 이런 전환기에는 언제 어떻게 두꺼비한테 잡아먹힐지 몰라. 상태가 바뀌는 과도

기일수록 더 약하기 마련이야. 네가 야니크한테 당한 게 그 증거지. 하지만 이런 단계는 존재의 진화에 반드시 필요해. 너도 이제 알았겠지? 네가 중요한 깨달음을 얻으면 그게 무지한 자들의 눈에 얼마나 거슬리는지. 그들은 네가 자신들은 갖지 못한 것을 가졌다고 여겨 무의식적으로 질투를 느끼게 돼. 너에 대한 공격은 그 질투심의 표현이고.」

이후로 야니크는 식당에서 마주쳤을 때 멀리서 나를 향해 주먹을 쥐어 보이며 위협적인 자세를 취했을 뿐 다시 대놓고 시비를 걸지는 않았다.

자크가 야니크의 태도 변화를 알쏭달쏭한 말로 설명했다.

「상대방에게 할 수 있는 최악의 반응은 무관심이야. 야니크는 네가 자기를 쳐다보고 관심을 주길 바라고 있어. 자기 방식으로 너를 좋아하는데 그 마음을 표현할 방법을 모르는 거지.」

나는 실소를 터뜨렸다.

「방금 야니크가 〈나를 좋아한다〉고 했어?」

「네가 무시하면 걔는 엄청난 좌절감을 느끼게 될 거야. 한번 생각해 봐. 사람들이 어떤 행동을 하는 이유가 뭘까? 무슨 목적으로 그런 행동을 할까? 유심히 관찰하다 보면 알게 될 거야. 상대의 관심을 끄는 게 모든 행동의 동기라는 점을.」

이후 두 번 더 유체 이탈을 경험했다. 물론 내 뇌가 지각하는 것의 실제성에 의문이 없지는 않았지만, 새롭고 신기한 경험을 한다는 사실만은 분명했다.

나는 배우는 자세로 자크의 얘기를 귀 기울여 들었다. 그에 따르면 살아 있는 것은 모두 연결되어 있기 때문에 그 대상이 인간이든 동물이든 식물이든 우리는 다른 존재의 에너지에 접속할 수 있다.

「우주를 관통하는 생명의 에너지를 인도인들은 〈프라나〉, 유대인들은 〈루아〉, 중국인들은 〈기〉라는 이름으로 불러. 너도 얼마든지 그 에너지에 접속할 수 있어.」

자크는 내가 조금씩 달라지고 있다면서 칭찬을 아끼지 않았다. 어느덧 시간이 흘러 캠프가 끝나는 날이 되었다.

「넌 파리로 가고 난 툴루즈로 가야 하는데, 어떻게 하면 내가 앞으로도 배움을 계속할 수 있을까?」

그에게 물었다.

「파리로 와서 앙드레 반 리즈베트의 수업을 듣거나 그가 쓴 책을 구해 읽어. 툴루즈에서 라자 요가 학원을 찾아 등록하는 것도 방법이고.」

세월이 많이 흐르고 나서야 깨달았지만 내게 자크는 타로의 5번 아르카나인 〈남교황〉이었다.

영성에 눈뜨게 해준 존재.

열세 살짜리가 무작정 가족을 떠나 파리로 갈 수는 없으니 책을 사서 읽는 방법밖에 없었다. 하지만 그 책은 기대와 달리 지나치게 기술적인 내용을 담고 있었다. 나는 툴루즈에 있는 라자 요가 학원을 찾아 등록했다.

하지만 수강생 대부분은 50대 여성이었고 어린 나는 유일한 남자 수강생이었다. 수업이 끝나면 수강생들은 함께 모여 허브티를 마시고 근대로 만드는 투르트 레시피를 교환했다. 수업 자체도 영적인 내용과 무관한 스트레칭 위주였다. 명상이나 심장 박동 조절은 가르치지 않았다. 강사에게서 삶의 철학이나 위트를 기대할 수도 없었다. 우주 에너지에의 접속 같은 얘기를 꺼냈더라면 아마 다들 나를 외계인 취급했겠지?

또 다른 라자 요가 학원에 등록해 봤지만 실망스럽기는 매한가지였다. 나는 하타 요가, 쿤달리니 요가 등 다양한 요가를 두루 시험해 봤다.

참선과 초월 명상, 소프롤로지 같은 정신 수련 방식도 시도해 봤지만 번번이 의식과 형식에 얽매인 강사들을 만났다.

요가 수련자들이 다 자크 파도바니 같은 관점을 지닌 건 아닌 게 분명했다.

결국 요가를 통한 수행은 포기해야만 했다.

그때 여름 캠프에서 헤어진 후 다시 자크를 만나진 못했지만, 그의 가르침은 훗날 주인공들이 의식적인 유체 이탈 상태에서 천국에 도달하기 위해 우주를 항해하는 내용인 소설 『타나토노트』의 바탕이 되었다.

자크를 만난 지 30년이 흘러 『타나토노트』에 관한 강연차 베르사유에 갔을 때의 일이다. 뚱뚱한 체구의 백발 남성 하나가 다가와 책에 사인을 요청하며 자신의 이름을 말했다.

「앙드레 반 리즈베트.」

「『나는 요가를 배운다』의 저자인 〈그〉 앙드레 반 리즈베트시군요!」

내가 깜짝 놀라며 그의 얼굴을 쳐다봤다.

「맞아요. 내가 쓴 책을 읽어 봤어요?」

「물론이죠. 지금의 저를 만드는 데 선생께서도 간접적으로 일조하신걸요. 열세 살 때 선생의 제자 중 하나였던 자크 파도바니를 만나 영적 세계에 눈뜨게 되었으니까요. 그 친구한테서 호흡법을 배웠고 의식을 갖고 행동하는 게 뭔지도 배웠죠. 수면으로 떠오르지 않고 수영장 바닥에 가라앉아 있는 비법도 그 자크가 저한테 가르쳐 준걸요.」

상대는 사람 좋은 웃음을 짓고 있었지만 내가 무슨 말을 하는지는 이해 못 하는 눈치였다. 내가 재우쳐 말했다.

「자크 파도바니…… 모르실 리가 없어요. 옅은 밤색 머리에 파란 눈을 크게 뜨고 늘 생글생글 웃던 소년이 분명히 기억나실 거예요.」

상대가 안타깝다는 표정을 지었다.

「제자가 워낙 많다 보니 안타깝게도 이름을 일일이 다 기억하진 못해요.」

「자크 파도바니는 〈특별한〉 제자였을 거예요.」

앙드레 반 리즈베트가 부드러운 얼굴로 다시 나를 쳐다보면서 예의상 기억 속을 헤집는 시늉을 하더니, 당신 인생에서 그토록 중요한 사람을 기억하지 못해 미안하다는 듯한 표정을 지었다. 그가 숨을 한 번 크게 들이쉬더니 얼굴에 함박웃음을 띤 채 말했다.

「『타나토노트』를 정말 재밌게 읽었어요. 요가 수행을 하는 입장에서 당신이 책에 쓴 내용은 SF 소설의 영역이 아니라 실제로 벌어지는 일이라는 걸 알아요. 우리 영혼은 하늘로 올라가 사자(死者)들의 대륙에 도착하게 되죠. 거기서 영혼의 무게를 달아요. 난 그렇게 믿어요. 이 책에 사인을 좀 해주겠어요?」

그가 책의 첫 면을 펴서 내게 내밀었다. 나는 펠트펜을 들고 시선 뒤에 무슨 비밀을 감추고 있을지 궁금해하며 그를 빤히 쳐다봤다. 그러고 나서 늘 하듯 손에 별을 든 천사를 그린 다음 이렇게 적었다. 〈이 책의 탄생에 간접적으로 기여한 앙드레 반 리즈베트에게. 고맙습니다. 베르나르 베르베르.〉

열다섯 살. 창작을 통한 구원

〈우리에게 벌어지는 일은 모두 우리의 행복을 위한 것이다.〉

돌이켜 보면 고등학교 과학 계열 진학에 실패한 것은 내 인생 최대의 행운이었다.

페르마 중학교는 남학생이 다수에 경쟁적인 분위기인 데다 규율이 엄격하고 교사들도 무섭기가 호랑이 같았다. 반면에 여학생이 대부분인 오젠 고등학교는 화기애애한 분위기에 교사들도 성격이 훨씬 너그럽고 편안했다. 우리 반은 남학생 열 명에 여학생 스무 명이었다.

가히 완벽에 가까운 비율이었다.

국어 선생님은 품코라는 여자분이었는데 외모가 러시아 오페라 가수를 연상케 했다. 발음에 러시아어 악센트가 남아 있고 r를 심하게 굴리던 그녀는 중학교 국어 선생님들과 달리 철자법에 까다롭지 않았다. 또한 작문의 형식보다는 내용에 초점을 맞춰 성적을 매겼다.

고사리 잎 무늬와 꽃무늬가 섞인 벨벳 스커트를 즐겨 입던 품코 선생님의 손에는 늘 나전 세공을 한 긴 궐련용 파이프가 들려 있었다. 그녀가 입가에 냉소를 머금은 채 우아

한 동작으로 파이프를 만지작거리던 모습이 지금도 기억난다.

나는 지금이나 그때나 글의 형식보다는 내용을 중요하게 여긴다. 물론 관점에 따라 그게 강점으로 여겨질 수도, 약점으로 여겨질 수도 있다는 것을 안다. 고등학생이었던 나는 선생님의 응원 속에 약점을 보완하기보다 강점을 극대화하는 쪽을 선택했다. 그렇게 새로운 아이디어와 나만의 독창적인 관점을 개발하면서 독자에게 놀라움을 선사하는 이야기를 지어내려고 애썼다. 갈수록 신기하고 놀라운 이야기로 가득해지는 내 글들에 퓹코 선생님은 만족스럽다는 반응을 보였다.

교과 과정에 타자 과목이 있어(상당수 여학생이 타이피스트가 되기 위해 준비하고 있었다) 서슴없이 그 과목을 신청했는데, 수업에 가보니 남학생은 나뿐이었다.

처음에는 다들 나를 놀렸다.

「베르나르, 비서가 되는 게 네 꿈이냐?」

혹시 내가 그때 본능적으로 타자야말로 나중에 작가가 되기 위한 필수 요소임을 알고 있었던 건 아닐까.

선생님은 열 손가락을 모두 써서 타자하는 법을 가르쳐줬고, 자판을 보지 못하게 마분지를 잘라 손등을 가리게 했다. 학생들은 스톱워치로 기록을 재가며 시합을 벌이기도 했다. 우리는 각각 두 손가락, 네 손가락, 여섯 손가락, 여덟 손가락, 열 손가락을 사용해 최대한 빨리 타자하는 법을 익혔다.

타자 수업은 작가가 되기 위해 꼭 필요한 준비였다. 그 수업 덕분에 생각의 속도로 글을 쓰게 되었으니 말이다. 생각이 떠오르는 동시에 그것을 종이에 옮기는 게 가능해졌다(그때 우리는 IBM 볼 타자기를 가지고 타자를 배웠다).

한편 미셸 펠리시에라는 친구와 함께 만든 록 그룹은 지루한 학교생활에 활력을 불어넣었다. 미셸과 나는 클래식 기타 안에 마이크를 넣어 전기 기타를 만들고 25와트짜리 앰프도 손수 제작했다. 그렇게 만든 기타를 메고 미셸 집 축사의 꼬꼬댁거리는 암탉 관객들 앞에서 비틀스와 핑크 플로이드, 제너시스의 곡들은 물론 자작곡도 연주했다. 그러다 앰프가 폭발해 건초 더미에 불이 옮겨붙을 뻔한 사고가 일어나면서 그룹은 해체되었다.

또 나는 〈학교 신문〉을 만들어 보고 싶어 교장 선생님께 면담을 청했다. 선생님은 구매만 해놓고 사용하지 않는 오프셋 인쇄기가 있다면서, 비용은 학교에서 대줄 테니 사용법을 배워 써보라고 했다. 그렇게 오젠 고등학교의 〈학교 신문〉이 탄생하게 되었다.

신문 이름은 〈오젠의 수프〉로 정했다.

신문 창간을 통해 나는 열다섯 살에 무에서 유를 창조하는 경험을 했다. 오래된 낡은 체계에서 벗어나려면 자신만의 새로운 체계를 세워야 하며 남들에게 휘둘리지 않으려면 진취적으로 사고해야 한다는 것을 깨달았다.

이웃 생세르냉 고등학교에 다니던 친한 친구 파브리스 코제와 나는 『오젠의 수프』를 통해 새로운 형식의 만화를 실험해 보기로 의기투합했다. 오감을 자극하는 일명 〈음악과 향기가 어우러진 만화〉. 우리는 독자에게 만화와 어울리는 음악(대부분 우리가 좋아하는 마이크 올드필드의 음악과 영화 음악)을 추천했다. 우리 만화에서는 심지어 향기가

스쿠터를 타고 포즈를 취한 고등학교 시절의 베르나르 베르베르.

났다! 이야기마다 어울리는 〈향수〉를 개발해 독자가 향기를 맡으면서 만화를 읽을 수 있게 한 것이다. 그 아이디어를 꺼냈을 때 교장 선생님은 조향 수업 비용까지 대주겠다고 했다. 당시 선생님 중에 학교 밖에서 사업체를 운영하던 피에르 베르두라는 분이 있었다. 제비꽃 향수 전문가였던 그분은 우리에게 꽃, 허브, 나무, 동물(특히 사향) 등의 종류별로 에센스병이 1백 개 정도 든 조향 선반을 선물했다.

그 〈조향 오르간〉을 방에 들여놓고 향을 조합했더니 속이 울렁거린다고 아무도 내 방에 들어오려 하지 않았다. 그런 방에서 잠을 자면서 개발한 향이 초콜릿 향과 비(雨) 향이었다. 조향이 끝나면 학교 신문 구성원들과 함께 종이를 작은 막대기 모양으로 잘라 향을 묻힌 다음 셀로판지 봉투에 넣어 신문 사이에 끼우고 스카치테이프로 붙였다. 오젠 고등학교와 생세르냉 고등학교를 합쳐 3천 부를 배포했으니 보통 수고로운 일이 아니었다.

신문을 함께 만들던 파브리스가 그즈음 소개해 준 책 한 권은 문학의 신세계를 열어 줬다. 바로 아이작 아시모프의 『파운데이션』. 작가는 단순한 재미를 뛰어넘어 인류의 진화에 대한 〈논리적〉 관점을 제시하고 있었다. 그때부터 나는 미래가 그것을 일관성 있게 상상하는 이들의 것이라고 확신하게 되었다. 아시모프 덕분에 현실의 뉴스를 나만의 시각으로 읽어 내고 그에 따른 후속 시나리오를 상상할 수 있게 되었다. 체스에서 말의 움직임과 위치에 따라 게임의 시나리오가 달라지듯이, 현실에 미래의 여러 가능성이 내포되어 있음을 깨닫게 되었다.

SF 작가는 배에 탄 파수꾼과 비슷한 역할을 하는 사람이다. 파수꾼은 돛대 꼭대기에서 바다를 멀리 내다보고 다른 사람들에게 자신이 본 것을 알려 주는 사람이 아닌가.

아시모프의 작품 세계에서 영감을 받아 다양한 형식의 글을 쓰기 시작했다. 나만의 렌즈로 현실 속 뉴스를 읽어 낸 다음 최신의 과학적 발견을 기반으로 그 이후를 상상하려고 애썼다. 절친한 친구가 된 파브리스와 경쟁하듯 기상천외한 이야기를 주고받으며 시간을 보냈다.

『오젠의 수프』 1호는 며칠 만에 모두 소진되었다. 뜻밖의 성공에 고무된 우리는 근처에 있던 에콜 데 보자르의 일러스트 전공 대학생들과 협업을 시도하기도 했다.

그 신문은 내게 삶의 의미를 느끼게 해줬다.

그 무렵 일 중에 지금까지 기억에 선명한 것이 하나 있다. 바로 소설 『예브게니 소콜로프』 사인회차 툴루즈의 프리바 서점에 온 세르주 갱스부르를 찾아가 인터뷰를 요청했던 일이다. 사람들이 차마 다가가 사인을 요청할 엄두도 내지 못할 때 나는 성큼성큼 서점을 가로질러 그의 앞에 섰다. 인터뷰를 요청하자 그는 흔쾌히 수락했고 아주 나지막한 목소리로 질문들에 답해 줬다. 같은 질문을 여러 번 반복해서 말해야 했던 기억이 난다. 인터뷰가 거의 끝나 갈 무렵 그가 내게 이런 말을 던졌다. 「너 말이야, 언젠가 유명해질 거야. 하지만 가면을 써서 얼굴에 달라붙어 있게 하면 절대 안 돼. 나의 가장 심각한 문제가 갱스부르와 갱스바르[4] 사이 바로 그 가면이거든. 이젠 가면을 벗을 방법이 없어졌어.

---

4 〈갱스바르〉는 갱스부르의 노래 가사에 등장하는 허구의 인물이다. 갱스부르가 자연인 갱스부르라면, 갱스바르는 대중의 시선을 의식하는 스타 갱스부르를 가리킨다. 수줍은 싱어송라이터였던 갱스부르는 인기를 얻으면서 점차 술과 파티에 빠진 갱스바르로 변했다.

딱 달라붙어 있거든. 넌 나 같은 실수를 하지 말고 자신을 있는 그대로 사람들에게 보여 줘. 멍청이들이 싫어하거나 화를 내도 신경 쓸 것 없어.」

『오젠의 수프』의 성공에 힘입어 파브리스와 나는 크루아 바라뇽 거리에 있던 툴루즈 문화 센터에서 만화 전시회도 열게 되었다. 그 일로 난생처음 지역 신문인『라 데페슈 뒤 미디』에 나에 관한 기사가 실렸다.

전시회 동안 그간 마음속에만 품고 있던 약간은 엉뚱한 생각을 친구에게 털어놓았다. 인간이 아니라, 도시를 형성해 사는 개미를 주인공으로 만화를 만들어 보면 어떻겠냐고. 너무 작아서 인간의 관심을 끌지 못하고 열등하게 취급되는 개미 사회를, 인간 문명의 〈선배 격〉인 개미 문명을 다뤄 보고 싶다고 말했다. 그 온전한 하나의 문명은 지구상에 존재한 지 벌써 1억 2천만 년이 된 반면 인간의 역사는 불과 3백만 년에 지나지 않는다고 설명했다.

내 얘기에 지대한 관심을 보인 친구 파브리스의 응원에 힘입어 〈개미 제국〉이라고 간단히 제목을 붙인 열 장짜리 이야기를 완성했다.

고등학교 3학년이 되자 드디어 고대하던 철학 수업을 들을 수 있게 되었다. 그런데 선생님은 유명 저자가 했던 말을 인용할 뿐이었다. 〈키르케고르에 따르면〉, 〈쇼펜하우어가 잘 지적했듯이〉…….

철학 선생님은 세상을 떠난 사람들이 남긴 말을 속사포처럼 내뱉었다.

자기 생각이 오죽 없으면 죽은 사람들이 한 말을 끌어다 짜깁기해 말할까 하고 나는 선생님을 딱하게 여겼다.

하루는 학우들 앞에서 그가 큰 소리로 내 이름을 불렀다.

「베르베르, 이 반에서 동양 철학을 인용하는 학생은 너 하나뿐인데, 그러는 이유가 궁금하구나. 왜, 서양 철학으로는 모자라서 그러니?」

자기한테 불똥이 튀지만 않으면 그만인 학우들이 까르르 웃음을 터뜨렸다.

「그래, 우리 서양에는 없고 중국이나 인도, 일본에만 있는 흥미로운 철학이 대체 어떤 거니?」

나는 생각을 분명히 전달하려고 고심하면서 단어를 골랐다.

「동양 철학은 우리 몸으로 감각할 수 있지만 서양 철학은 대부분 지성의 차원에 머무르기 때문입니다.」

「몸으로 무슨 경험을 어떻게 한다는 거냐? 우리 대단한 베르베르가 여기 있는 불쌍한 서양인들이 눈을 뜨게 해주면 안 되겠니?」

교사가 노골적으로 비아냥거렸다.

「명상을 통해 몸의 움직임을 완전히 멈추고 심장 박동을 느리게 만들 수 있어요.」

「그런 게 왜 필요하지? 철학은 성찰을 위해 있는 거지 심장을 느리게 뛰게 하려고 있는 게 아닌데. 너한테 다시 한 번 분명히 물어보자. 우리 서양에는 없고 동양에만 있는 게 대체 뭐니?」

「우리 유럽 문명의 관점에서 모든 것에 답하려는 시도는 대단히 오만하다고 생각합니다. 게다가 유럽 밖에 동양만 있는 건 아니에요. 아메리카 원주민 문화, 그중에서도 특히 아마존 샤머니즘에서는 이런 생각…….」

나는 허공에 대고 소리치고 있었고, 선생님은 잘난 척하는 멍청이(정말 그랬는지도 모른다)의 말을 마지못해 들어주며 한심해했다. 그런 그의 앞에서 자크 파도바니와 경험한 유체 이탈 이야기를 꺼낼 수는 없는 노릇이었다.

「아무튼 앞으로는 답안지를 쓸 때 교과 과정에 나오는 서양 저자들만 인용해 주면 좋겠구나.」

그해 나는 철학 성적이 아주 좋지 않았다.

하지만 바칼로레아에서는 20점 만점에 15점을 받았다. 철학은 다분히 주관적인 학문이기 때문에 채점자가 누구냐에 따라 성적이 크게 달라질 수 있다는 것을 방증하는 결과였다. 하긴, 한 사람이 다른 사람의 생각에 대해 20점 만점으로 점수를 매긴다는 것 자체가 난센스다.

설마 암기해서 인용한 문구들이 유일한 채점 기준은 아니겠지?

나는 철학자들이 〈지혜를 향한 사랑〉이라는 어원적 뜻을 지닌 철학을 하는 게 아니라, 암기해 놓은 문구로 이뤄진 지식을 과시해 다른 사람들에게 멋지게 보이는 걸 더 중요하게 여기는 건 아닌지 의문을 품게 되었다.

1번 아르카나: 마술사

카드 속 마술사가 눈속임을 한다.

옷을 잘 차려입고 관객을 상대로 마술을 펼치고 있지만 정작 자기 자신에 대한 확신은 없다.

그는 다리가 하나 없는 테이블이 넘어지지 않게 무릎으로 떠받치고 있다. 그는 아직 자신이 작업대로 쓰는 테이블의 한계를 정확히 알지 못한다. 보다시피 테이블은 카드 바깥으로 뻗어 나간다.

그럭저럭 체면은 유지하고 있지만 마술사는 자기 약점을 누구보다 잘 안다. 이제부터 앞에 놓인 도구들을 사용하는 방법을 익혀야 한다는 것도.

그는 배우는 자세로 앞으로 나아갈 것이다.

열여섯 살. 서스펜스의 기술

〈진짜 웃겨.〉

우스갯소리를 들려줄 때 절대 해서는 안 되는 말이다.

좌중의 웃음을 유도하기 위해 자기가 먼저 웃으면 안 된다는 것 또한 우스갯소리의 불문율이다.

그날 그 말을 들었을 때 나와 일행은 팽팽한 긴장 속에 있었다. 어떤 농담이라도 절실한 상황이었다.

열여섯 살에 친구들과 함께 생고당 남쪽에서 출발해 피레네산맥을 오를 때의 일이다.

그 평범한 산행을 함께한 이들 모두가 또래 고등학생이었고, 유일하게 장클로드만 법적 성인인 열여덟 살이었다.

우리는 점심을 먹고 세 시간을 걸어 예정대로 오후 5시에 산악 대피소에 도착했다. 막상 가보니 일행 전부가 밤을 보내기에는 장소가 너무 비좁았다. 열 명만 들어가도 꽉 차게 느껴졌다.

산행 경험이 가장 많다고 알려진 장클로드가 말했다.

「조금 더 올라가면 대피소가 하나 더 있어.」

그가 지도를 펴 정확한 위치를 가리켰다.

「걸어서 한 시간 거리에 있는데, 여기 몇 명만 남고 나머지는 거기 가서 자는 게 좋겠어. 공간을 넓게 쓸 수 있을 거야. 고도가 더 높으니까 아침에 일어나면 멋진 풍경도 덤으로 감상할 수 있을 테고.」

장클로드의 여자 친구인 사망타, 쾌활한 성격의 다비드, 그리고 두 번째 대피소에 가서 자기들끼리 독방에서 조용히 자고 싶었던 준비에브와 위베르 커플이 그를 따라나서겠다고 했다.

장클로드가 일행 중 응급 구조사 자격증이 있는 사람은 나 하나뿐임을 상기시켰다.

「넌 우리랑 같이 가야 해.」

다소 덥게 느껴지는 5월의 화창한 날씨였다. 나는 딱히 피곤하지 않아 그의 제안을 선뜻 받아들였다.

(아직 GPS가 존재하지 않았을 때인지라) 지도 위에서 등산로를 확인한 뒤 산을 오르기 시작했다.

기분을 내려고 노래까지 부르며 비탈진 길을 오르는데 갑자기 하늘이 시커먼 색으로 변했다.

번개가 번쩍하더니 천둥과 함께 폭우가 쏟아졌다.

산에서만 볼 수 있는 장대비가 내리꽂혔다. 노랫소리가 뚝 끊겼다. 몸에 걸친 여름옷 속으로 물이 흘러들었지만 우리는 금방 목적지에 도착하리라는 확신에 찬 걸음을 재촉했다. 땅이 흔들거릴 정도로 벼락이 치고 있었다.

음식을 싼 비닐 포장지를 뜯어 신발을 감싸고 고무줄로 감아 물이 들어가지 못하게 했다. 신발의 점착력을 포기하는 대신 방수 기능을 높이려는 고육지책이었다.

「지나가는 소나기일 거야.」

장클로드가 불안해하는 여자아이들을 안심시키려고 애썼다.

하지만 비는 그칠 줄을 몰랐고 지도에 표기된 탐방로는 갈수록 가파르게 변했다. 사망타는 안절부절 어쩔 줄을 몰라 하며 자신이 천식 환자라고 고백했다.

응급 구조사 자격증이 있는 나한테 조금 더 일찍 그 사실을 말하지 않은 이유를 묻자 그녀는 해발 1천 미터가 넘어야 천식 증상이 나타나는데, 본래 우리가 밤을 보낼 예정이던 대피소는 그보다 아래 있어서 굳이 말할 필요를 느끼지 못했다고 했다.

밑에서 출발할 때는 잘 보였던 길이 이제 비에 가려 보이지 않았다. 산 위에서 물이 쏟아져 내려 길이 미끄러운 진창으로 변했다. 두 시간째 걷는 사이 비는 우박으로 변해 쏟아지고 있었다.

잠시 휴식을 취할 때 장클로드가 지도에 표기된 표지들이 더는 보이지 않는다고 말했다. 우중에 길까지 잃게 된 상황.

장클로드는 눈앞에 보이는 여러 봉우리 중에 어디로 가야 우리가 목적하는 산장에 갈 수 있을지 모르겠다고 했다.

그가 확신은 없지만 곧장 앞으로 올라가 보자고 했다. 하지만 우리는 이내 길을 가로막고 선 바위 더미를 만났고, 두 갈래 길 중 하나를 선택해야 했다.

일행 사이에서 언성이 높아졌다. 준비에브와 위베르가 큰 소리로 싸우기 시작했다. 일행은 오른쪽 길로 가자는 그룹과 왼쪽 길을 고집하는 그룹으로 갈라졌다. 각자가 택한 길이 바위 장애물을 우회해 지나갈 〈산악로〉라고 확신했다.

나는 응급 구조사로서의 책임감 때문에 이번에도 등산 경험이 적어 보이는 준비에브, 위베르 커플과 동행하기로 했다.

우박이 그치지 않자 준비에브는 첫 번째 대피소로 돌아가자고 징징거렸지만 막상 혼자 실행에 옮기지는 못했다.

그녀가 등 뒤에서 훌쩍댔지만 나는 못 들은 척 걸음을 재촉했다. 얼마 후 우리는 오른쪽 길을 선택했던 그룹을 다시 만났다. 그들은 산에서 흘러내려 오는 냇물을 따라가다 보면 상류 수원(水源)에 이를 것이라는 계산하에 걷는 중이라고 했다.

우박은 그쳤지만 비는 부슬부슬 계속 내렸다. 산 아래는 분명 포근하다 못해 덥기까지 한 5월 날씨였는데, 밤이라 그런지 고도가 높아져서 그런지 몸이 달달 떨릴 만큼 춥게 느껴졌다.

마지막으로 남아 있던 밝은 기운마저 서서히 어둠에 녹아 사라졌다.

밤 10시, 손전등으로 앞을 비추며 어둠 속을 걸었다. 첫 번째 대피소를 떠나온 지 벌써 네 시간째. 이제는 두 번째 대피소가 더 가깝다는 생각만이 우리를 꾸역꾸역 앞으로 나아가게 했다.

준비에브가 주문을 외듯 수시로 중얼거렸다. 「이러다 우리 다 죽을 거야.」 솔직히 그런 말은 아무 도움이 되지 않는다. 장클로드가 듣다못해 쏘아붙였다.

「네 생각이 정 그렇다면 여기 남아 있어, 우린 계속 올라갈 테니까.」

그 말이 추진력이 되었던 걸까, 일행은 다리에 힘이 붙은 듯 속도를 내기 시작했다. 우리는 냇물 속을 첨벙거리며 가파른 경사로를 올랐다. 폭우로 불어난 물 때문에 중심을 잃고 넘어질 뻔한 적이 한두 번이 아니었다.

습기가 몸속까지 스며들어 이가 저절로 딱딱거렸다. 발가락의 감각은 오래전에 사라졌다.

마침내 비는 그쳤지만 우리는 몸을 사시나무 떨듯 했다. 그때 누가 보송한 스웨터나 방수 바람막이 점퍼 한 장을 준다고 했으면 영혼이라도 내주지 않았을까.

다들 입을 꾹 닫고 있었다.

구름이 서서히 물러가자 달이 모습을 드러냈다.

새벽 1시. 우리는 불빛이 약해진 손전등으로 냇물을 비추고 물속을 절벅거리며 산을 올랐다.

등 뒤에서 말들이 난무했다.

「피곤해서 더는 못 가겠어.」

「두 번째 대피소로 가자는 멍청한 아이디어를 낸 사람이 누구야?」

「방금 늑대 울음소리가 들린 것 같아.」

「돌아서 다시 내려갈까?」

나는 이가 제멋대로 달그락달그락 부딪치는 소리를 들으며 아무 말도 보태지 않았다.

모두가 초주검이 되어 있었다. 비닐에 싸인 발은 물에 불었고 손은 곱아 손가락이 제대로 놀지 않았다. 준비에브가 남자 친구에게 짜증을 내려는 순간 우르릉 천둥이 치자 입을 닫았다. 멀리서 번개가 번쩍했다. 순간 산봉우리가 환하게 드러나면서 그 위에 있는 집 모양의 형체가 시야에 들어왔다.

「저기 대피소가 보여!」

장클로드가 흥분을 감추지 못했다.

희망이 되살아나자 되돌아 내려가자는 말은 쏙 들어갔다. 금방 다시 하늘이 구름에 덮이고 빗방울이 떨어졌지만 이제 분명한 방향과 목표가 있었다.

목적지에 도착한 시간은 대략 새벽 2시경. 관행대로 대피소 문은 잠겨 있지 않았다. 일행은 마라톤을 완주한 사람들처럼 문턱을 넘는 순간 바닥에 주저앉았다. 그러고는 빗

소리가 들리지 않게 문을 꼭 닫았다.

부서진 창틀 사이로 바람이 우는 소리를 내며 안으로 밀려 들어왔다.

대피소 안에 음식이라곤 없었고 더러운 일회용 플라스틱 접시와 포크 몇 개만 개수대에 들어 있었다. 전기도 들어오지 않고 온기라곤 느껴지지 않았지만 지붕 덮인 실내에 들어와 있다는 사실만으로 우리는 안도감을 느꼈다.

재빨리 양말부터 벗자 오래된 양피지처럼 쭈글쭈글해진 핏기 없이 허연 피부가 드러났다.

우리는 마지막 남은 초콜릿 바 몇 개와 눅눅해진 감자칩을 나눠 먹으며 허기를 달랬다.

속옷만 입고 침낭에 몸을 밀어 넣자 유일하게 말라 있던 침낭의 보송한 느낌이 얼마나 좋던지.

준비에브와 위베르가 침낭 두 개를 하나로 겹치고 그 안에 들어가더니 키스하며 몸을 들썩였다.

나는 혼자 몸을 웅크린 채 눈을 감았고 이내 곯아떨어졌다.

헐떡거리는 숨소리에 눈을 번쩍 떴다.

사망타였다.

새벽 3시 30분. 겨우 한 시간 30분 눈을 붙였다 뗀 것이다.

그녀가 숨을 쉬기 힘들어했다.

「천식 발작을 일으켰어!」

남자 친구가 당황해하며 나를 향해 소리쳤다.

우리는 당혹스러운 눈빛을 주고받았다.

「베르나르, 넌 응급 구조사잖아. 이럴 땐 어떻게 해야 하는 거야?」

나는 어렵게 방법을 하나 생각해 냈다.

「사망타의 천식 증세는 해발 고도의 영향을 받는다니까 밑으로 데리고 내려가는 게 좋겠어.」

밖에는 여전히 억수 같은 비가 쏟아지고 있었다. 나를 쳐다보는 일행의 눈길에서 신뢰라곤 느껴지지 않았다. 사망타는 갈수록 거친 숨을 쌔근덕거렸다.

「어떻게 데리고 내려가지?」

다비드가 물었다.

「나뭇가지를 주워서 임시로 들것을 만들어 태우고 빨리 아래쪽 대피소로 내려가 봐야지, 뭐.」

일행은 싫은 내색을 감추지 않았다. 누군들 흠뻑 젖은 옷을 다시 걸치고 빗속으로 돌아가고 싶었을까. 하지만 사망타가 죽게 내버려 둘 수도 없는 노릇이었다.

「내려갈 때가 올라올 때보단 쉬울 거야.」

내가 의연한 척 애쓰며 말했다.

사망타의 호흡 곤란 증상이 갈수록 심해지는 걸 보고 나는 안 되겠다 싶어 얼른 옷을 걸쳤다. 벗어 놓았던 옷은 축축하기도 했지만 차갑기가 얼음장 같았다. 이가 딱딱 부딪치기 시작했다. 그때 사망타가 뱉은 한마디.

「약.」

그보다 반가운 단어가 또 있을까!

그녀의 손이 배낭을 가리키는 걸 보고 달려가 주머니를 뒤져서 약을 찾았다. 혈관 확장제를 한 알 건네받아 삼키더니 사망타가 조금씩 안정을 되찾았다.

그러고 나서는 우리 모두 다시 잠들지 못했다. 눈을 감으면 또 무슨 안 좋을 일이 벌어질 것 같아 몸을 덜덜 떨면서 불안한 눈빛을 교환했다.

우리는 유일하게 열기와 빛을 발산하던 물체인 버너 주위에 모여 앉았다. 신기하게도 버너가 내는 요란한 소음이 안도감을 줬다.

「무서워. 방금 이상한 소리가 들렸는데 혹시 늑대가 있는 거 아닐까?」

준비에브가 안절부절못했다.

「쓸데없는 소리나 하려면 입 다물어.」

장클로드가 타박을 줬다.

「우리 우스갯소리나 하면서 시간을 보내면 어때?」

다비드가 뜬금없는 제안을 했다.

「뭐 재밌는 거 있어?」

내가 호기심이 발동해 물었다.

「물론 있지! 기막힌 농담을 하나 아는데, 들어 볼래? 진짜 웃겨.」

착 가라앉은 분위기와 달리 다비드가 유쾌한 어조로 호언장담하기에 다들 즉시 그에게 시선을 고정했다. 그가 말문을 뗐다.

「한 학생이 우수한 성적으로 중학교를 졸업했어. 아들을 대견하게 여긴 아버지가 자전거를 선물해 주겠다고 했어. 그런데 아들이 아버지에게 이렇게 말해.

〈아빠, 너무 감사해요. 늘 자전거를 갖고 싶었거든요. 하지만 제가 정말 갖고 싶은 물건을 선물해 주고 싶으시다면, 자전거는 아니에요. 제가 갖고 싶은 건 따로 있어요.〉

〈그게 뭔데?〉

〈노란 테니스공 하나를 받고 싶어요.〉

아버지가 놀라는 표정을 지었어.

〈넌 테니스를 못 치잖니, 그렇잖아.〉

〈네.〉

〈게다가 공 한 상자도 아니고 하나야?〉

〈딱 하나면 돼요, 그걸로 충분해요. 하지만 꼭 노란색이 면 좋겠어요.〉

〈노란색 테니스공 하나로 뭘 하려고 그러니?〉

〈아빠가 뭘 선물로 받고 싶냐고 하셔서 말씀드린 거예요. 제가 이유를 말씀드리지 않는 게 걸리시면 그냥 자전거를 선물해 주셔도 돼요. 하지만 그건 제가 진짜로 갖고 싶은 게 아니에요.〉

아버지는 이해가 안 되었지만 아들의 의사를 존중해 공을 선물했어.

몇 년이 흘러 아들이 바칼로레아에서 〈최우등〉 성적을 받아. 아버지가 기뻐하며 아들에게 이렇게 말하지.

〈네가 운전면허 따는 비용을 이 아버지가 내주고, 면허를 따면 자동차를 한 대 사주고 싶은데 어떠니?〉

한데 아들은 자동차를 모는 게 모든 젊은이의 꿈이라지 만 자기는 아니라고, 자기가 원하는 건 따로 있다고 말해. 이번에도 아들이 갖고 싶은 건 노란 테니스공 하나였어.

〈뭐? 이번에도 또? 전에 사준 그 공은 어떻게 했니? 그리 고 넌 여전히 테니스를 못 치잖니.〉

〈아빠, 너무 궁금해하지 마세요. 언젠가 다 아시게 될 날 이 올 거예요. 지금 제가 가장 원하는 선물을 해주고 싶으 시다면, 딱 하나밖에 없어요. 테니스공 하나, 노란 색깔

로요.〉

아버지는 이번에도 아들의 뜻대로 그토록 갖고 싶다는 노란 테니스공 하나를 선물해 주지.

다시 시간이 흘러 아들이 의대를 수석으로 졸업했어. 그러자 아버지가 이번에는 아들이 다니던 대학 근처에 작은 아파트를 하나 사주겠다고 해. 하지만 역시나 아들은 아파트보다 노란 테니스공 하나를 받고 싶다는 거야.

〈아직도 나한테 이유를 말해 줄 수가 없니?〉

〈좀 복잡한 사정이 있어요. 하지만 언젠가 말씀드리겠다고 약속할게요. 제 설명을 들으면 아버지도 이해하실 거예요.〉

드디어 아들이 결혼하게 되었어. 그러자 아버지가 아들 부부가 살 조금 큰 아파트를 한 채 장만해 주겠다고 하지.

〈아빠, 감사해요. 그런 아파트가 있으면 여러모로 편하긴 하겠지만 제가 정말로 갖고 싶은 걸 선물해 주고 싶으시다면 그건 따로 있어요. 뭔지 아실 거예요…….〉

〈설마…… 또 노란 테니스공 한 개냐?〉

〈맞아요.〉

〈여전히 테니스를 못 치는데도?〉

〈네.〉

〈이번에는 말이야, 조금 색다르게 기분 좀 내보자, 응? 하얀색 공 하나는 어떠니?〉

〈싫어요.〉

〈아니면 노란색 공 여섯 개, 한 통이 낫지 않니? 그러면 우리 둘 다 시간을 아낄 수 있지 않을까?〉

〈아니요, 딱 하나만요. 그리고 꼭 노란색이어야 해요.〉

〈정말 무슨 이유로 그러는지 말해 줄 수 없니?〉

〈설명하기 거북하고 복잡한 사정이 있어요. 죄송하지만 지금은 말씀드릴 수 없어요. 하지만 언젠가 노란 테니스공에 얽힌 비밀을 말씀드릴 날이 올 거예요. 그러면 아빠도 분명히 제 별난 선택을 이해해 주실 거예요.〉

이번에도 아버지는 체념하는 심정으로 아들에게 노란 테니스공을 선물해.

그러고 나서 몇 달 뒤, 젊은 아들이 길을 건너다 신호를 어기고 달려오는 트럭에 치여 중상을 입는 사고를 당하지.

황급히 병원으로 달려간 아버지에게 의사는 아들의 생명이 위독한 상태라면서 밤을 넘기기 힘들 것 같다고 말해.

아버지는 처참한 상태로 누워 있는 아들을 발견해. 온몸이 붕대로 감기고 양팔에는 의료 장치에 연결된 관이 빼곡히 꽂힌 아들 앞에서 아버지는 대성통곡하지.

〈아들아!〉

붕대 밑에서 가느다란 목소리가 들려와.

〈아빠, 아빠가 왜 오셨는지 알아요. 저는 곧 죽을 텐데, 제가 죽기 전에 아빠가 그 이유를 들으셔야죠.〉

〈무슨 소리니, 꼭 살아야지!〉

〈괜한 기대 품지 마세요, 아빠. 의사한테 들은 바로는 오래 버티지 못할 것 같아요. 어쨌든, 저한테 들으셔야 하는 얘기가 있죠. 노란 테니스공의 비밀을 말씀드리려고 아빠가 오시기를 기다렸어요.〉

〈아니다, 아들아, 이 마당에 그 얘기가 뭐 중요하겠니.〉

〈중요해요, 아빠. 그동안 아빠가 이런저런 선물을 해주겠다고 하실 때마다 제가 노란 테니스공 하나를 고집한 데는 이유가 있어요. 귀를 이리 대시면 이유를 말씀드릴게요. 그게, 제가 그토록 노란 테니스공을 갖고 싶어 했던 이유는, 그건 바로…….〉

아버지가 몸을 숙이는 순간 아들이 이런 소리를 내.

〈……아아아아악!〉

그리고 숨을 거두지.」

순간 대피소 안에는 긴 침묵이 흘렀다. 아무도 웃지 않았다.

우리 모두는, 뭐랄까, 경악을 금치 못했다.

그게 끝이야?

어이없는 결말에 맥이 풀린 친구들이 다비드에게 달려들었다.

나는 그 응징에 가세하지 않았다.

그저 놀라웠다. 다비드가 얘기하는 동안 우리는 무슨 일이 벌어질지 궁금해하느라 근심 걱정을 싹 잊고 있었다. 노란 테니스공 하나를 갖고 싶어 하는 이유가 대체 뭘까? 그 궁금증 하나에 사로잡혀 있었다.

나는 말이 몸의 문제를 해결해 주는 신비한 경험을 했다.

더 이상 이가 딱딱거리지 않았던 것이다.

놀랍지 않은가. 숨죽여 이야기에 몰입하는 동안 우리는 습기와 추위를, 서로에 대한 원망과 공포를 잊었다. 이야기에 이런 힘이 있었구나. 주인공 이름도 모르고 들은 이야기가 스트레스를 풀어 주고 불안감을 해소해 주다니.

이제 다들 웃는 얼굴로 농담을 주고받으며 키득거렸다. 다른 친구들은 욕을 한 바가지 퍼부었지만 나는 다비드가 칭찬받아 마땅하다고 생각했다. 그 덕분에 듣는 이에게 의

도적으로 좌절감을 유발하는 〈서스펜스 장치〉가 얼마나 위력적인지 깨달았다.

그날 밤의 주인공은 응급 구조사인 내가 아니라 다비드였을 것이다. 우리 일행을 행복하게 해준 것은 바로 그의 우스갯소리였으니까.

서스펜스 효과를 극대화하기 위해서는 이렇게 해야 한다는 것을 그때 깨달았다. 정보를 조금씩 천천히 흘릴 것, 절대 한꺼번에 다 주지 말고 상대를 감질나게 할 것.

그 안달하는 마음이 결국에 만족감으로 이어지기 때문이다.

일단 모든 요소를 다 깔아 놓는다. 그런 상태에서 서서히 긴장감을 높여 가며 듣는 이가 집중력을 유지하게 한다. 그 다음은 선택이다. 던져 줄 정보와 숨길 정보를 선택해야 하고, 던져 줄 순서도 정해야 한다. 그런 전략 속에서 상대의 갈증이 커지게 하다가 놀라운 반전으로 이야기를 마무리한다.

전략이 제대로 먹히면 듣는 이는 칭찬과 보상을 바라는 어린아이처럼 된다. 그는 어린 시절의 호기심과 감동하는 능력을 되찾는다. 그리고 스스로 결말을 만들어 낼 수 있게 된다.

나는 우리가, 모닥불 앞에 모여 앉은 부족원들에게 스릴 넘치는 사냥 이야기, 전투 이야기, 사랑 이야기를 들려주던 선사 시대 사람들을 비롯한 선조 이야기꾼들로부터 〈이야기〉라는 유산을 물려받았음을 새삼 깨달았다.

작은 설화 하나에 공동체 전체의 긴장을 풀어 주고 구성원을 결속시키는 힘이 있다고, 그것이 종국에는 집단 정체성의 바탕을 이룬다고 나는 확신한다. 비슷한 감정을 느끼며 함께 이야기를 듣다 보면 동질감이 싹트는 것이다.

그렇게 그리스인들은 호메로스의 『오디세이아』에서, 히브리인들은 『성경』에서, 기독교인들은 『신약』에서, 공산주의자들은 카를 마르크스의 『자본론』에서 정체성을 발견했다.

책 한 권, 이야기 한 편은 〈에그레고르〉, 다시 말해 하나로 연결된 생각의 구름 같은 것을 만들 수 있는 위력을 지녔다.

달려든 친구들에게서 몸을 빼며 쑥스러워하는 다비드에게 내가 말했다.

「고마워. 네 덕분에 방금 결정적인 사실을 깨달았어.」

그가 영문을 모르겠다는 얼굴로 눈썹을 찡그렸다. 정작 그는 방금 자신이 발휘한 위력을 의식하지 못했던 것이다. 상대에게 결핍감을 유발해 놓고 그것을 충족시켜 주는 것은 마요네즈를 만들 때 식용유를 조금씩 첨가하면서 점성을 만드는 것과 같은 원리다. 시간과 배합이 성패를 결정한다. 너무 서둘러도, 너무 느려도 마요네즈를 망치게 된다.

그런 생각을 하다 금방 잠이 들었다.

다음 날 아침 눈을 떠보니 날씨가 화창했다. 아래쪽 대피소가 시야에 들어올 만큼 맑은 날씨에 하산하는 일은 어렵지 않았다. 허기진 상태에서 첫 번째 대피소 일행과 합류해 먹은 아침은 꿀맛이었다. 좌절감과 기다림이 충족감을 배가해 준다는 증거겠지.

등산을 마치고 집에 돌아와 단숨에 〈지하실〉이라는 제목의 단편을 썼다. 이야기에 등장하는 가족은 퐁텐블로 숲 근처의 주택 한 채를 상속받는다. 그 집 지하실 입구에는 〈절대 이 문을 넘어가지 말 것〉이라고 적혀 있다.

얼마 동안은 아무 일도 일어나지 않는다. 그런데 어느 날 가족이 키우던 개가 문 밑에 난 틈을 통해 지하실로 사라진다. 개는 한참을 컹컹 울부짖더니 어느 순간부터 더는 짖는 소리가 들리지 않는다.

첫 번째 노란 테니스공.

그러자 개를 아끼던 소년이 문을 넘어 지하실로 내려가더니 다시 올라오지 않는다.

두 번째 노란 테니스공.

이번에는 아들을 찾으러 간 아빠가 실종된다.

세 번째 노란 테니스공.

결국 경찰이 행동에 나서 지하실을 수색한다. 밑에 내려갔던 경찰관 하나가 올라와 실성한 듯 눈을 부릅뜨고 소리친다.

「저기 내려가면 안 돼! 끔찍한 걸 보게 될 거야.」

결말만 남긴 상태에서 나는 다비드식 〈아아아악〉 말고 다른 방식을 찾고 싶었다. 결국 가족 중 마지막으로 남은 엄마를 지하실로 내려보낸 다음 그 뒤를 따라가는 방식을 택했다. 지하실로 통하는 문을 넘자 지하 수십 미터까지 이어지는 나선형 계단이 나온다.

마침내 바닥에 다다른 엄마는 그 집을 상속한 과학자가 여전히 살아 있다는 사실을 알게 된다. 그는 지하에서 숨어 지내며 자신이 〈내계 생명체〉라고 이름 붙인 종과 소통하기 위한 실험에 몰두하고 있었다. 그 종은 다름 아닌…… 개미였다.

열일곱 살, 혼자 뤼탱 군대와 전쟁을 벌이다

「오늘 밤에 당신을 죽여 버리겠어. 몸집은 작지만 우린 여러 명이야.」

일찍부터 경제적 독립을 꿈꾸던 나는 이론 교육과 실습을 거쳐 보조 교사 자격증을 땄다. 방학 때 일해서 돈을 벌기에는 그만한 게 없어 보였다.

1978년, 고등학교 2학년 때 바칼로레아 프랑스어 시험에 합격하고 즉시 툴루즈 인근의 한 여름 캠프에 지원해 보조 교사로 채용되었다. 군인 자녀들이 참가하는 그 캠프에서 일하는 보조 교사는 나만 제외하고 모두 군 복무 중인 병사거나 직업 군인이었다.

나는 기타를 가져간 덕에 캠프에서 인기가 많았다.

캠프 첫날 저녁, 나는 비틀스와 조르주 브라상의 노래들, 니노 페레의 「남쪽」, 그리고 당시 단골 레퍼토리였던 닐 영의 「하비스트」 앨범 수록곡들을 연주해 청중의 뜨거운 호응을 얻었다. 즉석 공연이 끝나고 앞으로 내가 맡을 열 살에서 열두 살 사이 아이 아홉 명과 인사를 나눴는데, 만나자마자 특이한 사실 하나를 발견했다. 그들 관계에 부모의 계급이 고스란히 반영되어 있었던 것이다.

대장 노릇을 하는 금발 소년은 대령의 아들이었다.

그는 대위의 아들을 오른팔로 두고 수족처럼 부렸다. 두 우두머리 밑으로 하위 계급인 중위, 소위, 상사, 중사, 하사의 아들이 줄줄이 있었고, 가장 서열이 낮아 동네북처럼 괴롭힘을 당하는 아이는 헌병의 아들이었다. 소년이 빨간 머리에 허약한 체구라는 것도 상황을 악화하는 요인이었다.

대령 아들의 주도하에 사내아이들이 수시로 빨간 머리

소년을 괴롭히는 걸 보다 못해 나는 공개적으로 피해자의 편에 서서 가해자를 혼냈다. 금발 소년에게서 날이 긴 접이식 칼을 압수하기도 했다.

빨간 머리 소년을 보호하려다 보니 결국 금발 소년과는 척지고 말았다. 하루는 자고 일어나 보니 기타 줄 하나가 끊겨 있었다. 재빨리 탐문해 보니 놀랍게도 빨간 머리 소년이 범인이었다. 「네가 새로 온 보조 교사한테 알랑방귀를 뀌어 대지 않는다는 걸 우리한테 증명해. 방법은 딱 하나, 가서 그의 기타 줄을 하나 끊어 놔.」 금발 소년의 협박성 요구에 결국 빨간 머리 소년이 굴복해 일어난 일이었다.

그때부터 금발 소년과 나 사이에 전쟁이 시작되었다.

나는 그가 하고 싶어 하는 캠프 프로그램에 참여하지 못하게 했고, 아끼는 물건이라며 접이식 칼을 끈질기게 돌려 달라고 할 때는 서슴지 않고 그를 거칠게 대했다.

동료 보조 교사가 보다 못해 말했다.

「네가 쓰는 방법은 좋은 방법이 아니야. 때려서 가르쳐야지. 그러지 않으면 아이들이 절대 널 존중하지 않을 거야. 여긴 군대야. 군인 자녀에게 익숙한 언어를 사용해야 한다는 말이야. 네가 행동으로 보여 주지 않으면 아이들이 너를 만만히 볼 거야.」

신고 있던 밑창이 두껍고 묵직한 전투화를 들어 올리며 그가 아이들의 엉덩이를 걷어차는 시늉을 했다. 자격증 교육 때 그런 상황에 대처하는 법을 따로 배운 적이 없어 나는 폭신한 폼 밑창이 달린 조깅화만 가져간 상태였다.

긴장이 날로 고조되었다. 나는 금발 머리가 부하들을 데리고 빨간 머리를 괴롭히는 장면을 목격할 때마다 나서서

약한 아이의 편을 들었다.

급기야는 칼과 무기가 될 만한 물건, 가령 곤봉이나 새총까지(미래에 부모의 직업을 물려받을 아이들이어서 그랬는지 무기에 대한 애착이 정말 강했다) 모두 놈들한테서 압수했다.

캠프 마지막 날 저녁, 금발 소년이 내 면전에 대고 저주와 다름없는 말을 내뱉었다.

「오늘 밤에 당신을 죽여 버리겠어. 몸집은 작지만 우린 여러 명이야.」

나는 또 한 번 동료 교사들에게 조언을 구했다. 내가 군복무를 하지 않아 소년들이 우습게 본다면서, 말이 먹히게 하려면 완력을 써야 한다는 대답이 돌아왔다.

「망설이지 말고 일단 세게 후려쳐 버려. 대화가 가능한지는 나중에 천천히 생각해 봐도 되니까.」

한 동료가 진지하게 조언했다.

말이야 쉽지만 군인 자녀들의 심리를 잘 모르는 나로서는 선뜻 그러기가 쉽지 않았다.

녀석들이 실제로 위협을 실행에 옮길지 궁금해하면서 불안한 마음으로 밤을 기다렸다. 한밤중이 되어서야 발소리가 들렸다. 빨간 머리 소년이 급히 뛰어와 녀석들이 근처에 도착했다고 알려 줬다.

〈당하느니 선수를 친다〉는 생각으로 재빨리 옷을 챙겨 입고 밖으로 나갔다.

여덟 녀석이 다 와 있었다. 무기를 하나씩 손에 쥔 걸 보니 내가 압수한 무기를 감춰 뒀던 곳을 찾아낸 모양이었다. 대령의 아들이 맨 앞에서 접이식 칼을 들고 나를 노려봤고,

곤봉이나 작은 칼을 하나씩 든 나머지 녀석들이 우두머리를 옹위하며 뒤에 서 있었다.

드디어 격돌이 시작되었다. 먼저 말의 격돌.

「다들 당장 방으로 돌아가서 자!」

나는 정색하고 단호하게 말했다.

금발 소년은 못 들은 체하며 도발적으로 입을 실쭉했다. 그는 마침내 찾아낸 접이식 칼을 보란 듯이 내 앞에서 흔들어 댔다.

다른 녀석들은 공격 신호가 떨어지기만을 기다리는 눈치였다.

일촉즉발의 대치 상태.

코르시카섬에서 해변 간이식당 주인이 내 목에 권총을 들이댔을 때처럼 시간이 더디게 흘렀다.

이번에도 내 정신은 육체를 빠져나가 밖에서 그 광경을 지켜보기 시작했다.

그때 윌리엄 골딩의 소설 『파리 대왕』을 떠올렸다. 그 이야기에서도 소년들이 폭력성에 압도당해 어리석은 녀석을 우두머리로 떠받들지.

누가 아이들이 순진하다고 했지?

〈보조 교사 하나를 해치우겠다〉며 떼를 지어 몰려온 여덟 소년을 봤으면 절대 그런 소리를 못 했겠지.

하긴, 같은 부족 어른이나 맹수와 일대일 대결을 펼쳐야 비로소 전사의 자격을 얻는 원시 부족이 있다는 얘기를 들어 보긴 했다.

나는 눈을 부릅뜨고 금발 소년을 노려보면서 호통치듯 다시 말했다.

「어서, 당장 침대로 돌아가, 지금 당장!」

미리 연극 수업을 들어 뒀다면 혹시 도움이 되었을까? 하지만 내 말투는 본래 권위와는 거리가 멀다. 타고나길 조용하고 부드러운 음성을 가졌는데 그런 상황에서 그 점이 불리하게 작용할 줄 어떻게 알았겠나.

게다가 나는 연기에도 젬병이다. 세르주 갱스부르의 조언대로 한 번도 내가 아닌 다른 사람을 연기하며 산 적이 없다. 고압적인 사람은 나부터가 딱 질색이다.

금발 소년은 무기를 들고 내 앞에 버티고 서서 당장에라도 달려들 기세로 씩씩거렸다.

놈의 부하들은 우두머리의 입에서 나에 대한 사형 선고가 내려지기만을 기다렸다.

세월이 흐른 뒤 우연히 스티븐 킹의 단편소설 「옥수수밭의 아이들」을 읽다가 청소년들이 무리 지어 다니면서 혼자 있는 어른을 공격하는 장면에서 그때 일을 다시 떠올렸다.

대치 상태가 지속되었다. 나는 세 번째로, 여전히 크게 확신이 없는 목소리로 다시 소리를 질렀다.

「당장 돌아가서 자란 말이야!」

그때 무슨 소리가 들렸다. 아이들은 다른 보조 교사가 나를 도우러 오는 줄 알고 줄행랑을 쳤다.

지금까지도 나는 그 구원의 소리의 정체를 모른다.

아이들이 돌아갔는지 확인한 뒤 침대로 돌아와 누웠지만 밤새도록 뒤척였다. 내 방문은 안에서 잠글 수 없는 구조였다. 아이들이 언제 또 잠든 나를 공격하러 돌아올지 모르는 일이었다.

다음 날, 캠프를 떠나기에 앞서 교장을 찾아가 간밤의 일을 상세히 들려주고는 물었다.

「제가 뭘 놓친 것 같아요. 어떻게 하는 게 최선이었을까요?」

반백의 머리에서 윤기가 나는 교장이 사람 좋은 웃음을 지었다.

「헌병 아들인 그 빨간 머리를 혼냈어야지.」

「그게 무슨 말씀인지?」

「빨간 머리를 야단치고 금발 머리를 총애했으면 애초에 문제가 생기지 않았을 걸세. 금발 머리가 자네의 선택을 받았다는 사실에 으쓱해져서 고분고분 말을 잘 들었을 테니까. 게다가 나머지 아이들까지 휘어잡아 자네 지시를 따르게 했을 거야. 그랬다면 조화로운 그룹이 만들어졌겠지. 부당하더라도 빨간 머리를 혼냈더라면 그룹 전체가 자네한테 호감을 느꼈을 거야. 아이들은 자네가 자신들의 행동에 신뢰를 보인다고 생각했을 테니까. 그렇게 일단 그룹 전체를 장악한 상태에서 얼마든지 요령을 발휘해 빨간 머리를 괴롭히지 못하게 할 수 있었을 걸세.」

나는 어안이 벙벙했다. 교장은 편협한 생각에 사로잡혀 일을 그르친 무지한 초심자를 가르치는 위대한 현자처럼 고개를 끄덕였다.

「앞으로 보조 교사 일은 하지 말아야겠습니다. 저한테 맞지 않는 것 같아요. 말씀 감사히 들었습니다. 방금 정치의 세계가 작동하는 원리를 얼핏 깨달은 것 같아요.」

그 일은 내가 힘의 관계가 지배하거나 위계질서가 엄격한 조직에 적합한 사람이 아니라는 것을 깨닫는 계기가 되었다. 한편 그 긴장감 넘치던 경험은 나중에 소설에서 비슷한 장면을 묘사할 때 적잖은 도움이 되었다.

11번 아르카나: 힘

  카드 속 여인이 양손으로 사자의 아가리를 벌려 잡고 있다. 그녀는 잘 길든 사자를 마음대로 부릴 수 있는 것처럼 보인다.

  여인은 숫자 8을 옆으로 눕혀 마치 무한대 기호처럼 보이는 모자를 머리에 썼다.

  자신이 가진 에너지의 위력을 깨닫게 된 그녀는 그 힘을 스스로 조절하고 상황에 맞게 적절히 안배할 수도 있다.

열일곱 살, 탑을 쌓아 올리듯 매일 아침 글을 쓰다

〈소설가가 되는 비결은 하루도 빠짐없이 매일 아침 같은 시간에 글을 쓰는 것이다.〉

열일곱 살에 읽은 인터뷰 기사에서 (고등학교 과학 계열 진학에 실패한 내게 큰 위로가 되어 준 소설들을 쓴) 작가 프레데리크 다르는 이렇게 말했다. 작가가 되기 위해서는 철저한 시간 관리가 필수인데, 그 자신은 매일 아침 네 시간씩 글을 쓴다는 것이었다.

법대에 진학한 나는 오후에만 수업이 있어 오전 시간이 비는 점을 활용해 보기로 했다. 프레데리크 다르와 똑같은 규칙을 만들어 매일 아침 8시부터 12시 30분까지 글을 쓰기로 정했다. 작품의 구도를 짜든 실제로 이야기를 쓰든 무조건 하루에 열 장씩 써보자!

규칙을 실행에 옮기자 〈향기와 음악이 있는 만화〉의 시나리오로 썼던 단편 「개미 제국」이 콩나물 크듯 자라 몇 달 만에 1백 장가량의 중편으로 변했다. 그러고는 순식간에 5백 장, 1천 장짜리 대작이 되었다.

모험의 집결체인 개미 이야기에 사람의 척추에 해당하는 뼈대가 필요하다고 판단한 나는 세상에서 가장 조화로운 건축 양식이라 여기는 대성당 구조를 도입하기로 했다. 그 중에서도 특별히 아미앵 대성당의 구조를 바탕에 깔기로 마음먹었다.

재미 삼아 이합체시 형식을 빌려 이야기 속에 감춰진 이야기를 눈 밝은 독자가 찾아낼 수 있게 하기도 했다.

그런데 집필 중간중간 친구들에게 시험 삼아 읽혔을 때 첫 서른 장을 넘기는 친구가 거의 없었다.

재미없는 이야기라는 걸 인정해야 했다.

하지만 포기하지 않았고, 1천2백 장에 이르는 소설의 첫 번째 버전을 마침내 완성했다. 그러고는 첫 번째 버전을 다시 읽지 않고 바로 두 번째 버전을 쓰기 시작했다. 1천2백 장짜리 버전 B를 완성해 다시 친한 친구들에게 읽혔다.

여전히 따분해하는 눈치였다.

하지만 내 사전에 포기란 없었다.

무에서 유를 창조하는 마음으로 다시 버전 C를 완성했다.

심장 수술이야 한 번 실패하면 그걸로 끝이지만 소설은 얼마든지 다시 쓸 수 있다. 그게 글쓰기의 최대 장점이다.

당시 틈틈이 읽던 귀스타브 플로베르의 『살람보』에 등장하는 전투 장면들에서 많은 영감을 받았다.

『살람보』를 전범 삼아 개미 수천 마리가 펼치는 춤사위를 보는 것 같은 대형 전투 장면을 여덟 개 만들어 냈다. 정밀한 묘사를 위해 스토리보드를 그렸는데, 세부 장면마다 클로즈업 숏, 미디엄 숏, 와이드 숏, 하고 카메라 거리의 변화를 표시해 놓았다.

지인들을 상대로 또다시 완성된 원고를 테스트하는 시간.

「이번엔 어때?」

반응은 여전히 뜨뜻미지근했다. 첫 1백 장을 넘긴 사람이 거의 없었다.

나는 포기하지 않고 다시 전혀 다른 새 버전을 완성했다.

버전 D.

다시 주변에 읽혔지만 반응은 그대로였다.

그때 깨달았다. 나한테는 열차로 치자면 객차에 해당하는 무수한 개미 이야기들만 있을 뿐, 그 객차들을 끌어 줄

기관차가 없다는 것을.

어디서 기관차를 찾지?

문득 오래전에 쓴 단편 「지하실」이 떠올랐다. 그걸 읽은 사람들은 즉각 흥미를 보였었지.

마음을 다잡고 다시 「개미 제국」의 새 버전을 쓰기 시작했다. 제목도 간단히 〈개미〉로 바꿨다. 버전 E는 지하실 입구에 〈지하실로 내려가지 말 것〉이라는 안내판이 붙어 있는 집으로 한 가족이 이사하는 장면으로 시작했다.

그 새로운 버전에 일종의 전환 메커니즘을 도입했다. 챕터가 바뀔 때마다 인간의 눈높이에서 펼쳐지는 세상과 아주 작은 개미들의 눈에 비치는 세상이 교차해 등장하게 한 것이다.

지하실의 존재가 지닌 서스펜스의 힘이 각 챕터에 해당하는 객차들을 끌고 나가는 기관차 역할을 해줬다.

마침내 독자들을 붙잡아 둘 방법을 찾아낸 것이다. 11번 타로 속 여인이 사자의 아가리를 벌려 붙잡고 있듯이 말이다. 서스펜스의 작동 방식을 깨닫고 나니 치밀하고 짜임새 있는 서사를 만드는 건 어려운 일이 아니었다.

열여덟 살. 앞으로 앞으로

「법학 공부는 앞으로 자네들 인생에 유용하게 쓰일 두 가지 기술을 가르쳐 줄 걸세. 유혹하는 기술과 속이는 기술.」

매일 오전 시간을 소설 창작에 썼으니 진급 시험에 실패한 건 당연한지도 몰랐다.

자업자득이었다.

결국 나는 1979년 가을에 법대 1학년 과목을 재수강해야 했다.

극우 학생들이 간혹 소요를 일으킬 때 말고는 대부분의 강의가 비교적 차분한 분위기에서 진행되었다. 교수 중에는 대형 강의실 연단에 서서 큰 소리로 자신의 저서를 읽는 것으로 수업을 대신하는 사람들이 있었다. 책을 사서 읽으면 굳이 강의에 올 필요가 없다며 노골적으로 책 장사를 하는 걸 보니 수입이 짭짤한 모양이었다.

나는 주어진 환경에서 의미를 찾기 위해 나름대로 최선을 다했다.

그해 가을에 수강한 형법과 민법, 혼인법 강의에서 교수들은 입양, 이혼, 상속, 가정 폭력, 이웃과의 재산권 분쟁 등등 다양한 분야를 다뤘다.

그런데 알면 알수록 법이라는 것은 결국 이해관계가 상충할 때 쩨쩨한 상대방보다 내가 더 이익을 취할 방법을 찾아내는 기술이라는 생각이 들었다.

법학 과정 또한 굵직굵직한 법 내용 암기가 중심이었던 탓에 별 흥미를 느끼지 못했던 나는 범죄학 연구소 강의에 등록해 학교 공부와 병행하기 시작했다. 범죄학 연구소 강의는 훨씬 흥미진진했다.

독극물의 종류를 알아내는 방법, 핀으로 자물쇠를 따고 서명을 위조하는 방법 등을 배우고 있으면 비밀 요원이라도 된 듯한 기분이었다.

범죄 실행의 심리를 분석하는 수업은 가장 흥미로운 강의였다. 사회 구성원이 그동안 받은 교육과 타인에 대한 공감력이 범죄의 안전장치로, 다시 말해 심리적 빗장으로 작동한다고 할 때 과연 그는 어떤 순간에 빗장을 풀고 범죄를 실행에 옮기게 되는 걸까? 대체 그 순간 어떤 심리가 발동하기에 타인에게 위해를 가하는 행동을 저지르게 되는 걸까?

「분석의 대상부터가 불완전하다는 사실을 알아야 해요.」

범죄학 교수가 설명했다.

「우리가 아는 건 범행이 발각되어 붙잡힌, 다시 말해 영리하지 못한 범죄자들이니까요. 머리 좋은 범죄자들은 여전히 사회에서 활개를 치며 돌아다니고 있으니 그들에 관해서는 알 길이 없는 거죠.」

범죄학 강의에서 배운 내용을 실제로 적용도 해보고 앞으로 쓸 소설에 등장시킬 인물들에 관한 아이디어도 얻을 겸 수요일마다 툴루즈 경범 재판소에 가서 재판을 방청했다.

거기서 차마 믿기지 않는 장면을 목도할 때도 있었다. 담당 판사를 보좌하는 배석 판사들이 검은 법복 차림으로 재판석에 앉아 재판 도중 코를 골며 조는 게 아닌가. 그런데 아무도 개의치 않는 눈치였다. 함께 재판을 방청하던 친구가 재판석 중앙에 앉은 판사가 아무래도 피고의 옷차림에 따라 선고를 내리는 것 같다고 귓속말했다. 우리는 급기야 판사가 판결문을 읽기도 전에 대략 형량을 예측할 수 있게 되었다. 입성이 꾀죄죄한 피고는 징역 1년의 실형. 말쑥한 차림의 피고는 집행 유예 6개월.

와! 나중에 내 소설에 등장시킬 또 하나의 인물 유형을 만났는걸.

중죄 재판소, 다시 말해 중대한 범죄를 다루는 법원의 재판정에서도 인상적인 장면을 목격했다. 피고는 유명 배우

페르낭델처럼 얼굴이 길쭉하게 생긴 체격 좋은 흑인이었다. 흰 턱시도에 빨간 나비넥타이를 매고 피고석에 앉은 그는 검사가 기소 내용을 읽어 내려가는 내내 함박웃음을 지었다. 툴루즈 마타비오 기차역 근처의 술집에서 종업원으로 일하던 그는 사장과 내연 관계였다고 한다. 그런데 어느 날 갑자기 사장이 그를 해고하더니 다른 남자 종업원을 고용해 애인으로 삼은 것 아닌가. 그는 한밤중에 정사 중인 두 남녀를 덮쳐 마체테를 휘둘렀다. 그러고 나서 시신에서 내장을 꺼내 별 모양으로 펼쳐 놓고 꼭지 부분마다 초를 켜 놓았다고 한다.

경찰이 범행 현장에서 찍은 사진이 배심원들에게 전달되었다. 사진을 받아 든 배심원들의 얼굴이 하얗게 질렸다. 몇몇은 혼절이라도 할 것 같았다. 변론 차례가 되어 변호사가 자리에서 일어나 입을 열려고 하자 피고가 연극배우 같은 제스처를 취하며 말을 가로막았다. 그가 만면에 웃음을 띠고 일장 연설을 시작했다.

「지금 사진만 보고 여러분의 감정을 싣는다면 저를 나쁜 놈으로 여기게 될 겁니다. 거기다가 아무것도 모르는 변호사가 하는 멍청한 소리까지 듣고 나면 저에 대해 더 나쁜 이미지를 갖게 될 거예요. 자, 지금부터 제 얘기를 속 시원히 들려 드릴 테니, 배심원 여러분, 그리고 판사님, 잘 듣고 판단해 주시길 바랍니다. 정상적인 상황이라면 저는 지금 여기 피고석에 앉아 있을 게 아니라 훈장을 받아야 해요. 제가 사장과 그 애인 놈을 죽인 건 그 두 연놈이 악귀에 씌었기 때문이에요. 그들을 죽여 악마의 손아귀에서 풀어 줬을 뿐이에요. 어디 그뿐인가요. 사악한 기운에 사로잡힌 그들로부터 이 공동체 전체를 지켜 줬죠. 제 고향 아이티 사람들은 이게 무슨 말인지 다 압니다. 그 나라에서는 날 이렇게 법정에 세우는 게 아니라 대통령이나 장관이 포상을 해줬을 거예요. 훈장을 수여했을 거란 말입니다. 한데 이 나라에서는…… 풋! 그저 겉모습만 보고 판단하려 들죠. 이해하지도 못하는 이방의 의식들에 대해 제멋대로 가치 판단을 내린단 말입니다.」

나는 그가 악마의 위험성을 이해 못 하는 판사들의 무지함을 안타깝게 여긴다는 인상을 받았다.

고객의 심신 미약을 주장하기 위해 변호사가 변론을 재개하려 하자 피고 사내가 호통쳤다.

「넌 입 다물어, 이 한심한 꼭두각시야. 무지한 건 너도 매한가지야.」

사내가 온갖 기괴한 표정을 지어 가며 변호사의 몸짓을 흉내 내자 방청석에서는 웃음이 터져 나왔다.

피고는 두 건의 살인에 대해 징역 7년의 실형을 선고받고 법정을 나서면서 큰 소리로 외쳤다.

「대단히 실망스러운 판결이지만 난 당신들을 원망하고 싶진 않소. 이거 하나는 확실해 말해 두지. 감옥에서 나오는 즉시 나는 악마와의 싸움이라는 내 신성한 사명을 다시 받들 것이오.」

법정에서 본 흥미로운 장면들과 수업에서 공부한 범죄 사건들을 바탕으로 촌극을 만들어 보고 싶어, 연기를 전공하는 친구들과 범죄학 수업에서 만난 친구들을 모아서 STAC(Satirique Théâtre Atroce et Cynique)라는 이름의 극단을 만들었다. 하지만 한 번도 단원 전체가 모여 보지 못한 채, 그 연극 프로젝트 역시 록 그룹처럼 불발로 끝났다. 내 한계를 다시금 깨닫게 해주는 실패의 경험이었다. 나는 규율을 강제하는 능력이 없는 리더였던 것이다.

학교 바깥에서는 여전히 『오젠의 수프』 발행을 지도했다. 『외포리』로 이름은 바뀌었지만 그 신문에는 예전과 다름없이 만화와 단편소설이 실리고, 향수를 묻힌 종이 막대기가 끼워져 독자들에게 배포되었다. 만화가 몇 명이 새로 합류하기도 했다. 그중 특히 그림에 천재적 소질이 있는 툴루즈 출신의 수의사 미셸 데제랄드는 내게 많은 도움을 줬다.

고등학교 때 친구 파브리스 코제가 『파운데이션』을 통해 아시모프의 세계에 눈뜨게 해줬다면, 데제랄드는 『듄』이라는 신세계를 만나게 해줬다. 이야기가 워낙 복잡해 세 번을 읽고 나서야 온전히 그 세계에 빠져들 수 있었다. 또 하나의 경이로운 발견이었다.

『듄』은 단순히 소설이 아니라 하나의 물리적 경험이다. 그 책에는 말을 하는 등장인물의 머릿속 생각이 글로 적혀 있다. 독자 입장에서는 아주 긴 대화를 읽게 되는 셈인데, 이를 통해 말 뒤에 감춰진 인물의 의도를 파악할 수 있다. 과학자 출신인 저자 프랭크 허버트는 장기간 사막에서 사구(듄)의 움직임을 연구한 내용을 바탕으로 물이 전혀 없는 생태계를 상상해 낸다. 전권을 단숨에 읽어 내려가며 나는 궁금함을 떨칠 수가 없었다. 한 사람의 말과 생각 사이에는 얼마만큼의 간극이 존재하는 걸까?

〈개미〉를 고쳐 쓰는 작업도 병행한 끝에 드디어 버전 H를 완성했다. 그 새로운 버전에는 범죄학 수업에서 알게 된

베르나르 베르베르가 발행을 지도한 학교 신문 『외포리』.

내용이 많이 활용되었다.

나는 이야기 전체에 불안감을 깔고 긴장감을 높일 목적으로 등장인물들의 심리를 더욱 섬세하게 다듬었다.

소설을 여러 번 고쳐 쓰는 습관은 그때 시작되어 지금까지도 계속되고 있다. 나는 그런 작업을 상대가 가진 구슬의 색깔과 배치를 정확히 맞추기 위해 여러 조합을 시도해야 하는 〈마스터마인드〉 보드게임처럼 생각하며 한다.

한 가지 플롯을 테스트해 봤는데 뭔가 맞지 않고 삐걱거리는 게 발견되면 전혀 다른 플롯을 테스트해 보는 식이다. 그렇게 테스트를 거듭하며 여러 버전을 시험하다 보면 결국 마음에 드는 이야기가 나오게 마련이다.

독서량도 이전보다 엄청나게 늘렸다. 그때부터는 단순히 읽기 위한 독서가 아니라 쓰기 위한 독서, 다시 말해 기술적인 독서를 하기 시작했다. 구체적으로 어떤 장면들이 어떻게 연결되어 특정한 감정을 유발하는지 분석하면서 책을 읽었다.

나는 방대한 독서를 통해 글쓰기에 필요한 두 가지 상호 보완적 기술의 중요성을 다시금 확인했다. 우스갯소리의 메커니즘과 마술의 메커니즘.

독자의 흥미를 끌기 위해선 이렇게 해야 한다.

1) 독자에게 이야기의 대략적인 밑그림을 보여 준다.

2) 중요한 뭔가를 계속 숨긴 채 서사를 전개해 나간다.

3) 독자가 흥미를 잃지 않게 자잘한 요소를 조금씩 드러내 보여 준다.

4) 마지막에 가서 한 방에 해답을 제시함으로써 놀라움을 선사한다.

5) 놀라움 속에 마술이 끝나는 것으로 등장인물들의 여정이 마무리되면, 이야기 전체의 극적 효과를 높이는 동시에 피날레를 장식할 마지막 터치를 추가한다. 일명 〈체리 장식 효과〉.

어찌어찌해서 겨우 법대 1학년 과정과 범죄학 과정을 마쳤지만 두 학문 모두에 그다지 큰 열정을 느끼긴 못했다.

그해 어느 사회학 교수가 강의 중에 한 말이 내 마음에 두고두고 파문을 일으켰다.

「법학 공부는 앞으로 자네들 인생에 유용하게 쓰일 두 가지 기술을 가르쳐 줄 걸세. 유혹하는 기술과 속이는 기술.」

우리가 암기한 깨알 같은 법전의 내용들은 결국 법망을 피할 방법을 찾는 데 쓰이게 되겠지…….

유혹하는 기술과 속이는 기술? 내가 그리는 행복한 삶은 그 두 가지로는 얻을 수 없다고 생각했다.

열아홉 살. 미국 무전여행

「이 카드를 뒤집는 게 확실해요?」

법대 1학년 과목을 재수강하고 나서 방학 때 툴루즈 일간지인 『라 데페슈 뒤 미디』에 문서 관리자로 취직해 번 돈을 들고 친구 에리크 르 드레오와 함께 두 달간 동서 횡단 일주를 하기 위해 미국으로 떠났다.

각자의 수중에는 달랑 2천 프랑(약 3백 유로)뿐이었다. 우리는 미국에 도착하고 나면 에리크처럼 브르타뉴 출신이 대부분인 프랑스 레스토랑 사장들에게 온정을 호소해 웨이터로 취직할 생각이었다.

그런데 막상 도착해 보니 그들은 브르타뉴 출신이긴 해

도 연대감이라곤 없는 사람들이었다. 우리한테 일자리를 주긴커녕 그 유명한 그린카드가 없다고 이민국에 고발하겠다는 위협도 서슴지 않았다.

기대했던 수입원이 사라져 걱정이 이만저만이 아니던 차에 뉴욕 5번 애비뉴를 걷다가 눈이 번쩍 뜨이는 광경을 발견했다. 한 사내가 카드 마술을 펼치고 있었는데, 세 장의 카드 중에 딱 하나 있는 빨간 카드를 맞히면 내기 금액의 일곱 배를 돌려주겠다고 했다.

나중에 알고 보니 그건 〈스리 카드 몬테Three Card Monte〉라는 유명한 카드 마술이었다.

우리가 보는 앞에서 한 사람이 10달러를 걸었다. 그가 빨간 카드를 맞히고 70달러를 받아 갔다. 두 번째, 세 번째 사람이 연이어 돈을 따 갔다. 에리크와 나는 돈을 일곱 배로 불리겠다는 순진한 생각에 수중에 있던 돈의 일부를 걸기로 했다.

어떤 카드가 빨간 카드인지 확신이 선 에리크가 손가락으로 가리키는 것만으로는 마음이 놓이지 않았는지 문제의 카드를 눌러 움직이지 못하게 했다. 모서리가 눈에 띄게 닳아 있는 카드였다.

한 아주머니가 다가와 내게 귓속말했다. 「도망쳐, 저놈들 도둑놈들이야.」 반쯤 정신이 나가 있던 우리 귀에 그 말이 들어왔을 리가 없지.

에리크는 확신에 차 있었다.

나는 허리 가방을 뒤져 마지막 남은 지폐 몇 장을 꺼내 테이블에 올렸다. 드디어 확인의 순간. 에리크의 손가락이 얹어진 그 모서리 닳은 카드의 색깔은 검정이었다.

순간 지구가 자전을 멈췄다.

나는 혹시라도 카드 색깔이 바뀔까 해서 눈을 비비고 한 번 더 확인했다.

하지만 기적은 일어나지 않았다.

지금 와서 생각해 보면 그때 돈을 잃은 게 차라리 잘된 일이었다. 그럴 가능성은 없었겠지만, 만에 하나 돈을 땄더라면 자선가일 리 없는 그 속임수 카드 마술사가 앞서 돈을 따 가는 척했던 공범들, 속칭 〈바지〉들을 끌고 우리를 뒤쫓아 으슥한 골목에서 돈을 다시 빼앗는 건 물론 시계, 여권까지 깡그리 갈취해 갔을 게 분명하기 때문이다.

실패가 꼭 독이 되는 건 아닌 법이다.

결국 우리는 둘이 합쳐 단돈 5백 프랑(대략 70유로)이 남은 상태에서 첫 도착지인 뉴욕을 떠나 2개월간의 미국 일주를 시작해야 했다.

허리띠를 졸라맬 방법을 생각하다 하루에 한 끼만으로, 그것도 매일 똑같은 유명 패스트푸드 체인에서 파는 햄버거 하나로 버티기로 했다. 당시 그 체인에서 햄버거 하나를 사면 하나를 더 주는 할인 행사를 하고 있었는데, 그 가격에 파는 햄버거가 어떤 재료로 만들어졌을지는 상상만 해도 끔찍하다. 장담컨대 소고기 패티는 아니었을 것이다. 에리크와 나는 노숙인들한테 소매치기당하지 않으려고 교대로 불침번을 서가며 기차역에서 잤다.

그러다 보면 경찰봉에 옆구리를 맞기가 일쑤였다. 의자는 승객을 위해 있는 거지 우리 같은 걸인이 잠자는 곳이 아니라는 무언의 협박이었다.

그때 에리크와 이름이 같은 그의 미국 사촌한테 며칠 신세를 지기도 했다. 에리크의 사촌인 또 다른 에리크는 펑크족 공동체에서 생활하고 있었는데, 물건을 도둑맞을까 봐 각자 벽장에 맹꽁이자물쇠를 채워 놓은 모습이 인상적이었다. 아침에 그들이 한바탕 씻고 나면 보라색, 초록색, 형광 오렌지색 닭 벗 머리에서 색이 빠져 알록달록하게 물든 샴푸 거품이 세면대와 욕조를 뒤덮었다. 그들은 그룹 클래시의 음악을 즐겨 들었다.

당시에 이미 고딕 스타일의 옷을 입었던 여자들은 내 눈에 마치 놀란 까마귀처럼 보였다.

거기서 며칠 머무는 동안 나는 미래의 소설 주인공이 될 인물들을 열심히 수집했다.

그러던 중 우연히 그리니치빌리지에서 우리가 기름값의 일부를 내는 조건으로 카풀을 할 상대를 만나게 되었다.

운전자는 이란 출신의 수학 교사였다. 그와 (에리크는 아직 운전면허가 없었으므로) 내가 교대로 운전해 로스앤젤레스까지 가기로 하고 뉴욕에서 출발했다. 어느 한적한 길에서 전혀 예상치 못한 일이 벌어졌다. 꿀벌 한 마리가 갑자기 차 안으로 날아 들어온 것이다. 운전 중이던 수학 교사가 패닉 상태에 빠져 운전대를 놓더니 성가시게 왱왱대는 꿀벌을 잡아 죽이겠다고 난리를 쳤다.

조수석에 앉아 있던 에리크가 급히 그에게 안전벨트를 채웠다.

뒷좌석에 있던 내가 몸을 날리다시피 해서 운전대를 잡아 나무가 가득한 풍경을 향해 돌진하기 시작한 차를 다시 궤도로 돌려놓았다.

이란인 교사가 악을 썼다.

「벌을 죽여야 해! 잡아 죽여야 한다고!」

나는 재빨리 앞 좌석으로 넘어가 손으로 브레이크를 잡아서 뒤로 세게 당겼다.

그제야 차가 팽그르르 한 바퀴 돌고 나서 멈춰 섰다.

나는 침착하게 창문을 내려 꿀벌을 밖으로 내보냈다. 벌은 웽 소리를 내며 꽃가루를 찾아서 가던 길로 돌아갔다.

여전히 흥분을 가라앉히지 못한 수학 교사가 소리쳤다.

「저 벌한테 쏘일 뻔했어! 잡아 죽이게 놔두지 왜 말렸어! 벌을 잡아 죽였어야 했다고!」

에리크와 나는 그가 차분해질 때까지 말없이 기다렸다.

하지만 그가 우리가 완력을 써서 일을 망쳤다면서 원망하고 툭하면 화내는 바람에 차 안에는 긴장감이 팽팽했다. 결국에는 그가 6일로 예정되었던 일정을 단축해 4일 만에 마치겠다고 선언했다. 그 바람에 라스베이거스에서 잠깐 멈춰 쉴 때 카지노에 가서 돈을 좀 따보려던 우리의 계획은 어그러지고 말았다……

게다가 그는 기름값을 더 내라고 요구했다. 우리가 거절하자 거친 욕과 위협적 언사를 써대기 시작했다. 하지만 살집만 있고 근육은 없는 자신이 날렵한 청년 둘을 상대하기는 역부족이라고 느꼈는지 이내 잠잠해졌다.

카풀 경험은 나중에 『꿀벌의 예언』 도입부를 쓸 때 도움이 되었다. 2021년에 출간한 그 소설은 1099년, 십자군의 예루살렘 포위 공격에 참가한 한 용맹한 기사가 투구 안으로 꿀벌이 날아드는 순간 당황해 어쩔 줄 몰라 하는 장면으로 시작한다.

로스앤젤레스에 도착해 다시 프랑스 식당의 웨이터 자리

를 수소문하던 에리크와 나는 한 프랑스 빵집에서 일할 사람을 구한다는 말을 듣고 찾아갔다.

문을 여는 순간 갓 구운 크루아상 냄새가 코를 자극했다. 주인이 우리를 반갑게 맞더니 그린카드 없이도 즉시 일할 수 있다고 했다. 그런데 냄새만 났지 눈을 씻고 찾아봐도 팔아야 할 크루아상이 보이지 않았다. 어리둥절해하는 우리에게 주인은 로스앤젤레스 외곽에 있는 밭에서 농사일을 하게 될 것이라고 했다. 한데 우리가 따서 바구니에 담을 것은 캘리포니아산 포도가 아니라고.

주인이 설명을 덧붙였다.

「안전한 일이니까 겁낼 필요는 없어. 여러 개의 망루가 설치되어 있어 경찰 헬리콥터가 오는지 상시 확인하고 있으니까.」

우리는 고심 끝에 그 위험천만한 제안을 거절했다.

로스앤젤레스에서 우리는 내 사촌 누나 애비의 집에 머물렀다. 애비는 할리우드에서 소품 담당자로 일했고 매형은 SF 드라마 「V」의 시나리오 작가였다. 한번은 외출했다 열쇠를 잃어버리는 바람에 창문을 넘어 누나 집으로 들어가려고 했다. 그런데 갑자기 소총과 권총으로 무장한 다섯 명의 노인이 나타나 우리를 제지하는 게 아닌가. 그 민간 순찰대가 목줄로 붙잡고 있던 맹견들이 우리를 향해 사납게 짖어 댔다. 순찰대원들은 자초지종을 듣고 누나한테 전화를 걸어 확인한 뒤에야 우리를 놓아줬다. 대서양 건너편에서는 안전 문제를 절대 가볍게 다루지 않는다는 걸 그때 알게 되었다.

나라가 다르면 풍속도 다른 법이다.

그 경험을 하고 나서 나는 〈개미〉의 버전 I에 주인공이 여행을 통해 세계관의 변화를 겪는 내용을 집어넣었다. 주인공은 새로운 삶의 방식을 접하고 충격을 받게 된다. 우물 안 개구리는 좋은 이야기꾼이 될 수 없다고 나는 믿는다. 흥미로운 이야기를 쓰려면 세상 밖으로 나가 부지런히 낯선 사람들을, 자신과 다른, 심지어는 정반대로 생각하는 사람들을 만나야 한다. 그리고 그 새로운 만남과 경험을 꼼꼼히 기록해 놓았다가 나중에 작품에 활용해야 한다.

뉴욕 5번 애비뉴에서 스리 카드 몬테 속임수를 펼치던 사내, 우리와 카풀을 했던, 꿀벌을 무서워하던 이란계 수학 교사, 공동체 생활을 하면서도 누가 자기 물건을 훔쳐 갈까 전전긍긍하던 펑크족, 뉴욕 기차역에서 만난 노숙인들, 로스앤젤레스 주택가를 지키던 은퇴자 순찰대…… 그 실제 인물들이 훗날 모두 내 단편소설과 장편소설에 개성 넘치는 모습으로 등장한다.

여러분, 고맙습니다.

스무 살. 욕조 속 개미집

「둘 중 하나만 선택해. 나야, 개미야? 개미집을 옆에 두고 잠을 잘 순 없어.」

사필귀정. 2학년 말에 치른 진급 시험에서 또다시 고배를 마셨다.

엎친 데 덮친 격으로 강직 척추염까지 재발해 며칠은 침대에서 누워 지내야 했다.

한마디로 총체적 난국이었다.

그러나 이번에도 실패를 하나의 징표로 여기고 변화를

모색하기로 결심했다. 나는 하루아침에 법대를 자퇴하고 가족과 친구들, 신문과 극단 프로젝트를 뒤로한 채 툴루즈를 떠났다. 파리로 가자. 그러고는 유일하게 기한 후 등록을 받아 준 학교인 고등 언론 학교에 입학했다.

파리 10구의 스트라스부르 대로 16번지, 엘리베이터 없는 건물 7층의 15제곱미터짜리 지붕 밑 하녀 방을 얻었다. 벽체가 얇아 겨울에는 춥고 여름에는 더운 그 집에는 욕조가 딸린 작은 욕실이 하나 있는 대신 화장실은 복도의 공용 화장실을 써야 했다.

원점에서 다시 출발해야 했다.

이제 〈실바 양품점 장남〉이 아니라 파리로 〈상경한〉 수많은 지방 청년 중 하나일 뿐이었다.

언론 학교 강의를 듣는 것 말고는 따로 할 일이 없어 다시 소설 쓰기에 매진했다.

우연히 만난 개미 전문 곤충학자들한테서 퐁텐블로 숲에 서식하는 개미들의 개미집을 테라리엄과 함께 선물로 받았다. 일개미와는 크기부터 달라 눈에 띄는 여왕개미가 세 마리 들어 있었다.

나는 그 세 마리의 여왕개미를 중심으로 2천 마리가량의 개미가 사는 작은 도시를 욕조 안에 들여놓고 관찰하기 시작했다.

부모님과 따로 사니 그런 장점은 있었다. 같이 살았으면 아무리 소설 집필에 필요하다 해도 욕조에 개미집을 들여놓고 관찰할 순 없었겠지.

투명한 테라리엄 유리를 통해 개미 도시를 관찰하다 보면 몇 시간이 훌쩍 지나가 있곤 했다.

그때마다 나는 일종의 〈신적 존재〉, 다시 말해 전지전능한 존재가 되어 축소된 세계를 관찰한다는 느낌을 받았다. 〈신〉 3부작[5]은 그때 받은 영감을 바탕으로 쓴 작품이다.

  나는 (스위치를 껐다 켰다 함으로써) 개미 도시의 낮과 밤을 결정할 수 있었고, 비가 내리게도 할 수 있었다. 먹이를 주거나 안 주거나, 온도를 높였다 내렸다 하는 것도 내 마음이었다. 유리 속에 갇힌 세계의 생살여탈권을 쥐고 있었던 것이다.

  눈앞에 바로 내 소설 속 등장인물들이 있었다.

  체스판의 말들과 달리 그들은 살아 숨 쉬었고 의지에 따라 행동했다. 숲의 나무와 하늘의 별을 관찰하는 것에 이어 개미집을 들여다보는 것은 자연과의 접속을 위한 나만의 방식이었다.

  개미들을 관찰하다 보니 자연스럽게 인간 또한 어떤 신에게(혹은 작가에게) 관찰당하고 있을지 모른다는 생각이 들었다.

  나는 실시간으로 관찰 중인 〈개미 장면〉을 넣어 버전 J를 쓰기 시작했다. 등장인물들이 눈앞에서 살아 움직이며 영감을 줬다.

  집중해서 관찰하다 보니 개미들을 구분할 수 있게 되었고 더 눈여겨보는 개미들도 생겨났다.

  개미 사회가 여왕개미와 그녀를 받드는 무수한 부지런한 일개미로 이뤄져 있다는 통념은 사실과 다르다는 것을 발

  5 〈신〉 3부작은 프랑스에서 제1부 『우리는 신』, 제2부 『신들의 숨결』, 제3부 『신들의 신비』로 각각 출간되었다. 한국어판은 그것들을 묶어 『신』으로 선보였다.

견했다.

여왕개미는 알만 낳을 뿐이지 실질적인 권력이 있지는 않다.

실제로 개미 사회를 움직이는 것은 다음과 같이 뚜렷하게 구분되는 세 부류의 개미들이다.

1) 놀고먹는 개미들. 한가하게 돌아다니면서 배고프면 먹고 쉬고 싶으면 쉬는 개미들. 알을 돌보지도, 잔가지를 물어 나르지도, 터널을 파지도 않는다. 그들을 〈빈둥거리는 개미들〉로 분류했다.

2) 아무짝에도 쓸모가 없이 일을 더 그르치는 개미들. 가령 잔가지 하나를 물고 와 통로를 막아 버리고 마는 개미들. 먹이를 물어다 엉뚱한 곳에 갖다 놓는 개미들. 그들에게는 〈서투른 개미들〉이라는 이름을 붙였다.

3) 나머지 3분의 1은 앞선 두 부류가 저지른 실수를 바로잡고 열심히 일해 공동체 전체를 먹여 살리는 개미들. 내가 〈행동하는 개미들〉이라고 통칭하는 집단.

빈둥거리는 개미들, 서투른 개미들, 행동하는 개미들로 이뤄진 개미 사회는 태초부터 지금까지 그런 방식으로 완벽하게 작동해 왔다.

인간 사회의 구성도 개미 사회와 비슷하지 않을까. 빈둥거리는 인간들 3분의 1, 서투른 인간들 3분의 1, 그 두 부류가 저지르는 실수를 바로잡는, 행동하는 인간들 3분의 1.

어느 날 저녁, 개미집에서 시끄러운 소리가 들려왔다. 평소와 뭔가 다른 소란스러움이 느껴지기에 손전등으로 테라리엄 내부를 비춰 보니 여왕개미 세 마리가 혈투를 벌이고 있었다. 여왕개미 두 마리가 결탁해 나머지 한 머리를 급수구 쪽으로 끌고 가더니 물에 머리를 처박아 죽였다. 시역 (弑逆)을 저지른 두 여왕개미는 턱을 무기 삼아 한 마리만 살아남을 때까지 다시 죽기 살기로 싸웠다.

나는 구경꾼이 되어 그 소형 전투를 지켜봤다. 내가 무슨 자격으로 밀폐된 작은 세계에서 벌어지는 싸움에 개입해 선악을 결정한단 말인가?

여왕개미들은 인간처럼 권력을 차지하기 위해 싸우는 게 아니었다. 다만 자신의 생식 세포를 다음 세대에 남기기 위해 싸웠다.

언론 학교 수업을 듣고 〈개미〉의 버전 J를 쓰는 것 외에 대부분의 시간을 나는 혼자 외롭게 지냈다. 독서와 명상이 유일한 소일거리였다. 하지만 자크 파도바니를 흉내 내 가부좌를 틀고 앉아 봐도 조용히 10분간 명상에 잠기기도 어려웠다.

돈벌이도 할 겸 지하철에서 기타 연주를 시작했다. 레퍼토리는 딱 한 곡, 레드 제플린의 「천국으로 가는 계단 Stairway to Heaven」이었다. 구걸을 꺼린 탓에 벌이는 신통치 않았지만 지하철 공연을 하는 다른 사람들을 만나 가끔 함께 한 연주는 생활에 활력을 줬다.

그 외롭던 시기에 나는 인생에 결정적 영향을 미치게 될 프랑시스 프리드만을 만나게 된다.

프랑시스는 컴퓨터학 중에서도 당시에는 지금처럼 잘 알려지지 않았던 인공 지능을 전공하는 대학생이었다. 스스로 학습하고 진화하는 인공 지능 시스템을 연구하는 신경 연결학이 그의 주된 관심사였다.

그가 내 앞에서 원대한 꿈을 털어놓은 적이 있다. 컴퓨터로 자기 정신을 그대로 복제해 불멸의 존재가 되고 싶다는 것이었다. 그때 들은 프랑시스의 이야기에서 영감을 얻어 『기억』의 등장인물을 만들었다. 『기억』 속 한 편집자는 자신이 담당하는 유명 작가의 정신을 인공 지능 프로그램에 복제해 뒀다가 작가 사후에도 계속 작품을 출간하려고 계획한다.

프랑시스는 내가 저금을 탈탈 털어 당시에는 흔치 않은 물건이었던 컴퓨터를 한 대 사게 했다. 메모리 기반 컴퓨터로 스크린 없이 자판만 있는 영국산 오릭Oric 제품이었다. 그 모델은 TV를 스크린으로 사용하고 하이파이와 연결한 상태에서 카세트테이프에 프로그램을 저장하는 컴퓨터였다. 나는 프랑시스의 권유로 베이식 언어의 기초를 배운 뒤 나만의 워드 프로세스 프로그램을 개발하고 〈밤버디어〉류의 컴퓨터 게임들도 만들었다.

또 한 사람의 미셸 비달을 만난 셈이었다. 프랑시스는 새로운 경험의 세계로 나를 인도하는 멘토였다.

컴퓨터 프로그래밍에는 중독성이 있어 한동안 빠져 지냈다. 오릭 컴퓨터를 산 지 얼마 안 되어 5.25인치 플로피 디스크 드라이버, 3.5인치 하드 디스크, 대형 프린터까지 샀다. 첨단 기술에 탐닉하는 사이 통장 잔고는 바닥을 드러냈다.

베이식 언어는 글쓰기에도 지대한 영향을 미쳤다. 그동안은 이야기를 하나의 대성당 구조물로 여기고 글을 썼다면, 그때부터는 컴퓨터 프로그램의 관점에서 〈개미〉를 개작하기 시작했다.

베이식 명령어인 〈goto〉(소설에서 한 대목과 다른 대목을 연결해 공명을 일으킨다)와 〈if-then〉(한 곳에서 어떤 사건이 벌어지면 다른 곳에서 또 다른 사건이 벌어진다. 멀리 떨어져 있는 두 장면 사이에도 인과 관계를 만들어 낸다)처럼 챕터들 간의 상호 연결을 중요시하며 글을 썼다.

컴퓨터 프로그래밍의 관점에서 이야기를 바라보게 된 나는 〈개미〉의 새로운 버전에 괄호 여닫기 개념을 도입했다. 도입부에 서사의 실마리를 던져 놓았으면(괄호 열기) 그것이 결말에 가서 매듭지어지는지(괄호 닫기) 확인하는 것이다.

지극히 당연한 소리 같지만 처음에 뭔가를 던져 놓기만 하고 나중에 가서는 흐지부지해지는 소설이나 영화가 부지기수다. 반대로 서사의 핵심 요소를 깔아 놓지도 않고 끝에 가서 독자와 관객이 납득하기 힘든 느닷없는 결말을 제시하는 작품도 있다. 가령 결말에 이르러 하늘에서 뚝 떨어뜨리듯 살인자를 지목하는, 일명 〈데우스 엑스 마키나〉 방식을 사용한 소설들 말이다.

작법에 새로운 관점을 도입하고부터는 불필요한 인물들은 빼버리고 비슷한 인물들은 하나로 합쳤다. 그 작업은 무려 1천5백 장에 달하던 버전 K의 부피를 줄이는 데 큰 도움이 되었다.

프랑시스와 나는 체스를 좋아한다는 공통점도 있었다.

실력도 엇비슷했지만 무엇보다 공격 스타일이 비슷해 같이 체스를 두면 즐거웠다. 우리는 〈제1차 세계 대전 참호전〉 방식으로 폰들을 앞으로 서서히 움직여 상대의 퇴로를 완전히 차단하는 압박식 체스가 아니라, 기습 공격과 현란한 기술에 바탕을 둔 〈로맨틱 체스〉를 즐겼다.

그런데 나와 공통점이 많은 프랑시스가 유독 즐겨 읽는 작가만은 다르다는 것을 알게 되었다. 그는 한 작가의 책만 읽는다면서 경외심마저 느껴지는 목소리로 필립 K. 딕을 언급했다.

나의 문학적 발견인 아이작 아시모프와 프랭크 허버트에 관해 아무리 얘기해도 프랑시스는 시큰둥해하며 자신의 위대한 딕과 견줄 작가는 세상 어디에도 없다고 큰소리쳤다.

솔직히 처음에는 한 작가의 작품만 읽는 편협한 사고를 지닌 사람이 친구라는 사실이 답답하고 짜증스러웠다.

프랑시스의 확신을 반박할 생각으로 딕의 작품을 읽기 시작했다. 처음 잡은 책은 『높은 성의 사내』였다. 유크로니아Uchronia 개념에 기반해 쓰인 그 이야기는 제2차 세계대전에서 연합군이 패망해 미국과 소련이 그랬던 것처럼 만약 나치 독일과 일본이 세계의 패권을 나눠 가졌더라면 어떻게 되었을지를 그리고 있다.

뒤통수를 된통 얻어맞은 기분이었다.

필립 K. 딕은 시대를 앞서가는 사고의 소유자였다.

딕은 더 깊게, 더 멀게, 더 강렬하게 세상을 지각하고 있었다.

그렇게 나는 아시모프와 허버트에 이어 세 번째 운명적 작가를 만났다. 아시모프가 지성의 힘을, 허버트가 영성의 힘을 보여 줬다면 딕은 광기의 힘을 보여 줬다. 때로는 광기가 지성이나 영성을 압도하는 법이다.

그때부터 나 또한 〈딕의 열혈 추종자Dickian〉 그룹에 합류했다.

그동안 읽었던 작가들의 작품이 뻔하고 밋밋하게만 느껴

졌다. 다들 앞선 작가들을 모방하기에 급급한 것 같았다. 딕의 작품을 모두 찾아 읽었고 그의 강연에도 참석했다.

그러면서 한 번도 해보지 않은 질문을 하기 시작했다. 〈현실이란 무엇인가?〉 〈내가 정말로 확신할 수 있는 것은 무엇인가?〉 〈만약 나를 둘러싼 세계가 환상에 불과하다면?〉 〈인간을 규정하는 것은 무엇인가?〉 〈우리 자신이 미쳤다고 자각하는 순간은 언제인가?〉 〈혹시 우리가 다들 미쳤으면서도 정상적인 양 행동하고 있다면?〉 〈어느 시점부터 기계가 인간과 동등하게 여겨질 수 있을까?〉

딕은 작품 서문에서 며칠 만에 단숨에 써 내려간 소설들도 있다고 밝힌 바 있다. 먹지도, 자지도 않고 오로지 글만 쓰는 동안 허기와 피로를 잊기 위해 암페타민에 의존했다고. 그는 LSD 덕분에 평행 세계를 엿본 경험도 털어놓았다. 그가 밝힌 글쓰기 방법 하나에 특별히 관심이 갔다. 딕은 일필휘지로 단편들을 써놓았다가 나중에 그중에서 독창적인 아이디어를 골라 발전시키는 방식으로 중편과 장편을 쓴다고 말했다. 독창적인 아이디어가 무서운 속도로 글을 끌고 나갈 때 타자 속도가 방해가 되지 않게 그도 나처럼 아주 빠르게 타자한다고도 했다.

딕의 작품은 하나같이 다른 작가들에게서는 찾아볼 수 없는 독창적인 플롯을 갖추고 있었다. 경이롭게 느껴질 정도였다.

딕의 삶은 순탄치 않았다. 그는 생후 1개월 때 죽은 쌍둥이 누이에 대한 기억에 평생 사로잡혀 살았다. 그의 연인들은 대부분 마약 중독자에 캐릭터가 독특했다. 그는 가난했고 수시로 환각제를 사용했다. 주류 문단에서 작가로 인정받지 못한다는 사실에 내내 괴로워했다. 하지만 해외에서, 특히 프랑스 독자들에게 사랑받았고 매년 프랑스 메스를 찾아 강연과 행사를 했다.

이렇듯 모국은 선지자를 알아보지 못하는 법인가 보다.

딕의 작품은 내게 제너시스의 음악과 에드거 앨런 포, 쥘 베른, 아이작 아시모프, 프랭크 허버트의 소설이 주는 감동을 뛰어넘는 전율을 체험하게 해줬다. 그의 영향으로 조로아스터교, 카발라, 그노시스주의, 마니교 등의 철학과 신비주의 교파에도 관심을 두기 시작했다.

1982년 세상을 떠난 필립 K. 딕은 그렇게 내 글쓰기 스승이 되었다. 나는 그의 문장들을 전범 삼아 글을 쓰겠다고 결심했다.

기존의 글쓰기 규칙에 새로운 규칙이 하나 더해졌다. 매일 오전 네 시간 30분씩 글을 쓰는 것 외에 한 시간을 추가해 놀라운 결말을 가진 짧은 글을 하나 더 써보자.

단편 쓰기는 새로운 소재는 물론 새로운 서사 기법과 구성을 테스트하는 실험실 같은 역할을 하게 될 것이었다. 시 형식을 차용해 보기도 하고 대화로만 구성된 이야기를 써 보기도 하고 영화의 크로스 커팅 기술을 도입해 보기도 했다. 글을 쓰지 않을 때는 다음 날에 쓸 단편의 아이디어를 찾기 위해 그날 있었던 일을 세밀하게 복기했다.

그렇게 쓰다 보니 금세 수백 편의 짧은 단편이 모였다. 당연히 완성도는 들쑥날쑥했다. 그중에서 스무 편씩을 골라 『나무』와 『파라다이스』라는 제목으로 두 권의 단편집을 출간했다.

단편 쓰기는 작가에게 꼭 필요한 일종의 훈련이라고 생

각한다. 피아니스트를 꿈꾸는 사람에게 음계 연습이 필수인 것처럼 말이다. 상상력은 마치 근육과 같아 쓰면 쓸수록 탄력이 붙고 강해진다.

딕은 독자의 마음에 들게 써야 한다는 강박에서 벗어나 독자에게 놀라움을 선사하기 위해 써야 한다는 확신을 품게 해준 작가다.

스물한 살, 아프리카 정글 속 모험

「눈이 획 돌아가게 하는 아이디어 어디 없을까?」

같이 고등 언론 학교에 다니던 친구 하나가 담배 브랜드 뉴스News가 주최하는 경연 대회 얘기를 꺼냈다. 그 회사의 슬로건은 〈뉴스, 현장을 취재하는 젊은 기자들의 담배〉이기도 했다.

내용인즉, 대담한 탐사 보도 아이디어를 제출하는 참가자들을 선발해 취재 비용을 대준다는 것이었다. 마감 직전에 부랴부랴 서류를 접수했다. 내가 낸 기획 취재의 소재는 개미였다. 개미 중에서도 열대 밀림에만 서식하면서 지나가는 길목에 있는 모든 것을 쓸어 버린다는 전설 속 〈마냥개미〉를 심층 취재할 계획이라고 양념을 쳤다.

쪽지를 넣은 병을 바다에 던지는 심정으로 참가 서류를 접수했다.

그런데 운이 좋아 세 명의 입상자 중 한 명으로 선정되어 취재 비용을 지원받게 되었다.

애초에는 (찰턴 헤스턴 주연에, 마냥개미 떼의 습격 장면이 나오는) 「네이키드 정글」의 무대가 된 아마존 밀림을 염두에 두고 브라질로 향할 계획이었다. 그러다 우연히 국립 과학 연구소CNRS 소속 촬영 팀이 마냥개미를 촬영하기 위해 3일 뒤 코트디부아르로 출발한다는 소식을 접하고 급히 목적지를 변경했다.

얼마 남지 않은 저금을 탈탈 털어 주로 종군 기자들이 쓰던 니콘의 중고 니코매트 카메라 한 대와 카메라 못지않게 무거운 매크로렌즈를 샀다. 그러고는 가방 두 개에 대충 짐을 싸서 아비장행 비행기에 몸을 실었다.

때는 1982년 3월, 내 나이 스물한 살이었다.

강의는 좀 빼먹겠지만 기자들의 현장 취재를 몸소 경험해 볼 수 있다는 기대에 부풀어 있었다. 게다가 소설의 소재이자 주인공인 개미에 관한 귀한 자료를 확보할 기회가 아닌가. 머릿속에서는 벌써 마냥개미 장면이 추가된 〈개미〉의 다음 버전이 펼쳐지고 있었다.

아비장 공항에 내리는 순간 나는 어찌할 바를 몰랐다. 도착장 여기저기서 사내들이 아우성치듯 〈택시, 택시〉를 외치고 있었다. 한 사내가 카메라가 든 내 가방 하나를 낚아채 오른쪽으로 걸어갔다. 그를 뒤따르려는 순간 다른 사내가 옷이 든 가방을 들고 왼쪽으로 걸어갔다. 눈 깜짝할 사이에 가방 두 개가 반대 방향으로 달아나고 있었지만 빽빽하게 정차된 택시들에 가로막혀 사내들을 뒤쫓을 수조차 없었다.

고립무원의 순간. 코트디부아르에 도착하자마자 짐을 다 잃어버리다니.

카메라가 든 가방이라도 찾아와야겠다는 생각에 택시 하나를 막 쫓아가려는데 식민지 시대 복장을 한 장신의 빨간 머리 사내가 나타나더니, 인파를 뚫고 달려가서 금세 양손에 가방을 하나씩 들고 돌아와 내게 떡하니 건넸다.

「자네, 아프리카는 초행이지? 그렇지?」

그가 딱하다는 듯이 나를 쳐다봤다.

우물쭈물 고마움을 표시하는 내게 그 구세주가 숙소는 정했냐고 물었다. 대답을 못 하자 친구가 운영하는 곳을 소개해 주겠다고 했다. 다음 날 아침이 되어서야 나는 간밤에 묵은 곳이 매춘 호텔임을 알았다. 호텔 주인은 마르세유 출신의 친절한 노부인이었는데, 천국에 버금가는 코트디부아르에 정착한 프랑스인들이 얼마나 행복하게 사는지 입이 닳도록 자랑했다.

과학자들과 다큐 촬영 팀이 모이기로 되어 있던 CNRS 람토 센터의 책임자와 금방 연락이 닿았다.

나는 몇 사람과 함께 당시 수도인 아비장을 떠나 고속 도로를 타고 곧 새로운 수도가 될 야무수크로를 향해 북쪽으로 달렸다. 차는 얼마 후 고속 도로를 벗어나 국도로, 이어서 지방도로 접어들었다. 수시로 꺼졌다 솟아올랐다 하는 도로 곳곳에 펑크 난 타이어가 무더기로 쌓여 있었다.

지방도는 어느새 샛길로 변해 갈수록 좁아졌다. 땜질한 것이라도 여분의 타이어를 장착한 푸조 504였기에 망정이지 다른 차였다면 덤불숲을 헤치고 나가지도 못했을 것이다. 요철이 심한 비포장 오솔길을 한참 달린 끝에야 람토 마을 입구에 도착했다. 지붕 위로 TV 안테나가 솟은 오두막들이 숲으로 둘러싸인 채 흙바닥 위에 서 있었다. 마을 어귀에서 아낙들이 절구에 곡식을 찧고 있었다. 절굿공이가 오르락내리락하는 리듬에 맞춰 부르는 그녀들의 흥겨운 노랫소리가 마을로 퍼져 나갔다.

현대식 흰색 목조 건물이 눈에 띄었다. 프랑스 과학자들의 숙소로 짐작되는 그곳에서 나도 묵게 될 모양이었다.

체크무늬 남방을 입은 르루 교수가 나를 맞았다. 그의 어린 아들이 팔에 안은 몽구스를 가리키며 이름이 타잔이라고 자랑스럽게 말했다. 하긴, 「타잔」 영화 속과 크게 다르지 않은 풍경이었다. 소년은 조그마한 케이지 여러 개에다 전갈과 내 손바닥만큼이나 크고 털로 뒤덮인 거미를 키우고 있었다. 내가 파리에서 불개미를 키우던 것과는 스케일 자체가 달랐다.

르루 교수가 마을 뒤쪽에 있는 늪에는 웬만하면 가까이 가지 말라고 주의를 줬다. 전날 밤 거기서 마을 소년이 악어에게 잡혀 난리였다고 하기에 무사하냐고 물었더니, 아이를 끝내 찾지 못했다고 대답했다. 그러고는 코트디부아르에서는 악어가 일상의 골칫거리지만 조심하면 큰일은 나지 않는다고 덧붙였다.

르루 교수의 태연한 태도에 당혹감마저 느꼈다.

「앞으로 알게 되겠지만 진짜 골칫거리는 악어가 아니라 〈진디등에〉라네.」

그가 말끝을 달았다.

「〈진디등에〉가 뭐죠?」

「모기처럼 사람을 무는 곤충이야. 그런데 몇 가지 다른 점이 있어 모기보다 훨씬 위험하지. 일단, 모기는 왱 소리를 내면서 침을 박아 넣잖아. 물리면 가려우니까 우린 침을 바르고. 그러면 침이 항균 작용을 하게 되지. 하지만 진디등에는 물 때 소리를 내지 않아. 물려도 가렵지 않고. 그러니 우리도 모르는 사이에 물린 곳에 염증이 생기는 거야.

문제는 여기서 그치지 않아. 이 벌레의 유충이 핏속에 들어가면 정말 큰일이야. 진디등에 말고도 여기 사람들은 몸속에 이런저런 기생충이 있어. 사람들 눈을 잘 들여다보면 내 말이 무슨 말인지 알게 될 걸세.」

얼마 후 정말로 눈동자 속에 연갈색 벌레가 들어 있는 노인을 만났다. 수족관 속 물고기들처럼 기생충들이 동공 양쪽 홍채에서 바글거리고 있었다.

「예방은 불가능한가요?」

「방법은 딱 하나뿐이야. 아무리 더워도 긴바지에 긴소매 셔츠를 입게. 절대 짧은 옷을 입으면 안 돼.」

뜨거운 태양 아래서 생활하면서도 연구원 중에 피부가 그을린 사람이 아무도 없는 게 그제야 이해가 갔다. 하지만 아무리 몸을 덮어도 저녁이 되면 연한 색깔의 겉옷에 빨간색 핏자국이 점점이 찍힌 걸 볼 수 있었다. 벌레에게 물렸다는 증거였다.

어느 저녁에는 르루 교수의 동료 하나가 다짜고짜 말했다.

「자네도 보이를 하나 채용하게.」

「왜요?」

「이유는 보이한테 직접 들어.」

그는 쿠아시 쿠아시(부족 언어로 〈세 번째 자식〉을 뜻한다고 했다)라는 이름의 남자를 소개해 줬다. 키가 크고 반짝거리는 새하얀 이를 드러내며 싱글벙글 웃는 친절한 사람이었다.

「선생님, 아침에 일어나면 누가 침대 정리를 해줘요?」

「그거야 내가 직접 하죠.」

「아니죠, 선생님이 그런 일을 하면 안 되죠. 그건 보이의 일이에요.」

내가 눈을 동그랗게 뜨고 쳐다보자 쿠아시 쿠아시가 다시 물었다.

「신발을 신을 때 끈은 누가 묶어 줘요?」

「난 신발 끈은 잘 묶는 편이에요.」

「시간을 잡아먹잖아요. 투바부는 그거 말고 할 일이 얼마나 많은 사람인데.」

프랑스어 단어 투비브toubib(의사)에서 파생된 투바브 toubab가 〈과학자로 보이는 신사〉에게 붙이는 존칭임을 나중에 알았다.

「방에서 나온 뒤에는 어떡하죠?」

「질문이 무슨 뜻인지 모르겠어요.」

「문을 닫아 줄 사람이 있어야죠.」

어리둥절해하며 르루 교수의 동료에게 나한테는 보이가 필요 없다고, 거북하기까지 하다고 하자 그가 내 팔을 잡아 한쪽으로 데려가더니 말했다.

「저 친구는 열한 번째 부인을 데려오기 위해 10프랑이 필요해. 부인이 이미 열 명이나 있지만 첫 번째 부인한테 허락받았으니 돈만 있으면 되지. 그래서 10프랑을 꼭 벌어야 하는 거야.」

「굳이 보이로 채용하지 않고 그냥 10프랑을 줄 수도 있어요.」

「그러면 자기를 무시한다고 생각할 걸세. 실제로 일을 하고 나서 돈을 받으려 하지 그냥 받으려 하진 않아.」

나로서는 이해하기 힘든 논리였다.

르루 교수를 찾아가 고민을 털어놓자 그가 조언했다.

「무엇보다 현지인들의 자존심이 다치지 않게 조심하게. 지금 우리가 와 있는 아프리카는 딴 세상이라고 생각하면 돼. 자네가 온 파리지앵들의 세계에서 통용되는 가치는 다 버리고 이곳 사람들의 방식대로 하게. 그들의 말을 경청하고 행동을 유심히 관찰해. 절대 서양인의 기준으로 그들을 판단하려 들면 안 돼. 그들의 환경 속에서 그들을 이해하려고 애쓰게.」

지혜로운 조언이었다. 그렇게 나는 쿠아시 쿠아시를 보이로 채용하게 되었고, 그는 우리가 협업하게 된 것을 만족스럽게 생각했다.

나는 그 젊은 원주민과 갈수록 친해져 우리는 고용 관계가 아닌 친구 관계가 되었다. 그에게서 느껴지는 삶의 활력에 감탄했다. 그의 행동 하나하나가 호기심을 불러일으켰다. 한번은 그가 감초 뿌리 비슷한 가느다란 막대기를 쪽쪽 빨아 대며 이를 닦는 걸 보고, 이가 하얘지고 싶으니 나도 하나 달라고 부탁했다. 그러자 그가 정색하며 거절했다.

「이건 우리한테만 효과가 있어요. 백인이 잘못 썼다간 이 뿌리가 다 드러나고 말아요.」

지붕에 달린 안테나 덕분에 매일 미국 드라마를 시청하던 그는 「댈러스」의 열혈 팬이었다.

「수 엘런이 술을 너무 많이 마셔서 속상해요.」

그가 얼굴을 찡그리며 말했다.

「뭐, J. R.이 고약하게 구니까 이해는 하지만 마셔도 너무 마셔. 술 때문에 사람이 회까닥했다니까. 빨리 끊어야 할 텐데.」

몽구스, 악어, 진디등에, 전갈이 활개 치는 정글과 진공 상태 같은 석유 부호들의 세계인 「댈러스」의 부조화가 나를 매료했다.

부인이 열 명이나 되면 쉽지 않겠다고 하자 그가 사실은 애인도 여럿 있다고, 매일 애인을 새로 한 명씩 사귄다고 폼을 재며 말하더니 유혹의 기술을 전수해 주겠다고 했다. 수시로 마을을 어슬렁거리다 마음에 드는 여자가 눈에 띄면 일단 다가가 툭 친다. 상대가 짜증을 내면 사과의 의미로 한턱 낼 테니 패스트푸드점으로 가자고 한다. 가서 탄산음료를 한 잔 사고 나서 가게 뒤 주차장에서 사랑을 나눈다.

그 삶의 에너지에 놀라며 내가 조심스럽게 물었다.

「성병에 걸릴까 무섭진 않아요?」

「아니, 이게 있어서 괜찮아요.」

그가 자기 발목을 가리켰다. 검은색 주머니가 매달려 있었다.

「우리 마을 주술사께서 써준 부적이 이 안에 들어 있어요. 성병을 쫓는 주문이 적혀 있는데, 효과가 아주 그만이죠.」

「콘돔은 안 써요?」

「콘돔이 백인들의 마술이라면 부적은 흑인들의 마술이에요. 예전에 딱 한 번 당신들의 그 콘돔이란 걸 써보긴 했어요. 마을 사내들이 씻어서 돌려 쓰는 걸 보고 대체 백인들의 마술이 뭔지 궁금했죠. 아주 꽝이더구먼. 뭐가 느껴져야 말이지. 어쨌든 난 고무로 만든 그 희한한 물건 때문에 아무것도 느끼지 못하느니 차라리 병에 걸리고 말겠어요.」

순간 르루 교수가 했던 말이 떠올랐다.

「우리 서양인들의 기준으로 판단하려 들면 안 되네. 그냥 있는 그대로 보고 이해하려고 하게.」

그 마을이 가진 마법의 힘은 공동체의 중심인 주술사에게서 나온다는 사실을 알게 되었다. 사제이자 약사이고 심리 치료사이자 교사인 그를 중심으로 마을 공동체가 움직였다. 객관적으로 봐도 그들은 행복한 삶을 누리고 있었다. 서양인들처럼 온갖 스트레스에 시달릴 일 없이 자연 속에서 살고 있었으니 말이다. 대기 오염도 교통 체증도 귀를 찢는 자동차 경적도 경찰도 신경질적인 이웃도 없었다. 그들은 남을 위해 기꺼이 시간을 내주는 사람들과 어울려 살고 있었다.

일과가 끝나면 프랑스 과학자들이 함께 저녁 식사를 했다. 거기 모인 다섯 명의 과학자가 다섯 가지 정치적 성향을 보이는 것을 보고 나는 놀라움을 금치 못했다. 공산당 지지자, 사회당 지지자, 중도파, 공화당 지지자, 국민 전선 지지자. 그들은 라디오에서 들은 뉴스를 논평하며 티격태격했다. 흰개미 전문가인 벨기에인과 새내기인 나는 논쟁을 관전하는 편이었다. 사회당 지지자로 분류할 수 있는 CNRS 촬영 감독이 가장 공격적인 모습을 보이는 것은 아이러니하게 느껴졌다. 그는 논리적 모순을 용납하지 못했고 걸핏하면 화를 냈다.

그 저녁 식사 자리의 분위기는 마치 애거사 크리스티 소설 속 한 장면을 연상시켰다.

어느 날 주술사의 부고가 들려왔다.

후계자를 지명하는 거창한 의식이 열릴 것이라고 했다.

이상하게도 그날 온종일 쿠아시 쿠아시의 얼굴이 보이지

않았다. 마을이 밤새 북소리로 떠들썩했고, 다음 날 쿠아시 쿠아시가 나타나 전날 의식 때 내게 주려고 따로 챙겨 놓은 〈모시〉라면서 갈색 꼬치구이 한 토막을 건넸다. 비명횡사하기 싫으면 꼭 먹어야 한다고 강권하다시피 하는데 왠지 께름칙해 고개를 가로저었다.

나는 르루 교수를 만나 물었다.

「이 고장 요리 중에 〈모시〉라는 게 있나요?」

「〈모시〉는 북쪽에 사는 부족의 이름일세. 가젤-인간을 뜻하지. 이 마을 부족의 이름은 사자-인간을 뜻한다더군.」

쿠아시 쿠아시가 그 꼬치구이를 나한테 내민 의도가 뭐였는지 알 길이 없다. 진지하게 그랬던 건지 날 놀리려고 그랬던 건지. 솔직히, 알고 싶지도 않다.

우여곡절의 연속이었던 람토의 일상도 놀라웠지만 가장 극적인 경험은 뭐니 뭐니 해도 당연히 마냥개미 탐사였다.

한 보이가 마을 동쪽에서 덤불을 훑다가 거대한 개미 행렬을 발견했다고 자신의 과학자에게 알렸다.

우리는 탐사에 나설 준비에 들어갔다. 고감도 ASA 4백 짜리 필름을 니코매트 카메라에 끼우다 보니 다른 사람들이 커다란 작업용 장화를 신는 게 보였다. 그들은 장화 위에 흰색 개미 기피제를 꼼꼼히 펴 발랐다. 발 치수가 280밀리미터인데 혹시 남는 장화가 있으면 한 켤레 달라고 했더니, 250밀리미터짜리가 남았는데 신어 보겠느냐고 했다. 억지로 발을 구겨 넣다 결국 포기하는 내게 누군가 뒤통수에 대고 말했다.

「어쩔 수 없으니 바지나 단단히 여미고 개미가 자네 구멍으로 들어가지 못하게 조심해.」

「제 구멍이라면?」

「콧구멍, 귓구멍, 입 말이야. 항문도 꼭 오므리고. 마냥개미는 면도날같이 날카로운 턱을 지녔어. 그 집게 같은 턱으로 한번 물면 절대 놓지 않지. 오죽하면 이 부족 사람들이 봉합 수술에 마냥개미를 이용하겠어. 여기선 일부러 환자의 상처에 마냥개미 떼가 달려들어 물게 해. 상처를 붙여주는 개미 머리 쪽은 그대로 놔두고 몸통은 뜯어내지.」

나는 바지 밑단을 양말 안으로 집어넣고 장딴지에 고무줄을 칭칭 감은 다음 웃옷도 소매가 길고 두꺼운 것으로 골라 입었다.

우리 일행은 보이가 개미 떼를 발견했다는 지점으로 이동했다.

마침내 내계 생물들과 조우할 시간.

장관이 펼쳐지고 있었다.

마치 풀숲 사이로 검은 강물이 흐르는 것 같았다. 검은 물줄기가 득득 소리를 내며 바위를 타고 올라갔다 나무뿌리를 타고 내려갔다 하면서 천천히, 그러나 가차 없이 전진하고 있었다.

삼각형 대오를 형성한 선두의 전투 개미들이 눈앞에 나타나는 것들을 단숨에 쓸어 버리고 지나갔다. 재수 없게 개미 떼가 지나가는 길목에 있다 미처 도망치지 못한 거미, 도마뱀, 뱀, 심지어 새까지 휩쓸려 들어가 순식간에 아작하며 토막 난 다음 무수한 발들에 의해 뒤로, 뒤로 옮겨졌다.

굶주린 늑대 수만 마리가 벌이는 사냥과 다를 게 없는 광경이었다.

최전선에서 사냥하던 마냥개미들이 힘이 빠져 주춤하면

대열 뒤쪽에서 대기 중이던 생기 팔팔한 개미들이 즉시 교대 병력으로 투입되었다.

「베르나르, 너무 걱정하진 말게. 마냥개미 떼의 최고 속도는 고작 시속 5킬로미터로, 인간의 평상시 보속과 비슷하니까.」

르루 교수가 나를 안심시켜 줬다.

「그 말은 건강한 사람한테는 큰 위협이 되지 않는다는 뜻이야. 개미 떼가 마을로 습격해 오면 사람들은 양동이에 물을 부어 식초를 풀고, 그 안에 개미 떼로부터 지키려는 음식을 올려 둔 탁자 다리를 담가 놓고는 잠시 도망쳤다 돌아오네. 문제는 신생아나 걸음이 빠르지 못한 노인들이지. 간혹 제때 도망치지 못해 사고가 나기도 하네.」

「죽는 사람도 있나요?」

「있긴 하지만 극히 드물어. 예전에는 다른 부족과의 전쟁에서 잡은 포로들을 마냥개미 떼가 지나가는 길목에 묶어 놓기도 했다고 들었어. 어디선가 들은 또 하나의 〈전설〉에 따르면, 개미들이 나뭇가지 위에서 덩어리처럼 뭉쳐 커다란 둥지를 이뤄서 매달려 있는 걸 신기하게 본 개 한 마리가 거기 다가갔다가, 개미 떼가 쏟아져 내리며 덮치는 바람에 순식간에 해골로 변했다더군.」

CNRS 촬영 팀은 카메라를 바닥으로 향하게 해 클로즈업으로 촬영했다. 그들은 장화를 신고 서서 굼실굼실 물결치는 개미 턱들 사이에서 앞으로 가지도 뒤로 가지도 못했다. 르루 교수가 작업용 장화를 신지 않은 나를 가까이 오지 못하게 했다.

「자네는 여왕개미를 카메라에 담아 보면 어때. 개미 5천

마냥개미 떼를 취재하러 코트디부아르로 떠난 베르나르 베르베르와
장화를 신고 옆에 선 르루 교수.

만 마리에 어머니 개미는 딱 한 마리일세. 몸집이 자식들보다 열 배나 커서 한눈에 들어오지만 삼엄한 호위를 받고 있어 접근이 쉽지는 않을 거야.」

「그럼 어떻게 다가가야 하죠?」

「정오 무렵에 기온이 높아지면 개미들이 뜨거운 해를 피해 낮잠을 자려고 임시로 둥지로 만들어. 그때가 기회지.」

우리는 키 높은 수풀 사이를 기다란 뱀처럼 휘감아 돌며 흐르는 마냥개미의 물결을 눈으로 좇았다. 얼굴에 닿는 햇살이 따갑게 느껴질 무렵, 정말로 개미 행렬이 숲속 빈터에서 움직임을 멈추더니 땅을 파 임시 둥지를 만들기 시작했다.

가만히 지켜보면서 기다리다가 지상에 개미가 한 마리도 보이지 않게 되자 르루 교수의 신호에 따라 행동에 돌입했다.

보이들이 삽을 들고 땅을 파기 시작했다. 우리도 가세해 개미둥지를 빙 둘러 1미터 깊이의 구덩이를 팠다. 힘든 땅파기 작업이 끝나자 개미둥지를 밖에서 한 겹 포위한 상태가 되었다.

다시 르루 교수의 신호에 따라 조심스럽게 삽질이 시작되었다. 우리는 흙을 조금씩 퍼내며 여왕의 거처로 짐작되는 둥지 가운데를 향해 나아갔다.

삽이 터널에 닿는 순간 낮잠을 자며 먹이를 소화시키던 마냥개미들이 기습 사실을 인지하고 경계 태세에 돌입했다. 개미 떼가 무서운 기세로 달려들어 우리 몸을 기어오르기 시작했다. 개미들의 주 타깃은 나였다. 작업용 장화를 신은 동료들은 안전해 보였다. 개미들이 몇 겹의 보호막을 뚫고 들어오며 나를 공격했다. 여덟 살 때 쓴 단편 「벼룩의 추억」속 이야기가 실제로 내 몸에서 벌어지고 있었다. 한 마리가 아니라 수천 마리가 한꺼번에 몸을 기어올랐다.

바지 속을 스멀스멀 기어 장딴지를 지나 허벅지를 타고 등으로 올라오는 개미들의 움직임이 느껴졌다.

벌써 바늘 같은 턱을 피부 속으로 찔러 넣은 놈들도 있었다.

하지만 여왕개미 사진을 찍겠다는 일념으로 나는 둥지 가운데를 향해 삽질을 계속해 나갔다.

「베르나르, 얼른 밖으로 나와! 위험해 보여!」

「몇 초만 더…….」

여왕개미를 포착하는 순간 나는 삽을 바닥에 내려놓았다. 몸집이 큰 여왕개미는 한눈에 알아볼 수 있었다. 나는 〈구멍들〉을 보호하기 위해 항문을 세게 조이고 귀를 손바닥으로 쳐가며 사진을 찍었다.

「베르나르, 당장 나오라니까. 그러다 큰일 나!」

사방이 간지럽고 따끔거렸지만 몇 번 더 셔터를 눌렀다.

보다 못한 쿠아시 쿠아시가 달려오더니 내 겨드랑이에 양팔을 넣어 나를 구덩이 밖으로 들어 올렸다. 구덩이 안은 삽시간에 하나뿐인 여왕개미를 지키려는 성난 개미 떼로 뒤덮였다. 시커먼 마그마가 살아 일렁이는 것 같았다.

쿠아시 쿠아시는 나를 끌다시피 해 구덩이에서 멀찍이 떨어진 곳에 내려놓았다. 나는 르루 교수가 건네는 마체테를 받아 피부에 턱을 박고 있는 개미 수백 마리를 빗질하듯이 긁어냈다.

신발 고무 밑창 속까지 개미들이 파고들어 갔으니 하마터면 경을 칠 뻔했다.

하지만 그 대가로 사진을 건졌다.

그날 밤, 나는 생생한 경험담을 노트에 적어 놓았다. 그날 낮에 실제로 보고 경험한 무수한 장면은 〈개미〉를 더욱 풍성하게 만들어 줄 밑거름이 될 것이었다.

그때 이렇게 적었다. 〈괜히 일반화하느라 고생할 필요 없다. 진짜일수록, 실제일수록 더 놀랍고 생생한 법이다.〉

스물두 살. 지역 신문 기자

「앞으로 여기서 실제 세계의 이면을 발견하게 될 걸세.」

언론 학교 재학생으로서 아프리카에 가 값진 취재를 마치고 온 나는 한 지역 일간지에서 두 달간 인턴 기자로 일할 기회를 얻었다. 1983년의 일이다.

신문사에서 나를 뽑은 데는 두 가지 결정적인 이유가 있었다. 운전면허증이 있다는 것과 사진을 찍을 줄 안다는 것. 나를 채용하면 사진 기자나 운전기사를 딸려 보내지 않고 혼자 취재하도록 할 수 있겠다고 판단한 것이다. 그때부터 이미 언론계는 비용 절감을 위해 인력을 최소화하고 있었다.

편집장이 내린 최초의 지시는 기차역에 가서 취재를 해 오라는 것이었다.

「가서 크리스티앙을 찾아. 경찰관인데, 자네한테 뭘 어떻게 해야 하는지 알려 줄 거야.」

역에 도착하자 그 크리스티앙이 나를 사고가 발생한 철로로 안내했다.

「보이 스카우트 소년이 기차가 달려오는 걸 모르고 철길을 건너기 시작했어. 그걸 본 어떤 여성이 소년을 구하기 위해 철로로 뛰어들었다가 기차와 부딪쳤지. 소년은 멀쩡한데 부인은 참변을 당하고 말았어.」

「사람들이 달리는 기차에 치이는 사고가 빈번히 일어나나요?」

「사실 이번 참사는 지역 정치와 밀접한 관련이 있어. 프랑스 국립 철도 회사SNCF는 전통적으로 좌파 성향인데 이곳 시장은 우파 출신이지. 그래서 그런지 지하를 파서 승강장끼리 연결하는 통로를 만들자는 시장의 제안을 SNCF 측에서 거절하고 있어. 사정이 이렇다 보니 매달 비슷한 사고가 반복돼. 예전에야 흔히 그랬지만 요즘은 이렇게 철로를 건너 다른 승강장으로 가는 경우가 드물다 보니 사람들이 조심스럽게 좌우를 살피는 습관이 없거든.」

그것이 신문사에서 내가 한 최초의 취재였다. 〈실제 세계〉의 모습에 적잖이 놀랐지만 앞으로 흥미로운 일을 하게 되리라는 기대감이 생겼다.

그 〈지방지〉에서는 총 일곱 명의 기자가 일했다. 그중 사진 기자 하나는 흑백 필름을 손수 만드는 신기한 경험을 하게 해주기도 했다. 나는 선배 기자들의 일과에서 흥미로운 점을 발견했다. 두 기자가 아침마다 좋은 취잿거리를 찾으러 가는 곳이 다름 아닌 신문사 밑에 있는 카페라는 사실이었다.

그들은 저녁 6시까지 카페에서 죽쳤다.

당시 나는 비올레트 씨라는 80대 노부인의 집에 방을 얻어 지냈다. 비올레트 씨는 옆 건물에 사는 노부인 로잘리 씨와 쌍둥이처럼 끈끈한 관계였다. 로잘리 씨는 습기 때문에 현관문이 부풀어 올라 열리지도 않는 작은 아파트에서 고양이 여러 마리와 함께 10년 넘게 은둔 중이었다. 그 80대 노인 둘은 전화로만 소통했는데, 비올레트 씨가 대신 장을 봐다가 줄이 달린 바구니에 담아 놓으면 로잘리 씨가 바구니를 끌어 올려 고양이들도 먹이고 자신도 끼니를 해결하곤 했다.

나는 빠른 속도로 새로운 환경에 적응해 나갔다.

아침이 되면 늘 빵집에 들러 주인이 손님들과 쑥덕거리는 이야기 속에서 최신 뉴스거리를 찾았다. 그녀는 내가 〈새로 온 인턴 기자〉임을 알아보고 설탕을 뿌린 와플을 건네며 내 기사들을 이러쿵저러쿵 논평했다.

나는 크림까지 듬뿍 얹은 와플을 카페로 들고 가 먹으면서 오가는 이야기에 귀를 세웠다. 막 배포된 신문을 펼쳐 내 손으로 찍은 사진들이 내가 작성한 기사들 속에 어떻게 배치되었는지 꼼꼼히 확인했다.

아침 식사가 끝나면 신문사에 들어가 편집장의 지시를 받았다.

시장이 아침마다 전화해 내 하루 일정을 묻곤 했다. 자기 일정을 내 일정에 맞춤으로써 시장으로서의 존재감을 내보이려고 했다. 그도 그럴 것이, 내가 그의 사진을 기사에 실어 주거나 그의 말을 인용할 때마다 인기도가 즉각 변했다. 언론과 정치가 그토록 밀접한 관계인지 그때 처음 알았다.

취재 일과의 시작은 결혼식 참석인 경우가 많았다. 내가 식장에 나타나면 하객들이 신랑 신부의 행복을 위해 건배하자며 샴페인과 스파클링 와인을 손에 쥐여 주곤 했다. 「어이 기자 양반, 이 커플의 행복을 비는 마음에서 절대 거절하면 안 돼요!」 이어 전시회 개막식으로 이동하면 〈우리 모두의 우정을 위해 건배합시다〉하는 소리와 함께 어느새 손에 또 술잔이 들렸다. 교회 종탑 보수 공사를 마친 기념으로도 잔이 돌았고(〈자자, 축하하는 의미에서 우리 미사용 와인을 한 잔씩 합시다. 조금 쉬긴 했어도 맛은 괜찮아요〉), 자동차 사고 현장이나 노숙인 자살 현장에 가도 경찰들이 술을 권했다(〈쯧쯧, 불쌍해서 어쩌나. 자자, 한 잔씩 하고 우리 기운 냅시다〉). 소방관들이 출동해 위험에 빠진 고양이를 구조하거나 말벌 집을 제거한 현장에서도 어김없이 술이 돌았다(〈우리 고양이 목숨을 구해 주셔서 얼마나 감사한지 모르겠어요. 벌집이 없어져서 이제야 발 뻗고 자겠네요. 자, 제가 한턱낼 테니 다들 한 잔씩 하세요, 거기 기자 양반도 이리로 와요〉).

주는 대로 한 잔씩 받아먹다 오후 5시쯤이 되면 다리에 힘이 풀린 채 비틀비틀 사무실로 복귀했다. 선배 기자들 역시 비틀거렸지만 나보다 술이 잘 받는 건 분명해 보였다. 내가 그 부분에서 〈직업 정신〉이 부족했나.

나는 불콰한 얼굴로 그때부터 기사를 쓰기 시작했다.

「자네 생각엔 어떤 기사가 가장 많이 읽힐 것 같아?」

하루는 편집장이 물었다.

「날씨 기사 아닐까요?」

「아니, 부고란이야. 누가 죽었는지 다들 궁금해하거든. 이 점을 명심하고 부고란 기사는 신경 써서 써야 해.」

기자라는 직업이 의미 있다고 느꼈다. 기사가 나가고서 사람들을 만나면 내가 쓴 기사의 영향력을 직접 확인할 수 있었기 때문에 정보를 신중하게 다뤄야겠다고 생각했다.

날씨와 부고 기사 외에도 나는 큰 기사를 매일 세 개씩

썼다. 지방지 두 면을 가득 채우는 적지 않은 분량이었다.

기자 일은 내게 만족감을 줬다. 발로 뛰어 기사를 쓰고 나날이 사진 찍는 실력이 늘고 중간 규모 지방 도시의 삶을 직접 체험하는 게 행복했다.

게다가 나는 사회관계망의 중심에 있었다. 사람들이 먼저 다가와 말을 걸었다. 그들은 가장 큰 호박에 상을 주는 호박 경연 대회 소식, 유랑 곡예단의 도착 소식 따위를 알려 줬다.

양자 물리학에서 말하는 이른바 〈관찰자 효과〉, 즉 〈관찰자라는 존재 자체가 관찰 대상에 영향을 미친다〉라는 사실을 실감했다.

하루는 취재를 위해 옆 도시로 가던 중 술기운 탓이었는지 운전 중에 그만 깜빡 잠이 들고 말았다. 눈을 감았다 뜨는 순간 고속 도로의 풍경이 완전히 달라져 있었다. 액셀을 밟은 상태에서 머리를 핸들에 처박고 대체 얼마를 달린 걸까……. 알 수 없었다. 단 몇 초? 아니면 몇십 초? 생각만 해도 끔찍했다. 나는 그 일을 기점으로 술을 완전히 끊었다. 신랑 신부와 사제, 경찰, 동료 기자 들이 섭섭해해도 어쩔 수 없었다.

그때부터 토마토주스를 연료 삼아 취재 현장을 돌았다. 분위기를 맞추려다 괜히 플라타너스나 남의 차를 들이받는 것보다는 우스꽝스럽게 보이는 게 백배 낫지.

그 인턴 기자 시절에 했던 취재 중에 지금까지도 기억에 남아 있는 게 하나 있다. 앙젤리나라는 소인 여성과의 인터뷰다. 앙젤리나는 전국의 이동식 축제장을 돌며 공연을 펼치는 배우였다.

그녀는 약속 시간에 정확히 맞춰 신문사에 도착했다. 번쩍거리는 검은색 벤츠를 타고 온 모습이 마치 유명 배우를 연상케 했다. 차가 멈춰 서자 경호원을 겸하는 운전기사가 먼저 내려 뒷문을 열었다. 소녀의 가냘픈 목소리와 노파의 떨리는 쇳소리가 오묘하게 섞인 목소리가 차 밖으로 흘러나왔다.

잠시 후, 노파의 얼굴을 한 소녀가 모습을 드러냈다.

그녀는 반짝거리는 작은 진주알이 촘촘히 박힌 웨딩드레스 같은 순백의 드레스를 입고 있었다. 그녀가 경호원 겸 운전기사의 팔에 편안히 몸을 맡겼다. 하지만 그녀를 품에 안은 운전기사는 불안한 눈빛으로 혹시 작은 〈위험〉이라도 없는지 확인하기 위해 주변을 살폈다. 지난번에 신문사에 왔을 때 커다란 독일셰퍼드가 달려든 일이 그녀에게 〈일생의 트라우마〉로 남았다고 그는 말했다. 다시 그런 일이 있어서는 안 된다며 경호원이 한 번 더 사방을 휘둘러봤다.

신문사 2층으로 올라온 앙젤리나에게 내 책상 위에 앉을 자리를 마련해 줬다. 표지가 빨간색인 큼지막한 사전을 의자로 쓰라고 그녀 앞에 내밀었다.

내가 녹음기를 꺼내 들고 인터뷰를 시작할 준비가 끝났다는 신호를 보내자 그녀가 자신이 살아온 얘기를 들려주기에 앞서 한 가지 분명히 해둘 게 있다고 했다. 절대 자신을 난쟁이와 혼동해서는 안 된다고.

「난쟁이는 손발이 큰데 우린 그렇지 않아요. 보다시피 나는 손이 작고 거기에 맞춰 발도 아주 작죠.」

소인들은 난쟁이들을 차별하는구나. 나는 깜짝 놀랐지만 가치 판단을 내릴 생각은 없었다.

앙젤리나가 우쭐하며 자신의 신체 치수를 알려 줬다. 키 80센티미터, 몸무게 13킬로그램, 발 길이 130밀리미터.

신생아 때는 키 24센티미터에 몸무게 250그램이었다고 말끝을 달았다.

그녀는 자신이 조너선 스위프트의 소설 『걸리버 여행기』에 영감을 준, 실제로 존재했던 릴리퍼트인(人)들의 후손이라고 했다. 중부 유럽의 숲에서 살았던 그 종족은 1800년 헝가리에서 우연히 발견되면서 세간에 알려졌다고 설명하기도 했다.

마흔두 살인 자신은 한 번 결혼한 경험이 있으며 이혼한 릴리퍼트인 남편과의 사이에 딸을 하나 뒀다고 했다.

앙젤리나는 자신이 1937년 파리 만국 박람회에 소개되었던 릴리퍼트인들의 마지막 후손 중 하나라는 사실을 자랑스러워했다. 당시 자기 조상들 예순 명을 모아 박람회장 안에 조성해 놓은 미니 릴리퍼트인 마을을 보고 관람객들이 깜짝 놀랐다고 그녀는 전했다. 이제 남은 릴리퍼트인은 전 세계를 통틀어 1백여 명에 불과하며, 자기 딸은 현재 릴리퍼트인을 마법의 존재로 여기는 유일한 나라인 일본의 한 극단에서 배우로 활동 중이라고 덧붙였다.

그녀는 생트로페에 빌라를 한 채 소유하고 있다면서, 그 집에는 자신의 가족과 친지를 맞기 위한 공간은 물론 〈거인〉을 위한 공간도 따로 마련되어 있다고 했다. 다음에 근처에 올 기회가 있으면 꼭 한번 자기 집에 들르라면서 명함을 내밀었다.

나는 사진 촬영을 위해 그녀와 함께 포즈를 취했다. 마치 팔에 인형을 안은 듯한 기분이 들었다.

〈제3인류〉 3부작의 제2부인 『초소형 인간』은 그녀와의 인상 깊은 인터뷰에서 영감을 받아 쓴 게 아니었나 하는 생각도 든다. 그 책에서 나는 생태계에 미치는 영향을 줄이기 위해 몸이 작아진 인간을 상상했다.

3번 아르카나: 여황제

이 카드는 옥좌에 앉아 있는 카리스마 넘치는 여성과의 만남을 의미한다.

여황제의 시선은 오른쪽을 향하고 있다. 미래를 내다본다는 징표다.

그녀의 한 손에는 독수리 문양 방패가, 다른 손에는 왕홀이 들려 있다. 상대를 보호해 주고 조언과 도움을 줄 수 있는 존재인 것이다.

그녀 뒤로는 커튼 같은 천이 드리워져 있다. 눈에 띄지 않게 조용히 움직인다는 의미다.

스물두 살, 귀인을 만나다

「대중은 톡 쏘는 이야기를 원해.」

나는 파리로 돌아와 지역 신문 인턴 경험을 바탕으로 한 소규모 잡지와 프리랜서 계약을 맺었다. 편집장은 유명인을 다룬 두 면짜리 인물 기사를 매주 하나씩 써달라고 했다.

그 편집장의 이름은 렌 실베르였다.

알이 두꺼운 안경을 쓰고 입가에 냉소적인 비웃음을 머금은 그녀와의 첫 대면에서 나는 앞으로 관계가 쉽지 않으리라 예상했다.

편집 회의에서 그녀는 반박의 여지를 주지 않는 칼 같은 지시를 내렸다. 물론 지시 내용이 명확한 것은 장점이었지만, 솔직히 처음에는 그 서슬에 주눅이 들었다.

한데 막상 단둘이 대화를 나눠 보니 유머가 넘치는 사람이었다. 그녀는 놀라운 지성은 물론 정치와 미디어 전반에 대한 날카로운 식견을 갖추고 있었다.

나는 약속대로 매주 사진과 함께 두 면 분량의 인물 기사를 썼고, 그렇게 번 돈으로 월세를 냈다.

나뿐만 아니라 그 조그만 주간지에서 일하던 편집부 직원 모두가 렌이 가진 묘한 카리스마에 끌렸다는 사실을 나중에 알게 되었다.

렌은 항상 남보다 앞서 세상사를 포착하고 이해하는 능력을 지닌 사람이었다.

우리 사이에 우정이 싹트자 그녀가 속 깊은 이야기를 들려줬다. 그녀는 68혁명을 이끈 리더 중 한 사람으로, 여성의 권익을 옹호하고 소련의 강제 노동 수용소에 갇힌 지식인들의 석방을 위해 싸운 행동가였다. 또한 임신 중절을 다룬『미숙함』과 자신의 가족 이야기를 쓴『여전히 폴란드를 떠나야 한다』, 두 소설을 낸 성공한 작가이기도 했다.

그녀는 68년 5월 이후 생겨난, 미국과 프랑스 내 지식인 반체제 운동의 주역들과 절친한 사이이기도 했다.

렌 실베르는 파리에 올라와 내가 제법 숙성 단계에 이른 〈개미〉의 버전 L을 제일 먼저 보여 준 몇 사람 중 하나였다.

그녀가 금방 원고를 읽고 나서 같이 점심을 먹으며 얘기를 나누자고 했다.

「솔직히 난 동물에는 관심이 없는 사람이야. 곤충에는 더더욱. 그런데 네 글에는 뭔가 다른 게 있어. 이건 〈될성부른〉 원고야. 절대 중도에 포기하지 마.」

그녀의 입에서 나온 평가이기에 큰 힘이 되었다.

렌 실베르는 신기한 소설가들의 나라로 앨리스를 안내하는 하얀 토끼였다. 그녀 역시 작가였기 때문에 나는 아마추어인 친구들보다 그녀의 견해를 귀담아들었다.

렌은 내게 단순한 최초 독자 이상의 존재였다. 시쳇말로 〈라이프 코치〉 같은 사람이었다. 매사를 자신만의 섬세한 시각으로 바라보던 그녀는 삶의 철칙을 가르쳐 줬다. 「다른 사람이 네 행복을 좌지우지하는 순간 너는 불행해져.」

그녀는 내게 마르세유 타로의 3번 아르카나인 여황제였다. 뛰어난 지성과 권력을 가진 존재.

당시 인터뷰한 여러 인물 중에 (파트리크 코뱅이라는 필명을 쓰는) 클로드 클로츠는 특별히 인상적이었다. 인터뷰에 앞서 그의 베스트셀러인『E = MC^2 내 사랑』을 포함해 몇 권의 책을 읽었다.『E = MC^2 내 사랑』이 어른들의 세계를 이해하지 못하는 두 천재 어린이의 이야기를 다룬다면,

그보다 조금 덜 알려진 『우리는 행복한 날들을 향해 갔다』는 1940년 나치 점령기에 벌어진 실화에 바탕을 둔 소설이다. 후자는 나치 포로수용소를 휴양지처럼 묘사하는 적십자의 선전 선동 영화에 출연해 억지로 행복한 모습을 보이는 두 젊은 배우의 이야기를 다룬다. 선사 시대 동굴 속으로 독자를 데려가 한 부족의 생활상을 보여 주는 『헤아릴 수 없는 이야기들』을 읽으면서는 여러 번 배꼽을 잡았다.

인터뷰는 몽마르트르 콜랭쿠르 거리에 있던 작가의 집에서 이뤄졌다. 그는 매일 아침 8시부터 12시 30분까지 시간을 정해 놓고 규칙적으로 글을 쓴 다음(이 점이 프레데리크 다르와 똑같았다), 오후에는 영화관에 가서 시간을 보낸다고 했다. 인터뷰 도중에 그가 키우던 고양이가 무릎에 올라와 몸을 말고 앉았다. 그가 무심하면서도 익숙한 손놀림으로 털을 쓰다듬자 고양이가 갸르릉 소리를 내기 시작했다. 내 눈에 그는 〈행복한 사람〉으로 보였다.

드디어 이상적인 삶의 방정식을 찾았다고 생각했다.

오전 글쓰기 + 오후 영화 관람 + 고양이 = 행복

이 목표에 근접하기 위해 앞으로 최선을 다하자.

그로부터 몇 년 뒤 우연히 클로드 클로츠를 다시 만날 기회가 있었다. 예전 인터뷰를 언급하면서 당신이 내게 동기 부여를 해줬다고, 당신처럼 완벽해 보이는 삶을 살기 위해 열심히 노력해야겠다고 결심했었다고 말해 줬다.

「겉보기와 달리 좋은 면만 있는 건 아니야. 앞으로 알게 되겠지만 보이지 않는 이면이 있지.」

「어떤 이면이요?」

「자네가 직접 발견해 봐. 시간이 해답을 줄 거야.」

그가 알쏭달쏭한 윙크와 함께 짧은 대답을 들려줬다.

클로드 클로츠는 2010년에 세상을 떠났다. 그의 사망 소식을 알리는 기사가 많지 않아 마음이 착잡했다. 그렇게 한순간에 사람들에게서 잊히게 되는 걸까. 그가 말한 보이지 않는 이면이 뭔지 알 기회는 그렇게 영영 사라지고 말았다.

스물두 살. 세상 모든 개미에 맞서는 두뇌 하나

마냥개미 취재 기사는 파리 언론계의 공고한 벽을 뚫는 통행증 역할을 해줬다.

나는 무수히 많은 언론사에 기사를 송고했다.

발행 부수가 많은 잡지사 여러 곳에서 코트디부아르에 가서 추가 취재를 할 생각이 없는지 물어 왔다. 그들은 좀 더 자극적인, 가령 인간이 개미 떼에게 잡아먹히는 장면을 카메라에 담아 오기를 원했다.

요즘은 그런 일이 드물다고 아무리 설명해도 소용없었다. 충격적인 이미지를 함께 싣지 않는 이상 내 토픽을 받아 줄 수 없다고 했다.

그러던 차에 주간지 『레벤느망 뒤 죄디』의 장프랑시스 엘드 국장이 연락해 내 이름으로 기사를 내주겠다고 했다. 첫 만남부터 그의 카리스마에 압도당했다. 프랑스의 헤밍웨이라고 할까, 종군 기자로 이름을 날린 그 대기자(大記者)는 늘 향긋한 암스테르다메르 담배를 꽂은 파이프를 입에 물고 있었다.

「예산 때문에 지금 자네를 고용할 순 없지만 기사를 하나씩 살 수는 있어. 마냥개미처럼 좋은 기삿거리가 있으면 언제든 제안해 주게. 우리가 찾고 있는 건 바로 그런 기사야.」

기사는 내가 쓴 그대로, (장프랑시스 엘드가 직접 붙인) 〈세상 모든 개미에 맞서는 두뇌 하나〉라는 제목을 달고 신문에 실렸다. 마침내 전국지인 대형 주간지에 내 이름으로 네 면짜리 기사가 실린 것이다.

그로부터 일주일 뒤, 프랑시스 에스메나르라는 이름의 발신자로부터 편지가 한 통 도착했다. 〈알뱅 미셸 출판사 사장으로서 당신이 쓴 개미 기사를 흥미롭게 읽었습니다. 우리 출판사에서 책으로 만들어 내보면 어떨까 합니다.〉

당시 나는 6년째 파리 출판사들에 〈개미〉 원고를 보내고 있었지만, 그때까지 받은 것은 이런 내용의 편지들뿐이었다. 〈죄송하게도 선생님 작업은 저희 출판사의 어떤 컬렉션과도 결이 맞지 않습니다.〉 사장이 편지를 보내온 알뱅 미셸에서도 이미 두 차례 거절 편지를 받은 바 있었다.

나는 즉시 알뱅 미셸 본사가 있는 위강스 거리 22번지를 찾아갔다. 마르셀이라는 이름을 가진 사람이 나를 맞아서는, 그룹 회장이 『레벤느망 뒤 죄디』에 실린 내 기사를 읽고 직접 관심을 보인 게 맞다고 확인해 줬다.

「말씀하신 책은 이미 다 썼습니다.」

내가 말하자 상대가 미소를 지으며 대답했다.

「그래요? 그렇다면 완벽하군요.」

「오해가 생길까 봐 말씀드리는데, 제가 쓴 건 에세이가 아니라 소설이에요.」

「개미에 관한 소설이라?」

「불개미 한 마리가 모험을 떠나 이 세상에 자신들 말고도 거인들의 문명이 존재한다는 것을 발견하게 되는 이야기입니다. 그 개미는 풀숲을 기어 드디어 세계의 끝에 다다르죠. 그런데 거기에 존재하는 것은 바로 도로예요, 개미들의 몸을 으깨 버리는 지옥이죠. 그 개미는 거인이 실제로 존재한다는 것을 알게 돼요. 거인 인간들은 개미 더듬이에서 발산되는 페로몬을 소리로 변환해 의미를 알아내는 기계를 발명해서 개미들에게 말을 걸어옵니다.」

마르셀이라는 편집자가 나를 바라보는 시선이 묘하게 달라져 있었다.

「당신은 개미 전문가가 아니던가요?」

「저는 과학자가 아니라 기자예요.」

「아, 그런데 에스메나르 회장님이 왜 당신한테 연락했을까…… 거참…… 이유야 아무려면 어때. 좋아요, 우리가 요구하는 건 개미를 소재로 다룬 에세이예요. 『레벤느망 뒤 죄디』에 실린 당신 기사를 늘려 쓴다고 생각하면 돼요.」

나는 미소를 잃지 않으려고 안간힘을 썼다.

「그게, 저는 에세이를 쓸 생각은 조금도 없습니다. 이미 여러 개미 전문 과학자가 쓴 내용에 제가 경쟁하듯 하나 더 보태고 싶지는 않아요. 게다가 저는 개미를 전공한 곤충학자도 아니니 그런 글을 쓸 자격도 없다고 생각해요. 제가 내고 싶은 책은 개미가 주인공인 〈모험 소설〉입니다.」

편집자는 앞뒤가 꽉 막힌 젊은이를 상대하는 게 버거운 눈치였다.

「미안하지만 에세이 아니면 안 돼요. 우린 개미에 관한 에세이가 아니면 필요 없어요.」

상대의 얼굴에서 웃음기가 싹 사라지자 분위기가 어색해졌다.

「제가 쓴 소설을 꼭 출간하고 싶으면 어떻게 해야 하죠?」

「다른 출판사를 알아봐요.」

「회장님께서 직접 저한테 편지까지 보내셨는데, 혹시 제가 뵙고 말씀드리거나 저 대신 말씀을 좀 전해 주실 수는 없을까요?」

상대가 한숨을 푹 내쉬었다.

「꼭 그렇게 개미에 관한 소설을 우리 출판사에서 내고 싶다면 절차를 처음부터 다시 밟아요. 내 말은, 소설을 우편으로 원고 접수 팀에 보내요. 하지만 이건 알아 둬요. 그런 원고가 하루에만도 마흔 개씩은 도착하죠. 당신 원고는 안내 데스크에 산더미처럼 높이 쌓인 원고 더미 위에 올려질 거예요.」

나는 원고를 우편으로 발송했고, 얼마 후 알뱅 미셸에서 세 번째 거절 편지를 받았다.

15번 아르카나: 악마

악마 카드는 예속 상태를 의미한다. 카드 속 악마의 상반신에는 여성의 가슴이, 하반신에는 남성의 성기가 달려 있다. 박쥐 날개를 달고 채찍을 손에 든 악마가 웃으면서 혀를 날름 내민다.

카드 아래쪽 두 사람은 알몸으로 서서 손을 등 뒤로 한 채 존경 어린 시선으로 악마를 쳐다보고 있다. 그들의 목에 감긴 목줄은 악마의 발밑에 놓인 고리에 묶여 있다. 이 카드는 욕망 혹은 공포로 인해 자유 의지를 상실한 상태를 가리킨다.

두 사람은 악마에게 지배받지만 자신들의 처지를 받아들인 상태이므로 불행하다고 느끼지 않는다. 그들은 예속 상태에 만족하며 웃는다.

이 카드는 술, 마약, 섹스, 게임, 돈 등의 대상에 중독되어 도덕을 상실한 상태를 가리킬 수도 있다. 어떤 사람은 자신이 속한 조직에 동화되고자 스스로 견지해 온 도덕적 원칙을 하나둘 버리기도 한다.

스물세 살. 조직에 들어가다

언론계 사정이 좋지 않아 잘못하면 방문 판매원처럼 평생 여기저기 기사를 팔면서 프리랜서 기자로 살게 될지도 모른다고 생각할 때였다.

『르 누벨 옵세르바퇴르』 과학부 부장이 마침 내게 고정된 자리를 주겠다고 제안해 왔다.

그의 이름은 플로리앙, 장프랑시스 엘드와 똑같은 담배 파이프를 갖고 있었다. 수시로 그걸 뻐끔거리면서 말하는 것도 똑같았다.

「과학 기자가 되고 싶어 하는 사람이 아무도 없는 요즘 같은 시대에 우리 회사는 딱 자네 같은 프로필을 지닌 사람이 필요해. 내 옆방에 사무실을 하나 내줄 테니 나란히 앉아 일해 보자. 우리 부서에 늘 같은 기사를 우려먹는 〈구닥다리〉가 하나 있어. 뭘 모르는 독자들을 놀라게 하려고 그러는지 도통 이해가 안 되는 기사만 쓰지. 일단은 그 양반이 은퇴해야 자네한테 그 정규직 자리가 돌아갈 거라는 건 알아 둬. 뭐, 오래 걸리진 않을 거야.」

채용 제안을 받고 고민 중이라고 얘기하자 장프랑시스 엘드는 좋은 기회 같으니 잡으라고 조언했다.

그렇게 나는 7월의 한가운데 내 정치적 견해와 가장 맞는다고 여기던 『르 누벨 옵세르바퇴르』에 입사했다.

플로리앙은 맨 먼저 나를 사회부 차장인 프랑크한테 소개했다.

「금방 알게 되겠지만 여기선 다들 편하게 말을 놔. 분위기가 화기애애하지. 앞으로 기사에 대한 자율권을 보장받게 될 거야. 자넨 제대로 찾아왔어. 플로리앙과 얘기했는데,

조만간 정규직 전환이 가능할 거야. 늙은이가 나가길 기다리기만 하면 돼. 그건 그렇고, 일단 크리스틴부터 만나 봐.」

크리스틴은 딱딱한 인상에 주황색에 가까운 붉은 머리를 길게 기른 여성이었다. 그녀가 나를 보자마자 대뜸 말했다.

「미리 말해 두지만 난 과학에는 손톱만큼도 관심이 없어요. 중책을 맡기엔 좀 젊어 보이는데, 몇 살이죠?」

「스물셋입니다.」

「그래. 그럴 줄 알았어. 너무 젊네.」

그녀가 내 반응을 살폈지만 나는 못 들은 척했다.

「좋아요…….」

그녀가 한발 물러서며 말끝을 달았다.

「플로리앙이 하도 도움이 필요하다기에 〈조수〉 역할을 할 사람을 하나 붙여 주려고 뽑은 거예요. 그런데, 이건 알아 둬요. 난 내가 모르는 사람은 전혀 신뢰하지 않아요.」

나는 플로리앙에게 크리스틴을 만난 사실을 전하며 누구냐고 물었다.

「크리스틴? 최고 보스지! 사회부 전체를 총괄해.」

「프랑크 밑이에요?」

「아니, 크리스틴은 부장이고 프랑크는 차장이야. 여긴 멕시코 군대랑 똑같아서, 총 120명의 기자 중에 1백 명이 부장 아니면 차장이야.」

플로리앙이 냉소적으로 말했다.

「조만간 알게 되겠지만 직책이 높아질수록 일을 적게 하지. 국장, 부국장, 편집장, 부장, 차장, 대기자, 논설위원……이렇게 있고, 미안한 말이지만 제일 밑이…… 프리랜서 기자야. 계급장 없이 최전선에서 싸우는 자네 같은 사람들.」

「솔직히 말씀드리면 〈최고 보스〉가 저를 탐탁지 않게 여긴다는 인상을 받았어요.」

플로리앙이 미간을 모으면서 고개를 갸웃거렸다.

「크리스틴이? 걱정할 거 없어. 누구나 다 싫어하거든. 성격도 고약하지만 능력도 없는 사람이야. 기사 하나 쓰지 않으면서 저널리즘 전문가 행세를 하려고 엄청나게 설쳐 대.」

「그런 사람이 사회부를 지휘한다고요?」

「그러게 말이야, 나도 그게 미스터리야. 아무튼 능력 때문에 그 자리에 앉아 있는 게 아닌 건 분명해.」

플로리앙은 부서 내에서 벌어지는 암투와 크리스틴의 기괴한 공포 조성 방식에 관해 이런저런 에피소드를 들려줬다. 크리스틴한테 께름칙한 첫인상을 받긴 했지만 전국지인 좌파 성향의 주간지 편집부에 〈내 사무실〉이 생기고 친절한 동료 플로리앙과 손발을 맞추게 되었다는 사실이 기뻤다.

내가 쓴 첫 기사가 데스크에 받아들여졌다. 그런데 막상 인쇄되어 나온 걸 보니 군데군데 잘려 앞뒤가 맞지 않는 글로 변해 있었다. 아예 동사가 빠진 문장도 몇 개 발견했다.

나는 자초지종을 알기 위해 플로리앙을 찾아갔다.

「크리스틴이 아무렇게나 기사를 잘라 버린 것 같은데, 이래도 돼요?」

「커다란 검은색 매직펜을 들고 쓱쓱 그었을 거야. 그래야 조판할 때 비쳐 보이지 않으니까.」

「왜 그러는 거죠?」

「너한테 힘을 과시하려는 거야. 네가 횡설수설하는 기사를 쓰는 한심한 기자로 보이게 만들려는 거지. 그건 양반이야. 크리스틴은 여자들은 더 싫어해. 곧 알게 되겠지만 환경면을 맡은 클레망스가 쓴 기사는 더 심하게 난도질해. 이유는 딱 하나, 여자라서. 너같이 젊은 친구들은 자기가 늙었다는 걸 상기시켜 주니까 싫은 거고 여자 기자들은 경쟁자로 여겨 미워하지.」

매주 화요일 11시에 사회부 전체 편집 회의가 열렸다. 크리스틴은 자기 책상인 대리석 테이블 위에 다리를 포개 얹어 놓고 큼지막한 시가를 입에 문 채 회의하다가 신경질적으로 담배 연기를 푹푹 내뿜곤 했다. 사회부 기자는 총 스무 명이었고, 한 사람씩 준비해 온 취재 아이디어를 발표했다.

환경부 차례가 되자 크리스틴이 눈을 치켜뜨고 물었다.

「클레망스, 괜찮은 아이디어 좀 있어요?」

환경부 여자 기자가 준비해 온 기획 아이디어를 설명했다.

「그건 두 달 전에 이미 했잖아. 기억 안 나요? 분명히 다른 토픽도 준비해 왔을 테니 한번 들어 봅시다.」

금세 위축된 표정으로 클레망스가 다른 아이디어를 제안했다.

「너무 재미없어 보이네. 우리 잡지와 딱 맞는 그런 아이디어는 없어요?」

상대가 무슨 제안을 해도 크리스틴의 답은 똑같았다.

〈시원찮아.〉〈독자들이 관심 없어 할 거야.〉〈지난주에도 그걸 내놓길래 내가 아니라고 했었잖아.〉

준비해 온 아이디어가 차례로 퇴짜를 맞자 얼굴에서 핏기가 사라진 클레망스를 향해 크리스틴이 담배 연기를 훅

뿐었다.

「정말 딱하네, 클레망스. 아니 왜 쓸데없이 이 직업에다 시간을 낭비하고 있어요? 우리 신문사에 있어 봤자 정규직이 못 될 걸 뻔히 알면서 맞는 일을 찾아 그만두지 않는 이유가 뭐예요? 어디 돈 많은 남편감이라도 찾아보든가. 자긴 얼굴도 반반하잖아. 좋다는 남자가 한둘이 아닐 것 같은데.」

그녀의 눈에 들기 위해 몇 명이 키득거리며 장단을 맞췄다. 클레망스가 눈물을 감추려고 얼른 손으로 얼굴을 가렸다.

「저런, 게다가 울보네. 갈수록 태산이군.」

클레망스가 자리에서 일어나 밖으로 나갔다.

「저 친구는 어쩜 저렇게 유머 감각이라곤 없을까. 다 자기 잘되라고 해주는 소린 줄 모르고.」

눈곱만큼의 연민도 없다는 듯 크리스틴이 쐐기를 박았다.

「빨리 그만두는 게 자기가 행복해지는 길이라는 걸 왜 모를까.」

보스의 총애를 받는 기자들의 차례가 되었다. 파리 보보족을 희화화하는 게 주특기인 한 남자 기자가 아이디어를 발표했다. 그는 유사 지식인 집단의 행태를 고발하는 냉소적인 기사로 유명해진 사람이었다. 스테크프리트(스테이크와 감자튀김)에서 후줄근한 채소를 빼버리자고 주장하는 내용의 긴 기사를 여러 번 썼던 것도, 제모하는 남자들을 조롱하는 기사를 썼던 것도 그라는 사실을 나중에 알게 되었다.

플로리앙은 그가 편집부 내 스파이라고 알려 줬다. 크리스틴에 관한 험담을 들으면 금방 고자질하는 사람이라고.

「우리 부서의 풍자 작가 역할을 맡은 사람이 권력자들에게 알랑거리니 아이러니가 아닐 수 없지.」

독특한 인물 수집 목록에 또 하나의 나비가 추가되는 순간.

소비 관련 지면을 담당하는 기자는 자신이 받은 선물을 사무실에 쭉 늘어놓는 재미로 일하는 사람 같아 보였다.

입사 전 즐겨 읽던 고정 칼럼에 자유주의적 가치와 미국의 헤게모니를 통렬히 비판하는 글을 썼던 한 풍자 작가는 알고 보니 자기 성을 수리하는 데 들어가는 비용을 벌 궁리만 하는 사람이었다.

「왜, 우리 신문에 진짜 좌파 성향 사람들만 있는 줄 알았어?」

프랑크가 비꼬듯 말했다.

「사설이나 표지를 보면 그런 생각이 들어요.」

「여기 기자들은 월급을 많이 받아서 어떻게 하면 그 돈을 굴릴까, 부동산 자산은 어떻게 불릴까 고민하는 게 일이야. 미테랑과 시라크가 격돌했을 때 신문사 내부에서 비밀 투표를 한 적이 있는데, 대부분의 기자가 우파 후보를 지지하는 걸로 나왔어. 다 순무 같은 사람들이지. 겉은 빨갛고 속은 하얀. 속이 검은 경우는 왜 없겠어…….」

「하지만 사람들이 이 잡지를 살 때는…….」

「우리 독자는 대부분 공무원과 중간급 간부 들이야. 우린 그들이 듣고 싶어 하는 걸 들려줄 뿐이야.」

프랑크가 잡지 한 권을 들어 뒷면을 가리켰다.

「여기, 뒤쪽 페이지들을 봐. 〈주택과 성〉이라고 쓰여 있지? 우리 회장 소유의 부동산 중개업체에서 단독 해변이 딸린 고급 맨션과 빌라를 판매하기 위해 싣는 광고야. 좌파 언론으로 분류되는 잡지에 이런 내용이 실린다는 게 한 번도 거슬린 적 없었어?」

입사 후 1년이 지났을 무렵, 따분한 기사만 쓰던 늙은 과학 기자가 드디어 정년퇴직을 했다. 이제나저제나 정규직 전환을 기다리던 나는 엉뚱하게도 내 기사의 단가가 깎였다는 사실을 알고 기분이 몹시 상했다. 내용을 알아보니 경영진에서 예산을 줄이기 위해 사회부 〈프리랜서 기자〉 비용을 삭감했다고 했다. 운명의 장난이었을까, 그 주에 우리 잡지 1면에서는 비상식적인 저임금 문제를 다뤘다.

나는 여전히 과학 기자가 몸에 맞는 옷이라고 확신하며 약속대로 정규직으로 전환될 날이 오기만을 기다렸다.

부지런히 실험실을 찾아다니고 과학자를 만나 취재하다 보면 그 회사에 평생을 바쳐도 좋을 것 같았다.

당시 나는 네 가지 포맷으로 기사를 썼다.

1) 과학 단신 기사. 플로리앙과 상의해 매주 흥미로운 과학 정보를 선별한 뒤 몇 줄로 짧게 요약해 실었다.

2) 일명 〈소모성 기사〉로 불리는 특집 기사. 요통, 수면, 건강한 식습관, 프랑스인의 성생활, 콜레스테롤, 여름 다이어트 식단, 새로운 암 치료법 등등 비슷한 주제를 해마다 반복해서 다뤘다. 플로리앙은 이런 조언을 해줬다. 〈골치 아프게 하지 말고 작년에 썼던 기사를 재활용해. 제목과 첫 챕터, 마지막 챕터만 새로 쓰고 일러스트와 중간 소제목을 바꾸면 끝이야. 이런 기사의 장점이 바로 그거야.〉

3) 화제성 기사. 에이즈나 체르노빌 참사가 대표적인 예다(당시 방사능 구름이 알프스산맥에 가로막혀 프랑스를 비켜 지나갔다는 공식 발표가 얼토당토않게 들렸지만, 정규직도 아닌 내가 이러쿵저러쿵 논하며 의혹을 제기할 입장은 아니었다).

4) 스스로 찾아낸 흥미로운 소재들. 유전자 복제와 쓰레기학(쓰레기를 분석해 다양한 정보를 얻어 내는 학문), 인공 지능, 태양광으로 움직이는 우주 범선(이것을 소재로 나중에 『파피용』을 썼다), 그리고 머피의 법칙(식빵을 떨어트리면 항상 버터가 묻은 쪽이 바닥으로 향하는 현상) 같은 유머러스한 소재가 여기에 해당한다.

한번은 〈신과 과학〉이라는 제목으로 대형 기획 기사를 제안했다. 우주의 기원, 삶의 의미, 사후(死後) 같은 신비로운 주제들을 바라보는 과학계와 종교계의 입장을 비교해 공통점과 차이점을 찾아내겠다는 것이 목표였다. 그 기사는 1면에 다뤄졌고, 그것이 실린 잡지는 기록적인 판매고를 올렸다(당시에는 참신했으나 그 또한 시간이 갈수록 〈소모성 기사〉의 소재로 변해 갔다).

그 무렵 모든 부서가 참여하는 편집부 전원회의에서 〈『반지의 제왕』 현상〉을 다룬 기사를 준비해 보자고 제안한 적이 있다. 아직 피터 잭슨 감독이 영화화하기 전이었다. 회의에 참석한 1백 명가량의 기자들은 대부분 회의적인 반응을 보였다.

「『반지의 제왕』을 읽어 보셨어요?」

내 질문에 다들 고개를 가로저었다.

「제목이라도 못 들어 보셨어요? 아이나 친구한테서 얘기를 들어 보신 분도 없어요?」

답답한 마음으로 문학 담당 기자들 쪽으로 고개를 돌렸다.

「아니, 미안하지만 베르베르, 그런 책은 금시초문이야.」

「어떤 책인지 우리한테 설명 좀 해봐.」

한 문학 담당 기자가 물었다.

「음, 1892년 남아프리카 공화국에서 태어난 J. R. R. 톨킨이라는 작가가 쓴 소설인데, 줄거리는…….」

「남아프리카라고 했어? 작가가 아파르트헤이트 지지자야, 반대자야?」

기자 하나가 즉시 취조하듯 물었다.

「작가는 영국인이지만 그런 것과는 상관없는 내용이에요.」

「잠깐만, 그가 남아프리카 공화국에 살았다면 반드시 아파르트헤이트에 대한 의견이 있었을 거야.」

「그런 게 아니라 『반지의 제왕』은 엘프와 드래건이 등장하는 동화에 가까운 세계를 다뤄요. 롤플레잉 게임에 많은 영향을 줬죠. 말이 나왔으니 말인데, 그 책에 바탕을 둔 〈던전 앤드 드래건〉 같은 롤플레잉 게임에 열광하는 젊은이들의 세태도 함께 기사로 다루면 좋을 것 같아요.」

「아, 롤플레잉 게임, 그거 요새 파쇼의 자식들이 많이 하더군. 역시 그랬어, 아파르트헤이트 지지자인 남아프리카 공화국인이 그 출발점이었다니, 이제 아귀가 맞는군.」

호기심이라곤 없는 동료들의 태도에 나는 경악을 금치 못했다. 더는 내게 발언권이 주어지지 않은 채로 그 얘기는 마무리되었다.

몇 년 뒤에 소설가 피에르 불 얘기를 꺼냈다가 다시 비슷한 경험을 했다. 이번에는 다른 사람도 아닌 문학부 부장이 말했다.

「미안하지만 우린 〈장르 문학〉은 취급하지 않아. SF나 판타지, 스릴러, 추리 같은 건 우리 관심사가 아니라는 뜻이야. 어린이책이나 만화도 마찬가지고. 우린 〈진지한 순문학〉만 기사로 다뤄.」

나는 〈신과 과학〉에 이어 또 한 번 존재감을 드러내기 위해 독창적인 특집 기사를 준비하기 시작했다.

이번 주제는 스트레스였다.

회사에 앙리 라보리 교수를 인터뷰하겠다고 말했다. 그는 스트레스 메커니즘 연구의 최고 권위자였다. 『도피 예찬』(알랭 레네 감독은 이 책에서 영감을 얻어 「내 미국 삼촌」을 만들었다)은 과학을 대중적으로 저술하는 그의 탁월한 능력을 보여 준 책이다.

『도피 예찬』에서 라보리 교수는 시련에 맞닥뜨린 인간에게 주어지는 선택이 세 가지뿐이라고 말한다.

1) 투쟁. 즉, 이기기 위해 힘과 공격성을 발휘하는 선택을 하는 것이다. 하지만 결과적으로는 더 힘센 자가 출현해 우리를 짓눌러 버린다.

2) 억제. 아무 말도 아무 행동도 하지 않고 이를 악무는 것이다. 하지만 이 방법을 택할 경우 위궤양, 편두통, 요통 등 심리적 원인에 의한 병적 증상이 나타난다. 비겁한 선택을 했을 때 몸이 내리는 일종의 벌이라고 할 수 있다.

3) 도피. 이는 회사에 사표를 내거나 여행을 떠나거나 이혼을 결심하는 등의 물리적 형태로 나타나기도 하지만, 상

상의 세계를 만들어 그 속으로 도피하는 방식으로 나타나기도 한다.

『도피 예찬』에서 앙리 라보리는, 물리적 투쟁을 금지하고 도피를 포기의 방식이나 반사회성의 증거로 여기는 현대 사회는 2번을 선택하도록 권하는 경향이 있다고 말한다. 아무 말도 아무 행동도 하지 말고 이를 악물라고 한다는 것이다. 그 선택이 신체적 통증을 유발하면 우리는 진정제, 진통제, 수면제 같은 화학 약물에 의지하게 된다. 그 책을 읽으면서 나는 투쟁 회피가 그동안 내가 생존을 위해 선택해 온 주된 방법이었음을 깨닫게 되었다. 살아남기 위해 투쟁이나 억제보다 상상력을 통한 도피를 택해 왔다는 것을.

앙리 라보리 교수와의 인터뷰는 그가 일하던 부시코 병원에서 이뤄졌다. 그는 스트레스 메커니즘을 연구하는 부서 전체를 총괄 지휘하고 있었다.

『도피 예찬』을 요즘 머리맡에 두고 읽는다고 말머리를 꺼내자 그에게서 뜻밖의 답변이 돌아왔다.

「그 책은 내가 최고로 꼽는 책은 아니에요. 정말 내 책이라는 생각이 들고 자랑스럽게 여기는 건 따로 있어요. 얼마 전에 출간한 이 책인데 궁금하면 한번 읽어 봐요.」

『살해당한 비둘기』라는 의미심장한 제목부터가 눈길을 끄는 책이었다.

내가 가장 좋아하는 저자 중 하나인 그가 자신이 쓴 책을 다소 비하하기까지 하는 게 이상했지만, 나는 그를 칭송하는 인터뷰 기사를 썼다.

그런데 막상 인쇄되어 나온 기사는 내가 쓴 것과 사뭇 달랐다. 군데군데 글이 잘려 나가고 중요한 대목이 빠져 있었으며 없던 제목이 추가되어 있었다. 본문의 논리와 배치되는 소제목들도 눈에 띄었다. 설상가상으로 다른 기자가 인터뷰 내용을 허락도 없이 차용해 자기 기사에 실은 것을 뒤늦게 발견했다. 그는 라보리 교수의 생각이 시대에 뒤떨어졌으며 논리적으로 오류가 있다고 썼다.

나는 난생처음으로 불같이 화를 냈다(스트레스에 관한 기사를 쓰고 나서 이렇게 화를 냈으니 얼마나 웃긴 일인가). 귀한 시간을 내서 한 시간씩 인터뷰에 응해 주고 나를 믿어 준 라보리 교수가 자기 생각을 왜곡한 기사를 보면 어떤 심정일지 생각하니 얼굴이 화끈거렸다.

당장에 편집장인 펠릭스를 찾아가 기자 몇 명이 남의 성과, 그러니까 나의 성과를 가로채 자신들의 영달을 위해 사용하고 진실을 왜곡했다며 펄펄 뛰었다.

입사 후 처음으로 한바탕 〈난리〉를 피웠더니 그 즉시 원고료가 처음으로 인상되었고, 직함 또한 〈프리랜서 기자〉에서 〈고정 프리랜서 기자〉로 바뀌었다.

여전히 정규직은 아니었지만 고정 급여를 받게 되어 그때부터 집주인의 걱정을 덜어 줄 수 있었다.

나는 『르 누벨 옵세르바퇴르』의 평생 고용직이 되고자 하는 일념으로 표지를 장식할 참신한 특집 기삿거리를 열심히 찾았다. 그중 기억에 남아 있는 것 하나가 NDE(Near Death Experiences), 즉 임사 체험이다. 『악튀엘』기자 출신으로 그 금기시된 주제를 최초로 파고든 사람 중 하나였던 파트리스 반 에르셀이 쓴 『검은 기원』이라는 책을 흥미롭게 읽은 터였다.

석 달 동안 병원 중환자실에 드나들면서 신경과 의사들

과 기적의 〈생환자들〉을 취재하고 티베트 라마승들과 여러 종교의 사제들을 만나 정보를 수집한 뒤에 〈죽음이라는 미지의 세계. 두려움도 편견도 없이 탐험해야 할 새로운 프런티어〉라는 제목의 특집 기사를 썼다.

그 묵직한 기사는 동료인 플로리앙과 차장인 프랑크는 물론 사회부 부장인 크리스틴의 승인까지 받아 잡지 커버를 장식하기 위해 인쇄를 기다리는 상황이었다. 그런데 크리스틴이 마지막 순간에 갑자기 마음을 바꿔 한 패션 브랜드에 관한 기사를 싣겠다고 했다. 프랑크의 전언에 따르면 그 패션 회사에서 크리스틴에게 여러 벌의 드레스를 선물했다는 것이다. 결국 내가 쓴 대형 기획 기사는 크기가 쪼그라들어 지면에 실렸다.

그동안 헛고생을 했다는 생각에 속이 많이 상했지만, 그때 수집한 정보는 7년 뒤 『타나토노트』를 쓰는 데 밑거름이 되었다.

기사를 쓰는 틈틈이 〈개미〉 원고를 다듬어 버전 M을 완성한 뒤 프랑크에게 조심스럽게 털어놓았다.

「오래전부터 개미를 소재로 한 소설을 쓰고 있어요. 처음에 쓴 건 개미에 관한 르포 기사였는데, 기억하시죠? 그 기사를 바탕으로 주인공이 개미인 장편소설을 완성했어요.」

프랑크가 끝이 꼬부라져 올라간 두툼한 콧수염을 매만지기 시작했다. 생각에 집중할 때 보이는 모습이었다.

「내 생각엔 아무도 관심을 보이지 않을 거야. 차라리 좀 더 대중적인 소재를 고르는 게 어때? 다른 기자들이 다들 하는 식으로 자네도 해. 그동안 쓴 기사 중에서 잘 쓴 걸 열 개쯤 골라 그것들을 관통하는 공통점을 찾아내는 거야. 그런 다음 한 권의 책으로 묶는 거지. 가령 음식, 요통, 인류의 기원, 이런 건 얼마든지 하나로 묶을 수 있는 소재잖아. 책한 권으로 엮일 만한 기사들을 추려 내기만 하면 그때부턴 쉬워. 자네가 『누벨 옵스』의 기자라는 사실만으로 출판사들이 책을 내주겠다고 할 테니까. 출판사에서는 자네 책이 나오면 회사 동료 기자들이 기사를 실어 주는 건 물론 다른 주간지 기자들도 기사를 써주리라 확신해. 기자들은 으레 그렇게 상부상조한다고 말이지. 책이 나오면 휴가비 정도는 손에 들어올 거야.」

비슷한 시기에 플로리앙한테 들은, 차마 웃지 못할 에피소드가 하나 있다. 최고 우두머리이자 잡지 발행인인 쥐스티니앵과 나눈 대화라며 그가 전해 줬다.

「지난주에 내가 그리스 섬들을 도는 크루즈 여행을 다녀왔는데, 이런 에피소드가 있었다네. 우리가 탄 배는 달빛조차 없는 깜깜한 밤에 무수히 떠 있는 작은 섬들 사이를 항해하고 있었지. 항로에 암초가 무척 많다고 들어 조금은 걱정스러운 마음에 내가 선장을 찾아가 물었네.

〈시야가 전혀 확보되지 않은 데다 언제 어디서 암초에 부딪힐지 모르는데 배가 어떻게 이렇게 빠른 속도로 항해할 수 있죠?〉 그랬더니 선장이 어둠 속에서 장애물을 탐지하는 기계가 있어서 가능하다는 거야! 정말 대단한 기계 아닌가? 우리 독자들한테도 그 새로운 발명품의 존재를 알려 주고 싶은데, 자네 생각은 어떤가.」

플로리앙이 그에게 대답했다.

「〈레이더〉를 말씀하시는 것 같습니다.」

「맞아, 바로 그거야, 레이더. 선장이 그 위대한 기계에 관해 설명해 주면서 사용한 전문 용어가 바로 그걸세. 우리 독자들도 그런 기계의 존재를 접하면 나만큼 깜짝 놀라지 않을까.」

플로리앙이 맞받았다.

「죄송한 말씀입니다만 그건 1935년에 나온 발명품이에요. 아마 저희 독자 대부분이 그 기계의 존재를 알고 있을 거예요.」

이게 바로 『르 누벨 옵세르바퇴르』라는 이름을 단 잡지의 실상이다. 세상은 참으로 아이러니로 가득한 곳 아닌가.

스물일곱 살. 쥐의 위계질서

아는 과학자들에게 흥미로운 연구를 하는 동료가 있으면 알려 달라고 했더니, 한 사람이 로렌 대학교 낭시 캠퍼스에 있는 행동 생물학 연구소의 디디에 드조르 교수를 언급했다.

그는 수영 능력을 테스트하기 위해 쥐 여섯 마리를 케이지 하나에 가두고 실험했다. 케이지 끝에 난 문을 열고 나가면 쥐들은 곧바로 수영장 물로 떨어지게 되어 있었다. 먹이가 담긴 통은 건너편에 놓여 있어, 배고픈 쥐들이 먹이를 먹으려면 수영장을 헤엄쳐 건널 수밖에 없었다.

실험 시작 후 얼마 지나지 않아 흥미로운 사실이 관찰되었다. 쥐들이 먹이를 찾아 한꺼번에 물로 뛰어들어 숨을 참고 헤엄치는 대신, 자기들끼리 역할을 분배한 듯한 행동을 보인 것이다.

제일 먼저 수영장을 헤엄쳐 건너가 먹이를 물고 돌아오는 쥐가 관찰되었다. 그런데 그 쥐가 케이지에 도착하는 순간 문 앞에서 기다리던 쥐들이 달려들어 그 쥐의 머리를 물속에 처박고 사료를 빼앗아 먹었다. 노동의 대가를 도둑질당한 그 쥐를 드조르 교수는 〈피착취형 쥐〉라고 불렀다.

그 쥐가 물고 온 먹이를 빼앗아 먹은 쥐들에게는 〈착취형 쥐〉라는 이름이 붙었다.

그런데 상황을 면밀히 분석해 나름대로 해결책을 찾아낸 쥐가 하나 있었다. 그 쥐는 숨을 크게 들이쉬고 물속으로 뛰어들어 건너편까지 헤엄쳐 간 다음 먹이를 물고 돌아와서는, 문 앞에서 기다리던 쥐들을 밀치고 혼자 케이지에 들어가 구석에서 조용히 먹이를 먹었다. 드조르 교수는 그 쥐를 〈단독 행동형 쥐〉로 분류했다.

마지막으로, 헤엄쳐 사료를 물고 오지는 못하고 남들이 남기는 부스러기만 먹는 쥐가 발견되었다. 착취형 쥐는 물론이고 피착취형 쥐도 수시로 그 쥐에게 짜증 섞인 발길질을 했다. 드조르 교수는 그 쥐에게 〈잉여형 쥐〉라는 이름을 붙였다.

그는 한 케이지 안에 든 쥐 여섯 마리 사이에서 다음과 같이 역할 분배가 일어난다는 결론에 도달했다.

– 착취형 두 마리

– 피착취형 두 마리

– 단독 행동형 한 마리

– 잉여형 한 마리

드조르 교수는 케이지 수를 늘려 같은 실험을 진행한 결과 쥐들이 똑같은 방식으로 역할을 분배한다는 것을 알게 되었다.

쥐들의 위계질서를 좀 더 자세히 알기 위해 그는 착취형 쥐 여섯 마리를 한 케이지에 넣어 관찰하기로 했다. 그 여섯 마리는 케이지 안에서 밤새 혈투를 벌였다. 다음 날 아침, 그들 사이에서 다시 똑같은 방식으로 역할이 나뉜 것이 확인되었다. 착취형 두 마리, 피착취형 두 마리, 단독 행동형 한 마리, 잉여형 한 마리.

드조르 교수는 피착취형 여섯 마리, 단독 행동형 여섯 마리, 잉여형 여섯 마리를 각각 한 케이지에 넣고 진행한 실험에서도 똑같은 결과를 얻었다. 쥐들 사이에서는 구성원의 종류에 상관없이 항상 같은 방식으로 역할 분배가 이뤄지고 있었던 것이다.

드조르 교수는 이를 쥐라는 종의 〈사회 구성 양식〉으로 이해했다.

그는 똑같은 실험을 규모를 늘려 다시 해보기로 했다. 쥐 3백 마리를 커다란 케이지에 넣고 관찰했더니 역시나 밤새 소동이 벌어졌다. 아침이 되자 죽은 잉여형 쥐 몇 마리가 가죽이 벗겨진 채 발견되었다. 또 하나 목격된 흥미로운 사실은 행동파 부하들을 거느린 최고 우두머리들의 출현이었다. 그 쥐들은 굳이 행동에 나설 필요 없이 지배자로 군림했다.

드조르 교수는 케이지 속 개체 수가 늘어날수록 가해 행위가 빈번해지고 초착취형, 초피착취형, 초잉여형의 등장으로 쥐 사회가 한층 세분되는 것을 발견했다. 그리고 그 복잡해진 사회 체계를 통제 관리하는 집단이 출현해 지배층을 떠받들고 최하층을 짓밟는다는 것도 확인했다.

관리 집단은 잉여형 쥐들에게 본보기 삼아 가혹한 형벌을 내림으로써 반역을 원천 차단했다. 고분고분하지 않은 쥐들에게 미리 공포감을 불어넣는 방식을 쓴 것이다.

단독 행동형 쥐들은 자기들끼리 한쪽 구석에 모여 다른 쥐들이 접근해 오지 못하게 했다. 그들은 다른 쥐들을 의심하고 점점 그들과 거리를 두는 모습을 보였다.

드조르 교수는 개체 수가 많아질수록 쥐들 간의 불평등이 심화되고 잉여형 쥐들에 대한 억압 또한 강화된다는 것을 발견했다.

그런데 보통 쥐보다 지능이 높아 서커스 공연에 주로 사용되는 시궁쥐에게서는 조금 다른 양상을 발견할 수 있었다고 그는 내게 설명했다.

그들 사이에서도 똑같은 역할 분배가 관찰되긴 하지만, 시궁쥐가 폭력을 줄이기 위한 나름의 방법을 고안해 냈다는 것이다. 피착취형 쥐들은 착취형 쥐들에게 바칠 먹이를 늘 따로 떼어 준비해 놓음으로써 그들에게 스트레스를 주지 않으면서 자신들도 편하게 먹이를 먹을 수 있었다. 〈지배를 위해 굴종을 택한다〉는 『듄』의 법칙이 시궁쥐들에게서 확인된 것이다.

그런 피착취형 쥐들의 전략은 또 다른 결과로 나타났다. 단독 행동형 쥐는 많아진 반면 잉여형 쥐는 줄어든 것이다. 착취형 쥐의 폭력성이 전보다 현저하게 감소한 것도 확인되었다.

쥐들의 위계질서를 알고 나서 단독 행동형 인간을 목표로 정했다. 그것이 내가 가장 오래 버틸 방법이자 〈다른 사람이 네 행복을 좌지우지하는 순간 너는 불행해져〉라던 렌의 조언에 부합하는 방식이었다.

드조르 교수는 마지막으로 실험 대상 쥐들의 뇌를 분석

한 결과를 들려줬다. 뜻밖에도 스트레스를 가장 많이 받는 쥐는 착취형 쥐라고 했다. 피착취형 쥐들이 반란을 일으켜 특권적 지위를 잃게 될까 노심초사하는 탓이다.

취재를 마치고 돌아와 작성한 기사를 보여 주자 크리스틴이 즉각 반응했다.

「어쩜, 우리 편집부에서 벌어지는 일과 판박이야!」

말은 바로 하네.

크리스틴은 나중에 『아버지들의 아버지』에 등장하는, 『르 게퇴르 모데른』이라는 좌파 잡지의 독단적이고 무능력한 편집장 테나르디에의 모델이 된다. 인물의 개연성을 살리기 위해 나는 그녀의 캐릭터를 있는 그대로 쓰지 못하고 심지어 순화해야 했다.

크리스틴 말고도 기자 생활을 하는 동안에 만난 비슷한 사람이 두셋 더 있다. 〈변태 나르시시스트〉라고 하든 〈암적 존재〉라고 하든 그들에게는 한 가지 공통점이 있었다. 권력을 휘두르는 자리에 있으면서 확실한 〈유혹〉의 무기를 하나씩 지녔다는 것. 크리스틴한테는 그게 요리 실력이었다. 그녀가 손수 음식을 만들어 멋진 디너 파티를 열면 파리 사교계가 총출동했다.

당시 나는 〈단독 행동형 인간〉을 꿈꿨지만 실제로는 〈피착취형 인간〉에 가까웠다. 하지만 내 사무실도 있고 편집부 회의에 참석해 대중은 모르는 뉴스에 접근할 수도 있다는 사실을 위안으로 삼으며 낙관주의를 잃지 않으려고 애썼다.

나처럼 과학을 좋아하는 사람이 해당 분야 전문가에게 직접 최신 연구 성과에 관해 들을 수 있다는 건 솔직히 대단한 특권 아닌가.

게다가 수시로 취재 여행도 다닐 수 있지 않은가.

그 정도면 의미 있는 삶이라고 스스로 주문을 걸었던 것 같다. 그래서 불평도 하지 않았고 피착취자인 처지가 견딜 만하다고 여겼다. 꼬박꼬박 월급이 들어와 월세를 낼 수 있는 게 어디야.

내 목에 걸린 〈『누벨 옵스』 과학 전문 기자〉라는 근사한 목걸이가 자랑스러웠다. 그게 악마가 매어 놓은 목줄이란 걸 모르고 말이다. 목줄을 풀어 버리고 마침내 단독 행동형 인간이 되기 위해선 극적인 전환점이 필요했다.

그 순간이 곧 도래하리란 것을 당시에는 몰랐다.

16번 아르카나: 신전

신전 카드 속 타워가 벼락을 맞아 붕괴하고 있다. 하늘에서 불벼락이 떨어지는 순간 타워가 무너지고 꼭대기에 있던 사람들이 추락한다.

이 아르카나는 단절과 격변을 의미한다. 이혼, 해고, 자동차 사고, 원치 않는 이사, 패전 등을 예고하는 카드다.

이 카드를 뽑은 사람은 높은 곳에서 떨어지게 된다. 그 고통은 결코 만만치 않을 것이다.

스물여덟 살. 굿바이

시간이 가도 편집부에서의 내 지위는 조금도 변하지 않았다. 나는 6년째 이제나저제나 회사에서 약속한 정규직 전환을 기다리는 중이었다.

「걱정 마, 베르나르. 네가 여기서 어떤 역할을 하는지 누구나 알아. 다들 널 높이 평가하고 있어. 윗사람들이 어떤지는 네가 잘 알잖아. 지금까지 해온 대로 독창적인 아이디어로 그들에게 강한 인상을 남겨. 네가 우리 편집부에 없어서는 안 될 존재라는 걸 인정하지 않을 수 없게 만들라고.」

그럴 작정으로 나는 싱가포르에 관한 기사를 써보겠다고 편집부에 제안했다. 친구인 렌 실베르가 아이디어를 줬다.

「싱가포르에 관해서는 거의 알려진 바가 없어. 모기가 들끓던 지저분한 늪지대에 하루아침에 솟아난 것 같은 도시야. 가서 보면 취잿거리가 넘칠 거야.」

크리스틴이 취재 경비를 대줄 수 없다고 해서 자비를 들여 싱가포르로 날아갔다.

렌의 말대로 도착하는 순간부터 놀라움의 연속이었다. 나는 단숨에 장문의 기사를 써 내려갔다. 컴퓨터 엔지니어 출신인 리콴유 총리는 독창적이면서도 기이한 정치 시스템을 만들어 국민의 마음을 사로잡았다. 그는 싱가포르라는 도시 국가를 하나의 컴퓨터처럼 바라보고 베드타운, 금융 업무 지구, 쇼핑 지구, 항구 등으로 구획을 나눴다. 회로 기판에 배터리, 프로세서 칩, 메모리, 냉각 시스템, 음향과 영상 입출력 장치 등이 정렬된 모습을 본떠 도시를 조성한 것이다.

싱가포르는 모든 것이 뒤섞임 없이 가지런히 정돈된 도

시였다.

자신이 구상한 컴퓨터 도시를 실현하기 위해 리콴유는 여러 가지를 엄격히 금지했다. 길에 침 뱉기, 무단 횡단, 시속 40킬로미터 이상으로 운전하기(운전자는 과속하는 순간 귀가 먹먹해지게 울리는 경적을 차에 의무적으로 설치해야 했다), 화분에 물 주기(물이 고여 모기가 생기면 초기 정착민들 사이에 퍼졌던 말라리아가 재창궐할 위험이 있었으므로), 개 짖는 소리(신고만 하면 즉시 경찰이 출동해 개에게 성대 제거 수술을 시켰다) 등은 모두 금지 대상이었다. 도심에서는 길가 주차가 금지되어 반드시 주차장을 이용해야 했다. 형법상 경범죄에 대해서도 인정사정 봐주지 않고 신속히 무거운 처벌을 내렸다. 싱가포르는 마약 사범에게 여전히 사형이 선고되는 나라였다.

싱가포르는 1988년에 이미 감시 카메라를 곳곳에 설치해 국민의 일거수일투족을 촬영했다. 모든 시민에게는 나쁜 행동을 하는 동료 시민을 고발할 의무가 주어졌다. 정부기준에 따라 〈모범〉 가정으로 분류되면 아파트와 의료 서비스, 연금을 지급했다.

리콴유 총리는 중국식 실용주의를 구현하기 위해 단순 명료한 방식으로 강권 통치를 펼쳤다.

그런 통치 스타일을 보여 주는 단적인 예가 하나 있다. 학력이 높은 남성이 학력이 낮은 여성과 결혼하는 현실을 눈여겨본 리콴유는, 그들이 학력이 높은 여성과 짝을 맺길 바랐다. 대학 졸업장이 지능의 척도라고 믿었던 그는 젊은 대졸자 간의 결혼을 장려하기 위해 격려금 지급과 자녀 교육비 지원을 약속하는 한편, 대학 교육을 받지 않은 여성과 결혼하는 대졸 남성에게는 벌금을 물렸다. 그는 고학력자 간의 결혼이 싱가포르 인구의 전반적인 지능 수준을 향상하는 데 기여하리라 믿었던 것이다.

그런데 고학력 남성은 (아내는 남편에게 순종해야 한다는 전통 때문에) 여전히 대졸 이하의 여성을 선호했다. 리콴유는 이 같은 현상을 개선하기 위해 대졸 비혼자를 대상으로 단체 여행을 기획했다. (주로 발리나 인근의 천국 같은 섬들에서의) 여행 기간에 맺어진 커플에게는 자동으로 격려금을 지급하는 것은 물론 자식을 낳으면 영국이나 미국의 유수 대학에서 유학할 수 있게 학비도 대줬다.

그런 노력에도 고학력자 간의 결혼 건수가 만족스러울 만큼 늘지 않자 리콴유는 실용주의자답게 격려금과 벌금 액수를 높였다.

일명 당근과 채찍 전략.

총리는 사람 간의 자연스러운 끌림과 중국식 전통을 무시한 채 자기 방식으로 국민의 지능을 억지로 높이려 했던 것이다.

내가 쓴 기사는 〈싱가포르: 응석받이들의 도시〉라는 제목으로 지면에 실렸다.

기사는 즉각 큰 반향을 불러일으켰다. 여러 라디오 프로그램의 언론 리뷰 코너에서 그 기사를 언급했고 내게 이메일이 쇄도했다. 크리스틴은 여전히 비행기표와 호텔 숙박비를 경비로 처리해 주지 않았다.

정규직 전환 기회를 엿보고 있던 나는 그 기사로 한 해 최고의 기사에 주어지는 멈Mumm상에 응모했다. 최종 후보에까지 오르자 장애물을 뛰어넘을 유리한 발판으로 삼을 수 있겠다는 생각이 들었다. 그러나 섣부른 기대였다.

사회부 차장 프랑크가 나를 자기 사무실로 불러 굳은 표정으로 말했다.

「넌 인생 최대의 실수를 저지른 거야. 대체 무슨 생각으로 그 상에 응모했어? 플로리앙을 비롯해 우리 잡지의 실력 있는 기자 상당수가 거기에 응모한 걸 알았던 거야, 몰랐던 거야? 다른 사람들은 아무도 후보에 들지 못했단 말이야…….」

프랑크가 긴 한숨을 내쉬었다.

「여기가 어떻게 돌아가는지 아직 몰라? 네가 좋은 기사를 쓰든 일을 잘하든 아무도 관심 없어. 우리가 바라는 건 네가 소란 일으키지 않고 조용히 있는 거야. 그게 이 편집부 조직의 일원이 되는 방법이라고. 네가 분란을 만들지 않는 사람이란 걸 윗사람들한테 보여 줘야 한단 말이야. 그런데 이렇게 조직을 시끄럽게 만들었잖아. 절대 해서는 안 될 바보짓을 했다고. 이제 엎질러진 물이니 대가를 치르는 수밖에 없어. 편집국장 직책을 맡고 있는 저 위의 조지안 말이야, 당연히 자기가 후보에 오를 줄 알았는데 네가 오르니까 자기 자리를 〈도둑질〉당했다고 생각해서 단단히 화가 났어. 그래서 너를 해고하자고 회사에 요청했어. 최고 보스인 쥐스티니앵을 직접 찾아가 너를 자르라고 했단 말이야.」

순간 세례자 요한의 목을 달라고 하는 살로메의 모습이 떠올랐다.

프랑크가 굳은 표정을 풀지 않은 채 말끝을 달았다.

「한 가지 더 얘기해 줄 게 있어. 어제저녁에 네가 최종 후보 명단에 올랐다는 소식이 전해졌을 때 사회부 긴급회의가 열렸어. 너를 해고하는 데 반대하는지 참석자들에게 물었지.」

「해고 사유가 뭐죠?」

「사유 같은 건 없어. 네가 그 일로 사람들의 심기를 건드렸어. 그게 이유라면 이유야.」

「플로리앙도 그 자리에 있었어요?」

「물론이지.」

「나를 두둔하고 나서던가요?」

「아까 플로리앙도 멈상에 응모했다고 말했잖아. 후보에 오르지 못해 당연히 속이 상했을 거야.」

「그가 나를 두둔하던가요?」

내가 재우쳐 물었다.

「두둔이 다 뭐야, 네 후임자로 생각하는 사람이 있다며 이름까지 말하던걸.」

나는 침을 꼴깍 삼켰다.

「막시밀리앵이라던가.」

『레벤느망 뒤 죄디』의 과학 기자 출신인 그의 이름은 내게 낯설지 않았다.

「그럴 리가.」

「그러게 왜 그 상에 응모했냐고! 조용히 있다 보면 정규직으로 채용될 거라고 내가 말했잖아. 대체 그렇게 안달하는 이유가 뭐야?」

「플로리앙이 정규직 전환을 약속한 지 벌써 7년쨀데 아무것도 달라진 게 없잖아요.」

「그래, 앞으로 달라질 거야. 네가 원하던 방향이 아니라 문제지만. 〈모난 돌이 정 맞는다〉라는 속담이 있어.」

또다시 공든 탑이 무너져 내리고 있었다.

다 된 밥에 코 빠트린다는 말은 이럴 때 쓰는 걸까.

마음이 심란하던 차에 프랑수아즈 지루한테서 만나자는 요청이 왔다. 전직 문화부 장관인 그녀는 당시『누벨 옵스』에서 권위 있는 논설위원 중 한 사람이었다. 그녀는 투르 거리에 있는 자기 아파트로 나를 초대했다. 조각품과 거장들의 그림으로 고급스럽게 꾸며진 집은 박물관을 연상케 했다.

나는 그녀가 멈상의 심사 위원 중 한 명이었다는 사실을 알고 있었다.

「싱가포르에 관한 기사를 아주 재미있게 읽어 직접 한번 만나 보고 싶었어요. 머리 좋은 남자들과 머리 좋은 여자들을 강제로 맺어 주기 위해 단체 여행을 기획했다는 대목에선 진짜 많이 웃었죠. 클로드 페르드리엘한테 당신 기사를 읽어 보라고 했더니 나만큼 배꼽을 잡았다고 하더군요. 실제로 만나 보니 무척 젊군요, 참 젊네요. 우리 잡지는 현장으로 달려가 이런 멋진 취재를 해 올 당신 같은 젊은 기자들이 바통을 이어받아야 해요.」

「엄밀히 말해 저는 이 회사 사람이 아닙니다. 고정직 프리랜서 지위니까요.」

「발행인란에는 분명히 〈과학 전문 기자〉라고 적혀 있던데…….」

「그건 직함일 뿐이고 실제 지위는 다릅니다.」

「내가 한번 손을 써보죠. 클로드를 만나 얘기해 볼게요.」

클로드 페르드리엘은『르 누벨 옵세르바퇴르』의 소유주였다.

그다음 주에 당장 정규직 전환 문제와 관련해 페르드리엘 회장의 사무실로 불려 갔다. 그 자리에는 신임 편집국장인 뤼시앵이라는 사람과 또 다른 국장 하나가 배석했다.

클로드 페르드리엘이 나를 반갑게 맞더니 자신의 잡지에서 과학이 홀대받는 상황이 안타깝다고 했다. 자신 역시 이공계 전공자여서 과학에 각별한 관심이 있다고도 덧붙였다. 그러고는 연봉을 단계적으로 상향 조정하는 조건으로 나를 정규 직원으로 채용하겠다고 했다. 초봉은 현재 임금보다 약간 높은 수준에 그치겠지만, 연차에 따라 연봉을 꾸준히 올려 주겠다고 약속했다.

갑자기 뤼시앵이라는 국장이 끼어들었다.

「베르나르에게 지나치게 〈높은〉 임금을 지급하는 건 곤란합니다. 이미 부담스러운 수준에 와 있는 사회부의 임금 비용에 추가로 부담을 줘서는 안 됩니다.」

크리스틴이 식당에 가서 지출하는 업무 비용을 줄이면 해결될 문제라고 말하고 싶은 걸 꾹 참았다.

다른 국장이 무안해하며 의견을 달리했다.

「뤼시앵, 베르나르는 멈상 최종 후보에 올라 능력을 입증한 사람이에요. 그런 그에게 비서보다 적은 월급을 줄 순 없죠.」

페르드리엘이 두 부하 직원을 번갈아 바라보며 한마디 했다.

「프랑수아즈 지루가 전도유망한 젊은 기자라면서 나한테 특별히 채용을 부탁했어요. 그녀에 대한 예의 차원에서라도 정규직 전환을 해줄 생각이에요.」

다 같이 회장의 방을 나오고 나서 대뜸 뤼시앵이 말했다.

「봤지, 자네가 채용된 건 나 덕분이야. 고마워해야 할 거야.」

면전에서 임금 삭감 운운한 사람이 그런 소리를 한다는 게 어이가 없었지만, 거짓말하는 장면을 들키고도 그렇게 뻔뻔하게 굴 수 있어야 보스가 될 수 있는 게 아닌가 하는 생각도 들었다.

나는 즉시 면담 사실을 프랑크에게 알렸다.

「방금 정규직이 됐어요. 공식적인 거예요.」

「그럴 리가 있나. 플로리앙은 벌써 막시밀리앵의 채용 계약과 관련해 협상 중이야. 그게 〈훨씬〉 공식적인 거야.」

「막 페르드리엘 회장의 사무실에서 나오는 길이에요. 프랑수아즈 지루가 직접 내 채용을 부탁했다고 들었어요.」

「조지안이 네 해고를 쥐스티니앵한테 요구해 승낙받았다고 나는 들었어.」

프랑크는 확신에 차서 말했다.

「베르나르, 이거 하난 네가 알았으면 좋겠어. 넌 이 신문사 밖에서 훨씬 빛날 사람이야. 여긴 행복한 기자가 한 명도 없어. 동료들이 어떤지 너도 봤지? 대부분 실패한 인생이야. 정규직 기자라고 해서 행복할 것 같아? 아니, 그들은 항상 더 많은 걸 바라. 조금이라도 더 특권을 누리기 위해 무슨 짓이라도 할 수 있지. 나만 해도 그래. 크리스틴과 함께 일하는 게 행복한 것 같아? 하긴, 내가 하루하루 겪는 일을 네가 어떻게 다 알겠어. 마음 같아선 그 인간 목이라도 조르고 싶어. 실제로 밤에 그런 꿈을 꾸기도 해. 여길 그만두고 나가, 이 진흙탕에서 멀리 날아가 더 행복하게 일할 수 있는 다른 신문사를 찾아.」

「그러니까 선배 말에 따르면, 내 〈케이스〉에 대해 지금 채용 절차와 해고 절차가 동시에 진행된다는 거네요?」

프랑크가 안타까운 표정으로 고개를 끄덕였다.

「그렇다면 그냥 기다려 볼래요. 아무 일 없는 듯이 일하면서 무슨 일이 벌어지는지 지켜볼 생각이에요. 어느 쪽 힘이 더 센지 곧 알게 되겠죠.」

그 일의 열쇠를 쥔 발행인 쥐스티니앵의 사무실에도 불려 갔다. 클로드 페르드리엘이 잡지의 소유주라면 쥐스티니앵은 잡지의 얼굴에 해당하는 사람이었다. 그의 사무실에 들어서는 순간 오른쪽에서 문이 닫힌 작은 공간이 하나 눈에 들어왔다(나중에 그게 그의 개인 화장실임을 알게 되었다. 그는 직원들과 같은 변기에 엉덩이를 대는 일은 상상도 할 수 없었던 걸까). 쥐스티니앵이 의자에 앉아 손깍지를 꼈다 풀었다 하며 안절부절못했다. 그가 내 시선을 피하며 먼저 말을 꺼냈다.

「베르베르 씨, 당신이 우리 회사에서 일한 지 거의 7년이 되었다더군요……. 과학 분야를 담당한다던데, 솔직히 말해 과학은 내 〈체질〉이 아니에요.」

「플로리앙과 둘이서 하고 있습니다. 표지 기사의 3분의 1을 저희가 담당하고 있죠.」

「난 말이에요, 정치면과 문화면만 읽어요. 내가 좋아하는 분야니까. 명상과 관련해 껄끄러운 일이 생기기 전에는 당신이 있는 줄도 몰랐어요. 이번 일로 당신이 내 친구 조지안을 단단히 화나게 했더군요. 그는 당신이 최종 후보 자리를 훔쳤다고 생각해요. 대체 무슨 생각으로 응모했죠?」

그가 고개를 까딱하고 말을 이어 갔다.

「물론 그렇게 될 줄 몰랐겠지만, 아무리 그래도…… 아니 대체 무슨 생각으로? 좋아요, 그건 그렇고, 조지안이 나한테 당신을 해고하라고 사적인 부탁을 했어요. 도저히 그 〈서비스〉를 거절할 방법이 없군요.」

일주일 뒤, 채용 절차가 여전히 시작되지 않은 상황에서 인사 팀이 나를 불러 해고를 통보했다.

「해고 사유가 적시되어 있나요?」

「음…… 아무것도 쓰여 있지 않네요.」

「아, 무슨 사유가 있어야 하는 것 아닌가요.」

「한번 찾아볼게요. 그런데 말이에요, 당신 부서에서 당신을 지키려는 사람이 아무도 없었어요. 다들 나 몰라라 했죠. 그 와중에 플로리앙은 벌써 당신 후임을 채용했어요.」

인사 팀 직원이 난처한 표정을 지었다.

「아니, 내가 잘못 말했네요. 당신을 두둔한 사람이 한 명 있긴 했어요. 같은 사회부 소속은 아니지만, 프랑수아 슐로세르라고.」

「슐로세르면, 외신부 부장 말이에요?」

가끔 복도에서 마주칠 때 인사는 주고받았지만 우린 전혀 모르는 사이였다. 나는 그에 대해 목사를 연상케 하는 엄격한 분위기의 소유자라는 인상 정도만 갖고 있었다.

「맞아요. 딱 그분 혼자 당신 편을 들었어요. 회사가 당신한테 하는 짓이 역겹다면서 당신의 급여 명세서를 보여 달라더군요. 그걸 자세히 들여다보더니 회사가 단 한 번도 상여금이나 휴가비를 주지 않았다면서 미지급금을 지급하라고 했어요. 당신 편에 서서 결국 회사 측으로부터 그걸 받아 내더군요. 그분 덕분에 당신은 회사가 그동안 〈깜빡 잊고) 지급하지 않은 돈을 받아서 나갈 수 있게 되었어요.」

직원이 불안한 얼굴로 내 반응을 살폈다.

「당신이 화를 내고도 남을 상황이라고 생각해요. 나라도 그럴 테니까. 그런데…… 음…… 있잖아요……. 혹시 노동쟁의 조정 위원회에 조정을 신청할 생각인가요?」

「아니요. 그냥 내 갈 길을 갈 생각이에요.」

그제야 직원이 안도하는 표정을 지었다. 나중에야 내가 만일 조정을 신청했다면 회사에서 나한테 퇴직금보다 훨씬 더 많은 금액을 배상해야 했으리라는 사실을 그녀를 통해 알게 되었다.

자존심 때문이었을까, 나는 시간을 더 낭비하고 싶지 않아 거기서 『누벨 옵스』에서의 모험을 끝냈다. 그 과정에서 이해득실을 따지지 않고 자신의 도덕관에 따라 행동하는 기자가 회사를 통틀어 딱 한 사람 있다는 걸 알게 되었다. 그 이름은 프랑수아 슐로세르.

공식적인 해고 절차가 마무리된 뒤에 그에게 따로 연락해 만났다. 우리는 따뜻한 말을 주고받았다. 그는 내가 아닌 다른 사람이었어도 그랬을 것이라면서, 자신의 개신교적 가치관에 따라 해야 할 일과 하지 말아야 할 일을 구분한다고 했다.

내 후임인 막시밀리앵이 회사에 출근하기 시작했다. 그는 자신도 실패한 과학자면서 다른 과학자들을 깎아내리고 비난하기에 급급했다. 막시밀리앵은 특히 〈물의 기억력〉이라는 개념을 만든 자크 뱅베니스트 교수를 조악하게 공격해 나름의 명성을 얻었는데, 입사 1년 전에 낸 과학계의 거짓과 위선을 고발하는 책은…… 플로리앙에게 헌정한 바 있었다.

미래는 간신배와 아첨꾼의 것인 걸까.

그는 나보다 네 배 많은 월급을 받는 조건으로 즉시 회사와 공식 채용 계약을 맺었다.

프랑크 말이 맞았다. 거긴 막시밀리앵의 자리지 내 자리가 아니었다.

딱 16번 아르카나 신전의 상황이 내게 닥쳤다. 벼락을 맞은 타워가 위에서부터 무너져 내리고 있었다.

끝은 좋지 않았지만 지금도 『누벨 옵스』에 고마운 마음이 있다. 회사 덕분에 수십 건의 흥미진진한 취재를 할 수 있었고 그런 큰 조직이 쥐들의 위계질서를 재현하며 작동하는 방식도 알게 되었으니까. 쥐들이 든 케이지와 다를 바 없는 그곳을 벗어나 새롭게 내 자리를 찾아야 한다는 사실을 깨달았으니까.

프랑크의 말대로 그 일은 내게 전화위복이 되었다. 거기서 정규직이 되었다면 나도 결국에는 그들과 한통속이 되었을 테니까.

코트디부아르에서 르루 교수가 했던 말을 다시금 떠올린다. 〈판단하지 말고 그냥 이해하려고 애쓰게⋯⋯.〉 그들이 나를 내쫓은 것은 결과적으로 나를 위한 일이었다. 내 길이 다른 곳에 있다는 것을 알려 준 셈이니까.

9번 아르카나: 은둔자

　카드 속 은둔자가 혼자 막대기로 땅을 짚으면서 걷고 있다. 이는 고독과 고립과 고난의 시기를 뜻한다.

　하지만 은둔자는 등불을 하나 높이 들어 길을 비춘다. 그는 이 불빛에만 의지해 홀로 어둠을 헤치고 앞으로 나아간다.

스물아홉 살, 원점에서 다시 시작하다

우리는 인생 초반에 힘든 일을 겪기도 하고 뜻밖의 배신을 당하기도 하고 고난의 가시덤불 속을 지나기도 한다. 사는 게 다 그렇다.

1983년부터 1990년까지 『누벨 옵스』 기자로 일하고 나서 처음으로 소속 없는 야인 생활을 시작했다.

독립을 위해 치러야 하는 대가가 너무 많았다.

강직 척추염이 재발해 거동이 불편했고 은행 잔고는 거의 바닥났다. 집주인은 혹시 월세라도 밀릴까 걱정하는 눈치였다.

나는 표류하기 시작했다.

악천후를 만나면 돛을 접는 범선처럼 지출을 최소화하려고 애썼다.

다행히 실업 수당 덕분에 최소한의 생계를 유지하며 버틸 수 있었다(적법한 절차를 거쳐 실업 수당을 받을 수 있었던 것 역시 프랑수아 슐로세르 덕분이었다. 고마워요, 프랑수아!).

정신을 차리고 다시 중심을 잡지 않으면 안 되었다.

식비를 줄이려고 매일 똑같은 음식만 먹었다. 인스턴트 토마토소스를 끼얹은 파스타를 플라스틱 그릇에 담아 먹자니 대학 시절로 되돌아간 것 같았다.

매달릴 곳을 찾지 못하고 추락하는 등반가의 심정이었다.

몇 달은 집세를 내고 어떻게든 버텨 보겠지만 그다음이 문제였다. 기사를 써서 파는 것 외에 달리 재정 상태를 개선할 방법이 없었다.

『누벨 옵스』에서 같은 사회부 소속으로 가까이 지냈던 조르주 볼랭스키가 연락해 왔다.

「『레코 데 사반』 편집장인 내 친구 에르베 데쟁주를 한번 만나 보게. 자네 기사를 사줄 거야. 만화 중간중간에 굵직굵직한 기사를 넣을 수도 있으니까.」

그렇게 조르주가 다리를 놓아 준 덕분에 에르베 데쟁주를 만났다. 호탕한 웃음이 인상적이던 그는 어려운 처지에 있던 내가 제안하는 기사 아이디어를 모두 수락했다. 마침내 함께 신나게 일할 수 있는 편집부를 만나게 되었다.

나는 『VSD』 잡지에도 기사를 제안했다. 『VSD』 책임자들은 『누벨 옵스』 같은 저명한 매체에서 일하던 기자가 보다 폭넓은 일반 독자를 겨냥하는 자신들과 일하려는 것을 의아하게 여기면서, 내가 중대한 실수를 범해 『누벨 옵스』에서 해고되었으리라 짐작했다. 그들과 함께 일하면서 『VSD』가 이미지는 〈대중적〉일지언정 현장 취재는 훨씬 다방면으로 지원해 준다는 사실을 알게 되었다.

가령 『VSD』가 비행기표와 숙박비를 제공해 준 덕분에 런던에 가서 오큘러스 제품보다 훨씬 앞선 1세대 VR 헤드셋을 취재할 수 있었다. 합성된 가상의 환경을 체험하게 해주는 그 기술은 당시 내 최대 관심사 중 하나였다.

『VSD』 사회부 부장은 호기심이 많고 신기술에 민감하며 창의적인 시도를 독려하는 사람이었다.

프리랜서 기자로 기사를 써서 생계를 유지하며 다시 〈개미〉 원고를 다듬기 시작했다. 버전 N은 정치적 색채가 짙어졌다. 그 증오[6]의 버전은 폐기해야 마땅할 것 같은 시스

6 〈증오〉를 뜻하는 프랑스어 단어 〈haine〉은 알파벳 N과 발음이 같다.

템에 대한 내 방식의 〈반란〉을 표현했다.

좌파 언론으로 분류되는 매체에서 일한 경험이 사회주의자였던 나를 무정부주의자로 만들었다.

내 사전에서 신과 스승과 상사가 사라졌다. 나는 무능한 보스를 견딜 수 없는 사람으로 변했다.

그렇게 첫 소설의 주인공인 조나탕 웰스는 실업자로 그려졌다. 조나탕의 삼촌인 에드몽 웰스가 집필했다는 『상대적이며 절대적인 지식의 백과사전』에 〈파킨슨 법칙〉이라는 새로운 발견을 다분히 의도적으로 삽입했다.

같은 이름을 가진 병과는 아무 상관이 없는 그 법칙은 실제로 세상에 존재한다. 내가 바로 경험자다.

〈기업이 성장할수록 저임금을 받으며 일하는 창의적이고 역동적인 구성원을 해고하고 그 자리를 빈둥거리고 무능력하지만 고임금을 받는 구성원으로 채우는 경향이 있다. 이유는 단 하나, 첫 번째 부류가 위협이 된다고 여기기 때문이다. 창의적인 인력이 임금을 적게 받다 보면 언제 기존 체계를 전복하려 들지 모른다는 것이다. 반면에 무능력해도 상대적으로 고임금을 받는 두 번째 부류는 기존 시스템의 영속을 위해 무슨 일이든 하게 되어 있다. 동료들과 상사들은 그런 사람들에게 신뢰와 안정감을 느낀다.〉

파킨슨 법칙의 관점에서 내 해고는 너무도 당연한 귀결이었다. 비슷한 경험을 한 게 나만은 아닐 것이다. 지금 이 대목을 읽으면서 동병상련을 느끼는 독자도 있지 않을까…….

그런 와중에도 매일 아침 열정적으로 소설 집필에 매달렸다.

버전 N은 갈수록 과격해졌다. 개미들의 이야기를 통해 나는 새로움에 대한 공포 때문에 진화가 아닌 정체를 택하는 인간 사회의 양태를 은근히 꼬집었다.

저녁이 되면 욕조에 들여놓은 개미집을 혼자 몇 시간씩 관찰했다. 내 눈에 개미들은 인간들보다 훨씬 조화로운 사회를, 〈개체의 창의성을 우대하는 공동체〉를 구현하는 듯 보였다. 그들은 누구나 아이디어를 제안할 수 있고, 나이나 지위가 아니라 오로지 내용만으로 아이디어를 평가하는 세계에 사는 것 같았다.

4번 아르카나: 남황제

옥좌에 앉은 황제의 옆모습이 보인다. 그는 여황제 카드와 마찬가지로 머리에 왕관을 쓰고 손에 왕홀을 들었다. 옥좌 옆면에 독수리 문장이 새겨진 게 보인다. 모두가 인정하는 권력을 지닌 인물이라는 뜻이다.

그의 시선은 왼쪽, 다시 말해 과거를 향해 있다.

한쪽 발을 땅에 디딘 모양새가 당장 옥좌에서 내려와 행동에 돌입할 듯한 인상을 준다. 그는 경험이 많고 실전에 능한 사람이다.

이 카드는 세상을 바꿀 실질적인 능력을 지녔고 그것을 현실적으로 사용하는 사람과의 만남을 뜻한다.

스물아홉 살. 서광이 비치다

「베르나르, 더는 저널리즘에 시간 낭비하지 마. 너한테 맞는 옷은 작가야.」

〈개미〉의 버전 N을 읽은 친구 렌 실베르가 단호한 어조로 말했다.

「드디어 적절한 톤을 찾은 것 같아. 서스펜스 장치도 제대로 작동하는 것 같고.」

렌이 올리비에 오르방 출판사에서 총서 담당 책임 편집자로 일하는 친구 프랑신의 연락처를 주며 만나 보라고 했다.

프랑신은 자신감이 넘치는 매력적인 여성이었다.

「솔직히 말할게요, 베르나르. 렌은 칭찬을 많이 했지만 내가 보기에 당신 원고는 여전히 부족한 점이 많은 초고에 불과해요. 책으로 내려면 앞으로 손을 많이 대야 한다는 뜻이에요. 또 하나, 이런 〈판타지성 SF〉 장르는 아직 국내 독자가 많지 않아요. 여성 독자는 더더욱 없죠. 그러니 책이 나와도 작가로서 명예는 얻을지언정 큰돈을 벌지는 못할 거예요. 내 말 무슨 뜻인지 알죠? 일단 우리 같이 비슷한 장르에서 요즘 좋은 반응을 얻는 작품이 어떤 게 있는지 한번 살펴봐요.」

프랑신이 편집자들의 신문인 『리브르 에브도』를 집어 베스트셀러 목록이 나온 면을 펼쳤다.

「스티븐 킹이 대세군요. 자, 우리 이렇게 하기로 하죠. 일단 스티븐 킹의 책을 한 권 읽어 봐요. 내가 생각하는 그의 최고 걸작은 『사계』예요. 그걸 읽으면서 스티븐 킹의 성공 요인을 면밀히 분석한 다음 비슷한 드라마적 긴장감을 가진 새로운 버전을 다시 쓰는 거예요, 알겠어요? 렌한테 듣기로 12년째 이 원고를 다듬고 있다는데, 사실인가요? 지금까지 몇 번이나 다시 쓴 거죠?」

「버전 N이니까 열네 번째네요.」

「매번 이전 버전을 읽지 않고 처음부터 다시 쓴다던데, 정말 그래요?」

「버전이 바뀔 때마다 자연스럽게 침전이 일어나죠. 그 과정에서 불필요한 것들은 잊혀 사라지고.」

프랑신이 눈을 동그랗게 떴다. 나를 시간만 질질 끌다 결국 원고를 매듭짓지 못한 사람으로 여기는 눈치였다.

「새 버전에서는 인간이든 개미든 모든 등장인물의 심리를 더 파고들어 봐요. 그건 아무리 강조해도 지나치지 않아요. 책을 읽어 보면 스티븐 킹의 최대 강점이 바로 그 점임을 깨닫게 될 거예요. 과감하게 공포를 활용하는 방법도 한번 고려해 봐요.」

스티븐 킹은 또 하나의 놀라운 문학적 발견이었다. 중편 소설 네 개를 모아 놓은 『사계』를 읽으면서 작가가 어떻게 〈페이지터너〉 효과를 높이기 위해 공포를 활용하는지 알게 되었다. 그때부터 스티븐 킹은 내 글쓰기 스승 목록에 추가되었다. 그의 작품에서 특히 서스펜스 장치가 작동하는 방식을 눈여겨봤다.

처음 읽은 「리타 헤이워드와 쇼생크 탈출」은 미국판 『몬테크리스토 백작』이라고 해도 과언이 아니다. 「스탠 바이 미」는 비극을 겪으며 인생을 알아 가는 소년들의 이야기를 다룬 성장 소설이다. 「우등생」은 악의 매혹에 관한 고찰을 담고 있다. 액자 소설 형태의 「호흡법」에는 뉴요커들이 무서운 얘기를 주고받기 위해 만든 한 비밀 클럽이 등장한다.

하나하나가 새롭고 신선했다. 솔직히 그때까지 나는 공포 문학에 큰 관심이 없었다. 에드거 앨런 포나 러브크래프트가 주는 짜릿한 전율이면 충분하다고 생각했는데, 스티븐 킹을 읽고 생각이 바뀌었다. 더욱 과감해지자.

자서전적 성격의 『유혹하는 글쓰기』에서 스티븐 킹은 플롯을 정하지 않은 채 글을 쓴다고 털어놓았다. 그래서인지 가끔은 마무리에 애를 먹다가 대충 얼버무리며 끝낸다는 인상을 주기도 하지만, 기막힌 도입부와 정교한 반전의 기술을 보여 주는 그의 소설은 대개가 뛰어난 작품이다. 나는 그에게 영감받아 (아직 미발표 상태인) 〈걸작 소설들의 결말에 대한 재판〉이라는 제목으로 단편을 하나 썼다. 작가들이 모여 마치 피겨 스케이팅 연기에 점수를 매기듯 유명한 고전 소설과 현대 소설의 결말을 평가한다는 내용의 이야기다. 소설 속 작가들은 〈살인자에게 쌍둥이 형이 하나 있었다〉, 혹은 〈깨어 보니 꿈이었더라〉 하는 식의 속임수 같은 마무리를 맹렬히 비난한다.

나는 스티븐 킹에게서 인간이라는 존재에 대한 놀라운 공감 능력 또한 발견했다. 그는 완벽하게 늙은 가정부가 되고 알코올 의존자 아버지가 되며 남들에게 이해받지 못하는 어린아이가 된다. 독자는 그런 인물 하나하나에 감정을 이입하게 된다. 〈악역〉을 맡은 인물의 행동조차 납득이 간다.

필립 K. 딕은 타인의 고통을 느낄 수 있는가가 인간과 로봇의 결정적인 차이라고 했는데, 스티븐 킹의 글을 읽다 보면 그의 탁월한 고통 공감 능력이 느껴진다. 그는 유년 시절의 공포를 환기하면서 성인이 된 우리의 심리 상태가 거기서 비롯했음을 깨닫게 해준다. 우리 각자의 내면에 상처 입은 아이, 공포에 질린 아이가 있다고 그는 말한다. 사랑 얘기가 드문 것도 킹 소설의 특징 중 하나다. 대신 그는 섬세한 심리 분석을 통해 각각의 등장인물이, 심지어 살인자까지도 특정한 방식으로 행동할 수밖에 없는 이유를 독자가 이해하게 한다.

이제 킹에게서 배운 것을 글쓰기에 접목할 차례.

나는 지하실 장면에 공을 들이는 것과 별도로 독자가 웰스 가족에게 애착을 느끼게 하고 싶었다. 또한 서스펜스에 공포감을 더하기로 했다. 모험에 오른 103호 병정개미의 험난한 여정을 시각적으로 생생히 묘사하려면 폭력적인 장면이 필요하다고 판단했다. 가령 청딱따구리 한 마리가, 항문을 통해 몸속에 들어와 안에서부터 살을 갉아 먹는 개미 떼에게 속수무책으로 잡아먹히는 장면 같은 것. 그 장면을 쓰면서 코트디부아르에서 마냥개미 떼에게 습격당했던 때의 공포감을 떠올렸다. 거미들이 나오는 장면에도 각별히 공을 들였다. 개미들의 전투 장면은 클로즈업 숏과 와이드 숏을 번갈아 써 마치 안무처럼 정교하게 구성했다. 이번에도 영화 같은 시각적 효과를 위해 스토리보드를 만들었다. 이전 버전에 없던 추격 장면과 전투 장면, 결혼 비행 중 성교 장면도 추가했다.

마침내 버전 O가 탄생했다.

감탄사 〈오!〉와 같은 소리가 나는 버전 O.

N이 혁명의 버전이었다면 O는 감정에 집중한 버전이었다. 단순히 등장인물을 묘사하거나 그들이 말하게 하는 데

그치지 않고 복잡다단한 감정이 느껴지게 하려고 애썼다.

「많이 나아졌지만 아직 완벽한 원고는 아니에요.」

새 버전을 읽고 같이 점심을 먹는 자리에서 프랑신이 말했다.

「다시 써봐요. 분명히 더 잘해 낼 수 있을 거예요. 이번에는 인간들의 대화에 조금 더 신경을 써봐요.」

프리랜서 기자로 『레코 데 사반』과 『VSD』에 기사를 쓰는 한편 〈개미〉의 새로운 버전을 쓰기 시작했다. 그것 말고 달리 할 일도 없었다.

그렇게 버전 P가 탄생했고, 다시 점심 식사 약속이 잡혔다. 그리고 프랑신의 평가.

「나쁘진 않지만 여전히 완벽과는 거리가 멀어요. 다시 써봐요.」

시간이 가면서 편집자의 요구를 만족시킬 방법을 빠르게 찾아내는 능력도 점차 향상했다. 글쓰기 여정을 함께하는 동반자가 생겼다는 사실이 좋았다. 〈더 잘할 수 있어요〉라는 그녀의 말은 나를 분발하게 했다. 더 나은 〈장인-시계공-서스펜스 작가〉가 되기 위해 스스로를 채찍질하는 과정이 즐거웠다.

미국인들이 〈클리프행어〉라고 부르는 기법을 새로 도입했다.

챕터 말미에 긴장이 최고조에 이르고 독자가 다음에 무슨 일이 벌어질지 궁금해하는 순간에 갑자기 개미 세계에서 인간 세계로 장면을 전환하거나 백과사전 항목을 삽입하는 식이었다. 독자가 조바심치며 기다리게 하려는 의도였다.

그렇게 장면 전환에 각별히 공들인 버전 Q가 탄생했다.

이제 질릴 법도 한데 프랑신은 또 원고를 읽고 나서 더 많은 시간을 할애해 의견을 말해 줬다.

「훨씬 나아졌어요. 그래도 아직 책으로 낼 만한 수준은 아니에요. 다시 써봐요. 난 당신이 해낼 수 있다고 생각해요.」

그즈음 심장 전문의 프레데리크 살드만 박사에게서 연락이 왔다. 그와는 『누벨 옵스』에 있을 때 영양 섭취와 심장병에 관한 기사를 준비하면서 인터뷰한 인연으로 만나 친구가 되었다.

「네가 그 책에 얼마나 많은 시간을 바쳤는지 알기나 해? 12년, 장장 12년이야! 그 정도면 편집증이라고 해도 과언이 아니야. 그만하고 다음 단계로 넘어갈 때가 되었어. 우리 같이 행복을 주제로 간단하고 실용적인 조언을 담은 건강서를 하나 써보면 어떨까. 몇 주 만에 후딱 써서 공저를 내는 거야. 넌 과학 전문 기자니까 그런 책 한 권 쓸 만하고, 나야 또 의사니까 자격이 있는 셈이고. 이 기획에 흥미를 보일 만한 편집자에게 벌써 연락도 해뒀어. 쇠유 출판사야.」

그렇게 해서 프레데리크와 나는 뚜렷한 목적의식 없이 편한 마음으로 책을 쓰기 시작했다. 몸을 청결히 유지하면서 건강한 삶을 살고 싶은 사람들을 위한 간단하고 실용적인 조언을 담은 책. 우리는 2백 장 남짓한 그 얇은 원고의 집필을 한 달 만에 마치고 쇠유 편집자에게 전달했다. 그녀는 아주 만족했다.

「우리가 출판하고 싶어요. 계약서를 써야 하니 다음 주에 다시 한번 들러 주세요.」

온갖 고생을 하며 쓰는 〈개미〉는 출간을 기약할 수도 없는데 뚝딱 써 내려간 건강 관련 실용서는 곧바로 출간해 주겠다니, 이 무슨 아이러니인가.

약속대로 한 주 뒤에 찾아가니 편집자의 태도가 달라져 있었다.

「죄송합니다, 너무 죄송해요. 사장님께서 책을 검토하시더니 뚱뚱한 사람을 죄인 취급하는 챕터가 몇 개 있다고 지적하셨어요. 저희 사장님도 살집이 좀 있는 분인데, 미식가들에게 낙인찍는 일은 하지 말아야 한다며 언성을 높이시더니…… 이 책은 낼 수 없다고 하셨어요. 물론 저는 동의하지 않아요.」

편집자가 몹시 아쉬워하는 표정으로 말끝을 달았다.

「두 분이 좋은 원고를 쓰느라 고생하셨는데, 출간을 약속드려 놓고 그냥 모른 척할 순 없죠. 이 책은 출간할 가치가 충분히 있다고 저는 생각해요. 그래서 말씀인데, 알뱅 미셸에서 일하는 제 친구를 소개해 드릴게요. 브리지트 마소라고, 미리 연락해서 상황을 설명해 놓을게요.」

그렇게 해서 며칠 뒤 프레데리크와 나는 알뱅 미셸 출판사를 방문하게 되었다. 우리는 브리지트 마소의 아담한 사무실로 들어가 원고를 전달했다. 그녀가 나를 따로 붙잡더니 혹시 다른 원고를 써놓은 게 없냐고 물었다.

「개미에 관한 소설이 하나 있는데, 여기서 벌써 세 번이나 퇴짜를 맞고 지금은 다른 출판사와 얘기 중이에요.」

「어느 출판사죠?」

「올리비에 오르방이에요.」

「계약하셨어요?」

「아니, 아직.」

「그렇다면 한번 읽어 보고 싶네요. 저한테 보내 주실 수 있어요?」

나는 〈개미〉의 버전 Q를 그녀에게 보내고서 며칠 뒤에 전화를 받았다.

「아직 오르방과 계약서를 쓰시진 않았나요?」

나는 원고에 대한 프랑신의 코멘트를 기다리는 중이었다.

「저희 알뱅 미셸에서 즉시 계약하고 싶어요.」

「살드만 박사와 쓴 책 말인가요?」

「아니요, 당신이 쓴 개미에 관한 소설 말이에요.」

순간 귀를 의심했다. 내 소설이 긴 여정을 끝내고 드디어 독자를 만나게 되는 거야? 즉시 친구인 렌에게 전화해 의견을 구했다. 그녀는 올리비에 오르방의 편집자 프랑신에게 알뱅 미셸에서 확실한 출간 제의를 받았다는 사실을 전하라고 했다.

「그렇다면 얘기가 달라지는데…….」

프랑신이 말했다.

「우리도 출간 의향이 있어요…….」

난감했다. 장장 12년이 걸려 썼고, 지난 6년 동안 숱한 거절 편지를 받은 내 〈아가〉가 하찮은 공산품처럼 두 출판사 사이에서 경매 대상이 되다니.

꿈에도 생각지 못한 상황이 벌어지고 있었다. 이미 책을 낸 적이 있어 출판계 사정에 더 밝은 렌의 조언을 따르기로 했다. 그녀는 양쪽 출판사에서 제안한 계약 조건을 서로에게 알려 주라고 했다. 주거니 받거니 가격이 뛰는 사이 나는 밤잠을 이루지 못했다. 당시 미국에는 이미 흔했지만 프랑스에는 드물었던 출판 에이전트의 존재가 절실했다. 그런 경우 에이전트가 중간에서 외교적 역할을 해줬을 테니 말이다.

프랑신이 있는 오르방 출판사 쪽으로 마음이 더 기울었다. 〈개미〉의 여러 버전을 읽어 준 사람이 바로 프랑신이었으니까. 돈보다 그녀에게 고마움을 표시하는 것이 우선이라고 생각했다. 한데 오르방 사장과의 첫 만남이 기대와는 다르게 진행되었다. 사장과 만나기 한 시간 전에 계약 내용을 미리 설명해 주기로 했던 프랑신이 그걸 깜빡하고 베르나르 랑트리크와 전화로 수다 떠는 걸 보면서 솔직히 마음이 상했다. 베르나르 랑트리크는 당시 오르방 출판사의 대표 작가 중 한 사람이었는데, 프랑신은 그와 파리의 좋은 식당들이나 휴가에 관해 얘기하느라 시간 가는 줄 몰랐다. 사장 역시 내 책의 내용을 전혀 모른다고 하더니, 다짜고짜 2차 저작물의 저작권 수익 비율을 언급했다. 프랑신은 마지막 버전을 아직 읽어 보지는 못했지만 완벽한 원고라는 걸 〈느낌으로〉 알 수 있다고 했다. 이 사람들은 원고를 읽어 보지도 않고 출판권을 사려고 했구나.

나는 마른침을 삼켰다. 만남에 대한 기대가 컸던 만큼 실망도 컸다.

결혼에 비유하자면, 예식을 주관하는 시장이 그 마법과도 같은 날에 신랑 신부를 앞에 세워 놓고 이혼 시 재산 분할 비율과 사망 시 자녀들 간의 유산 분배 방식에 관해 말하는 꼴이었다. 게다가 혼인 당사자인 신랑 신부는 서로에 대해 아무것도 몰랐다.

올리비에 오르방 사장은 길고 복잡한 계약의 세부 조항을 마치 선생이 학생을 가르치듯 상세히 설명해 줬다. 미묘한 계약 조항을 하나하나 언급할 때마다 신이 난 표정이었다.

나는 묘한 기분이 되어 출판사를 나섰다. 행복해야 할 순간에 어딘가 모르게 찜찜했다.

일주일 뒤 친구인 에르베 데쟁주가 전화를 걸어 알뱅 미셸의 부서장 회의에 참석하고 왔다고 말했다. 당시 『레코 데 사반』은 알뱅 미셸 출판 그룹의 소유였다.

「어제 회의에서 네 문제로 큰소리가 났었어. 이미 우리와 계약한 줄 알았는데 오르방 출판사에서 책을 낸다는 사실을 알게 된 리샤르 뒤쿠세가 브리지트 마소를 호되게 야단쳤어. 어쨌든 회장이 너를 급히 만나고 싶어 해.」

「이미 늦었어요. 오르방에서 계약서를 받았는걸요.」

「서명했어?」

「아니요, 하지만…….」

「내 말 들어, 베르나르. 알뱅 미셸 회장인 리샤르 뒤쿠세 같은 사람이 직접 만나자는데 그걸 거절하면 안 돼. 이미 늦었다는 얘기를 하더라도 만나서 얼굴을 보고 해.」

렌 또한 뒤쿠세를 만나 보라고 권유했다.

이미 원고를 거절당했던 출판사여서 왠지 나와는 인연이 없을 것 같다는 느낌을 갖고 약속 자리에 나갔다.

고급스럽게 꾸며진 사무실에 들어서자 단정한 백발의 리샤르 뒤쿠세가 반갑게 손을 내밀었다.

「음, 오르방과 이미 계약을 체결한 상태일지도 모르지만 어쨌든 당신을 만나 책 얘기를 한번 해보고 싶었어요. 내가 한발 늦었는지 어떤지는 조금 이따 얘기해 줘요.」

그가 전화기를 들고 비서에게 말했다.

「당분간 방해하지 말아요.」

그 한마디가 내게 깊은 울림을 줬다.

순간 오르방 출판사 회장과의 만남을 앞둔 한 시간 동안 내 존재를 까맣게 잊은 채 전화통을 붙들고 있던 프랑신의 모습이 떠올랐다.

「당신 소설을 읽어 봤어요. 국내 시장을 뛰어넘을 확장성을 지녔다는 생각이 들더군요. 이 작품으로 얼마든지 세계 시장을 겨냥할 수 있겠어요. 그만큼 보편적인 주제를 다루고 있다는 뜻이에요. 지금 사는 행성에서 인간의 자리가 어딘지 묻는 소설이니까.」

그가 말을 하면 할수록 저자인 나보다 내 책에 관해 더 잘 안다는 생각이 들었다.

「당신이 단순히 좋은 작품을 쓰는 데 머물지 않고 여러 장르를 포괄하는 새로운 문학 장르를 만듦으로써 한 세대에 큰 영향을 미칠 수 있는 작가라고 믿어요. 당신 책은 전통적 소설이 아닐뿐더러 SF, 판타지, 스릴러 어느 하나로 분류하기가 불가능해요. 그 장르들에 조금씩 걸쳐 있기 때문이죠. 이 작품은 소재뿐 아니라 형식과 구조, 등장인물인 인간과 동물을 다루는 방식, 배경 묘사까지 모든 것이 참신해요. 당신은 현실 그대로의 자연에서 영감을 얻어 새로운 세계를 창조해 내는 데 성공했어요. 〈상대적이며 절대적인 지식의 백과사전〉 아이디어도 아주 마음에 들어요. 이야기의 흐름을 끊지 않으면서 독자에게 정보를 알려 준다는 장점이 있어요. 아주 영리한 선택이라고 생각해요.」

내 마음을 돌리기 위한 칭찬인 줄 알면서도 듣기 싫지는 않았다. 평생 한 번이나 들을까 말까 한 그런 찬사를 싫어할 사람이 누가 있을까.

「자, 이제 얘기를 들어 봅시다. 오르방과 도장을 찍었어요?」

「아, 그게…… 그러니까…… 계약서는 받았지만 아직 서명해서 돌려보내지는 않았어요.」

「잘됐군요. 그럼 당장 우리랑 계약을 체결합시다.」

난감했다.

「그게, 그동안 제 원고의 이전 버전을 다 읽어 준 오르방 편집자 프랑신에게 빚진 마음이 있어요.」

「우린 당신 책을 꼭 계약하고 싶어요. 당신한테 그 인연이 그렇게 소중하다면 우리가 그 편집자를 스카우트해 올수도 있어요.」

「오르방과 공동 출간도 가능하다는 뜻인가요?」

「올리비에 오르방과는 얼마든지 할 수 있어요. 개인적으로 친분이 있기도 하고. 불가능한 일은 절대 아니에요. 내말은 그만큼 우리가 당신 원고에 애착을 느낀다는 뜻이에요.」

머릿속이 복잡해졌다. 올리비에 오르방에서 일어나길 바랐던 마법의 순간이 알뱅 미셸에서 펼쳐지고 있었다.

「다만, 한 가지 조정은 필요해 보여요. 현재 원고가 1천 5백 장에 달하는데, 길이가 너무 길어요.」

「『듄』이나 『반지의 제왕』 같은 대작을 염두에 두고 썼거든요.」

「영미 독자들은 그런 두꺼운 책을 거리낌 없이 살지 몰라도 국내 시장은 형편이 달라요. 내 생각엔 350장 내외로 분량을 줄이는 게 좋겠어요. 그게 국내 시장에 가장 적합한 분량이죠.」

출판사를 나서면서 렌에게 전화를 걸어 만남의 내용을 상세히 전했다.

「넌 지금 두 마리 토끼를 다 잡겠다는 건데, 그래선 안 돼. 이건 달리 접근해야 할 문제야. 네가 수학을 좋아하니까 이렇게 한번 얘기해 볼게. 반쪽짜리 선택 이퀄 골칫거리의 제곱.」

「당신이었잖아요! 나한테 친구 프랑신을 소개해 준 사람이 바로 당신이었잖아요!」

「그녀가 내 친구이긴 하지만 이번 일은 너한테 잘못했다고 생각해. 이 계약 건은 알뱅 미셸이 훨씬 주도면밀했어. 너를 높이 평가하는 쪽과 손잡는 건 너무도 당연한 일이야. 너한테 분명한 관심을 표하면서 네 책을 잘 알리겠다는 출판사에 일 처리가 미숙한 다른 출판사와 협업하라는 요구를 할 순 없어.」

「어떻게 하는 게 좋을까요?」

「내일 알뱅 미셸에 전화해서 계약 의사를 밝혀. 단독 계약을 하겠다고 해. 상대가 네게 신뢰를 보여 줬으면 너 역시 비슷하게 고마움을 표시하려고 노력하는 게 도리야. 한 파트너와 온전한 관계를 맺어.」

「프랑신은 어떡하죠?」

「내가 책임지고 상황을 설명할게. 프로니까 이해할 거야.」

다음 날, 나는 알뱅 미셸에 연락해 계약하겠다고 말했다. 그리고 그다음 날 프랑신과 격한 대화를 주고받았다. 보아하니 그녀는 렌이 바랐던 대로 상황을 이해할 생각이 없었다. 나 때문에 시간을 낭비했다며 온갖 험한 말을 쏟아 냈다. 내가 그 책의 편집자로 그녀를 고용해 달라는 요구를 알뱅 미셸에 할 수도 있다는 얘기를 미처 꺼내기도 전에 그녀가 일방적으로 전화를 끊었다. 렌은 예상했던 반응이라며 그녀 스스로가 자초한 일이라고 일축했다.

「프랑신은 마지막 버전을 읽지도 않았어. 사장과의 만남을 앞둔 네게 시간을 할애해 주지도 않았고. 그런 그녀가 역사 소설과 유명인 자서전이 중심인 자기네 출판사에서 네가 쓰는 장르의 소설을 밀어주기는 쉽지 않을 거야.」

나는 결국 알뱅 미셸에서 책을 내게 되었지만, 결정적인 순간에 포기하지 않을 용기를 주고 스티븐 킹이라는 작가를 발견하게 해준 프랑신을 절대 잊지 못할 것이다.

어쨌든 12년 동안 개작을 거듭한 내 소설은 마침내 세상의 빛을 보게 되었고, 그것으로 모험은 끝이 났다.

아, 내가 출판 계약을 맺다니.

이런 날이 진짜 오다니.

고용 계약서에 서명도 해보지 못하고 기자 생활을 끝냈으니 그건 내 생애 최초로 맺는 계약이었다. 나는 렌과 함께 앙기앵 호숫가 식당에 앉아 헤엄치는 백조들을 바라보면서 투렌산 가메 와인으로 자축했다.

집에 돌아오니 왠지 개미집에서 평소보다 훨씬 들뜬 분위기가 느껴졌다.

그때 나는 4번 카드를 뽑았던 것이다. 다름 아닌 남황제.

전투에 나가 이길 힘과 권력을 지닌 사람.

스물아홉 살. 탄생

「있는 그대로 말할게요. 난 당신『개미』원고가 마음에
안 들어요. 편집을 맡긴 했지만 썩 내키진 않아요. 액션 위
주인 데다 전쟁 장면, 섹스 장면, 폭력적인 장면이 지나치
게 많아요.」

알뱅 미셸에서『개미』담당 편집자로 배정해 준 총서 책
임 편집자 스타니슬라스는 단도직입적으로 내 소설이 자신
이 좋아하는 장르가 아니라고 말했다.

차라리 그렇게 솔직히 말해 주니 좋았다.

대화하다 보니 그는 판타지 문학과 서스펜스 문학은 전
혀 읽지 않는 사람이었다. SF에 관심이 없는 건 당연했다.
딘 쿤츠, 댄 시먼스, 피터 스트라우브, 메리 히긴스 클라크
까지 장르 문학의 대가들을 두루 출판하는 알뱅 미셸 편집
자 입에서 그런 소리가 나온다는 게 의아했다.

하지만 스타니슬라스는 여러모로 나를 놀라게 했다. 그
는 참선을 즐기고 매일 아침 한 시간씩 명상한다고 했다.
고작 5분을 명상하기도 힘들었던 나는 그런 사람이라면 틀
림없이 고양된 정신세계의 소유자일 것이라고 생각했다.

우리 관계는 쉽지 않았다. 하지만 그는 경험 많은 전문가
고 나는 초심자기 때문에 그의 의견을 무조건 존중하기로
했다. 그는 옳고 나는 틀렸다고 생각하기로. 지금도 그렇지
만 책에 대한 감각은 저자보다 편집자가 훨씬 더 좋다고 믿
었다. 특히 그때는 책을 내게 되었다는 만족감이 앞서 어떤
양보라도 기꺼이 할 수 있을 것 같았다.

스타니슬라스는 긴 문장을 좋아했지만 나는 짧은 문장을 선호했다.

그는 문체를 중요시했지만 나는 플롯에 더 무게 중심을 뒀다.

그는 평화주의자의 관점에서 볼 때 개미들의 전투 장면이 불필요하다고 했다. 개미는 경쟁자인 흰개미와도 전쟁을 벌이지만 동족끼리도 싸운다고, 그것이 있는 그대로의 자연의 모습이라고 아무리 항변해 봤자 소용없었다. 스타니슬라스는 내 의견을 일축하면서 어차피 서사에 조금도 도움이 안 되는 장면들이라고 단정했다.

결국 전투 장면을 모두 빼야 했다. 『살람보』에서 영감받아 그 장면들을 공들여 쓴 나로서는 가슴이 찢어지는 일이었다.

스타니슬라스와 나는 또 한 가지에 대해서도 의견을 달리했다. 그는 왜 챕터마다 길이가 다른지 모르겠다고 했다. 내가 영화도 그렇지 않냐고, 영화도 신마다 길이가 다르지 않냐고 반문했다. 세 면짜리 챕터와 스무 면짜리 챕터를 번갈아 배치해 글에 리듬감을 줄 수 있는 것 아니냐고. 스타니슬라스는 문학과 영화는 비교 대상이 될 수 없다면서 챕터마다 비슷한 길이로 쓰는 게 소설 작법의 정석이라고 했다. 그는 나의 〈별난〉 선택을 존중해 주긴 하겠지만 그게 소설에 약점으로 작용할 수 있음을 알아 두라고 했다.

「처음에는 다들 튀려고 기를 쓰지만 시간이 갈수록 고전적인 방식이 더 잘 먹힌다는 걸 알게 되죠.」

대화 장면은 살리고 액션 장면은 대대적으로 삭제하라는 그의 조언에 따라 나는 가지치기하는 정원사의 심정으로 그동안 공들여 쓴 여러 장면을 없앴다.

1천5백 장을 350장으로 줄이는 과정은 힘들었지만 압축을 배울 수 있는 좋은 훈련이었다. 내 눈에 꼭 필요한 것이라도 과감히 포기할 수 있어야 발전할 수 있다. 〈내려놓기〉를 할 줄 알아야 한다.

스타니슬라스는 생물학이든 수학이든 과학과 관련된 것은 다 싫어했다. 「성냥개비 네 개로 정삼각형 네 개를 만들라는 수수께끼가 당신 소설의 진지함을 갉아먹고 있어요.」 그가 정색했다.

이 또한 그의 의견을 수용하지 않을 수 없다고 생각하며 이를 앙다물었다. 어릴 때 아버지가 침대 머리맡에서 들려주던 키플링의 유명한 시구를 속으로 되뇌며 울분을 삼켜야 했다. 〈네가 평생을 바쳐 이룩한 것이 하루아침에 무너지더라도 아무 말 없이 다시 시작할 수 있다면…….〉

연금술에서는 철학자의 돌이 네 단계의 변화를 거쳐 탄생한다고 한다.

1) 니그레도(흑화): 돌이 산성과 만나는 용해 단계

2) 알베도(백화): 세척이 이뤄지는 정화 단계

3) 치트리니타스(황화): 가열이 행해지는 상승 단계

4) 루베도(적화): 단단하게 변하는 고정 단계

고통스러울지언정 『개미』 원고도 그 법칙에서 예외가 될 순 없었다. 용해와 정화를 거치지 않고는 상승과 고정 단계에 도달할 수 없었다.

다행히 그 모든 과정을 곁에서 지켜보며 힘이 되어 준 친구 렌이 있었다.

「그 사람은 네 책을 잘 몰라. 최종 결정권자는 바로 너야.」

나는 알뱅 미셸에 갈등을 중재할 편집자를 추가해 달라고 요청했다. 새로 합류한 편집자 덕분에 성냥개비 수수께끼와 대형 전투 장면 하나를 다시 살릴 수 있었다. 그에게 잘려 나간 수많은 전투 중에서 개양귀비 언덕 전투만은 꼭 넣고 싶다고 했다. 빨간 개양귀비가 흐드러지게 핀 언덕에서 벌어지는 개미들의 전투는 그 어느 장면보다 〈영상미〉가 뛰어났다. 인쇄 직전의 검판 과정에서 애착을 느끼던 몇몇 에피소드를 다시 살리는 데 성공했다.

출간 일자가 하루하루 다가왔다.

나는 열에 들떠 안절부절못했다.

드디어 인쇄가 끝나 책이 내 손에 실물로 쥐어진 순간.

1991년 2월 15일, 월요일, 알뱅 미셸 출판사.

12년 동안 잉태하고 있던 책이 마침내 세상에 나왔다.

비로소 하나의 매듭이 지어졌다.

내가 〈알〉을 낳은 것이다.

문득 여기서 그만 멈추고 싶다는 생각이 들었다. 무대에서 내려오고 싶었다. 산 정상에 올라 아래로 내려갈 일만 남았다고 생각해서였을까. 오랫동안 배 속에 품고 있던 책이 내 몸을 나가 독립적인 운명을 얻게 된다고 생각하니 허전해서 견딜 수가 없었다. 그때 나는 일종의 산후 우울증에 시달렸다.

공연은 끝났다. 꼭두각시 인형은 이제 줄에서 풀려나 제 생명력으로 살아갈 것이었다.

극단적인 생각마저 들었다.

절대 실수하지 않을 방법을 형법학 강의에서 배워 알고

있었다. 하지만 그것은 장비와 철저한 준비가 필요한 일이었다. 그때 내게는 무엇보다 냉철함이 없었다. 당시처럼 흥분한 심리 상태에서는 실패할 가능성이 높았다.

연인인 카트린에게 절대 나를 혼자 내버려 두지 말라고 신신당부했다. 카트린과 만난 지 3년쯤 된 때였다. 첫 만남부터 그녀의 외모와 스타일에 반했다. 그녀는 개성이 강했고 무슨 문제든 웃어넘길 줄 알았다. 가장 빛나는 순간에 무너지는 그 아이러니한 상황을 그녀는 금방 이해했다. 카트린은 내가 딴생각을 못 하게 친구들과의 저녁 식사 약속을 며칠 연이어 잡았다.

책은 1991년 3월에 공식 출간될 예정이었다. 그런데 당시 독특한 국제 정세 속에서 언론의 관심이 모두 아버지 조지 부시와 사담 후세인에게 쏠렸던 탓에, 대중은 피에르 살랭제와 에리크 로랑이 공저한 베스트셀러『걸프전, 그 비밀 문서』외 다른 책에는 관심이 없었다.『개미』출간을 불과 며칠 앞둔 1991년 2월 28일에 1차 걸프전이 끝난 것은 내겐 천운이었다.

하지만 어미 품을 나온 뒤에도 알이 부화에 성공하기까지는 수많은 행운이 필요한 법.

『개미』는 출간 후 언론의 주목을 전혀 받지 못했다.

고맙게도 플로리앙이『르 누벨 옵세르바퇴르』〈과학〉란에 개미의 생태를 쉽게 풀어 쓴 책이라는 소개와 함께 짧은 기사를 실어 줬다.

언론의 관심을 받지 못하면 책은 조만간 파쇄되어 펄프로 돌아갈 운명임을 알기에 조바심이 났다.

에르베 데쟁주의 위로는 큰 힘이 되었다.

「자네 책이 장르 문학으로 분류되었으니 문학 담당 기자들이 관심을 줄 리가 없지. 그들은 개미 같은 소재는 청소년 도서에나 어울린다는 편견이 있어. 영미 문학이라야 겨우〈용인〉해 주는 정도야.」

태어난 순간 목숨이 위태로워진 내 아가 때문에 잠 못 드는 날이 이어졌다.

어느 날, 기적이 일어났다.

당시 책을 다루는 유일한 TV 프로그램이었던「글자들」에서 출연 제안이 왔다.

지금 와서 고백하지만, 그때 나는 생애 첫 TV 출연을 앞두고 피가 바작바작 졸아드는 것 같았다.

진행자인 베르나르 라프가 촬영 직전 무대 뒤에서 대기 중인 내게 다가와 말을 건넸다.

「조카딸 덕분에 당신 소설을 알게 되었어요. 전에는 그런 책이 있는 줄도 몰랐죠. 걔가 몇 문단을 읽어 주는데 정말 흥미진진하더군요. 개양귀비 언덕의 전투는 내가 가장 좋아하는 장면이에요.」

프로그램은 생방송으로 진행되었다.

나를 포함한 다섯 명의 작가가 세트장에 자리를 잡고 앉자 베르나르 라프가 방송은 총 50분이며 각 작가에게 시간이 10분씩 주어진다고 설명했다.

내 차례는 제일 마지막, 미래에 관한 책(대필 작가로 참여해 달라는 요청을 받고 내가 거절한 책이었다)의 저자 바로 다음이었다.

드디어 내 차례가 되었다. 앞에서 작가들이 모두 시간을 초과해 썼기 때문에 손해가 막심한 상황이었다. 베르나르 라프가 책 속 한 구절을 소개하겠다고 하더니, 주인공인 수 개미와 암개미가 만나는 장면을 읽어 내려가기 시작했다. 생식 개미들이 공중에서 난교 파티를 벌이는 결혼 비행을 앞두고 두 개미가 만나는 로맨틱한 장면이었다.

베르나르 라프가 몸을 돌려 나를 보면서 물었다.

「베르나르 베르베르, 정말, 찌지직 찌지직, 믿나요?」

영어권 작가들의 말을 듣기 위해 귀에 이어폰을 꽂고 있던 나는 갑자기 잡음이 심하게 섞이는 바람에 질문을 알아들을 수가 없었다. 시간에 쫓겨 얼떨결에 긍정의 대답을 내놓았다.

「아…… 네.」

베르나르 라프가 얼떨떨한 표정으로 재차 물었다.

「정말이에요? 정말 그렇게 생각해요?」

젠장, 왜 또 묻는 거야. 질문이 뭘까 머리를 굴리면서도 차마 그에게 물어볼 엄두는 내지 못했다. 절호의 기회다 싶었는지 미래에 관한 책의 저자가 끼어들었다. 자기 책 얘기를 하면서 내 귀한 홍보 시간을 또 몇 초 슬쩍해 갔다.

엔딩 크레디트가 올라가고 방송은 끝이 났다.

그 얌체 저자는 방송이 끝난 후 자신의 홍보 담당자에게 걸어가더니 주머니에서 스톱워치를 꺼내 보여 줬다. 다른 출연자들한테서 빼앗은 시간까지 더해 자신이 말한 시간이 거기 떠 있지 않았을까.

자괴감이 들어 견딜 수가 없었다. 바보처럼 질문도 알아듣지 못했다는 자책감 때문에, 〈죄송하지만 질문을 다시 해 주시겠어요? 제가 잘 못 들었어요〉라고 말하지 못했다는 후회 때문에 한동안은 자다가도 벌떡 일어나곤 했다.

금요일 생방송 이후 즉시 판매에 변화가 감지되기 시작했다. 주말이 지나 월요일에 알뱅 미셸 마케팅 책임자가 전화해 재고가 모자라서 재쇄에 들어갔다고 알려 줬다.

「시간이 모자라 작가님이 할 얘기를 다 못 하는 걸 보고 시청자들이 호기심을 느낀 모양이에요.」

책은 그렇게 내 손을 떠났다. 더 할 수 있는 일은 없었다. 나는 죽지 않고 살아 있었고, 출간 직전 때마침 이라크 전쟁이 끝났고, 운 좋게 TV에까지 출연했다. 앞으로 책은 나와 무관하게 독립적인 생명체로서 스스로 운명을 개척해 갈 것이었다.

『개미』출간 이후 강직 척추염은 다시 재발하지 않았다. 작가가 되었다는 사실이 신체에도 긍정적인 영향을 끼친 게 분명했다.

그렇게 나는 〈글쓰기 치료〉의 효과를 몸소 경험했다.

독자들에게도 강력히 권하고 싶다. 지금 몸과 마음의 문제를 겪고 있다면 당장 글을 써보라고. 글을 쓰는 순간 당신을 짓누르던 중압감이 사라지는 게 느껴질 것이다.

「빨리 두 번째 책을 쓰기 시작해. 그러지 않으면 사람들에게 잊힐 거야. 확 타오르고 꺼져 버리는 건 아무 의미가 없어.」

친구 렌의 조언을 나는 귀담아들었다.

서른 살. 인도로 모험을 떠나다

「지금까지 단 한 번도 왜 살아 있는지 생각해 본 적이 없단 말이에요?」

〈개미〉라는 제목이 붙었지만 내 책은 사실 〈비인간〉의 관점에서 인간을 바라보는 얘기였다. 그런 의도가 사람들에게 충분히 전달된 것 같지 않아 후속작을 쓰기로 결심했다. 메시지가 보다 분명해진 그 소설의 제목은 〈개미의 날〉[7]로 정했다.

「네 소설에는 로맨스가 빠져 있어.」

『개미』가 나오고 나서 친구 하나가 말했다.

「로맨스가 왜 없어. 개미들의 사랑 얘기가 나오는데.」

나는 방어 논리를 폈다.

「그걸로는 부족해. 인간들이 주인공인 로맨스가 있어야지. 독자가 개미 커플에 자신을 투영하기는 쉽지 않잖아.」

친구 말이 맞았다. 독창성에 욕심을 내다 감정을 촉발하는 가장 보편적 장치인 사랑을 등한시하는 우를 범했던 것이다. 후속작에서는 로맨스를 중심에 놓고 플롯을 짰다.

먼저 웰스 교수의 딸인 레티시아 웰스라는 인물을 만들었다. 아시아계 프랑스인인 그녀는 고양이 같은 신비로움을 간직한 인물이다. 쉽게 다가갈 수 없는 매력적인 여성.

그녀의 상대 남자로는 자크 멜리에스(내가 문학계 밖에서 가장 존경하는 인물인 조르주 멜리에스에서 착안한 이름이다. 그는 마술사인 동시에 영화 특수 효과의 발명자였다)라는 수사관을 설정했다.

『개미』에서는 지하실의 미스터리가 소설을 끌고 가는 동력이었다면, 이번에는 공통점이라고는 없는 커플의 불가능한 사랑이 이야기의 힘이었다.

7 〈개미〉 3부작은 프랑스에서 제1부 『개미』, 제2부 『개미의 날』, 제3부 『개미 혁명』으로 각각 출간되었다. 한국어판은 그것들을 묶어 『개미』로 선보였다.

우연인지 필연인지 나 또한 그때 카트린과 열애 중이었다. 카트린은 『누벨 옵스』에서 해고된 후 실업자 신세였던 나를 포용해 주고 신진 작가였던 나의 불안감을 달래 줬다. 그녀의 당당함과 넘치는 삶의 에너지, 낙관주의가 나를 사로잡았다. 그녀의 세계에는 해결책만이 있을 뿐 문제는 존재하지 않았다.

카트린은 갈수록 내 인생에서 많은 자리를 차지했다. 우리는 결국 결혼을 결심했고, 내게 각별한 장소인 앙기앵 호숫가에서 결혼식을 올렸다. 그러고서 인도로 신혼여행을 떠났다.

인도를 신혼여행지로 삼은 건 여전히 소중하게 간직하고 있던 자크 파도바니와의 추억 때문이었다. 예르에서 자크가 가르쳐 준 요가와 명상, 의식에 기반한 행동의 출발점인 장소, 영성의 시원(始原)인 인도에 가보자고 카트린에게 제안했다.

그런데 뉴델리에 도착한 순간부터 인도는 내가 상상했던 것과 다른 곳임을 알게 되었다.

도로에 소와 자전거, 인력거, 행상이 끄는 수레, 소형 트럭이 무질서하게 뒤섞여 지나다녔다. 자동차 경적과 자전거 벨 소리, 욕지거리가 어울려 시끄러운 활력을 만들어 내는 가운데 매연 냄새와 불 위에서 익어 가는 꼬치구이의 진한 향신료 냄새가 코를 찔렀다.

이국적 풍경의 절정은 공원 나뭇가지에 앉은 새들이었다. 까마귀가 아니라 독수리들이 기다란 목을 노인네처럼 까닥거렸다. 마치 인간들에게 〈어디로 그리 바빠 가는 거요?〉 묻는 것처럼.

가끔 차체가 오렌지색인 타타 트럭(타타 그룹은 식당, 의류부터 은행, 자동차에 이르기까지 문어발식 사업을 하는 인도 기업이다)이 지나갔다. 그 오래된 영국제 트럭은 덩치가 크고 차고(車高)가 무척 높았다. 트럭이 밀집한 차들과 탈것들 사이를 뚫고 지나가는 장면은 거대한 오렌지색 코끼리가 찍찍거리는 쥐 떼를 짓뭉개며 느릿느릿 걸어가는 모습을 연상케 했다. 발밑의 쥐들을 밟고 가는 줄도 모르는 코끼리. 나는 바로 눈앞에서 타타 트럭 한 대가 범퍼로 자전거를 받고 지나가는 장면을 목격하고 소스라치게 놀랐다. 운전석이 높아 운전자가 미처 자전거를 발견하지 못한 탓이었다. 자전거를 탄 사람이 고래고래 악을 썼지만 트럭 운전자는 못 들은 체 그냥 지나갔다.

소똥으로 뒤덮인 길은 빙판처럼 미끄러웠다. 여행 안내서 『르 기드 뒤 루타르』에서 인도 여행 중에 길에서 미끄러져 다치는 프랑스인이 한둘이 아니라고 읽었는데, 실제로 가보니 그럴 만했다. 우리는 안전을 위해 오토바이를 개조한 인력거를 타고 다니기로 했다. 한데 인력거에 타고 있다가 또 다른 사고를 목격했다. 자동차 한 대가 소를 피하려다 그만 보행자를 치고 만 것이다. 부상이 심해 보여서 인력거 기사에게 잠시 세워 달라고, 가서 다친 사람을 도와야겠다고 했다. 그런데 영어로 뜻밖의 대답이 돌아왔다.

「끼어들지 말고 놔둬요. 저 사람 업이에요. 살 사람은 살고 죽을 사람은 죽습니다.」

내가 재차 인력거를 세우라고 했지만 기사는 못 들은 척했다.

뒤를 돌아보니 사람들이 차량 흐름에 방해가 되지 않게

부상자를 길옆으로 옮겨 놓았다. 피를 철철 흘리는 그를 도와주는 사람은 보이지 않았다. 행인들이 무심한 표정으로 부상자를 타 넘거나 피해 지나가고 있었다.

저게, 저 사람 업이라고?

지금까지도 혼란스럽게 느껴지는 장면이 또 하나 있다. 거리를 산책하던 중에 발밑에 뭔가 뭉클한 느낌이 와 내려다보니 내가 열 살가량 되어 보이는 여자아이의 손을 밟고 있었다. 얼른 미안하다고 말하고 나서 아프지 않은지 물었더니 아이는 환하게 웃으면서 손바닥을 내밀었다. 구걸하는 아이들에게 절대 적선하지 말라고『르 기드 뒤 루타르』에 적혀 있던 게 떠올라 못 본 척 걸음을 옮겼다. 아이가 재빨리 다시 내 신발 밑에 손을 밀어 넣었다.

일부러 그러는 게 확실했다.

그러지 말라고 하자 아이는 다시 손바닥을 내밀더니 지폐를 한 장 얹는 시늉을 했다.

나는 거절하지 못하고 초보 인도 여행자라면 누구나 하는 실수를 하고 말았다.

아이가 지폐를 움켜쥐고 신이 나서 도망치자 멀리서 그 장면을 지켜보던 열댓 명의 또래 소년 소녀가 우르르 나타나 돈을 달라고 했다. 돈을 주지 않으면 발밑에 손을 넣겠다며 위협적인 제스처를 해 보였다.

나는 카트린과 함께 줄행랑을 쳤다.

하루는 요가 학원을 찾다가 인도인들이 니르바나를 경험하는 장소가 어딘지 우연히 알게 되었다.

다름 아닌 영화관.

그 당시 인도에서 가장 인기 있는 영화는 「비비」라는 제목의 작품이었는데, 개봉한 지 벌써 몇 주, 몇 달, 아니 몇 년이 지났는데도 변함없는 인기를 누리고 있었다. 그 영화는 하루도 빠짐없이 아침 8시부터 자정까지 연속으로 상영되었다. 「토요일 밤의 열기」의 음악과 안무를 본떠 만든 일종의 로맨스 뮤지컬이었다. 카트린과 내가 대충 이해한 바로는 카스트가 다른 두 남녀의 이루어질 수 없는 사랑을 다루고 있었다. 영화 속 주인공들이 춤추고 노래하면, 가사를 전부 외운 관객들이 일제히 자리에서 일어나 배우들의 동작을 따라 하며 춤추고 노래했다. 관객들은 주인공들의 대화도 합창하듯 따라 말했다.

인도에서 영화는 최고의 인기를 구가하는 종교였다.

발리우드는 인도의 판테온이었다.

뉴델리를 대충 둘러보고 나서 카트린과 나는 계획대로 타지마할에 가기로 했다. 우리는 열 사람 정도 탈 수 있는 쌍발 비행기에 올라 다른 관광객들과 함께 아그라 공항으로 향했다. 그런데 도착한 순간부터 난감한 상황에 직면했다. 1천 명은 되어 보이는 사람들이 흥분한 목소리로 〈택시!〉를 외쳐 댔고, 경찰관 무리가 그들을 통제하며 서 있었다. 나는 어쩌다가 별 뜻 없이 한 사람을 손가락으로 가리켰다.

왜 분별없는 짓을 해서 그 사달을 일으켰을까?

내 손가락이 가리키는 방향에 서 있던 사내에게 난데없이 주먹이 날아들었다. 그는 순식간에 주먹을 쥔 군중 사이로 사라졌다.

「이걸 어떡하나……. 내가 방금 일면식도 없는 사람을 곤경에 빠트렸나 봐.」

내가 얼이 빠져 있는 카트린에게 말했다.

더는 재난을 초래하고 싶지 않아 밀집 대오를 이뤄 통제 중인 경찰관 중 한 명에게 다가가서 물었다.

「저기 택시 중에 혹시 가족분이 모는 차가 있나요?」

「물론이죠.」

「그럼 우리가 그 택시를 타면 당신이 기사를 보호해 줄 수 있나요?」

경찰관이 자기 사촌을 가리켰다. 카트린과 내가 황급히 택시에 올라 문을 닫자 주변 사내들이 위협적으로 기사의 목을 조르는 시늉을 했다.

어찌 된 영문인지 기사 본인은 태연해 보였다.

「저기…… 이토록 치열한 경쟁 속에서 택시를 모는 게 위험하게 느껴지지 않아요?」

「난 당신들한테 받을 돈으로 이 도시를 떠나 다른 곳으로 이사할 거예요.」

그가 짧게 대답했다.

요가가 탄생한 지혜의 나라, 영성의 의미를 깨닫게 해준 인도라는 나라가 갑자기 달라 보였다.

타지마할에 도착해서도 가장 〈낭만적인〉 유럽 도시들인 베네치아와 프라하에서 느꼈던 것과 똑같은 불편함을 느꼈다.

어디에도 사랑은 없었다. 서로 물어뜯고 싸우는 인간들의 탐욕과 편협함이 있었을 뿐. 타지마할이라는 거대하고 화려한 능은 황제 샤자한이 먼저 죽은 왕비 아르주만드를 잊지 못해 건축한 것이었다. 그런데 아들인 아우랑제브 왕자가 아버지의 왕권이 약해진 틈을 타 반란을 일으켰고, 폐

위된 샤자한은 아그라 요새의 탑에 감금되었다. 창문으로 멀리 있는 타지마할을 내다보는 게 유일한 낙이었던 그는 죽은 뒤 아내 곁에 묻혔다……

카트린과 나는 아그라를 떠나 갠지스강 유역에 있는 신성한 도시 바라나시로 향했다.

강가에 사람이 바글바글했다. 목욕재계를 하는가 하면 빨래를 하거나 용변을 보기도 했다. 누런색 강물을 떠서 마시는 사람도 간간이 눈에 띄었다.

카트린과 나는 쪽배를 빌려 강을 돌아보기로 했다. 우리가 탄 인도식 곤돌라의 노를 젓던 젊은 남성은 두툼하게 만 대마 담배를 연신 빨아 댔다. 그는 자기 삶의 터전을 뿌듯한 표정으로 구경시켜 주다가 갑자기 노를 내려놓더니 호주머니에서 플라스틱 컵을 하나 꺼냈다. 영어를 할 줄 아는 그가 컵에 강물을 담아 건네며 말했다.

「좋은 거니 마셔요. 갠지스강 물을 마시는 순간 모든 질병에 면역이 생기죠.」

똥 덩어리와 정체불명의 쓰레기가 뒤섞여 떠다니는 강물을 바라보면서, 저 물을 받아 마시면 즉시 탈이 나거나 (나를 죽이지 못하는 것은 나를 더 강하게 만든다는 니체의 말대로) 평생 면역력이 생기거나 둘 중 하나겠다는 생각을 했다. 나는 고개를 가로저었다. 강가 여기저기서 화장이 진행되고 있었다. 사람들이 수레에 마른 장작과 시체를 싣고 와 강가에서 태운 뒤 재를 강물에 뿌렸다.

뱃사공은 강가를 건너다보면서 부자들은 장작을 많이 가져와 시신을 바짝 태우지만 가난한 사람들은 대충 그을리고 끝낸다고 설명해 줬다. 그때, 둔탁한 소리와 함께 선체에 뭔가 부딪히는 느낌이 왔다. 누리끼리한 그 물체의 정체는 바로 해골이었다.

뱃사공은 자기 이름이 곧 참다운 지혜에 도달해 붓다가 될 사람을 뜻하는 프리보디라고 하더니, 뜬금없이 물었다.

「선생한테 개인적으로 궁금한 게 하나 있는데, 직업이 뭔가요?」

「아, 작가입니다.」

「작가를 해야 하는 이유가 있나요?」

「돈을 벌어야 하니까요.」

「돈을 벌어야 하는 이유가 있나요?」

「월세를 내야 하니까요.」

「월세를 내야 하는 이유가 있나요?」

「저녁에 들어가 밥을 먹을 곳이 필요하니까요.」

「밥을 먹어야 하는 이유가 있나요?」

「살아야 하니까요.」

「아하, 살아야 하는 이유가 있나요?」

「음, 그건…….」

뱃사공이 입을 크게 벌리고 웃었다.

「하, 그 이유를 모르는군요. 그건 당신 삶이 의미 없기 때문이에요. 아마 한 번도 왜 살아 있는지 스스로에게 물어본 적이 없을 거예요. 책을 쓰네 뭐 하네 하면서 동분서주하긴 했겠지만. 지금처럼 여행도 하고. 하지만 그런 것들은 모두 정신적 목표가 없는 무의미한 존재로서의 공허함을 감추기 위한 발버둥에 지나지 않아요.」

나는 점점 그의 말에 빨려 들어갔다.

「그렇게 부유하는 당신을 안타깝게 여겨 내가 오늘 기회

를 주죠. 천운인 줄 알아요. 좋은 사람 같아 보여 당신한테
만 특별히 해주는 얘기예요. 하긴, 어차피 다른 사람들은
이해도 못 하겠지만. 자, 내가 당신이 가진 모든 문제에 대
한 해결책을 알려 줄게요. 이 세상에서 가장 신성한 도시인
바라나시에 온 기회를 이용해…… 자살하는 게 어때요.」

그의 표정이 너무 태연해서 깜짝 놀랐다. 강물을 떠다니
던 해골이 배에 부딪히며 다시 둔중한 소리를 냈다.

「당신네 나라 프랑스는, 아니 유럽 어느 나라든 간에 다
〈삶이 무의미한〉 곳이에요. 그런 데서 살면 영혼이 진화할
수가 없어요. 그런데 지금 여기서, 바라나시에서 당신 스스
로 생을 마감하면 윤회를 시작하게 될 거예요.」

힌두교 관점에서는 그럴듯한 논리이기도 했다.

「처음에는 제일 아래 카스트인 파리아로 환생할 거예요.
걸인이나 농부로 태어나겠지. 하지만 삶에 삶을 거치면서
선업을 쌓다 보면 점점 위쪽 카스트로 올라가 안락한 삶을
살게 될 거예요. 그리고 마침내 완벽한 삶에 도달하는 거
지.」

「어떤 삶이 완벽한 삶이죠?」

「나 같은 삶…….」

그가 몸을 숙이며 귓속말했다.

「사실, 이래 봬도 난 카스트에서 가장 높은 신분인 브라
만 태생이에요.」

자신이 특권층임을 알려 준 걸 뿌듯해하며 그가 가는 한
숨을 내뱉었다. 나는 그 특이한 인물을 즉시 인물 수집 목
록에 추가했다.

나중에 대화를 곱씹어 보니 그의 말이 틀리지 않았다는

생각이 들었다. 우리는 존재의 이유도 모른 채 살아가는지도 모른다. 무엇 때문에 아침에 눈을 떠 자리에서 일어나는 걸까? 무엇 때문에 헛된 꿈일지도 모르는 목표를 이루기 위해 힘들게 사는 걸까? 한 번쯤 자신에게 던져 봐야 하는 질문들이다. 그 신성한 도시에서의 놀라운 경험은 내가 진화의 다음 단계로 나아가는 데 분명히 일조할 것이었다.

이따금 〈절대적 허무주의〉에 빠지는 순간이 있다. 이 모든 게 다 무슨 소용이란 말인가? 필립 K. 딕은 삶의 그런 태도를 〈혼란형 조현병〉으로 묘사하기도 했다. 다 포기해 버리는 심정으로 혼자가 되어 아무 의욕도 느끼지 못하는 상태. 무감각 속에서 그저 시간이 가기를, 그래서 죽음이 찾아오기를 기다리는 상태.

다행히 나는 매일 이야기를 지어내는 일에서 행복을 느끼며 그 직업에서 계속 살아야 할 이유를 찾는 사람이었다. 지금의 나라는 살과 뼈의 덩어리로 태어나 지금의 이름을 갖고 이 순간까지 살아왔다면, 삶이라는 카드 게임은 지금의 내가 지닌 강점과 약점이라는 조건 속에서 계속되어야 하지 않을까.

육신을 파괴하면서까지 순수한 영성을 추구할 생각은 없었다. 『개미』가 나왔을 때 하지 않은 행동을 이제 와서 굳이 할 이유가 없었다. 하지만 코르시카섬 〈사건〉 이후에 그랬듯이 이번에도 복잡한 생각에 사로잡혔다. 〈지금까지 무엇을 이뤘나?〉 〈남은 삶 동안 무엇을 이룰 것인가?〉

신혼여행은 바라나시를 떠나 네팔에서 계속되었다.

『르 기드 뒤 루타르』에서 네팔에 가면 위생 문제를 각별히 조심해야 한다는 경고를 읽은 터라 조금 더 비싸도 〈럭

셔리한) 숙소를 잡기로 했다.

우리가 도착한 호텔은 정교한 문양으로 쇠시리를 한 전면이 『천일야화』 속 화려한 궁전을 연상케 했다. 관리인이 친절하게 우리를 맞아 위층으로 안내했다. 그가 문을 열자 널찍한 방이 나타났다. 크고 높은 침대와 벽에 걸린 빨간색 실크 태피스트리가 눈길을 끌었다. 벽을 빙 둘러 금박 몰딩이 되어 있고 고급 원목 가구가 군데군데 놓여 있었다. 입이 딱 벌어질 만큼 화려했다. 그런데 딱 한 가지가 눈에 거슬렸다.

천장에 앞날개가 두꺼운 커다란 갈색 바퀴벌레들이 붙어 있었다. 한두 마리가 아니었다. 천장을 뒤덮은 바퀴벌레 떼가 석고를 긁어 대는 소리가 귀에 들릴 정도였다. 타다닥타다닥.

「방이 마음에 드십니까?」

「천장에 바퀴벌레가 득실거리잖아요!」

「아, 그게 신경이 쓰이세요? 미안합니다.」

「솔직히 이 방 말고 다른 방에 묵고 싶어요.」

그가 이해한다는 얼굴로 고개를 끄덕였다.

「그러시겠죠, 그러시겠죠. 손님마다 취향이 다르니까. 마침 다른 빈방이 있어요. 이쪽으로 오세요.」

그가 우리를 데려가 보여 준 방은 이전 방보다 인테리어가 더 복잡했다.

천장은 여전히 파닥거리는 갈색 날개로 뒤덮여 있었다.

「자, 이 방이 더 마음에 드세요?」

「무슨 말씀이세요. 여기도 바퀴벌레가 있잖아요. 가자. 여기서 나가자, 카트린.」

「잠깐만, 잠깐만요!」

관리인이 큰 소리로 우리를 불러 세웠다.

「당신들이 원하는 게 정확히 뭐예요?」

「바퀴벌레가 하나도 없는 방을 원해요.」

「아, 〈바퀴벌레가 하나도 없는 방〉? 왜 없겠어요? 마침 그런 방이 하나 있어요.」

「설마, 바퀴벌레가 한 방에만 있고 다른 방에는 없을 리 없죠.」

「아니, 아니, 정말 있다니까요. 〈바퀴벌레 없는 방〉, 그런 방이 하나 있어요.」

우리는 예의상 그를 따라갔다.

그가 방문을 열어 우리를 먼저 안으로 들어가게 했다. 이전 방 못지않게 인테리어는 과했지만 천장은 벌레 한 마리 없이 깔끔했다.

「이 방 어때요? 당신들이 원하는 〈바퀴벌레 없는 방〉이에요.」

어딘가 이상하고 의심스러워 한참 방을 둘러봤다.

하지만 찜찜하다는 이유로 거절할 수는 없어 결국 세 번째 방에서 묵기로 했다.

침대에 누워 막 잠을 청하려는데 카트린이 불안한 표정이 되어 천천히 말했다.

「이제 의문이 풀렸어. 이 방에 바퀴벌레가 없는 이유를 알았어.」

그녀가 내 오른쪽에 있는 뭔가에서 눈을 떼지 않은 채 덧붙였다.

「움직이지 마. 고개도 돌리지 말고.」

그 말이 호기심을 더 자극했다.

고개를 돌리는 순간 딱 내 눈높이에 있는 새하얀 쥐 한 마리와 마주쳤다. 쥐가 뒤쪽 벽에 걸린 태피스트리에 발톱을 걸고 매달려 있었다. 새까만 눈과 분홍색 꼬리는 흰쥐와 비슷했지만 덩치는 비정상적으로 커 토끼만 해 보였다. 눈이 마주친 순간 그 설치류 동물은 벽을 뛰어내려 잽싸게 안전한 장소로 달아났다. 다름 아닌 매트리스 속으로.

쥐가 매트리스에 난 구멍 속으로 순식간에 사라졌다.

가만히 보니 매트리스가 위아래로 달싹달싹 움직이고 있었다. 한 마리가 아니라 아예 대가족이 매트리스를 집 삼아 살고 있는 걸까.

대체 몇 마리일까? 스무 마리? 아니야, 매트리스 두께를 보면 더 많을 게 분명해.

호텔을 바꾸기도 방을 바꾸기도 늦은 시간이어서 우리는 매트리스 위에 침낭을 펴고 그 안에 들어가 밤을 보내기로 했다. 쥐한테 물리지 않으려고 머리까지 침낭에 넣은 상태에서 잠망경과 스노클처럼 코만 밖으로 내놓았다.

등 밑에서 일렁일렁하는 움직임이 감지되고, 비비고 갉아 대는 소리가 들리는데도 우리는 어찌어찌 잠이 들었다.

다음 날, 호텔을 나서는 우리에게 관리인이 태연하게 물었다.

「잘 주무셨어요? 당신들이 묵은 방에는 바퀴벌레가 없었을 겁니다.」

「대신 쥐가 있더군요.」

「아, 바퀴벌레도 없고 쥐도 없는 방을 원하셨어요?」

그는 우리의 〈과도한 요구〉에 진심으로 놀라는 눈치였다.

「『르 기드 뒤 루타르』에 리뷰를 써서 보낼 테니 그렇게 아세요.」

카트린이 잔뜩 화가 나서 말했다.

「우린 이 길로 나가서 다른 호텔에 묵을 거예요.」

「안 돼요, 가지 말아요! 진짜 맹세하는데, 바퀴벌레도 없고 쥐도 없는 방이 있어요!」

우리는 바퀴벌레와 쥐를 동시에 쫓을 수 있는 동물이 무엇일지 궁금했다. 뱀, 아니면 커다란 거미?

여행을 마치고 뉴델리 공항으로 가는 길에 우리가 탄 택시가 차량 정체 때문에 꼼짝도 못 하고 서 있었다. 기사가 뒤를 돌아보며 물었다.

「그래, 와서 보니 인도라는 나라가 어떻습디까?」

「정말 좋았어요. 절대적 낯섦을 경험했어요. 살면서 이번처럼 다른 행성에 온 듯한 느낌을 받기는 처음이에요.」

택시 기사가 어깨를 으쓱 추어올리더니 창밖을 가리켰다. 알몸의 고행자 둘이 불알에 묵직한 콘크리트 블록을 매단 채 걸어가고 있었다. 콘크리트 블록이 시계추처럼 앞뒤로 흔들흔들했다.

「저기 두 미친놈 좀 봐요. 저걸 당신은 〈낯섦〉이라고 부르는 거요?」

「이곳에 오지 않았더라면 저런 광경이 존재하는지조차 우린 몰랐을 거예요.」

카트린이 한마디 거들었다.

「내 생각엔 말이오, 이 나라는 미치광이 10억 명이 모여 있는 정신 병원이오. 여길 지혜의 나라네 어쩌네 하는 모양이던데, 내 눈엔 온통 사이코들뿐이오.」

「그러는 당신도 인도 사람이잖아요, 아닌가요?」

「내가!? 무슨 말을 그렇게 하시오, 내가 턱수염을 기르고 머리에 터번을 두른 게 안 보이나? 난 시크교도요, 차원이 다르다고. 우린 저런 놈들과 달라. 저놈들은 그냥……」

기사가 손사래를 쳤다.

「너무 많고, 너무 가난하고, 너무 지저분해. 어떤 때는 택시 지붕에 기관총 포탑을 설치하고 다 갈겨 버리고 싶어진 다니까.」

나는 순간 할 말을 잃었다가 반박에 나섰다.

「간디가 비폭력을 주창한 나라가 바로 여기예요.」

「얼어 죽을! 그 결과가 어땠는지 보시오! 그것 때문에 핵폭탄을 가진 파키스탄이라는 나라가 생겼어. 거긴 여기보다 더한 놈들이, 회까닥한 광신주의자들이 권력을 잡고 있단 말이오.」

「영성의 발원지가 바로 인도잖아요. 〈거름〉이 있어야 꽃이 활짝 필 수 있죠.」

「당신이 영성에 대해 뭘 안다고 그러시오?」

택시 기사가 같잖다는 표정을 지었다.

「서양 사람이 인도를 어떻게 알아? 그렇게 멀리 있는 사람들이.」

「책을 읽고 공부도 많이 했어요. 우리가 쓰는 〈아라비아 숫자〉가 탄생한 곳이 여기라고 배웠어요. 숫자 0을 발명한 나라가 바로 인도라고.」

태어나 줄곧 인도에서 살아온 시크교도 택시 기사 앞에서 내가 인도 과학의 위대함을 칭송하는 이 아이러니는 뭔가.

「……어디 그뿐인가요. 인류 최초의 대서사시 『마하바라다』가 쓰인 곳도 인도이고, 동물의 생명을 존중하는 법을 만든 나라도 바로 인도예요.」

「그 망할 놈의 법 때문에 소들이 아무 데나 돌아다니면서 사고를 일으키잖소. 택시를 모는 처지에선 소가 똥을 싸대면서 거리를 활보하지 못하게 당신네 나라처럼 도축장에다 끌어다 놨으면 좋겠소.」

「요가와 명상이 탄생한 나라도 인도란 말이에요.」

나는 뭔가에 홀린 사람처럼 열변을 토하고 있었다.

「그런 객쩍은 소리는 당신 같은 서양 관광객이나 하는 거요. 한 2주 머물면서 자기들이 보고 싶은 것만 보다 가니까. 색다른 건 무조건 감동부터 하고 말이야. 〈이국적〉이니까. 안 그렇소?」

「그러면 당신도 서양에 가면 인도를 더 잘 이해할 수 있게 되겠네요.」

어떻게든 그를 설득하려고 애썼다.

「결국 모든 것은 관점의 문제니까요. 어쨌든 난 당신 나라가 무척 마음에 들었어요. 꼭 다시 오고 싶어요.」

택시 기사가 고개를 외로 꼬더니 한마디 퉁겼다.

「내가 당신네 나라에서 태어났더라면 얼마나 좋았을까.」

그 택시 기사를 갠지스강의 뱃사공 프리보디와 만나게 해줬으면 한바탕 격렬한 논쟁이 벌어지지 않았을까.

나는 거리를 두고 세상을 바라보려고 애썼다. 우리와 너무도 다른 사고 체계를 있는 그대로 이해하면서 가급적 판단하지 않으려고 했다. 그때나 지금이나 나는 서양과 동양의 사고 체계는 상호 보완적이며 서로 영향을 주고받을 때

더욱 풍성해진다고 믿는다.

여행에서 돌아오고 몇 달 후 조나탕이 태어났다. 부모가 인도로 신혼여행을 다녀왔기 때문인지 아기는 침착성을 타고났다. 조나탕은 웬만한 일에는 스트레스를 받지 않는 쿨한 아이로 자랐다. 가끔 아이를 보면 인도 현자의 환생이 아닐까 하는 생각도 들었다. 그렇든 아니든 엄마의 강한 개성과 아빠의 호기심을 물려받은 아이는 세상일에 무한한 관심을 보였다. 무엇보다 삶에의 열정을 지닌 아이였다. 부모가 자식에게 그보다 뭘 더 바라겠나.

19번 아르카나: 태양

카드 속 두 소년은 구분이 힘들 만큼 닮았다. 둘이 서로를 쳐다보며 웃고 있다.

이 아르카나는 솔메이트를 뜻한다.

찬란한 빛을 발하는 태양 아래서 두 쌍둥이는 충일감을 경험한다. 그들은 서로에게 빛이 되기 위해 만날 운명이었다.

서른 살. 영혼의 형제

「부단히 변화하는 환경에 적응하기 위해 생명체 또한 변화를 거듭한다. 모든 존재는 끊임없이 움직이며 변화하는 역동성을 지녔다. 환경에 적응하기 위해 쉬지 않고 변화하는 것이 행복에 이르는 길이다.」

카트린의 오빠, 그러니까 내 형님인 제라르 암잘라그가 한 말이다.

제라르와 나는 외모부터 시작해 비슷한 점이 많았다.

높은 학위를 취득한 생물학자였던 그는 역사와 철학에도 조예가 깊었다. 무엇보다 학문에 대해 통섭적 시각을 지닌 사람이었다. 첫 만남에서 그가 들려준 〈토마토 학교〉 얘기는 내게 깊은 인상을 남겼다.

그는 이스라엘의 사막 한가운데 있는 농장에서 염도가 담수와 해수의 중간인 물로 토마토를 재배하는 실험을 했다. 지하수층에 존재하는 그런 물은 일반적으로 농사에 부적합하다고 여겨진다.

그가 만든 〈염분 있는 물로도 자라는 토마토 학교〉는 물이 부족한 땅에서 농사를 지어 식량 문제를 해결할 수 있는 획기적인 방법이었다.

제라르 암잘라그는 컴퓨터 프로그래밍과 비슷한 유전자 편집을 통해 모든 문제를 해결하려는 과학자들을 비웃었다. 유전학이 만능 해결책이 될 수 없다고 그는 말했다. 세포핵 속 유전자를 변형 또는 조작하는 유전학은 〈땜질 처방〉일 뿐, 진정한 해결책은 자연 스스로 적응하게 도와주는 것이라고 그는 믿었다.

그의 토마토 학교에서는 물의 염도를 서서히 높여 가는

방식으로 묘목이 소금물에 적응할 수 있게 했다. 물론 소금기를 견디지 못하고 말라 죽는 묘목도 있었지만, 〈노력〉으로 살아남은 묘목은 염분에 저항력을 갖추게 되었다.

우리를 죽이지 못하는 것은 우리를 더 강하게 만든다는 그 유명한 경구가 여기에도 적용된다.

신기하게도 염도가 높은 물로 재배한 토마토가 일반 토마토보다 특별히 짠맛을 내지는 않았다. 게다가 그 토마토의 씨를 심어 재배한 묘목은 이미 강한 염분 적응력을 지니고 있었다.

제라르 암잘라그는 자신의 철학이 라마르크에게서 영향받은 것이라고 했다. 〈생물학〉이라는 단어를 만든 라마르크는 1809년, 모든 종은 환경에 적응하기 위해 스스로 변화하며 진화한다고 최초로 주장한 사람이었다.

제라르는 과학계가 라마르크의 진화론을 따르는 사람과 다윈의 진화론을 따르는 사람으로 양분되어 있다며 안타까워했다.

프랑스의 생물학자 장바티스트 드 라마르크는 루이 16세 때 모든 식물종의 목록을 만들어 내놓으며 세상에 이름을 알렸다. 그는 식물 표본에 대한 관찰을 통해 소위 〈생물 변이설〉을 주창했다. 모든 종은 자신이 속한 환경의 영향을 받아 변화하며, 그런 적응 과정에서 획득한 형질은 다음 세대에 유전된다는 것이 그의 생각이었다. 암잘라그가 토마토 학교를 통해 보여 준 것이 바로 그 점이었다.

라마르크는 자신의 가설을 입증하기 위해 기린을 예로 들었다. 가령 높은 나뭇가지의 잎을 따 먹기 위해 목을 길게 늘이는 노력을 한 수컷 기린이 한 마리 있다고 하자. 그 기린이 비슷한 노력을 통해 목이 길어진 암컷과 짝을 지어 새끼를 낳을 경우, 새끼 기린은 날 때부터 목이 길다는 것이다. 그렇게 획득한 〈목이 긴〉 형질은 다음 세대로 유전되고, 세대를 거듭할수록 기린은 목이 점점 길어진다는 게 라마르크의 주장이었다. 목을 길게 늘이는 노력을 하지 않은 기린들은 영양이 부족해지고, 그러다 보면 자연스럽게 사라질 수밖에 없다는 것이다.

하지만 라마르크의 관점은 당시 과학자들의 지지를 받지 못했다. 특히 과학 아카데미의 인정을 받고 막대한 권세를 누렸던 퀴비에는 경쟁자인 라마르크를 음해하는 데 앞장섰다. 퀴비에는 갖가지 음모를 꾸며 라마르크를 동료 과학자들의 조롱거리로 만들었고, 결국 그를 공식 과학계에서 퇴출시켰다. 훗날 훈장을 수여하는 자리에서 나폴레옹조차 라마르크에게 생물 변이설 같은 우스꽝스러운 이론을 고집하지 않았다면 훨씬 더 빨리 성공할 수 있었으리라고 지적했다. 라마르크는 경제적 곤란을 겪다가 자신이 수집한 식물 표본과 무척추동물 표본까지 팔아야 했다. 동료들의 조롱을 받으며 극빈한 생활을 하던 그는 말년에 시력까지 잃었다. 결국 1829년 세상을 떠난 그는 몽파르나스 묘지의 공동묘지 구역에 묻혔다. 그의 장례식에서 퀴비에는 추도사를 통해 또 한 번 라마르크의 〈한심한 생물 변이설〉을 공격했다. 에둘러 고인을 조롱하고 모욕한 그의 추도사는 두고두고 인구에 회자되었다.

그러나 제라르 암잘라그는 비록 당대에는 인정받지 못했지만 종의 진화라는 개념을 처음으로 만든 사람은 그 누구도 아닌 라마르크라고 확신했다.

훗날 아버지의 권유로 라마르크의 저작을 접하게 된 찰스 다윈은 〈조금도 흥미로운 구석이 없는〉 책들이라며 『종의 기원』에서 혹평했다. 다윈은 자연이 만들어 내는 다양한 종 중에서 강한 것은 살아남고 약한 것은 사라진다는 소위 〈자연 선택설〉을 주장했다. 그 관점에서 보면 약한 개체가 강한 개체로 변하는 것은 불가능하다. 잘 태어나거나 사라지거나 둘 중 하나다. 〈잘못 태어난〉 죄가 있을 뿐이다.

다윈의 이론이 과학계를 지배하게 되자 경쟁 관계에 있던 소수 이론인 라마르크의 생물 변이설에 동조하는 학자를 찾아보기는 매우 힘들어졌다.

하지만 제라르 암잘라그는 라마르크가 옳고 다윈이 틀렸다고 확신한다고 했다. 환경이 개체를 변화하게 한다는 것이다. 자신이 재배한 토마토 묘목들이 소금이라는 독약을 견디기 위해 변화한 것이 그 증거라고 했다.

라마르크 이론의 열렬한 옹호자인 제라르의 영향을 받아 나 역시 오랫동안 푸대접을 받아 온 그 영웅적 이론에 매료되었다. 특히 라마르크 철학이 내포한 중요한 정치적 함의를 발견했다. 우리는 누구나 노력을 통해 변화하고 진화할 수 있으며, 후손 또한 변화시킬 수 있다는 것. 반면 다윈의 관점에서는 모든 것이 유전자 조합이라는 우연에 달려 있다. 과학계에 새로운 흐름으로 등장한 〈후생 유전〉은 라마르크가 주장한 생물 변이설의 다른 이름이라고 해도 과언이 아니다. 환경이 DNA를 변화시킨다.

제라르와 나는 타로 19번 아르카나의 영혼의 형제 같은 사이였다. 서로 연결된 상호 보완적 존재. 그가 내게 빛을 비추면 나는 그 빛을 받아 다시 세계를 향해 발산했다.

나중에 나 역시 〈신〉 3부작을 통해 〈라마르크 학파〉 철학을 설파했다. 그 작품의 밑바탕에는 제라르의 가르침이 깔려 있다. 외부 환경에 적응하기 위해 끊임없이 변화해야 한다는 필요성을 받아들이기만 하면 누구나 출생 배경과 무관하게 성공할 수 있다. 시련은 우리를 진화시킬 수도 있고 그렇지 않을 수도 있다. 모든 것은 선택과 노력에 달렸다. 의식적으로 행동하고 외부 환경에 민감하게 반응하며 변화를 시도한다면 얼마든지 제라르의 토마토처럼 더 많은 염분을 견딜 수 있을 것이다.

서른한 살. 무의식으로의 여행

〈최면의 성패를 좌우하는 것은 최면사의 능력이 아니라 그가 암시하는 것을 시각화할 수 있는 최면 대상의 능력이다.〉

나는 완벽한 기계 장치를 만들려는 시계공의 심정으로 서스펜스를 극대화할 방법을 모색했다. 노란 테니스공에서 그 첫 번째 열쇠를 찾았다면, 이번에는 한 단계 더 나아가 〈생체적 서스펜스 효과〉를 만들어 내고 싶었다. 다시 말해 독자가 이야기에 완전히 몰입해서 책장을 넘겨 무슨 사건이 벌어지는지 확인하지 않고는 못 배기는 생리적 고통을 느끼게 하고 싶었다.

아주 우연한 계기에 그 단초를 찾게 되었다.

1992년, 『개미』 출간 후 1년이 지나 아쟁시(市)를 방문했을 때였다. 베르나르팔리시 고등학교 학생들이 뽑은 작가상 수상자로 선정되어 소규모 지역 도서전에서 사인회를 했다. 그때만 해도 내 사인회에 오는 사람이 거의 없었기 때문에 물고기가 미끼를 물기만을 기다리는 어부의 심정으로 자리를 지켰다.

책 더미를 쌓아 놓고 독자가 다가오기를 기다리는 작가의 고독함을 누가 알까?

드문드문 사람들이 다가와 책을 들춰 보며 물었다. 「이 책은 무슨 내용이에요?」 내가 더 읽어 보라고 하면 사람들은 눈길을 피하면서 책을 내려놓고 얼른 자리를 떴다. 한 걸음 더 내딛지 못하는 걸 창피해하는 것 같았다.

작가라는 직업이 이런 것이니 지나친 자부심을 느껴선 곤란하다. 장사꾼 기질이 전혀 없는 나 같은 사람은 큰 소리로 책을 파는 장면은 상상도 할 수 없다. 〈좋은 책이 있는데 누가 사시겠어요? 비싸지 않습니다. 자자, 신사 숙녀 여러분, 이쪽으로 가까이 오세요. 한 권 사시면 한 권은 그냥 드립니다. 마음에 들지 않으시면 환불도 해드려요!〉

나는 사인회를 하면 가급적 사인만 하지 책 얘기는 잘 하지 않는다.

어쨌든 그때 체면을 구기지 않고 시간을 보낼 방법을 찾아야 했다. 그래서 옆자리에 앉은 작가의 책에 관심을 보이며 먼저 말을 걸었다. 애써 태연한 척하며 독자를 기다리는 방법으로 예나 지금이나 이만한 게 없다.

도서전에서 옆자리에 앉았던 작가의 책 제목은 〈최면의 기술〉, 뭐 그 비슷한 것이었다.

기자 시절의 습관을 버리지 못한 내가 단도직입적으로 물었다.

「저도 좀 배울 수 있을까요?」

책 제목이 〈파 모종하는 기술〉이나 〈접시로 묘기 부리는 기술)이었어도 가르침을 구하는 진지한 자세로 그렇게 똑같이 물었을 것이다.

옆자리 작가가 나를 뚫어져라 쳐다보더니 대답했다.

「최면을 거는 기술을 배우는 것보다 〈최면에 걸릴 만한 대상〉을 찾는 게 훨씬 어려워요. 최면사는 피험자가 스스로 트랜스 상태에 들어가도록 도와주는 일을 할 뿐이에요. 그가 이미 갖춘 재능이 발현될 수 있게 도와주는 거죠.」

「제가 〈최면에 걸릴 만한 대상〉을 구해 오면 〈자가 최면〉을 거는 방법을 가르쳐 주겠어요?」

「좋아요. 사인회가 끝나는 오후 5시 이후에 봅시다.」

마침 팔리시상의 심사 위원을 맡았던 남학생 두 명과 여학생 한 명이 찾아왔길래 혹시 사인회가 끝나고 최면 실험에 참여할 용의가 있는지 물었다. 그들은 적극적인 호응을 보였다.

약속한 5시에 옆자리 작가(나 못지않게 사인을 받으러 오는 이가 없었던 그는 무료함을 달래기 위해 맥주를 홀짝 거리다 팔꿈치에 고개를 박고 졸고 있었다)에게로 고개를 돌리며 물었다.

「지원자가 생겼는데, 이제 해볼까요?」

그가 고개를 번쩍 쳐들었다.

「아까 지원자를 찾아 데려오면 최면을 가르쳐 준다고 해서 세 명을 구해 놨어요.」

그가 미덥지 않은 표정으로 고등학생 피험자들을 바라보더니 그러겠다며 고개를 까딱했다.

우리는 방의 가운데로 걸어가 자리를 잡았다.

「누구부터 시작할까요?」

남학생 하나가 즉시 자원하고 나섰다. 나는 즉석 최면 교사가 시키는 대로 남학생을 내 앞에 세워 놓고, 몸을 바로 편 상태에서 눈을 감으라고 했다. 학생이 내가 시키는 대로 하자 최면 교사가 내 귀에 대고 다음 단계를 일러 줬다. 그의 말을 그대로 따라 했다.

　　「당신은 나무판자처럼 딱딱합니다. 당신 몸은 딱딱하게 굳어 있어요.」

　　다소 경직되어 보이는 남학생이 피식 웃음을 터뜨렸다.

　　「그만둡시다. 이 친구는 안 되겠어요.」

　　옆자리 작가가 짜증 섞인 어조로 말했다.

　　남학생이 눈을 뜨더니 무안한 표정을 지었다.

　　「죄송합니다. 하, 내가 왜 그랬을까. 너무 죄송해요. 한 번만 더 기회를 주시면 잘해 낼게요.」

　　「아니, 한 번 안 되면 다시 해도 안 돼.」

　　최면 교사가 가차 없이 말했다.

　　「다음 사람으로 넘어갑시다. 이번엔 친구가 해볼까요?」

　　「저는, 자신 있어요.」

　　또 다른 남학생이 관심을 표명했다.

　　「아니, 보아하니 둘이 친한 사이 같은데, 그러면 이 친구도 안 될 게 분명해요.」

　　여학생 한 명만을 남겨 둔 상태였다.

　　지원자 두 명이 이미 거절당한 상황에서 그녀는 마치 중요한 시험을 앞둔 수험생처럼 결연한 표정으로 걸어 나왔다. 나는 옆자리 작가가 시키는 대로 여학생을 내 앞에 세워 놓고 조금 전과 똑같이 말했다.

　　「몸을 반듯이 편 상태에서 눈을 감아요. 당신 몸이 딱딱하게 굳어 널빤지 같아졌다고 상상해 보는 겁니다. 자, 당신 몸은 딱딱한 나무판자처럼 굳어 있어요.」

여학생은 내 지시를 잘 따랐다.

「이제 어떻게 해야 하죠?」

내가 최면 교사에게 물었다.

「됐어요, 최면이 성공했어요.」

「내 말 한마디에 말인가요?」

「그래요. 당신이 딱딱하게 굳으라고 말했고, 여학생 몸은 지금 딱딱하게 굳어 있어요. 최면에 걸린 거예요. 당신 최면이 성공했어요.」

「이런 상태에서 조금 더 해볼 수 있는 게 있나요?」

「한 단계 더 나아가고 싶다고요? 오케이. 여학생한테 몸이 딱딱하게 굳어 있다고 계속 말해 줘요. 그리고 남학생 둘에게 여학생 몸을 천천히 뒤로 눕혀 발목과 어깨를 잡고 있으라고 해요.」

최면 교사가 시키는 대로 하자 여학생의 몸은 딱딱하게 굳은 상태를 유지했다. 나는 남학생들을 시켜 여학생의 어깨와 발목 아래에 의자를 하나씩 받치게 했다. 최면사가 서서히 의자의 간격을 넓히자 여학생의 몸은 의자에 간신히 걸쳐진 상태가 되었다. 그녀는 목덜미와 발꿈치의 힘만으로 떨어지지 않고 공중에 떠 있었다.

나는 계속 그녀에게 말했다.「당신 몸은 나무판자처럼 딱딱해요. 당신 몸은 단단하게, 딱딱하게 굳어 있어요.」눈앞에서 벌어지는 광경이 믿기지 않았다. 하지만 목소리에 그런 놀라움이 묻어나진 않게 하려고 애를 썼다.

여학생은 한동안 그 상태로 공중에 머물렀다.

「이제 그만 돌아오게 하는 게 어떨까요?」

내 말에 옆자리 작가가 뜻밖의 대답을 했다.

「잠깐만요, 베르나르. 이왕 이렇게 된 김에 최면이 잘 걸렸는지 확인해 봅시다. 당신이 여학생 위에 앉아 봐요.」

「무슨 그런 농담을? 70킬로그램인 내가 잘해야 50킬로그램일 것 같은 이 여학생 위에 어떻게……. 불변의 물리법칙이라는 게 있는 법인데.」

「아니, 가능해요. 학생이 버틸 거예요. 당신이 정 못 하겠다면 남학생 하나에게 부탁해야겠네요.」

내가 대답도 하기 전에 그가 물었다.

「이 여학생 위에 누가 한번 앉아 볼래?」

첫 번째로 실패했던 남학생이 복수의 기회라도 잡은 듯 즉시 걸어 나왔다. 나와 몸무게가 비슷해 보이는 남학생이 주저 없이 여학생 배 위에 앉았다. 여학생은 여전히 몸이 굳은 상태로 머리와 발꿈치만 아슬아슬하게 의자에 걸려 있었다.

「봤죠. 이게 바로 정신의 위력이에요.」

가슴이 졸아드는 심정이었다.

「이제 그만하죠?」

빨리 실험을 끝내고 싶었다.

「한 사람 더 앉아도 버티겠는데.」

최면사는 이번에도 내 대답을 기다리지 않고 다른 남학생에게 손짓했다. 그러자 그가 여학생 배 위에 앉아 있는 친구 옆에 가서 앉았다. 의자 두 개에 몸을 걸친 몸무게 50킬로그램의 여학생이 최소 140킬로그램이 넘는 하중을 견디고 있었다. 믿지 못할 광경이었다. 피험자의 몸은 여전히 딱딱하게 굳은 상태였다.

「한 사람 더 올려 볼까요?」

불안해하는 모습이 재밌는지 최면사가 짓궂게 말했다.

「아니, 됐어요, 이제 그만 깨우는 게 좋겠어요.」

남학생 둘이 여학생 배에서 내려와 아까처럼 그녀의 어깨와 다리를 잡아 다시 똑바로 세워 놓았다. 최면사가 시키는 대로 나는 그녀에게 천천히 말했다.

「자, 내가 제로, 하고 말하는 순간 최면이 깰 거예요. 그러면 눈을 떠요. 카운트를 시작할게요. 다섯, 넷, 셋, 둘, 하나…… 제로.」

내가 손가락으로 딱 소리를 내자 여학생이 눈을 떴다.

「기분이 어때요?」

「좋아요.」

「몸이 뻐근하거나 하진 않아요?」

「아니요.」

「뭐 기억나는 게 있어요?」

「네, 아까 저한테 딱딱하게 굳은 상태가 되라고 하셨잖아요.」

나는 그저 어안이 벙벙해 최면 교사를 쳐다봤다.

「어떻게 된 일이죠?」

「당신 암시에 따라 강직 현상을 일으킨 거예요. 최면 상태에서 온몸의 근육이 딱딱하게 굳은 거죠. 마치 나무토막처럼.」

「어떻게 그런 일이 가능하죠?」

「인간의 몸이 지닌 자연스러운 능력이 당신의 암시를 통해 발현되었을 뿐이에요. 저 여학생은 오늘 저녁 식욕이 왕

252

성해질 거예요. 잠도 푹 잘 자고.」

여학생은 〈성공한〉 그녀를 경이롭게 쳐다보는 두 남학생 엑스트라와 함께 신나서 수다를 떨었다. 궁금증을 떨칠 수가 없었다. 그녀는 무엇을 느꼈을까? 혹시 후유증이 있진 않을까?

최면 상태에서 몸이 겪는 느낌을 직접 경험해 보고 싶었다.

마침 그때 알고 지내던 라디오 기자 하나가 최면을 걸 수 있다고 말했던 게 기억났다. 파스칼 르 게른이라는 그 친구는 『개미』를 읽고 나서, 마술을 가르쳐 줄 테니 자기한테 서스펜스 소설 쓰는 방법을 가르쳐 달라고 했었다.

그에게 연락해 우리 집에서 최면 실험을 하자고 했다. 나는 바닥에 누워 그가 최면을 걸기를 기다렸다.

「숨을 천천히 들이쉬었다 내뱉었다 해요. 몸이 무겁게 느껴져요. 눈꺼풀이 내려와 닫혀요. 눈을 감고 있으면 긴장이 완전히 풀린 게 느껴지죠.」

파스칼이 나한테 어떤 거리를 시각화하게 했다. 그가 암시한 대로 극장에 도착해 보니 코미디 영화를 상영하고 있었다. 나는 상영관 안으로 들어갔다.

「엄청나게 웃긴 영화가 나오고 있어요. 당신 입술이 우물대요. 웃음이 터져 나올 것 같아요!」

아무것도 보이진 않았지만 주변 관객들이 웃고 있는 듯한 기분이 들었다. 킥 웃음이 솟구치더니 입에서 폭소가 터져 나왔다.

영화가 끝났다는 느낌이 드는 순간 노란색 바탕에 검은색 글씨로 엔딩 크레디트가 올라가는 게 보인다고 생각했다. 예전에 배꼽을 잡고 본 코미디 영화 「몬티 파이선과 성배」가 무의식에 남아 있었기 때문일 것이다. 엔딩 크레디트가 무척 유머러스하고 독창적인 영화라고 생각했었다.

파스칼이 극장을 나가 거리를 걸으라고 했다. 모기떼가 달려들어 온몸을 물어뜯는다고, 가려워서 긁고 싶을 거라고, 피가 나도록 긁고 싶을 거라고 했다.

그가 재차 말했지만 나는 몸에 손을 대지 않았다.

「포기해요. 난 절대 긁지 않을 거니까.」

내가 눈을 감은 채 말했다.

「벌레한테 물리면 긁지 말라고 우리 엄마가 신신당부했거든요.」

최면 상태에서도 사고는 여전히 작동 중이었던 것이다. 나는 내가 하는 최면이라는 경험을 관찰자의 관점에서 바라보고 있었다. 최면사가 내 〈정신의 하드 디스크〉 속 파일들에는 살짝 손을 대게 놔뒀지만 핵심 프로그램에는 접근하지 못하게 했다. 가령 어릴 때 엄마가 벌레에 물리면 긁지 말라고 했던 말 같은 것. 따라서 최면사는 내 의지에 반해 어떤 행동도 강제할 수가 없었다. 나는 최면 상태에서도 자유 의지를 상실하지 않았다.

나의 경우는 최면의 위력과 한계를 극명히 보여 준다. 최면이라는 것은 제안과 수용의 원칙에 기반한다. 최면사가 웃으라는 암시를 했을 때는 웃고 싶으니까 웃었지만, 긁으라는 암시를 했을 때는 긁고 싶지 않아서 긁지 않았다.

최면에서 깨어나자 파스칼이 피험자의 의지에 반하는 최면은 원칙적으로 불가능함을 인정했다.

「그 말은 아무한테나 최면을 걸 수 있는 건 아니라는 뜻이에요?」

「열 명 중 다섯 명한테만 최면이 걸려요. 성공 확률이
50퍼센트죠. 나머지 다섯 명은 거부 반응을 보여요. 단 몇
초라도 정신에 대한 통제력을 잃는 게 두려운 사람들은 일
반적으로 최면에 저항을 보이죠.」

「그럼 유명 최면사의 공연에서 관객 모두가 최면에 걸렸
다는 소리는 거짓말이라는 거예요?」

「최면에 걸리고 싶은 50퍼센트에게만 성공했을 텐데, 나
머지 50퍼센트가 차마 대놓고 〈나한테는 최면이 통하지 않
아요〉라고 말하지 못해 빚어진 오해일 거예요. 최면을 이용
해 무의식을 연구했던 프로이트가 중도에 포기한 것도 최
면이 모두에게 통하지는 않았기 때문이에요. 그건 과학적
인 재연이 불가능하다는 의미였으니까요.」

내게 최면사로서의 능력이 있는지 시험해 보고 싶어졌
다. 기회를 보던 중 지인들과의 저녁 식사 자리가 생겼다.
식사가 끝나 갈 무렵 참석자들에게 최면 실험을 제안했다.
몇 사람은 최면에 걸렸는데 나머지는 나를 이상한 눈으로
쳐다봤다. 그 후로 나는 대중을 상대로 하는 최면 공연이
있을 때마다 실험 대상을 자청했다.

그해에 장이브 카스가가 카바용에서 주관한 〈경계의 과
학〉이라는 행사에 참석했다가 한 유명 최면사의 공연을 볼
기회가 생겼다. 그를 편의상 〈데리〉라는 이름으로 부르기
로 하자. 그가 객석을 바라보며 최면 시연에 자원할 사람이
있냐고 묻기에 당연히 손을 들었다. 나는 다른 세 명과 함
께 무대로 올라갔다.

데리가 바나나를 하나씩 나눠 주고서 말했다.

「잠시 후 여러분은 정신이 지닌 위력을 확인하게 될 겁니다. 단지 최면을 통해 제가 이 바나나에서 레몬의 신맛이 느껴지게 할 거니까요.」

내가 받은 바나나 아래쪽에 보일락 말락 한 작은 구멍이 나 있었다. 바늘 같은 걸로 뚫은 게 틀림없었다.

내 모습을 눈여겨보던 최면사가 말했다.

「당신, 안경 쓴 분, 당신 뭐죠? 난시예요? 근시, 아니면 노안?」

「근시인데요.」

「그럼 이 실험에 맞지 않아요. 이 남자분을 대신할 (근시가 아닌) 분 어디 없나요?」

최면사가 나 대신 다른 피험자를 한 명 무대로 불러 올려 실험을 시작했다. 그가 피험자들에게 바나나를 절반만 먹게 하고 나서 맛을 물었다. 잠시 후, 그가 남은 절반에서 신맛이 날 거라며 마저 먹어 보라고 했다. 피험자들은 나머지 절반을 먹으면서 마치 우연처럼 신맛을 느꼈다. 최면사가 미리 레몬즙을 바나나 속에 주입해 놓았기 때문이다.

데리는 신이 나서 실험을 하나 더 해보겠다며 나를 가리켰다.

「아까 그 〈의심 많은 근시 양반〉, 스스로 약은 사람이라고 생각하는 것 같은데, 이번 실험에 한번 참가해 볼래요?」

나는 다른 세 사람과 함께 다시 무대로 올라갔다. 최면사는 우리 네 피험자에게 바닥에 조그만 받침이 붙은 쇠공을 건네며 차례로 만져 보게 했다. 그가 지금은 공이 차갑지만 자신이 곧 뜨겁게 느껴지게 할 것이라고 했다. 예전에 그 실험에 참가한 피험자 중에 암시의 힘만으로 3도 화상을 입은 사람도 있었다고 의미심장하게 덧붙였다.

그가 이제 손이 델 정도로 공이 뜨거워졌다고 여러 번 말하더니 다시 금속 공을 만져 보라고 했다.

첫 번째 피험자가 놀라는 표정으로 공이 뜨겁다고 말했다. 데리가 공이 뜨겁다는 암시를 반복한 다음 두 번째 피험자에게 공을 건넸다. 그 역시 고개를 끄덕이며 아주 뜨겁게 느껴진다고 했다. 세 번째 피험자 역시 마찬가지 반응을 보였다. 내 차례가 오자 데리가 공을 건네주며 말했다.

「〈의심 많은 근시 양반〉, 당신은 여전히 정신의 위력을 믿지 못하는 눈치인데, 한번 만져 봐요. 만지는 순간 뜨거워서 펄쩍 뛸 거야. 엄청 아플 거예요. 왜, 아직도 의심이 남아 있어요?」

「그건 아니에요. 그런데, 당신이 들고 있는 쇠공에서 연기가 나는 게 보이네요. 제가 한번 이유를 설명해 볼게요. 당신이 미리 공 속에 액상 소듐을 넣어 놓았을 거예요. 그런 공을 사람들이 돌아가면서 만지니까 표면에 땀이 묻었죠. 그 상태에서 당신이 방금 공을 뒤집으니까 소듐이 땀, 다시 말해 물과 섞이면서 공이 뜨거워지고 표면에서는 연기가 난 거예요. 물과 소듐이 섞이면 강한 열을 내며 반응하는 게 당연하죠.」

잠시 침묵이 흘렀다.

「이분도 공이 뜨거운 걸 인정하고 있어요!」

최면사가 조금도 위엄을 잃지 않은 채 호기롭게 말했다.

관객들은 마치 내 말을 듣지 못한 듯 뜨거운 박수갈채를 보냈다.

돌이켜 생각해 보니 위대한 최면사 데리는 실험이 실패

할 가능성을 원천 차단하려고 했던 것이다. 그래서 〈정신의 위력〉에 살짝 양념을 칠 수밖에 없었다. 하지만 그렇게 하면 관객으로서는 무의식적으로 어떤 속임수가 있다고 느껴 최면이라는 개념 전반에 불신을 갖게 된다.

작가인 내게 최면은 큰 도움이 되었다. 특히 이야기의 서스펜스를 극대화하는 데 최면 개념은 효과가 있다.

내 소설의 주인공들이 어두운 지하실로 내려갔다 올라와 아래서 본 것을 말할 수 없다고 할 때, 나는 독자에게 일종의 암시를 일으키는 것이다. 독자에게 당신의 무의식 밑바닥으로 내려가 거기에 묻힌 지난 시절의 추억과 공포를 떠올리라고 제안하는 셈이다. 내가 독자에게 지하실에 숨어 있을 어떤 것을 상상하게 할 때, 독자는 머릿속에 저장된 기억의 편린들을 끄집어내게 된다. 『개미』를 읽었다는 한 독자가 내게 이런 말을 한 적이 있다. 「해변에서 연을 날리는 장면이 참 좋았어요.」 아무리 생각해도 그런 장면을 쓴 기억이 나지 않아 조금 더 자세히 말해 달라고 했더니, 그는 주인공이 지하실로 내려가는 장면이라고 했다. 소설이 독자로 하여금 잠수하듯 과거로 빠져들어 유년기의 기억을 떠올리게 했기 때문에 벌어진 일이다.

암시가 작동하는 방식은 이렇다.

가령 누가 우리한테 눈을 감은 상태에서 10초 동안 레몬 하나를 머릿속에서 시각화하라고, 최대한 상세히 그 모습을 그려 보라고 한다. 그러면 열에 다섯은 입에 침이 고이는 경험을 하게 된다. 레몬이라는 단어를 듣고 그것을 시각화하는 순간 우리 뇌는 즉시 레몬즙을 떠올리고, 신맛을 희석하기 위해 예방 차원에서 침을 만들어 내는 것이다.

그런 암시를 통해 독자의 상상력을 자극할 때 소설에 긴장감이 불어넣어진다고 생각한다. 독자에게 거울이 되어 주는 소설이 좋은 소설이다. 독자는 소설을 읽으며 거울에 비친 자신을 발견하게 된다. 그는 이야기가 자신의 과거, 경험, 지식과 화학 작용을 일으키는 가운데 독특한 모험을 하게 된다.

〈그의 앞에 절세미인이 서 있었다〉라는 문장을 읽으며 독자는 그 여성을 머릿속에서 만들어 낸다. 그 모습은 당연히 독자마다 다를 것이다. 〈놀라운 풍광이 펼쳐지고 있었다〉를 읽으며 독자는 자신이 생각하는 최고의 풍경을 머릿속에 그린다. 〈그가 문을 열더니 소스라치게 놀라 물러났다〉를 읽으며 독자는 소설에 명시되어 있지 않은 〈그〉를 자동으로 상상하게 된다.

소설은 독자에게 머릿속에서 펼쳐지는 영화의 감독이 되라고 한다. 이 때문에 소설은 영화보다 훨씬 위력적이다. 영화가 관객에게 영화 속 이미지를 받아들이는 수동적인 역할을 맡긴다면, 소설은 독자에게 스스로 장면을 만들어 낼 것을, 적극적인 역할을 할 것을 주문한다. 소설 독자는 스스로 주인공을 캐스팅하고, 카메라 숏의 스케일을 결정하고, 음악과 음향 효과를 만들고, 조명을 선택한다.

〈설명하기보다 보여 주는〉 이야기가 좋은 소설이다. 이를 위해 설명적인 대화는 최소화하고 상황만 독자에게 제시해 스스로 장면을 연출할 수 있게 해줘야 한다.

거기서 한 단계 더 나아간 게 〈보여 주기보다 상상하게 하는〉 소설이다. 그런 소설을 쓰는 게 나의 야심 찬 목표다.

10번 아르카나: 운명의 수레바퀴

운명의 수레바퀴는 성공과 실패가 뚜렷한 논리적 이유 없이 반복되는 시기를 나타낸다.

일이 잘 풀리다가 갑자기 난처하게 꼬이기도 한다. 이런 때에는 행운과 불행의 사이클을 멈출 방법이 보이지 않는다.

카드 속 스핑크스가 그렇듯 상승기에는 성공했다는 확신 속에 현재의 자리를 공고히 유지할 방법을 찾으려 한다.

그런데 느닷없이 하락기가 찾아온다.

운명의 수레바퀴는 멈출 줄 모르고 쉼 없이 돌아간다. 그러니 숙명이려니 하며 상승기에는 즐기고 하락기에는 이를 앙다물고 버티면 된다. 시간이 지나면 다시 상승기가 찾아올 것이기 때문이다.

서른한 살, 인질로 잡힌 소설

〈즐겁게 쓴 글이어야 즐겁게 읽힌다.〉

첫 소설을 출간했고 집필 중인 소설은 이미 출판사가 결정되어 있다는 생각에 나는 전보다 느긋해졌다.

주인공들, 그중에서도 특히 웰스 일가에게는 친구 같은 감정을 느끼며 다시 집필에 몰두했다. 결정적인 장면들에서는 영화와 같은 시각적 효과를 노려 스토리보드를 그렸다. 또 성냥개비 여섯 개로 정삼각형 여섯 개를 만드는 수수께끼를 중심축으로 서스펜스를 극대화하는 서사적 전략을 짰다. 레티시아 웰스와 자크 멜리에스의 이루어질 수 없는 사랑 이야기에도 심혈을 기울였다.

용의자와 경찰관의 로맨스.

이번에도 기하학적인 구조를 도입해, 열 개의 세피라를 지닌 카발라 생명의 나무를 연상시키는 플롯을 짰다.

새롭게 발견한 최면 개념은 독자의 상상력을 더욱 효과적으로 자극할 방법을 찾는 데 도움이 되었다. 나는 산을 오르는 등반가의 심정으로 또다시 글쓰기 여정에 올랐다.

처음에는 출발의 흥분과 새로운 아이디어를 갖고 미지의 세계를 탐험한다는 설렘이 속도를 내게 했다.

하지만 한 챕터 한 챕터 이어지다 보면 출발할 때의 흥분은 사라지고 습관처럼 앞으로 나아가는 자신을 발견하게 된다. 각각의 장면이 등산로에서 만나는 장애물처럼 다가온다. 어느새 그 앞에서 속도가 떨어지는 것이 느껴진다. 서서히 지치는 느낌이 들지만 여전히 걸음을 내디딘다. 길이 차츰 가팔라지는데 빗방울까지 뿌리기 시작한다. 발밑이 미끄러워 속도를 내기 힘들지만 꾸역꾸역 앞으로 나아간다. 기습하듯 어둠이 찾아온다. 출발의 흥분은 이제 완전히 사라지고 없다. 예전 생고당산(山)에서처럼 목표 지점에 대한 확신이 흔들리는 순간이 찾아온다. 내가 선택한 형식에 대한 믿음이 옅어진다. 혹시 이 방향이 아니면 어쩌지. 하지만 백지의 공포 같은 건 없다. 단지 첫 단추를 잘못 끼웠을지 모른다는 불안감이 존재할 뿐이다. 한 장 한 장 채워 나가지만 그다지 흥이 나지 않는다. 이 단계에서 많은 사람이 포기하고 되돌아 내려간다. 그것이 아마추어와 프로의 차이일지 모른다. 하지만 힘들고 어려운 순간에 출발의 흥분을 다시 떠올려야 한다. 그 흥분을 간직한 상태로 시간과 에너지를 최대한 작업에 투자해야 한다. 발걸음이 무겁지만 멈추면 안 된다. 뒤돌아보지 말고 꾸준히 앞으로 나아가야 한다. 하루에 최소 다섯 장, 그 다섯 걸음이 나를 계속 앞으로 나아가게 해준다. 그렇게 쉬지 않고 계속 쓰다 보면 어느새 절반이 넘게 와 있음을 알게 된다. 그때 비가 그치고 어둠이 걷히기 시작한다. 산 정상에서 해가 솟아오른다. 리듬을 잃지 않고 계속 걷다 보면 조금씩 마른 땅이 나타나고 어느 순간 바닥이 바짝 말라 있다. 발걸음에 다시 탄력이 붙는다. 출발할 때 세웠던 계획과 그 새로움을 머릿속에 떠올린다. 산 정상에 걸린 해가 따뜻한 기운을 발산하며 나를 목표 지점에 있는 산장으로 안내한다. 이제 마지막 챕터까지는 불과 몇 미터. 그때부터는 발에 날개라도 돋친 듯 질주하기 시작한다. 축복된 시간. 다섯 장이 아니라 열 장, 열두 장, 열다섯 장이 써진다. 한순간도 멈출 수 없다. 주인공들과 내 글을 향한 애정이 샘솟는다. 내가 만든 작은 세계에서 무슨 일이 벌어지게 될지 알고 싶다. 막판 스퍼트를 낸다. 기진맥진해 있지만 희열을 느끼며 물기 하나 없이 따뜻하고 환한 산장에 도착한다. 안으로 들어가 문을 닫고 FIN(끝)이라고 쓴다.

이제 긴 여정이 끝났다. 중도에서 포기하고 싶었던 유혹을 물리치고 결승점에 도착한 나 자신을 대견해하며 쓰러지듯 소파에 앉는다. 지나온 여정을 되짚어 보기 시작한다. 그게 과연 최선이었을까? 조금 더 즐겁게 산을 오를 수 있는 다른 등산로는 없었을까? 많은 초보 작가는 첫 번째 원고에 만족하고 싶은 유혹을 느낀다. 하지만 그 유혹을 이기고 다시 산을 올라야 한다. 나는 이전 등반에서 좋은 기억만 간직한 채 다음 버전을 쓰기 위해 다시 산 밑에서 등산화 끈을 조인다. 첫 번째 등반의 경험이 큰 힘이 된다. 두 번째 버전 때는 어둠 속에서 질척거리는 경사로를 오르면서도 크게 두렵지 않다. 곧 있으면 해가 다시 뜬다는 것을, 길이 끝나는 곳에 목표 지점인 산장이 있다는 것을 알기에 입을 악다물고 버티기만 하면 된다. 정상에 깃발을 꽂듯이 FIN(끝)을 쓰고 나서 산 밑에서 또다시 출발한다. 그렇게 버전 C, 버전 D가 완성된다. 희미하지만 이전 버전들의 기억이 있어 글은 속도감 있게 써진다. 어디에 함정이 있는지, 어떤 게 좋은 전략인지 나쁜 전략인지도 안다. 최악의 경우 지난번 등산로를 이용하게 될 수도 있으니 과감하게 변화를 시도해 본다. 첫 소설이 버전 N을 넘어갔던 것과 달리 두 번째 소설은 그보다 짧은 버전 M에서 여정에 마침표를 찍었던 걸로 기억한다(〈증오〉보다 〈사랑〉[8]을 선택해서였을까?).

8 〈사랑하다〉를 뜻하는 프랑스어 〈aime〉은 알파벳 M과 발음이 같다.

더군다나 두 번째 책을 쓸 때는 이상적인 등반 시간을 미리 알았기 때문에 시작부터 1천5백 장이 아닌 450장을 목표로 잡았다.

드디어 두 번째 알을 낳았다.『개미』의 후속작인『개미의 날』.

내가 갓 낳은 알을 받아 든 스타니슬라스는 실망 섞인 한숨을 내쉬었다.

그가 한참이 걸려 원고를 읽고 나서 연락해 왔다.

「이번 원고는 첫 원고보다도 못해요. 당신은 너무 급하게 쓰는 경향이 있어요. 그걸 즐기는 것 같아 보여요. 하지만 글쓰기는 진지한 행위예요. 잘 쓰기 위해선 고통이 따를 수밖에 없죠. 그런데 당신은 마치, 당신 행동은 마치…….」

〈즐거워하는 것 같아요〉라는 말을 그는 속으로 삼켰을 것이다.

내가 고통 속에 아가를 낳길 바랐는데 글쓰기가 내게 더없는 행복을 주는 것 같으니 그 점이 몹시 거슬렸던 것이다.

「이 원고도 첫 원고 못지않게 날림으로 쓴 엉성한 글이에요. 하지만 회장님이 꼭 내야 한다니 별수 없죠. 이거 하나는 알아 둬요. 지난번에는 베르나르 라프의 프로그램에 출연해 운이 좋았던 거예요. 착각은 금물이라는 뜻이에요. 그런 행운은 한 번 찾아오지 절대 두 번은 찾아오지 않으니까. 그리고 말이에요, 베르나르, 우리 출판사 내부에서『개미』출간에 부정적인 견해를 보인 사람이 많았다는 걸 알아 뒀으면 해요. 소재를 잘못 골랐고, 당신이 쓰는 글은 진정한 의미에서의 문학이 아니라고 여기는 사람이 나뿐이 아니었던 거죠. 이번에 두 번째 책이 나오면 그런 생각이 옳았다는 게 입증될 거예요.」

며칠 뒤 나는 출판사에 친구인 렌 실베르를 담당 편집자로 배정해 달라고 요청해 승낙을 받아 냈다. 그녀는 나를 안심부터 시켰다.

「네 작업에 대한 의심부터 버려. 내 눈엔 이번 소설이 첫 소설보다 나아. 아무것도 건드리지 마. 지금 이대로 완벽하니까. 한 대목을 들어내거나 한 문단을 수정하면 작품 전체가 뒤뚱거리는 느낌이 들 거야. 균형이 깨진다고. 그만큼 모든 요소가 섬세하게 상호 연결되어 있기 때문이야.」

그녀는 반복되는 내용들만 지적한 뒤, 굳이 설명이 필요하지 않은 몇 대목과 불필요한 대화만 삭제하게 했다.

렌과 스타니슬라스의 접근 방식은 확연히 달랐다.

그즈음 첫 소설 『개미』가 문고판으로 나와 독자를 만났다. 리브르 드 포슈(문고판 출판사)의 이인자였던 막스 프리외가 『개미』를 재밌게 읽고 교육 기관을 상대로 대대적인 홍보를 펼쳤다는 후문을 들었다. 청소년의 관심을 다시 책으로 돌리는 데 내 책만 한 게 없으리라고 중학교 교사들에게 적극 추천했다는 것이다. 구체적인 방법까지는 모르지만 어쨌든 막스 프리외 덕분에 『개미』는 제2의 생명을 얻게 되었다.

『개미』 일반 판형이 4만 부 판매에 그친 반면(물론 적지 않은 판매 부수였지만 베스트셀러에 오르기에는 부족했다) 문고판은 열 배가 넘게 팔렸다. 그때 막스 프리외가 힘을 실어 준 덕분에 『개미』는 지금도 일부 학교 교과 과정의 의무 독서 목록에 올라 있다. 지금까지 『개미』의 누적 판매 부수가 2백만 부를 넘긴 것은 그가 만들어 낸 기적인지도 모른다. 이렇듯 지금의 나를 있게 해준 몇몇 은인을 나는 결코 잊지 못할 것이다. 렌 실베르, 리샤르 뒤쿠세, 베르나르 라프, 그리고 막스 프리외. 그 네 요정이 애써 준 덕분에 내 아가『개미』는 생명을 얻어 세상에 알려질 수 있었다.

「기자들이 첫 책보다 두 번째 책에 더 반응하는 건 당연한 일이야.」

두 번째 소설이 나오고 나서 렌이 말했다.

「기존 책들과는 다른 책이 세상의 이목을 끌려면 2년은 필요하지. 그래도 넌 운이 좋은 편에 속해. 보리스 비앙은 사후에야 평론가들에게 발견되었으니까.」

신간 출간 후 인터뷰를 한 기자 중에는 아이들 덕분에 내 책의 존재를 알게 되었다고 털어놓는 사람도 적지 않았다. 일부 언론에서는 나를 미국 작가처럼 다뤘는데, 당시 판타지와 SF가 영미권 작가의 전유물로 여겨졌기 때문일 것이다. 아주 드물게는 내 성이 〈영어식 발음〉과 유사해 정말로 그쪽 작가라고 착각한 기자도 있었다.

옛 동료 플로리앙이 이번에도 고맙게 『누벨 옵스』에 기사를 실어 줬다.

또다시 기적이 일어났다. 『개미의 날』이 『엘』 잡지의 독자상 수상작으로 선정된 것이다. 랭스의 한 성에서 열린 성대한 수상식에 참석하니 문득 〈유명 작가〉처럼 처신해야 한다는 생각이 들었다. 더욱 진지한 태도로 글쓰기에 임해야 한다는. 혹시 내가 사기꾼인가. 〈자네처럼 너무 좋아하면서 글을 쓰는 건 어딘가 모르게 의심스러워〉라고 했던 스타니슬라스의 말이 머릿속을 떠나지 않았다.

머릿속에서 그런 의심을 떨쳐 내려고 애썼다. 그저 현재를 즐기려고 했다.

당시 『엘』 편집장이었던 (나중에 『잠수종과 나비』라는 걸작을 쓰게 되는) 장도미니크 보비가 수여한 그 상은 내가 평론가가 아닌 독자에게 처음으로 진정한 의미에서 작가로 인정받았다는 의미를 담고 있었다. 물론 그때는 그걸 몰랐다. 또한 그 상은 당시만 해도 판타지나 SF 등의 장르 문학을 낯설어하던 여성 독자층이 내게 마음을 열었다는 의미이기도 했다. 그때부터 내가 하는 서점 사인회에 독자들이 긴 줄을 만들어 기다리기 시작했다. 대학과 지역 도서전에서 하는 강연도 독자들로 문전성시를 이뤘다.

그즈음에 개미 그림을 고안해 사인과 함께 독자에게 그려 주기 시작했다.

사인받을 책을 내밀며 많은 독자가 이렇게 말했다. 「우리 아이가 책이라면 질색인데, 이걸 읽고 싶은 마음이 생기게 한마디 적어 주시겠어요?」 나는 고심하다 이렇게 적었다. 〈이 책은 절대 읽지 말 것.〉

서른세 살. 인간 정신의 최후 개척지

〈필멸의 존재인 한 인간은 절대 느긋해질 수 없다.〉

우디 앨런이 한 이 말을 나는 세 번째 소설 『타나토노트』의 도입부에 적었다.

내가 그 책을 쓴 이유 중 하나는 할아버지 이지도르 베르베르가 돌아가시는 과정에서 겪은 트라우마 때문이다. 〈편안히 죽게 내버려 달라〉고 간청했던 할아버지는 끝내 그 특권을 누리지 못했다. 그의 죽음을 지켜보면서 나는 〈편안한 죽음〉이 사치임을 깨달았다.

우리 존재의 마지막 챕터인 죽음에 관해 좀 더 알아야 하지 않을까? 죽음을 공포의 대상으로 남겨 두어 종교가 사후 문제에 독점권을 갖게 하지는 말아야 하지 않을까? 이런 고민들이 새 작품의 출발점이 되었다.

굳이 종교를 갖지 않아도 누구나 잘 마무리했다는 느낌으로 입가에 미소를 머금은 채 죽음을 맞이할 수 있어야 하지 않을까?

주제 의식은 이렇듯 명확한데 문제는 방법이었다. 금기로 치부되는 죽음이라는 주제를 과연 어떤 방식으로 다룰 것인가?

고심 끝에 죽음을 개척해야 할 미지의 땅으로 묘사하기로 했다.

솔직히 고백하자면, 『타나토노트』를 쓴 가장 큰 이유는 내 존재의 마지막 날에 대한 두려움을 극복하기 위해서였다. 〈좋아, 지금 내가 죽는 건 비극이 아니야, 이건 다른 세계로의 이행에 불과해〉, 이런 생각으로 죽음을 맞이할 수 있을까? 그러기 위해선 죽음을 끝이 아니라 〈테라 인코그니타(미지의 세계)〉에 도달하기 위한 하나의 단계로 봐야 했다. 콜럼버스가 수평선 너머의 세계로 탐험을 떠나 아메리카 대륙을 발견했듯이 등장인물들이 죽음을 전혀 〈특별하지 않은〉 새로운 개척지로 바라보게 만들어야 했다.

이미 나한테는 『누벨 옵스』 시절 임사 체험에 관한 기획 기사를 쓰려고 모았던 두툼한 자료가 있었다. 그때는 몇 면 짜리 기사를 쓰고 끝났지만 이번에는 소설 한 권에 내용을 담아 볼 생각이었다. 플롯에 관한 아이디어는 우주 정복에 나선 개척자들의 끝없는 도전을 그린 미국 영화 「필사의 도전」에서 얻었다.

그때 나는 사자들의 대륙을 정복하는 것이야말로 미래 세대에게 주어진 막대한 과제라고 생각했다.

그리고 미래의 일을 먼저 이야기로 다룸으로써 실제로 일어나게 하는 것이 작가인 나의 소명이라고 느꼈다. 쥘 베른이 1865년 『지구에서 달까지』를 출간해 인류의 달 착륙을 예견하고 어떤 의미에서 1969년에 벌어질 아폴로 우주선의 달 탐사를 준비했던 것처럼 말이다.

마침내 개미가 아닌 다른 소재로 소설을 쓰고 있었다.

『티베트 사자의 서』와 『이집트 사자의 서』, 카발라교, 무속 신앙 등에서 얻은 무수한 정보를 길잡이 삼아 사자들의 대륙을 눈앞에 펼쳐지듯 생생히 묘사하려고 애썼다.

소설이 진척될수록 나라는 존재에게 찾아올 마지막을 자연스럽게 받아들이게 되었다. 그걸 비극으로 여길 필요는 없다. 그저 배움의 자세로 영혼의 진화를 이루기 위해 지금의 삶에 최선을 다하면 된다, 그걸로 충분하다.

『타나토노트』를 쓰면서 전에 느껴 보지 못한 흥분을 경험했다.

주인공 미카엘 팽송(〈방울새〉를 뜻하는 팽송은 어머니의 결혼 전 성인 스티글리츠의 프랑스어 번역이다)과 라울 라조르박(영어로 〈면도날〉을 뜻하는 〈razor〉와 〈뒤로 향하다〉를 뜻하는 〈back〉을 합성한 조어인 라조르박은 뒤로 구부러진 날카로운 엄니가 자기 자신을 공격하는 무기가 될 수도 있는 혹멧돼지를 떠올리게 한다)은 모든 면에서 정반대인 조합이다. 전자는 이성적이고 소심한 타입인 반면 후자는 감정적이고 무모한 타입이다. 전자는 의심하는 사람이고 후자는 확신에 찬 사람이다. 독자 중에는 양극단에 있는 두 인물의 중간쯤 어딘가에 자신이 위치한다고 생각한 사람이 많을 것이다.

미카엘 팽송은 신중한 성격에 나서길 싫어하고 위험을 감수하는 일은 무조건 피하려 한다.

반면에 라울 라조르박은 매사를 너무 급하게 서두르고 갈 데까지 가보자는 성격이다.

그 책의 일부는 자동기술법으로 썼다. 헤드폰으로 크게 흘러나오는 드뷔시의 「목신의 오후의 전주곡」과 마이크 올드필드의 「인캔테이션스 Incantations」, 피터 게이브리얼의 「버디Birdy」를 들으며 마치 뭔가를 받아 적듯 빠른 속도로 글을 써나갔다.

음악의 문장들이 나를 날아오르게 했다. 언어의 리듬감과 그것이 빚어내는 감정이 헤드폰 속 터질 듯한 음악에 의해 증폭되었다.

글을 쓰다 보면 눈앞에서 영화가 상영되는 듯한 착각에 빠졌다. 헤드폰에서는 엔니오 모리코네의 작품이라고 해도 좋을, 영화의 사운드트랙 같은 음악이 흘러나왔다.

『타나토노트』를 쓰면서는 어느 때보다 음악의 영향을 크게 받았기에 그 집필 과정은 더욱 〈특별한〉 경험으로 남았다.

그때 나는 변형된 의식 상태에서 글을 써보는 새로운 실험을 하기로 마음먹고 환각제를 사용했다. 수시로 LSD를 복용하고 글을 쓴 내 글쓰기 스승 필립 K. 딕의 천재성이 화학적 자극과 관계가 있는지 확인해 보고 싶은 마음도 있었다.

때마침 퇴사 후에도 연락을 주고받던 『누벨 옵스』의 자재 및 운송 담당 직원이 브라질산 최상품 마리화나를 구해 주겠다고 제안했다. 그는 정확히 이런 말을 했다.

「이것도 와인과 똑같아. 싸구려 와인을 마시고 나면 머리만 무겁지만 보르도산 고급 와인을 마시는 건 그 자체로 하나의 멋진 경험이지.」

어쨌든 그 새로운 경험을 대충대충 할 생각은 없었다.

1980년대에 켄 러셀 감독이 만든 영화 「변형된 의식 상태」는 주인공이 마약을 활용해 변형된 의식 상태를 연구한다는 줄거리다. 그 영화에서 영감을 얻어 나만의 방식으로 의식을 준비했다. 스톱워치를 앞에 놓고 방석에 가부좌를 틀고 앉았다. 전화기를 끄고 노트와 펜을 준비한 다음 미리 골라 놓은 음악을 헤드폰으로 틀었다.

비상을 위한 준비를 마친 상태에서 맵싸한 꽃향기가 나는 연기를 쭉 빨아들였다.

처음에는 전혀 변화가 느껴지지 않았다. 그런데 눈을 감은 상태로 시간이 조금 흐르자 내 정신이 육체에서 분리되는 듯한 느낌이 들었다. 예르에서 자크 파도바니와 유체 이탈을 할 때와 똑같은 기분이었다.

이번에는 일말의 의심도 없었다. 현실이 〈변형〉되었다고 노트에 기록했다. 나는 변형된 의식 속에 존재했던 것이다, 거울 저편에 가 있었던 것이다. 그 상태가 지속되자 나를 투명하게 복제한 정신이 공중으로 날아올라 나를 외부에서 바라보는 게 느껴졌다. 확실했다.

문득 불안해지기 시작했다. 자크한테 배워 유체 이탈을 할 때와는 달리 스스로에 대한 통제력이 없다고 느껴졌다.

그럼에도 단계를 밟아 비상했다. 스톱워치로 시간을 재면서, 보고 느끼는 것을 노트에 기록했다.

그때 나는 비상의 성공이 80퍼센트 정도 음악에 달려 있다는 것을 깨달았다. 마리화나가 청각적 감수성을 예민하게 해주는 건 사실이지만, 음악이 끊기는 순간 투명한 정신의 껍질이 금세 육체 속으로 되돌아오는 걸 확인했다.

어찌 된 일인지 시간이 흘러도 긴장이 완전히 풀리지 않았고 경직된 느낌도 사라지지 않았다. 변형된 현실이 원상 복구되지 않을지 모른다는 두려움 때문이었을 것이다.

거기에 한 가지 공포가 더 추가되었다. 지금 내 뇌가 작동하는 방식이 이전과는 확연히 다른데, 혹시 이러다가 돌이킬 수 없이 망가지는 건 아닐까?

결국 생애 최초의 화학적 탈출을 온전히 즐기지 못하다가 잠이 들어 버렸다.

다음 날 아침 잠에서 깨 내가 현실과 육체로 되돌아와 있다는 것을 확인하고서야 겨우 마음이 놓였다. 시간과 공간도 익숙한 형태를 되찾았다.

노트에는 시간대별로 변화된 의식 상태가 상세히 적혀 있었다.

한 번 더 실험해 보기로 했다. 이번에는 〈달라진〉 의식 상태에서 쓸 챕터를 미리 정해 놓고 캔버스에 붓질하는 자세로 임하기로 했다. 마리화나 효과 속에 글을 써본 경험이 있는 작가 친구들은 대부분 나중에 읽어 보면 문장이 들쭉날쭉해 쓸 만한 게 거의 없다고 말했다. 그건 결국 평소 다진 엄격한 글쓰기 습관과 음악을 통한 긴장 이완이 핵심이며, 환각제는 촉매제에 불과하다는 의미였다. 문제는 그 세

가지를 어떻게 적절한 비율로 혼합해 시너지 효과를 일으킬 것인가였다.

나는 「인캔테이션스」의 몽롱하고 반복적인 멜로디가 흐르는 가운데 담배에 불을 붙여 깊이 빨아들였다. 그리고 날아올랐다.

그 상태에서 〈지금 나는 죽는다〉로 시작하는 챕터를 쓰기 시작했다.

얼마 동안 여행했는지는 알 수 없다. 어쨌든 나는 글쓰기와 음악에 화학 작용이 더해진 상태에서 한 챕터를 썼다.

다음 날 아침에 읽어 보니 평소 내 글과 사뭇 달랐다.

그 글을 쓸 때만큼은 늘 귀에 들리던, 나를 야단치는 국어 선생님의 목소리가 들리지 않았다는 사실을 발견했다.

마리화나가 이완 효과를 극대화해 준 덕분이다.

그 상태에서 내 정신은 고삐 풀린 말처럼 내달렸을 것이다. 좋은 문장에 대한 욕심도 평가에 대한 두려움도 없이 자유롭게.

그렇게 효과적이고 흥미진진한 경험을 다시 해보고 싶은 마음은 사라졌다. 한번 길들면 다시는 맨정신으로 글을 쓰지 못할지도 모른다는 두려움 때문이었다.

동료 작가들한테 익히 들어 그 위험을 모르지 않았다. 한 동료는 〈도핑〉 없이는 글이 써지지 않는다고 고백했다. 첫 번째 여행만큼 강력한 효과를 내기 위해서는 용량을 점점 늘리거나 더 강한 마약에 의존할 수밖에 없다고. 중독의 굴레라고.

마약의 글쓰기 효과는 반감한다는 게 동료들의 전언이었다. 마약의 함정이었다.

나한테는 기억력 저하에 대한 공포까지 있었다. 알츠하이머병을 겪은 할머니 때문에 생긴 강박증이었다.

인위적으로 감각의 기능을 높이면 이미 내가 지닌 편집증적 기질이 더 악화할지도 모른다는 두려움이 커져 갔다.

시도에 의미를 두고 그 실험을 끝내기로 했다. 그것이 내 뇌에 어떤 작용을 일으키는지 알게 된 걸로 충분했다. 〈마리화나 = 기억력 감퇴 + 중독 + 편집증〉이라면 그만 멈추는 게 현명했다.

『타나토노트』의 나머지 챕터들은 마리화나의 도움 없이 마무리했다. 더 높이, 더 멀리 비상할 수 있는 내 정신의 힘을 믿었다.

올더스 헉슬리가 말한 (미국 록 밴드 도어스의 이름이 되기도 한) 〈지각의 문〉이라는 개념이 있다. 그것을 직접 봤고 열어 보기까지 했으니 앞으로는 환각제 없이도 얼마든지 가능하다는 자신감이 생겼다.

과학은 인간의 뇌가 스스로 마약을 생성할 수 있다고, 그것이 가능하다고 믿기만 하면 된다고 내게 가르쳐 주지 않았던가.

『타나토노트』를 쓰면서 영혼의 심판 장면에 각별히 공을 들였다. 지난 삶에 대해 객관적인 평가가 내려지는 그 순간을 따로 떼어 내 나중에 〈심판〉이라는 제목의 희곡을 쓰기도 했다.

집필하는 동안 수많은 기발한 상상을 했다. 사자(死者)들이 환생을 위해 지나가는 길에 유명 브랜드의 광고가 걸리면 어떨까? 지난 삶에서 얼마나 선업을 쌓았느냐에 따라 다음 삶에서의 환생이 결정된다는 걸 알게 된 사람들이 미신을 믿듯이 착한 행동만 하려고 하면 세상은 어떻게 될까? 알려진 건 거의 없고 공포만 일으키는 죽음이라는 소재를 친숙하게 만들겠다는 욕심으로 거침없이 쓰다 보니, 자칫 죽음을 매력적인 경험으로 인식하게 하는 역효과를 부를지도 모른다는 걱정이 들었다.

그래서 일명 〈생명 진흥청〉이라는 것을 만들어 가장 위대한 경험은 죽음이 아니라 삶임을 상기시켰다. 이 세상에 태어나 물질에 작용할 수 있는 행운을 누리는 데 감사해야 한다고, 최선을 다해 삶을 살아가자고.

결과적으로 『타나토노트』는 내가 작가로서 완벽하게 장악하지 못한 흥미진진하면서도 기이한 이야기가 되었다. 몇몇 대목은 쓰면서도 확실히 이해한다는 자신이 없었다. 수수께끼 같은 몇 문장은 20년이 지난 뒤에야 비로소 그 뜻이 이해되었다.

무의식에서 어떤 초월적인 생각을 끄집어내는 것은 열뜬 상태에서 빠르게 글을 써 내려갈 때만 가능하다. 물론 그런 생각이 종이에 옮겨졌을 때 독자가 어떻게 반응할지는 알 수 없다.

그 소설의 최초 독자인 렌이 상찬했다.

「네 소설 중 최고야.」

나는 처음부터 변함없이 곁을 지키며 응원을 아끼지 않는 렌에게 『타나토노트』를 헌정하기로 마음먹었다.

출판사에서는 신조어인 데다 발음이 어렵다며 〈타나토노트〉라는 제목을 좋아하지 않았다. 하지만 사자들의 대륙을 탐험하는 주인공들을 부를 단어는 그리스 신화 속 죽음의 신인 〈타나토스〉와 그리스어로 항해자를 뜻하는 〈나우

테스)를 결합한 〈타나토노트〉 말고는 없다고 출판사를 설득했다. 어려운 발음이 오히려 독자들에게 하나의 도전으로 받아들여지기를 바란다고.

마침내 책이 서점에 깔렸지만 결과는 대실패였다.

언론에 기사 한 줄 나오지 않았다. 나를 불러 주는 라디오나 TV 프로그램도 없었다. 베르나르 라프는 알뱅 미셸의 홍보 담당자를 통해 『개미』는 재밌었지만 『타나토노트』는 별로였다고 솔직한 소회를 전해 왔다. 언론에서 그토록 무반응을 보이는 이유를 궁금해하자 홍보 담당자가 말했다.

「죽음이라는 소재는 팔리는 소재가 아니에요. 게다가 그 책은 제목까지 난해해요. 제목을 이해하는 독자는 SF 작품에 흥미가 없고, SF 독자는 그리스어를 모르는 사람이 많아 제목을 이해 못 하죠. 또 한 가지, 대개 환생을 언급하는 작가는 특정 이론을 주장하는 경향이 있는데 당신은 그 책에서 어떤 이론도 설파하지 않아요. 〈환생을 믿는다〉, 혹은 〈환생을 믿지 않는다〉라고 똑 부러지게 견해를 밝히는 것도 아니죠. 독자 입장에서는 당신 생각을 알 길이 없는 거예요. 게다가 당신은 책에서 신비주의는 건드리지조차 않았어요.」

친구들도 대부분 그 책에는 공감하지 못하겠다고 했다.

렌만 유일하게 『타나토노트』가 강력한 힘을 지닌 독창적인 소설이라고 극찬했다. 대다수의 독자는 이번 책은 재미가 없다는 반응을 보였다. 심지어 『개미』의 마법은 어디로 사라졌냐며 비난하는 사람들도 있었다. 그건 실패작이라고 나는 결론을 내렸다.

이번만은 렌의 판단이 틀렸다고 생각했다.

결국 책은 초쇄의 4분의 1이 판매되는 데 그쳤다.

10번 아르카나인 운명의 수레바퀴가 쉼 없이 돌기 때문일까. 우리는 삶의 안정감을 느끼는 순간 느닷없이 모든 것이 무너져 내리는 경험을 하게 된다. 상승할 때만큼 빠른 속도로 추락한다. 운명의 수레바퀴는 삶에서 보장된 건 아무것도 없음을 가르쳐 준다. 아무 이유 없이 하루아침에 모든 것을 잃게 될 수도 있음을. 그게 아마 클로드 클로츠가 내게 말해 주려고 했던 게 아니었을까. 결국 인생은 상승과 하강의 반복이라는 것.

그때 스위스의 한 독자가 보내온 반응은 적지 않은 위안이 되었다. 호스피스 병동에서 일하는 간호사였는데, 그녀는 『타나토노트』를 큰 소리로 읽어 줬더니 환자들이 이전만큼 죽음을 두려워하지 않게 되었다고 전했다. 환자들이 함께 모여 『타나토노트』를 읽고 감상을 나누는 모임도 만들었는데 갈수록 반응이 좋다고 했다.

『타나토노트』는 출간된 지 2주 만에 서점에서 회수되어 파쇄 업체로 보내졌다. 곧 펄프로 변신해 다른 책으로 거듭날 것이었다.

이로써 그 책은 생명을 다한 것이다.

나라는 사람은 애초에 작가적 재능이 없었는지도 몰라. 아니면 벌써 재능이 바닥났거나. 둘 중 어느 쪽이든 이제 그만 소설가라는 직업을 버리고 기자로 돌아가는 게 마땅하지 않을까.

고민에 휩싸인 내게 렌이 단호하게 말했다.

「절대 자포자기해선 안 돼. 누구나 중심을 잃고, 그러다 넘어질 수도 있어. 성공만 거듭하는 커리어는 세상에 존재하지 않아.」

「앞으로 내가 뭘 어떻게 하는 게 좋을까요?」

「우선 〈개미〉 3부작을 마무리하는 데 집중해. 독자들이 너를 버렸는지 확인하는 차원에서라도 그건 필요해.」

렌의 조언을 받아들여 〈개미〉 3부작의 제3부인 『개미 혁명』을 집필하기 시작했다.

다시 운명의 수레바퀴가 돌기 시작해서였을까. 책은 출간 즉시 좋은 반응을 얻었다.

나는 한 언론과의 인터뷰에서 혁명의 필요성에 관한 나름의 관점을 제시할 만큼 자신감을 회복했다. 마치 『타나토노트』 〈사건〉은 없었던 것처럼 느껴졌다.

풀리지 않은 의문이 여전히 하나 남아 있었다. 대중은 내가 개미가 아닌 다른 소재로 소설을 쓰는 걸 허용할까? 앞으로도 계속 한 가지 소재만 다루길 바라면 어떡하지? 나는 고민에 휩싸였다.

서른세 살. 운명의 아르카나

〈타로의 스물두 개 아르카나에 모든 것이 들어 있다. 카드 속 그림들에서 우리 삶의 비밀이 엿보인다.〉

30대 초반에 만난 알레한드로 호도로프스키는 내게 강렬한 인상을 남겼다. 그는 만화가 뫼비우스와 함께 그래픽 노블 『메탈 위를랑』과 『앵칼』을 만든 천재 시나리오 작가이자 영화 「홀리 마운틴」의 감독이며 뛰어난 타로 마스터이기도 하다.

생망데에 있는 자신의 빌라로 나를 초대한 그가 정원에 있는 작은 탑을 가리키며 말했다.

「저게 내 신전일세.」

그가 타로 점을 봐주겠다고 하더니 바로 그 신전 카드를 뽑아 들고 말했다.

「자넨 10월에 이혼하게 될 거야.」

그가 말끝을 달았다.

「반면에 일 쪽으로는 운세가 트였어. 무슨 일이 있어도 절대 소설 쓰기를 중단하면 안 되네.」

그의 젊은 여자 친구까지 함께 점심을 먹는 동안 자기 셔츠에 음식이 묻자 호도로프스키가 유머러스하게 말했다.

「이런 게 진정한 남자라는 표시지. 옷에 얼룩이 묻는 걸 개의치 않는 것.」

그는 계속 음식을 흘려 가며 타로와 칠레에서 보낸 지난 시절, 그리고 자신이 창안한 〈사이코매직〉, 즉 충격적인 행위를 통해 정신의 족쇄를 푸는 기술에 관해 이야기했다.

나는 그에게서 자유로운 인간을 발견했다. 호도로프스키는 제작 준비 중인 영화 「듄」에 관해 얘기하다가 뫼비우스가 그린 스토리보드를 가져와 보여 줬다. 확정된 캐스팅 목록에 오슨 웰스, 살바도르 달리, 믹 재거가 포함되어 있다고 그는 말했다. 마치 대수롭지 않은 일이라는 듯이.

그와의 만남 이후로 나는 타로에 담긴 의미에 관심을 두게 되었다. 그리고 호도로프스키가 예고한 (혹시 그가 내 정신에 이혼을 암시한 것은 아니었을까) 사건에 대한 마음의 준비를 했다.

세월이 한참 흐른 2018년, 알레한드로 호도로프스키를 다시 만났다. 우리는 그가 사는 건물 1층에 있는 중국 식당에서 같이 저녁을 먹었다. 그는 살면서 경험하는 기이한 동시성을 눈여겨봐야 한다고 했다. 가령 어떤 전단에 적힌 이름을 보고 다른 누군가를 떠올렸는데 그 사람이 홀연히 눈앞에 나타나기도 한다는 것이다. 또한, 어떤 동물을 우연히 봤는데 그 동물의 이름이 오랫동안 해온 고민의 해답이 될 때도 있다는 것이다. 호도로프스키가 한창 말하는데 웨이터가 다가와 오늘의 특별 메뉴인 타로수프를 시켜 보지 않겠냐며 말을 끊었다. 알다시피 타로는 중국 요리에 흔히 들어가는 재료인 토란을 말한다. 내가 눈을 동그랗게 뜨고 쳐다보자 호도로프스키는 오늘의 특별 메뉴가 뭔지 몰랐다고 했다. 그 일은 정말로 우연일 뿐이었을까.

서른네 살. 유도몽

〈눈을 감아요. 정신이 당신의 정수리를 통해 육신을 빠져나간 뒤 하늘로 날아올라 당신만의 섬으로 향하는 상상을 해봐요.〉

이혼이 닥쳤다. 운명의 수레바퀴가 계속 돌고 있었다. 기자 시절에 스트레스에 관한 취재를 하면서 스트레스 유발 요인을 스트레스 정도에 따라 나열하면 다음과 같다는 것을 알게 되었다. 1) 죽음, 2) 이혼, 3) 이사, 4) 대중 앞에서 말하기. 나는 두 번째로 심한 스트레스를 겪고 있었다.

이혼은 내 삶을 근본적으로 되돌아보게 했다. 이혼 전에 카트린은 내게 자신도 할 테니 정신 분석 상담을 받아 보는 게 어떻겠냐고 했었다. 어쩌면 그때 했던 정신 분석 상담이 우리 커플의 파경에 결정적 역할을 했는지도 모르겠다. 무의식에 관한 취재를 하기 위해 내가 만났던 대부분의 정신 분석가는 그들 자신이 신경증 환자였고, 자기 심리 상태를 고스란히 환자들에게 투사한다는 인상을 줬다.

나는 마음을 가다듬기 위해 그동안 프로이트와 아들러, 융을 읽으면서 배운 지식과 최면이라는 도구를 결합해 스스로에 대해 〈정신 분석〉을 하는 책을 쓰기로 했다.

아침 8시부터 저녁 8시까지 단숨에 써 내려갔다. 『개미』의 12년이 최장 시간 집필 기록이었다면 하루 만에 다 쓴 그 책은 최단 시간 기록이었다.

〈여행의 책〉이라는 제목을 붙인 그 책은 일종의 〈자가 최면 테라피〉를 종이에 옮겨 놓은 것이다.

그 책에서 나는 무모하다 싶은 형식적 파격을 시도했다. 이인칭 단수 시점으로 마치 책이 독자에게 친근하게 말을 거는 것 같은 형식을 취했다. 〈눈을 감아요. 그 상태에서 당신이 날개를 활짝 펴고 하늘로 날아오르는 상상을 해봐요.〉

지극히 사적인 경험을 담았기 때문에 그 책을 출간할 의도는 없었다. 그런데 우연히 리샤르 뒤쿠세에게 보여 줬더니 그가 전격적으로 출간을 결정했고, 나는 그의 제안을 수용했다. 원고를 조금 다듬어서 출판사에 전달하고 나니 정신 분석과 최면을 합쳐 놓은 그 묘한 성격의 책이 기존 독자를 당황스럽게 할 수도 있겠다는 걱정이 들었다.

『여행의 책』이 나오고 나서 강연을 할 때마다 나는 유도 명상을 활용해 참석자들이 책의 내용을 이해하도록 도왔다.

「눈을 감고 정신이 정수리를 통해 육신을 빠져나가 하늘로 날아오른다고 상상해 보세요. 하늘을 날아 여러분 각자의 섬에 도착하면 오두막이 한 채 보일 거예요. 문을 열고 오두막 안으로 들어가면 책상과 의자가 있어요. 책상 왼쪽

서랍을 열면 흰색 공책이 보일 거예요. 공책을 펼치면 오른쪽 면에 무의식이 여러분에게 전하는 말이 쓰여 있어요. 그걸 읽고 나서 대답하는 마음으로 여러분의 생각을 그 밑에 써 내려가세요…….」

강연마다 차이는 있었지만 무의식의 메시지가 보인다고 응답하는 참석자의 비율은 대략 70퍼센트였다. 강연에 참석할 만큼 열성적인 독자가 실험에 성공할 확률이 높은 것은 당연했다.

마르세유의 버진 메가스토어에서 강연할 때 일어났던 일이다. 그곳에는 강연장이 따로 없어 서가 사이에서 유도 명상을 해야 했다. 참석자들이 편안한 자세로 바닥에 자리 잡고 명상하고 있을 때 한 남자가 둥그렇게 생긴 큰 상자를 들고 나타났다. 누워서 자는 것 같은 사람들을 향해 내가 마이크를 들고 계속 말하는 걸 보고, 그가 나를 사이비 도사로 생각한 모양이었다. 트랜스 상태에 빠진 사람들이 위험해 보였는지 그가 갑자기 상자를 열어 뭔가를 꺼냈다. 다름 아닌 심벌즈.

하필이면 심벌즈라니!

그가 금속 원반 두 개를 맞부딪치는 시늉을 하며 나를 쳐다봤다. 사람들을 깨우겠다는 것이었다.

나는 손사래를 치며 그를 말리는 동시에 아무것도 모른 채 눈을 감고 있는 사람들을 향해 계속 말했다.

아무래도 불청객이 심벌즈를 치고야 말 것 같아 나는 재빨리 사람들을 의식의 단계로 불러 올렸다. 〈셋, 둘, 하나, 제로〉, 카운트다운이 끝나고 내가 〈이제 눈을 뜨세요〉 하는 순간 그가 심벌즈를 쨍 울렸다. 마치 명상 종료를 알리는 신호음처럼.

남자가 내게 다가와 고함쳤다.

「사람들을 바닥에 눕혀 눈을 감게 하고 대체 무슨 짓을 하는 거예요?」

알아듣게 설명해 주자 그가 즉시 미안하다고 하더니 다음번에 기회가 있으면 자신도 꼭 한번 명상을 해보고 싶다고 했다.

그 일이 있고부터 상상력의 여행 중에 다시는 그런 불상사가 일어나지 않도록, 문을 닫을 수 없는 장소에서는 절대 집단 명상을 시도하지 않는다.

7번 아르카나: 전차

카드 속 남자가 두 마리 말이 끄는 전차를 타고 세상을 여행 중이다. 어떤 장애물도 뛰어넘을 것처럼 전차는 무서운 기세로 달린다.

남자는 머리에 왕관을 쓰고 손에는 왕홀을 쥐었으며 그가 탄 전차에는 문장이 찍혀 있다. 그는 두 말의 고삐를 쥐고 자신이 원하는 방향으로 달린다. 자기 삶의 주도권을 쥐고 있다는 의미다. 그는 고삐를 당겨 서로 다른 방향으로 내달리려는 말들을 완벽히 통제한다.

남자의 시선이 왼쪽을 향한다는 것은 스스로가 성공했음을 인식하고 있다는 의미다. 하지만 마음속 깊은 곳에서 그는 이것이 절반의 성공이라고 생각한다. 다른 사람들의 눈에 성공했다고 비칠 뿐이라고. 앞으로 더 험난한 내면의 여정이 남아 있음을 그는 똑똑히 알고 있다.

서른네 살. 해외 시장 진출

『개미』는 서른다섯 개 언어로 번역되어 해외 독자들을 만났다. 소재의 보편성이 성공의 큰 요인이었으리라 생각한다. 어릴 때 누구나 한 번은 시간 가는 줄 모르고 개미집을 들여다본 적이 있지 않을까. 검지 끝에 올려놓은 개미가 앞으로 더듬이를 뻗으면 혹시 나한테 무슨 할 얘기가 있어서 저러나, 생각해 보지 않은 사람이 어디 있을까.

『개미』에 가장 먼저 관심을 보인 나라는 한국이었다. 신원 에이전시의 프랑스어권 담당자 최영선이 연락해 왔다.

「당신 소설을 읽다가 막연히『푸코의 진자』가 떠올랐어요. 그래서 그 책을 번역 출간한 한국 출판사에 연락해 당신 책을 내보는 게 어떻겠냐고 했죠.」

그녀가 소개한 출판사는 홍지웅이 운영하는 〈열린책들〉이라는 곳으로, 당시 러시아 문학 전문 출판사로 유명했다. 출판인의 동물적 감각이 작용했는지, 아니면 책을 정말 재밌게 읽어서였는지는 모르지만 홍 대표는『개미』에 사운을 걸었다. 열린책들은『개미』를 알리기 위해「북캐스트」라는 타블로이드판 홍보 매체를 만들었고, 일간지 광고에 〈알쏭알쏭 퀴즈〉를 내서 독자의 호기심을 끌었다.

한국어 번역을 맡은 이세욱은 오역을 피하고자 텍스트에 관해 이것저것 자세히 물어 왔다.

드디어『개미』의 한국어판이 1993년에 출간되었고, 이듬해 늦가을에 난생처음 한국이라는 멋진 나라를 방문했다. 거기에는 전쟁과 권위주의적 통치 체제에서 벗어나 비로소 평화와 자유, 민주주의를 누리게 된 창의적 사고의 소유자들이 살고 있었다.

한국이 제2차 세계 대전과 연이어 닥친 비극적인 한국 전쟁의 상처를 극복하고 도약할 수 있었던 것은 한 세대의 희생 덕분이다. 부족한 천연자원 대신 인적 자원에 나라의 운명을 건 한국인들은 경쟁력이 뛰어난 교육 시스템을 만들어 학생들에게 치열하게 공부하며 한계를 뛰어넘을 것을 요구했다.

한국 사회는 교육에 나라의 명운이 달렸다고 믿었다.

새로운 것에 호기심이 많은 한국인에게 독서는 매우 중요하다. 서울과학고에서 강연장을 가득 채운 젊은이들을 보며 나는 한국인 특유의 호기심과 배움의 욕구를 확인할 수 있었다.

『개미』는 출간 직후 베스트셀러 목록 상위권에 진입했다. 그래서인지 한국 출판사들이 그때부터 〈잠재적인 프랑스 베스트셀러 작가〉를 발굴하기 위해 경쟁적으로 나서기 시작했다고 들었다. 사정을 알 리 없는 프랑스 작가 중에는 한국 출판사에서 느닷없이 출간 제안을 받고 계약을 체결한 사람도 적지 않을 것이다.

나는 적대적인 군국주의 국가들에 포위된 한국이라는 나라에 금방 애정을 느꼈다. 작지만 맷집이 좋은 그 나라는 (국민의 배를 곯려 가며 개발한 핵무기로 끊임없이 남쪽을 위협하는) 북한과 휴전선을 맞대고 있고, (제2차 세계 대전 당시 조선을 식민 지배하며 민간인들에게 잔혹한 범죄를 저지른) 일본과는 바다를 사이에 두고 있다. 한반도는 (그 땅에 눈독을 들여 과거 수차례 침략과 수탈을 자행한) 중국과 (1983년 항로 이탈을 핑계 삼아 미그 요격기를 출격시켜 민간인 269명이 탑승한 KAL 007편을 피격한) 소련에도 지정학적으로 대단히 중요한 곳이었다. 그런 환경에서 살아남기 위해 한국인들은 한계를 뛰어넘으려고 노력해야 했다.

한국에서의 성공과 달리 미국 독자들을 만나는 과정은 순탄치 않았다.

미국 출판사들은 처음에는 내 소설에 전혀 관심을 보이지 않았다. 그 이유에 대해 알뱅 미셸의 해외 저작권 담당자인 자클린 파베로는 이런 설명을 해줬다.

「우리가 연락한 미국 출판사들에서 당신 책에 흥미를 보이지 않는 건 마르그리트 뒤라스 때문이에요.」

「마르그리트 뒤라스가 내 책과 무슨 상관이 있죠?」

나는 영문을 몰라 어리둥절하기만 했다.

「그건, 미국 출판사들 눈에 프랑스 문학을 대표하는 작가가 마르그리트 뒤라스이기 때문이죠. 미국 시장에 마지막으로 알려진 프랑스 작가가 바로 뒤라스이니까요. 뒤라스는 언론과 뉴욕 지식인들로부터 대대적인 호응을 받았어요. 하지만 대부분의 일반 독자에게는 상당히 따분한 작가로 인식되어 있죠. 그 때문에 미국인들은 프랑스 문학은 대충 뒤라스의 작품 세계와 비슷하려니 하고 일반화하게 되었어요. 아니, 그게 프랑스 문학의 스타일이라고 단정하게 되었죠. 더군다나 미국 출판계에서는 이제 프랑스어를 할 줄 아는 편집자를 찾아보기도 힘들어요.」

「그럼 우리 쪽에서 번역해 흥미를 유발하는 건 어때요?」

「그건 싫다네요. 자기들이 직접 번역을 하고 싶대요.」

「그거참, 악순환이네요. 번역이 안 되면 읽을 수가 없고, 읽을 수 없으니 또 번역이 안 되고.」

「저들한테 보호주의적 경향이 있긴 하지만 사실은 우리 탓도 커요.」

「쥘 베른을 연결 고리 삼아 접근해 보면 어때요?」

「너무 오래된 작가예요.」

「그럼 더 현대적인 작가인 피에르 불은요? 『혹성 탈출』은 익숙하지 않을까요.」

「아마 미국 독자들은 불이 프랑스 작가인 걸 모를걸요. 영미권 작가라고 생각할 거예요. 솔직히 우리가 자초한 일이기도 해요. 우리 문단에는 새로운 SF 세대의 출현을 가로막는 분위기가 팽배해 있으니까. 마치 프랑스라는 나라는 미래에 전혀 관심이 없는 것처럼 말이죠. 상황이 이렇다 보니 미국을 비롯한 해외의 독자들이 프랑스 문학은 역사 소설과 내면 소설이 전부고, 미래에 대한 비전을 제시하는 작품은 없다고 오해해도 할 말이 없는 거예요.」

얼마 뒤 영국 출판사에서 말도 안 되는 금액에 저작권을 사 가더니 〈단순 직역〉에 가까운 번역서를 내놓았다. 그보다 조금 뒤에 저작권 계약을 한 미국 출판사 밴텀 북스는 번역을 새로 해서 책을 내겠다고 했다.

몇 년이 지나 미국 출판사에서 영어 번역 원고를 보내왔다. 읽다 보니 번역자가 원문을 완전히 바꿔 놓았다는 사실을 알게 되었다. 가령 미국 번역자는 개미 배에서 개미산이 발산되는 게 내가 지어낸 이야기라고 생각했는지 그 부분을 유독 과장해서 번역했다. 또한 병정개미들의 몸에 레이저 총을 부착해 놓기까지 했다. 그뿐만이 아니었다. 그도 스타니슬라스처럼 챕터별 길이가 다른 이유를 납득하지 못했던지 각각의 분량을 엇비슷하게 맞춰 놓았다. 작가인 내가 그 미국판 영어 번역에 무슨 조치를 취할 수 있는지 묻자 출판사는 번역서에서 내 이름을 지우는 방법이 유일하다고 대답했다.

한동안 밀고 당기기를 한 끝에 밴텀 북스에서는 결국 〈직역한〉 영국판 번역으로 책을 출간하기로 했다.

내 책은 〈프랑스 문학〉이 지닌 부정적 이미지를 최소화하기 위해 〈유럽 베스트셀러〉로 미국 독자들에게 소개되었다.

뜻밖에도 『개미』는 다수 언론에서 호평받았다. 초판이 모두 소진되었지만 그 책에 큰 뜻이 없었던 출판사는 재쇄를 찍지 않았다. 나는 처음으로 영미 시장이라는 보이지 않는 장벽이 존재한다는 사실을 알게 되었다.

하지만 세상은 넓고 출판사는 많다.

예기치 않은 성공을 거둔 한국에 이어 일본에서도 내 책에 관심을 표명해 왔다.

서른네 살. 개미와 스시와 랭보의 시

「아니, 정말로 일본 사람들이 스시를 먹는 줄 알았어요?」

1995년, 도쿄에서 두 귀로 직접 들은 말이다.

『개미』의 일본어 출판권을 계약한 출판사 사장은 잔니라는 이탈리아 출신 편집인으로, 좌파 활동가로 일하다 일본으로 망명한 사람이었다. 그의 출판사는 살만 루슈디가 쓴 『악마의 시』를 번역 출간해 유명해졌다. 그 책을 번역한 일본인 교수가 자신이 가르치던 대학에서 괴한에게 습격당해 사망하자 충격에 빠진 일본 독자들은 광신주의에 대한 저항의 표시로 책을 샀다(사석에서 잔니에게 들은 바로는 일본 정보 당국이 용의자로 지목한 세 사람이 한 식당에서 식사하고 명세서를 받아 갔는데, 거기에 직장이…… 이란 대사관으로 적혀 있었다고 한다).

나는 일본에 가서야 번역에 얽힌 뒷얘기를 상세히 알게 되었다.

애초에 잔니는 프랑스 문학의 대가로 알려진 도카타라는 사람에게 번역을 의뢰했었다. 도카타는 일본 TV 교양 프로그램에 출연해 기회가 있을 때마다 장폴 사르트르와의 각별한 친분을 과시하는 사람이었다고 한다. 그런데 정작 프랑스어는 단 한 마디도 하지 못했다.

번역을 의뢰받은 도카타는 체면을 구길 수 없어 스위스 주재 일본 대사를 지낸 다카시라는 친구에게 번역을 부탁했다. 다카시는 프랑스어를 읽고 쓰는 데는 문제가 없었지만 번역을 하기에는 스스로 문학적 재능이 부족하다고 판단해서 한 가지 묘수를 생각해 냈다. 그가 프랑스어 원서를 읽고 즉석에서 일본어로 옮겨 주면 중국계 아내인 인미가 받아 적은 다음 말끔한 일본어로 손보게 한 것이다.

그렇게 완성된 번역 원고는 다카시를 통해 도카타에게 전달되었는데, 바로 여기서 문제가 발생했다. 번역을 하지도 않고 돈을 받는 게 불편했던 도카타는 순전히 직업 정신의 발로에서 글에 자신의 색깔을 입히기로 마음먹었다. 아르튀르 랭보의 열혈 독자였던 그는 『개미』 곳곳에 랭보의 시를 삽입했다. 일본 독자에게 프랑스 문학을 소개하고 싶었던 그는 〈근대파〉 작가인 베르베르와 〈고대파〉[9] 작가인 랭보를 한 책에서 소개함으로써 두 마리 토끼를 한꺼번에

9 프랑스에서 벌어졌던 신구 문학 논쟁에 빗대어 쓴 표현.

잡으려고 했을 것이다.

그런데 해도 너무했지. 책의 4분의 1 이상을 랭보의 시로 채워 넣었으니!

번역 원고를 읽어 본 잔니의 일본인 파트너 편집자는 어리둥절해했다.

「무슨 이야기인지 도무지 모르겠어. 이 상태로는 출판이 불가능해.」

결국 일본 출판사는 출판을 포기하고 말았다.

우연이었는지 필연이었는지 모르지만 마침 그 일본인 편집자의 가정부가 한국 여성이었다. 그녀는 『개미』 출간이 무산된 이유를 듣고 집주인에게 자신이 한국어 번역본을 얼마나 재밌게 읽었는지 얘기해 줬다. 일본인 출판사 대표는 그제야 번역이 뭔가 미심쩍다고 판단해 진상 파악에 나섰고, 결국 도카타는 자신이 랭보 시로 덧칠하는 바람에 줄거리가 뒤죽박죽된 것 같다고 실토했다.

번역 과정을 되짚어 올라가던 잔니는 인미의 존재를 알게 되었다. 다행히 그녀는 자신이 손으로 쓴 개미 번역 원고를 버리지 않고 보관 중이었다. 마침내 도카타가 손대기 전의 『개미』 번역본을 입수한 일본 출판사는 즉시 출간 일정을 잡고 인쇄에 들어갔다. 그런 우여곡절을 거쳐 책이 나왔고, 홍보를 위해 내가 일본을 방문했던 것이다.

그 문제의 도카타를 직접 만났다.

번역을 둘러싼 복잡한 사정을 얘기하던 중에 도카타가 처음에 넣었던 시 1백 편 중 대부분은 뺐지만…… 열 편가량은 남겼다고 고백했다. 나 참, 칭찬이라도 해줄 줄 알았나? 빨리 대화 소재를 바꾸고 싶어 나는 그에게 장폴 사르트르와 어떻게 만났는지 물었다. 도카타는 국내에서 열린 한 문학 학회에서 그를 처음 봤다고 했다. 사르트르가 택시를 잡지 못해 서 있는 걸 보고 다가가 동승을 제안했고, 택시 안에서 얘기를 나눴다고.

「두 분이 대화는 어떻게 했어요? 장폴 사르트르가 영어를 썼나요?」

「아니요, 우리 둘 다 보디랭귀지를 했어요.」

「당신은 프랑스어를 못 하고 사르트르는 영어를 못 하니까 말이죠?!」

대화가 오갔다는 말 자체가 믿기지 않았다.

「어쨌든 그 일이 있고 나서 TV에 출연해 당신네 대작가와의 만남을 언급했더니 그때부터 다들 나를 프랑스 문학 전문가로 대접해 여기저기서 불러 주더군요.」

도카타가 으스댔지만 나는 이번에도 입을 꾹 다물었다.

「아내가 내일 당신을 우리 집으로 초대해 저녁 식사를 대접하고 싶어 해요. 벌써 당신이 좋아하는 음식을 상에 올리겠다고 야단이에요.」

「아, 그래요?」

나는 놀라는 표정을 지었다.

「무슨 음식을 좋아하죠?」

「솔직히 말하면 제가 사는 건물 1층에 있는 일본 식당에 거의 매일 가다시피 해요. 제가 제일 좋아하는 메뉴는⋯⋯ 스시예요.」

「⋯⋯스시요?」

도카타가 눈을 동그랗게 떴다.

「맞아요, 〈스시〉. 당신들은 스시를 안 먹나요?」

「그게…… 안 먹어요.」

「그럼 내가 뭘 좋아할 줄 알고 식사 초대를 한 거죠?」

「스테크프리트일 줄 알았죠. 프랑스인이 제일 좋아하는 음식이라고 어디서 들었어요. 사실 우리는 파티나 결혼식 장, 혹은 이따금 식당에서나 먹지 집에서는 스시를 먹는 일이 드물어요. 하지만 아무 문제 없어요. 당신이 좋아한다니 내일 저녁 메뉴로 스시를 준비하죠.」

다음 날, 도카타의 집에 도착하니 그의 아내가 왠지 내 눈길을 피하는 느낌이 들었다. 나중에 들으니 그녀는 전날 오후에 4천 프랑(약 6백 유로)을 주고 칼날이 세라믹 소재로 된 전문가용 회칼과 〈열 번의 연습만으로 스시 전문가 되기〉류의 요리책을 샀다고 한다. 그러고는 수산 시장에 달려가 싱싱한 횟감을 사 와서 벼락치기로 책을 읽고 공부해 저녁상을 차려 낸 것이다. 나는 감사 인사를 하고 음식을 먹었다. 아니, 먹는 시늉을 했다고 하는 게 맞을 것이다.

그날 나는 스시의 맛이 회 뜨기에서 결정된다는 사실을 알게 되었다. 회를 뜰 때는 섬유질을 끊듯이 생선에 비스듬히 칼을 넣어야 하는데, 그러지 않으면 질긴 섬유질이 그대로 남아 생선이 아니라 껌을 씹는 것 같은 느낌이 난다. 그때 내가 입에 넣은 스시의 질감이 딱 그랬다. 첫 번째 스시는 눈 딱 감고 삼켜 버렸고, 두 번째 스시는 한참을 오물거리다 입을 닦는 척하고 몰래 티슈에 뱉었다. 그런데 도카타의 아내가 그 장면을 봤는지 죄지은 사람처럼 얼굴이 빨개졌다. 도카타와 그의 두 아이도 나처럼 스시를 몰래 뱉은 눈치였다.

도카타의 아내는 부엌으로 도망치듯 들어가 다시는 나오

지 않았다.

스시를 좋아한다고 말한 내가 문제의 발단이었다고 생각하니 그녀에게 미안한 마음이 들었지만, 솔직히 일본인이 스시를 만들 줄 모르리라고는 꿈에도 생각하지 못했다.

「일본 가정에서는 저녁으로 보통 뭘 먹나요?」

내가 슬쩍 화제를 바꿨다.

「우리 식구들은 피자를 즐겨요.」

질긴 스시를 입에 문 채 도카타가 멋쩍은 미소를 지었다.

나는 『개미』의 진짜 번역자인 인미도 만날 기회가 있었다. 그녀는 지진에 대한 공포에 늘 사로잡혀 산다고 털어놓았다. 건물이 무너질까 봐 무서운 게 아니라 중국계 일본인인 자신을 사람들이 지진을 빌미 삼아 죽일까 봐 무섭다고 했다. 그때 나는 일본 내 극렬 민족주의자들이 대지진[10]의 혼란을 틈타 외국인들을 상대로 잔혹한 행위를 저질렀지만, 그 사건에 대해 수사가 제대로 진행되지 않았다는 것을 알게 되었다.

당시 내 수행 통역을 맡았던 아야코라는 일본 여성에게 재밌는 얘기를 들었다. 남성 중심주의 사회인 일본에서는 여성이 번역해도 남편이 번역자로 소개되는 경우가 흔하다고 했다. 독자가 남성 번역가를 더 신뢰하기 때문이라는 것이다. 또한 〈가이진(外人)〉인 저자보다 번역자의 이름이 더 크게 표지에 박히는 게 관례라고 했다. 그 또한 독자들의 신뢰를 얻기 위해서라고.

아야코가 들려준 흥미로운 얘기가 하나 더 있다. 그녀에 따르면 일본인은 한 나라를 평가할 때 그 나라에서 만든 자

10 관동 대지진을 가리킨다.

동차의 품질을 가장 먼저 본다고 했다. 그런 관점에서 독일은 높은 평가를 받는 반면 프랑스는 독일만 못하다고 그녀는 설명했다.

도쿄에 머물면서 시내를 산책하던 도중에 머리에 두건을 쓰고 방패 비슷하게 생긴 것을 든 사내들이 검은색 2층 버스에 가득 타 떠나가라 구호를 외치는 걸 봤다. 하도 신기한 장면이라 주변에 물었더니 한국 〈위안부〉에 대한 배상 반대를 주장하는 극우주의자들이라고 설명해 줬다(그 배경에는 제2차 세계 대전 때 벌어진 비극적인 사건이 있다. 일본군은 한국의 젊은 여성들을 납치해 강제로 전쟁터에 끌고 가서 병사들의 성 노예로 삼았다. 전쟁이 끝난 후에도 일본은 그들에게 아무런 권리도 인정해 주지 않았다). 극우주의자들은 〈전쟁 배상금 지급 반대〉 또한 고래고래 외쳤다. 1938년 30만 명 이상의 민간인이 사망한 난징 대학살에 대한 중국의 배상 요구를 일본 정부가 수용해서는 안 된다는 것이었다.

나는 아프리카에서 르루 교수한테 들었던 말을 수시로 머리에 떠올렸다. 〈판단하지 말고 이해하기 위해 애쓸 것.〉 일본에서는 내 책이 큰 호응을 받지 못했다. 무엇보다 나는 일본을 다녀온 뒤에 한국이라는 나라를 전보다 더 많이 사랑하게 되었다.

서른네 살. 인류의 기원에 관한 이야기

〈인류는 어떻게 이 땅에 출현하게 되었을까?〉

이 문제를 천착해 『아버지들의 아버지』를 쓰기 시작했다.

정통 추리 소설의 플롯을 따르는 그 소설은 인간에게 돼지 장기를 이식하는 수술이 가능해졌다는 사실에서 영감을 얻었다. 인간과 침팬지의 유전자 일치율은 98퍼센트에 이르고 돼지는 95퍼센트에 그치는데 왜 굳이 돼지 장기를 인간에게 이식하는 걸까.

나는 어릴 때 푹 빠졌던 드라마 「어벤저스」를 모델 삼아 남녀 커플 한 쌍을 의문의 사건을 파헤쳐 가는 주인공으로 내세웠다.

남자 주인공은 (작고한 할아버지 이지도르 베르베르의 이름을 딴) 이지도르. 그는 『르 게퇴르 모데른』이라는 주간지에서 기자로 일하다가 전횡을 일삼는 편집장 테나르디에가 꾸민 음모에 희생되어 회사에서 쫓겨난다. 그는 저수탑을 개조해 은둔자의 삶을 사는데, 거기에는 특이하게도 돌고래들이 헤엄치는 풀장이 있다. 무인도로 도망쳐 동물들과 함께 살고 싶어 하는 그는 내 타고난 도피 기질을 고스란히 반영한 인물이다.

그와 짝을 이뤄 수사를 펼치는 기자 뤼크레스는 생각보다 행동이 앞서는 저돌적인 타입이다. 나는 그 커플에서 성 역할에 대한 고정관념을 뒤집어 남자는 소극적인 인물로, 여자는 적극적인 인물로 그렸다. 이지도르는 덤덤한 성격인 반면 뤼크레스는 다혈질이다.

그 특이한 커플을 통해 내가 생각하는 이상적인 관계를 만들어 보려고 했다. 꼭 서로 사랑하진 않더라도 상호 보완적인 관계.

『타나토노트』를 쓰면서 죽음에 대한 공포를 어느 정도 극복할 수 있었다면, 『아버지들의 아버지』는 다른 방식으로 생활에 변화를 일으켰다. 자료 조사를 위해 도축장에 다녀오고서 돼지라는 동물에 애정을 느끼게 되자 더는 돼지고기를 먹을 수 없었다.

우리가 돼지고기 맛을 좋아하는 이유는 조상들의 식인 풍습이 유전자에 남아 있기 때문인지도 모른다. 콩키스타도르들을 따라 멕시코에 다녀온 한 스페인 수도사가 인육을 먹어 보니 돼지고기와 맛이 비슷하더라는 말을 했다는 것을 어디선가 읽은 기억이 난다.

『아버지들의 아버지』는 정통 추리 소설의 작법을 따랐다. 경찰 수사 개시, 용의자 등장, 방향을 잘못 잡은 수사, 주인공들의 장거리 이동, 놀라운 반전 등등. 이야기가 진행되면서 독자들 앞에 서서히 놀라운 진실이 드러난다. 그런 구성은 비슷한 멜로디를 갖고 지속적으로 변주를 만들어 낸다는 점에서 어찌 보면 블루스곡과 유사한 면이 있다.

이번에도 『개미』에서처럼 두 이야기가 나란히 소설을 이끌어 나가게 했다. 하나는 〈미싱 링크〉를 찾아 나서는 오늘날 수사관들의 관점이고, 다른 하나는 지금으로부터 3백만 년 전 동아프리카에 존재했던 바로 그 〈미싱 링크〉의 관점이다. 독자는 명확하게 묘사되어 있지 않아 그 정체를 정확히 알지 못한 채 〈미싱 링크〉의 움직임을 쫓아가게 된다. 등장인물을 설명으로 보여 주지 않고 독자 스스로 상상하게 하는 것, 이야말로 소설의 강점 아닐까.

개미 탐사차 코트디부아르에 머물렀던 경험과 이후 케냐 남부로 여행을 다녀왔던 경험을 최대한 살려 아프리카의 풍경을 재현하려고 애썼다.

결말이 반전을 통한 클라이맥스에 이르게 하려면 서사의

그물을 촘촘히 짜야 했다. 마술사가 모자에서 토끼를 꺼내 보여 주는 순간 관객이 극적인 감동을 느끼듯이 독자의 긴장과 흥분도 그 클라이맥스에서 최고조에 달해야 했다.

출간 직후부터 입소문을 타고 책이 알려지기 시작했다. 서점 주인이 단골손님에게, 교사가 학생에게 책을 권했다. 책에 생명력을 불어넣은 독자들의 힘만으로 『아버지들의 아버지』는 베스트셀러가 되었다.

그때부터 나는 서서히 중견 작가로 인식되기 시작했다.

사실 그 책의 성공은 내게 또 다른 큰 의미가 있었다. 개미가 아닌 다른 소재로 소설을 써도 된다고 독자들이 공식적으로 허락해 준 것이나 마찬가지였으니까.

부침을 거듭하면서 작가라는 직업이 단거리 경주가 아닌 마라톤임을 깨닫게 되었다. 〈한 방〉 터뜨리는 게 중요한 게 아니라, 규칙적인 리듬을 유지하면서 지치지 않고 꾸준히 쓰는 게 중요하다는 사실을. 내게는 끊임없는 자기 쇄신을 통해 독자들에게 새로움을 선사할 의무가 있다.

그때부터 매년 10월 첫 번째 수요일에 새 책을 선보이기로 나 자신과 약속했다. 그 약속을 지키기 위해 엄격한 글쓰기 규칙을 정했다.

1년에 한 권씩 책을 내기 위해 내 일과는 이렇게 짜인다.

-7시: 기상. 간밤에 꾼 꿈부터 기록해 놓고 (우리 집 고양이가 잠에서 깼을 때 하는 방식으로) 가벼운 아침 체조를 한다. 윗몸 일으키기와 스트레칭, 척추 비틀기 등을 통해 관절의 긴장을 풀어 줌으로써 강직 척추염을 예방한다.

-7시 15분: 호흡과 심장 박동에 집중하며 짧게 명상한다. 오늘 하루도 살아 있다는 사실과 가슴을 뛰게 하는 직

업을 가졌다는 사실에 감사함을 느낀다.

─ 7시 30분: 집에서 녹차와 바나나, 사과, 배, 그리고 시리얼로 간단히 아침 식사를 하면서 라디오 뉴스를 듣는다. 우울한 뉴스에 기분이 잠시 가라앉는다.

─ 7시 45분: 집을 나서 근처에 있는 단골 카페로 향한다. 카페 직원, 단골손님, 동네 이웃과 뉴스나 일상 얘기를 하면서 녹차를 한 잔 더 마신다. 크루아상을 먹으면서 착즙 오렌지주스를 마신다.

─ 7시 45분~8시: 일간지 기사를 훑어본다. 기사를 읽고 나면 늘 그렇듯 뭔가 해결책을 찾아야 한다는 긴박감을 느낀다.

─ 8시~12시 30분: 작업 중인 소설을 쓴다. 전날 작업한 분량을 읽은 다음 이어서 쓰기 시작한다.

무조건 하루 열 장. 이 분량은 나 스스로 정한 규칙이자 리듬이다. 전체 구도를 짜든 상세 구도를 짜든 글을 쓰든 이미 쓴 원고를 다시 읽든, 무조건 열 장 분량의 작업을 한다. 카페 소음이 방해되거나 지금 쓰는 장면의 생생한 시각화가 필요할 때는 헤드폰을 끼고 작업한다.

서서히 영감이 찾아와 대개 11시경에 절정에 이른다. 이때 일종의 트랜스에 빠진다. 거울 반대편으로 넘어간다. 영어로 일명 〈플로flow〉, 즉 몰입 상태. 팔다리를 휘젓지 않고 그냥 물살에 몸을 맡긴다. 트랜스의 절정에 이르면 자판을 두드리는 손놀림이 무섭게 빨라지기 시작한다. 일종의 변형된 의식 상태에서 이제 시공간 개념은 존재하지 않게 된다. 소설 속에서 등장인물들과 함께 울고 웃는다. 그들이 느끼는 것을 느끼고 그들이 듣는 것을 듣는다. 그들의 체취까지 맡을 수 있다. 미친 듯이 타자한다. 빨라지는 북소리가 샤먼의 접신을 가속하듯 타자 소리가 몰입 상태를 더욱 강렬하게 만든다. 마치 영화 속에 들어온 것처럼 느껴진다. 주변 사람들은 내가 인상을 찡그리고 손사래를 치며 심각한 표정을 짓다가 갑자기 소리 내어 웃는 장면을 목격하기도 한다. 그 상태에서 누가 다가와 아는 체하면 꿈에서 깬 것처럼 화들짝 놀란다.

– 12시 30분: 대개 이 시간이 되면 카페에서 점심 손님을 받을 준비를 해야 하니 자리를 비켜 달라고 눈치를 준다. 그럼 종종 〈아쉬운 마음으로〉 글쓰기를 중단하고 자리에서 일어난다. 배가 덜 찼는데 수저를 내려놓아야 할 때 느끼는 그런 아쉬움은 다음 날 더 열심히 글을 쓰는 동력이 되기도 한다.

카페 영업시간에 맞춰 무조건 12시 30분에 글쓰기를 중단하는 것은 뜻밖에 긍정적인 효과를 가져오기도 한다. 억지로 자리에서 일어나고 나면 온종일 머릿속으로 다음에 쓸 장면을 구상하게 되기 때문이다.

– 12시 45분~13시: 바깥바람을 쐬면서 기분 전환을 하기 위해 근처 공원으로 향한다. 태극권으로 근육의 긴장을 풀어 준다.

– 13시~15시: 주로 과학자나 역사학자, 철학자, 작가, 풍자 작가인 친구들과 점심 식사를 한다.

– 15시~18시: 집필에 필요한 자료 조사 및 소설 이외의 프로젝트, 가령 비디오 게임이나 만화 시나리오, 연극, TV 드라마, 영화 등의 제작을 추진하는 데 필요한 작업을 한다.

– 18시~19시: 낮에 떠올랐던 아이디어를 갖고 짧은 단

편을 쓴다.

　－20시: 저녁 식사

　이후로는 보통 취침 시간인 23시 30분까지 책을 읽거나 영화를 보면서 하루를 마무리한다.

　이게 나의 전형적인 일과다.

　소설 한 편을 완성하는 데 대략 9개월이 걸리는데, 버전을 최소 열 개 이상은 써야 집필이 마무리된다. 물론 이전 버전을 다시 읽지 않은 상태에서 새 버전을 쓰는 게 철칙이다.

　첫 번째 버전은 한두 사람에게 먼저 보여 준다. 버전이 바뀌면서 책이 조금씩 나아지면 더 많은 사람에게 읽혀 의견을 구한다. 최초 독자들은 가까운 친구인 경우도 있고, 도서전이나 사인회에서 만나 베타 버전을 읽어 보고 싶다는 의사를 밝힌 독자인 경우도 있다(나는 늘 책 마지막에 감사 인사와 함께 그 독자들의 이름을 밝힌다). 그리고 그들의 의견을 반영해 새로운 버전을 쓰기 시작한다.

　그런 방식으로 수차례 고쳐 쓰다가 똑같은 이야기를 쓰는 게 지루해지고 더는 이전 버전과 거리 두기가 안 된다는 판단이 들면 집필을 끝낸다.

　출판사에 보내는 버전은 당연히 완벽과는 거리가 멀다. 하지만 이상적 완벽함을 추구하려면 앞으로 몇 년은 더 손봐야 한다는 것을 알기에 거기서 멈춘다.

　내 글쓰기의 가장 중요한 기준은 글 쓰는 당사자인 내가 느끼는 기쁨이기 때문이다.

　1년 열두 달 하루도 빠짐없이 규칙적으로 써도 글쓰기는 여전히 가내 수공업처럼 느껴지기만 한다. 또 새로운 작품을 쓸 때마다 실패할지도 모른다는 두려움과 이것이 최선의 방식이 아닐지도 모른다는 불안감에 사로잡힌다.

어떤 때는 인쇄 전 최종 확인을 불과 며칠 앞두고 갑자기 이게 아니다 싶어 마지막 버전을 급히 새로 쓰기도 한다.

서른다섯 살. TV와 영화 프로젝트

「이 방송사 드라마국장이긴 하지만 난 드라마를 보지 않아요. 솔직히 말하면 우리 집에는 TV도 없어요.」

『아버지들의 아버지』를 드라마로 만들고 싶어 국내 3대 방송사 중 한 곳에 기획을 제안했다. 그쪽에서 금방 미팅하자는 연락이 왔다. 나를 만난 드라마국장은 자신이 명문 상업 학교 출신이라고 소개한 뒤 이렇게 말했다.

「대중이 원하는 드라마가 어떤 건지 알아야겠기에 여론 조사를 해봤어요. 그랬더니 시청자들은 형사가 주인공으로 등장해 사회 문제를 파헤치는 범죄 수사물을 원하더군요.」

「당연하죠. 지금 당신들의 경쟁 방송사에서 절찬리에 방영 중인 로제 아냉 주연의 〈나바로〉가 딱 그런 스토리잖아요. 어떤 드라마가 제작되길 바라냐고 물었을 때 대중이 〈집단 지성〉을 발휘해 새로운 것을 발명해 달라고 요구하진 않아요. 그들은 당연히 기존에 있는 것을 머리에 떠올릴 수밖에 없어요…….」

「그걸 누가 모르겠어요. 하지만 우린 광고주들을 생각하지 않을 수 없어요. 대중이 원하는 게 뭔지 확인해 주는 여론 조사를 그들에게 보여 줘야 하죠. 그런데 당신 소설처럼 과학 기자 두 사람이 사건을 파헤치는 스토리를 드라마로 만들어 달라는 요구는 없었어요.」

「여론 조사의 질문을 다른 방식으로 했었어야죠. 가령 〈지금까지 한 번도 보지 못한 참신한 드라마를 보고 싶나요?〉 하는 식으로. 당연히 대중은 놀라움과 참신함을 원해요. 단지 무엇이 놀라움과 참신함을 선사해 줄 수 있을지 〈먼저〉 말로 설명할 수 없을 뿐이에요.」

젊은 국장은 동의할 수 없다는 듯 도리질했다. 여론 조사가 혁신의 방법이 될 수 없다고 믿는 나는 그런 그가 안타까웠다.

「또 한 가지, 당신은 두 명의 과학 기자가 사건을 수사해 나가는 줄거리를 제안했는데, 우리가 받는 광고의 핵심 타깃은 50대 이상의 가정주부예요. 당신한테는 미안한 말이지만 그 시청자 집단은 과학에 흥미가 없어요.」

「그렇다면 더더욱 변화가 필요하죠…….」

「아니, 그렇지 않아요. 대중에게 충격을 주는 건 좋은 방법이 아니에요. 새로운 것을 제안하기보다 그들의 요구를 들어주는 방식으로 가는 게 좋아요.」

「과거에 이미 성공 사례가 있어요.」

「어떤 드라마를 염두에 두고 하는 얘기죠?」

「〈어벤저스〉라고, 수사관 커플이 주인공으로 나오는 드라마죠. 판타지를 넘나드는 멋진 시나리오였어요.」

「한 번도 본 적이 없는데.」

「이 방송사에서 매일 오전 11시에 재방송되고 있어요. 오늘 오전에도 방영되었는걸요.」

「아, 그런가요. 하지만 그건 〈당신〉 세대 드라마이지 우리 세대 드라마는 아니에요. 그리고 솔직히 말하자면, 난 TV를 보지 않아요. 우리 집에는 아예 TV도 없어요.」

「이 방송사 드라마국장이라는 분이 어떻게…….」

「그게 바로 이유예요. 나나 아내나 둘 다 방송계에 종사하다 보니 집에 들어가서까지 TV를 보고 싶진 않아요. 집에서까지 일한다는 느낌을 받기 싫은 거죠. 왜, 치즈를 팔면서 치즈를 싫어하는 사람도 꽤 있잖아요…….」

미팅을 마치고 나오면서 거대 조직에서는 혁신이 쉽지 않겠다고 생각했다. 창의성이 요구되는 방송사 고위직을 상업 학교 출신이 차지하고, 여론 조사와 소비자 의향 조사 그래프를 바탕으로 의사 결정을 내리니 말이다. 그런 간부직들은 자리에 연연하기 때문에 검증되지 않은 소재나 시청자들이 낯설게 여길 만한 소재로 드라마를 제작하는 위험은 감수하려 하지 않는다.

몇 달 뒤, 그 방송사에서「나바로」를 베낀 드라마를 제작해 방송했지만 결과는 참담했다.

이 사례에서는 〈파킨슨 법칙〉뿐 아니라 〈일리히 법칙〉 또한 발견된다. 일리히 법칙은 간단히 다음과 같이 설명할 수 있다. 일반적으로 밭에서 일하는 일꾼의 수를 늘리면 생산량도 그에 비례해 늘어나게 되어 있다. 〈수익을 늘리려면 일꾼을 더 많이 투입하라〉는 그래서 농사의 철칙으로 여겨졌다. 그런데 일명 〈일리히 지점〉에 도달하면 그 철칙이 더는 통하지 않는다. 일꾼의 수를 늘려도 수익이 정체하기 시작한다. 그런데도 일꾼을 계속 늘리면 결국 역효과가 나타난다. 그 법칙은 과거에는 통했으나 지금은 통하지 않는 시스템을 계속 고집해서는 안 된다는 점을 가르쳐 준다. 그렇다면 과연 누가 총대를 메고 나서서 오래된 것을 버리고 새로운 것을 받아들이자고 제안할 것인가?

우리는 혁신을 도입해 급격한 붕괴의 위험을 감수하기보다 서서히 이뤄지는 침식을 택하는 경우가 많다.

그런 소심한 접근법을 합리화하기 위해 〈전통〉이라는 이름을 갖다 붙이기도 한다. 하지만 악습을 전통으로 둔갑시켜서는 안 된다.

몇 년 뒤 우연히 「식스 피트 언더」의 제작자 앨런 볼의 언론 인터뷰를 읽다가 인상적인 구절을 발견했다. 〈우리가 만든 TV 드라마가 큰 성공을 거둘 수 있었던 것은 여론 조사 결과 대중이 원한다고 알려진 것과 철저히 반대되는 것을 내놓았기 때문이다.〉

명문 상업 학교 출신들이 방송과 영화를 비롯한 창의적인 분야의 경영을 맡고 있는 것이 혁신을 가로막는 요인이라고 생각한다. 그들은 내가 만났던 드라마국장처럼 경제적 연구와 분석을 통해 대중의 욕구를 미리 재단함으로써 무색무취한 콘텐츠를 만들어 낸다. 그것은 결과적으로 제작물 전반의 하향 평준화를 초래하게 된다.

이렇게 나는 미국 시장에 이어 영상 분야라는 또 하나의 보이지 않는 장벽을 경험했다. 잘 닦인 길이 아니면 선뜻 가고 싶어 하지 않고, 과학이나 상상력이 연관되었다 싶으면 거부감부터 느끼는 국내 환경에서는 내 소설을 드라마로 만드는 게 영원히 불가능할지도 모른다. 프랑스 시청자들은 앞으로도 한동안 형사가 주인공인 범죄 수사물을 〈질리도록〉 볼 수밖에 없을 것이다.

2번 아르카나: 여교황

여교황 카드는 영성을 상징한다. 그녀의 무릎에는 운명의 서(書)가 펼쳐져 있다. 머리 장식이 카드 테두리를 벗어났다는 것은 그녀가 정신의 힘을 통해 다른 차원에 접근할 수 있다는 의미다.

여교황 아르카나는 입문과 배움의 과정을 의미한다. 여교황의 시선이 왼쪽으로 향해 있는 것은 그녀가 과거를 이해한다는 의미다. 얼굴에 미소를 띤 것은 큰 깨달음에 도달했기 때문이다. 그녀는 열린 마음으로 경청하려는 이들에게만 자신의 깨달음을 전수해 줄 것이다.

서른다섯 살. 천사를 만나다

「당신의 수호천사가 듣고 있으니 할 얘기가 있으면 해봐요.」

내 생일을 맞아 (프랑스 앵테르 라디오에서 매일 진행하는 기상 캐스팅으로 유명했던) 친구 마리피에르 플랑숑이 선물로 영매와의 만남을 주선해 주겠다고 했다.

첫 만남은 그저 그랬다.

약속 장소인 파리 남쪽 근교의 한 아파트로 갔더니 60대 여성 스무 명가량이 와 있었다. 남자는 내가 유일했다.

나를 포함한 참석자들이 둥그렇게 모여 앉자 어린아이 같은 얼굴을 한 살집 좋은 금발 여성이 미안해하는 듯한 표정으로 다가왔다.

그녀가 바로 영매였다. 이름은 모니크 파랑 바캉.

그녀가 눈을 감고 웅얼웅얼 몇 마디 내뱉더니 이제 〈접속〉이 되었다며 궁금한 게 있으면 물어보라고 했다.

한 여성이 전쟁이 없는 세상은 정말로 불가능하냐고 물었고, 다른 여성은 외계 생명체가 있긴 있냐고 물었다. 나는 속으로 코웃음을 치다가 의자에 앉은 채로 꾸벅꾸벅 졸았다. 코까지 골았는지도 모른다.

세션이 끝나고 마리피에르가 반응을 묻기에 나는 회의적인 시각을 감추지 않았다.

「너도 알다시피 나는 근본이 과학 기자야. 눈에 보이는 것만 믿는 게 원칙이지. 미안한 말이지만 오늘은 특별한 게 하나도 없었어.」

마리피에르가 다음 날인 토요일 오전 11시에 영매 모니크와 개인 세션 약속을 잡아 놓았다고 말했다. 관심이 없다고 했지만 그녀는 서른다섯 살 생일에 주는 특별 선물이니 받아 달라고 했다.

다음 날, 친구의 호의를 거절할 수 없어 별 기대 없이 모니크와의 개인 세션이 예정된 마리피에르의 아파트로 갔다. 생글생글 웃는 동안의 영매가 먼저 와서 기다리고 있었다.

「당신은 작가라고 들었는데, 미안하지만 난 책이라곤 읽어 본 적이 없어요. 만화만 읽죠.」

그녀가 나를 맞은편에 앉히더니 여러 색깔의 펠트펜이 든 통을 앞에 꺼내 놓았다.

「자, 당신의 수호천사와 한번 만나 볼래요?」

마음 같아선 자리를 박차고 나오고 싶었지만 친구를 생각해 그러겠다고 고개를 끄덕였다.

「일단 당신 수호천사의 이름부터 알아보죠. 출생일이 언제예요?」

대답을 듣더니 영매가 내 수호천사의 이름이 〈바르나베〉라며, 그를 불러 달라고 자신의 수호천사에게 부탁했다.

「됐어요. 그가 지금 여기 와 있어요. 그에게 궁금한 게 있나요?」

「음...... 일 안 하고 대체 뭐 하시는 거예요?」

「쉬지 않고 열심히 하는 중이라는데.......」

나는 폭소를 터뜨렸다. 틀린 말이 아니었다. 나는 그럭저럭 잘 살아왔다. 어릴 때부터 꿈이었던 직업으로 먹고살고 있었고, 오랜 골칫거리였던 강직 척추염도 더는 재발하지 않아 건강도 나쁘지 않았다. 전쟁이 없는 나라에서, 지금처럼 이렇게 살아서 초현실적인 대화를 나누고 있다는 것 자체가 축복 아닌가. 불행한 일들이 〈마치 우연처럼〉 나를 아슬아슬하게 비껴간 것은 누군가 무대 뒤에서 내 실수를 바로잡아 줬기 때문일 것이다. 그 존재 덕에 이렇게 살아서 삶을 누리고 있는 것이겠지.

그런데도 왜 늘 불안 속에 사는 걸까? 『타나토노트』가 실패하고 이혼도 했기 때문에? 그 두 가지야 얼마든지 감당할 수 있는 불행이다. 아니, 그것들은 내 진화에 꼭 필요했는지도 모른다.

『누벨 옵스』에서 쫓겨나듯 나온 뒤 한동안은 부당함과 배신감에 치를 떨었지만 이제 그 압박감에서도 벗어났다. 결과적으로 해고 덕분에 내 것이 아닌 자리에 연연하느라 진창에서 허우적대지 않을 수 있었으니까.

한 편의 영화처럼 그간의 삶을 돌려 봤다.

코르시카섬에서 식당 주인의 아들이 때마침 나타나 내 머리에 총구를 겨눈 아버지를 말려 줬다.

코트디부아르에서 쿠아시 쿠아시는 마냥개미 떼의 밥이 되기 직전인 나를 구덩이에서 꺼내 살려 줬다.

결정적인 순간마다 나를 위기에서 구해 주려고 동분서주했을, 정말로 존재할지도 모를 수호천사의 눈에 나는 얼마나 배은망덕하게 보였을까.

길을 가다 차에 치일 뻔한 적은 또 얼마나 많았는지?

나는 큰 소리로 웃어 몸에 쌓인 긴장을 풀어 냈다. 차분함을 되찾은 상태에서 영매에게 말했다.

「그렇다니, 혹시 그가 아직 내 말을 듣고 있으면 전해 줘요. 고맙다고.」

마음이 편안해지자 눈앞의 영매가 달리 보이기 시작했

다. 이제 의심보다 흥미를 갖고 그녀의 말에 귀를 기울였다.

모니크가 나를 빤히 쳐다보더니 지금의 나는 전생의 내가 바라던 환생이라고 말했다.

전생에 관해 물어보면 대부분이 율리우스 카이사르나 나폴레옹, 클레오파트라, 예수의 열두 제자 중 하나였다고 하니 전생이라는 개념 자체에 〈그다지〉 신뢰가 가지 않는다고 내가 뻐딱하게 말했다. 우리 조상의 99.9퍼센트는 필부필부의 삶을 살지 않았을까? 남자들은 농사를 짓거나 공장에서 기계를 돌리거나 전쟁터에서 총을 들었을 것이고 여자들은 평생 집안일을 했겠지. 그렇게 지루하고 반복적인 일상을 살다 대개 마흔 살을 넘기지 못하고 갑자기 감염병에 걸려 죽거나 전쟁터에서 죽었겠지.

틀린 지적은 아니지만 내 전생 중 몇 번은 꽤 흥미로웠다고 모니크는 말했다.

총 111번의 전생 중에 내 진화에 크게 기여한 열한 번의 전생은 상세히 되짚어 볼 필요가 있다고 그녀는 덧붙였다.

그 말은 지금의 내가 112번째 환생이라는 뜻이었다.

모니크는 말하는 도중에도 펠트펜을 손에서 놓지 않고 계속 뭔가를 그렸다. 궁금해서 들여다보니 알록달록한 잎이 달린 꽃 그림이었다.

「바로 직전 전생에 당신은 1880년대 상트페테르부르크에 살던 의사였어요.」

「그 전에는요?」

「파리 피갈의 한 카바레에서 프렌치 캉캉을 추는 무희였어요. 남자들 혼을 쏙 빼놓을 만큼 절세미인이었죠. 그런데 당신 스스로 판 함정에 빠지고 말아요. 사랑 때문에 극단적

인 선택을 하거든요. 그 전생의 영향 때문에 아마도 당신은
자살이라는 방식에 매혹과 혐오감을 동시에 느낄 거예요.
이성으로 제어되지 않는 치정에 거부감도 있을 테고.」

「그 앞의 전생은요?」

「일본의 사무라이였어요. 가족도 없이 혈혈단신으로 다
이묘, 즉 봉건 영주에게 절대복종하며 살았어요. 전쟁터에
나가고 다른 사무라이들과 수시로 결투를 벌이고. 죽음도
결투 중에 맞게 되죠. 그런데 마지막 순간에 지나온 삶에
후회를 느껴요. 자유 의지 없이 우두머리 뜻만 받들며 살아
온 자신의 삶이 실패작이었다고. 무엇을 위해 싸우는지 무
슨 이유로 상대방을 죽여야 하는지도 모른 채 검을 휘두르
며 살았으니까요. 환생하게 되면 신념에 따라 주도적인 삶
을 살고 싶다고 생각하죠.」

전생에 사무라이였다는 얘기를 듣는 순간 어릴 때 강직
척추염 때문에 찾아갔던 의사와의 대화가 떠올랐다. 툴루
즈의 그 의사는 병의 급속한 진행을 막으려면 운동이 필수
라면서, 어떤 운동을 하고 싶은지 물었다. 나는 즉시 검도
라고 대답했다. 툴루즈에서는 도저히 검도장을 찾을 수 없
어 결국 프랑스 무술인 〈지팡이 무술〉을 배우게 되었다. 그
무술은 검도와 비슷하지만 상대의 하반신을 공격할 수 있
다는 점이 다르다. 그리고 두 사람이 일직선으로 서서 대련
을 펼치는 검도와 달리 지팡이 무술은 원을 그리면서 공격
을 주고받는다. 나는 무술을 배운 지 2년 만에 지도자 자격
증을 따고 대회에도 출전했다. 허약하고 운동에는 젬병이
었던 내가 솜을 두툼하게 넣은 상의를 입고 머리와 다리에
보호 장구를 착용하고 장갑을 껴서 사무라이와 비슷한 복

장을 갖추고 나면 이상하게도 몸에서 전사의 기운이 느껴졌다. 전생을 알고 나니 그게 우연만은 아니었다는 생각이 들었다. 대련 시작을 알리는 신호가 떨어지면 나는 상대를 향해 무섭게 지팡이를 휘둘렀다. 빠르고 유연한 공격술을 구사해 금세 전국 랭킹 상위에 올랐다. 왜 유독 결투 방식인 그 스포츠에만 재능을 보였는지 늘 궁금했는데 이제 수수께끼가 풀렸다. 전생에 사무라이였다면 얼마든지 가능한 일이었다.

사무라이 얘기는 현생의 나를 다각도에서 설명해 주는 측면이 있다. 학교 선생님들과 직장 상사들의 권위주의를 견디지 못한 것도 그와 무관하지 않으리라.

다른 전생들도 흥미진진했다.

모니크에 따르면 나는 백 년 전쟁에 참가한 잉글랜드의 궁수였다고 한다.

그보다 오래전인 기원전 300년경에는 부모가 어린 나를 이집트의 한 고관에게 팔아넘겨 하렘에서 살았다고 한다. 전생의 나는 젊은 여성들과 하렘에서 무위도식하며 온종일 사각형 연못 주위를 서성거렸다. 규방 주인은 여자들을 거들떠보지도 않다가 가끔 손님이 오면 마구간에 묶어 놓은 경주마들을 구경시키듯 보여 주곤 했다. 그러나 여자들은 권태로운 황금 새장을 탈출할 생각은 꿈에도 하지 않았다. 그 감옥을 나가면 폭력과 질병의 세계가 기다리고 있었기 때문이다.

그러던 어느 날, 그 고대의 여인은 무료함을 달랠 방법을 하나 찾아냈다.

그녀는 재치와 유머가 넘치는 환관과 친구가 되었다. 그의 다정한 애무는 그녀에게 큰 위로가 되어 줬다. 두 사람은 밤마다 테라스에 나가 하늘의 별들을 관찰하고 그 위치를 양피지에 기록했다. 천문학에 대한 호기심은 그녀가 현실에서 벗어나 먼 별들로 상상의 여행을 떠날 수 있게 해줬다.

이쯤 되니 천문학에 대한 내 관심이 결코 우연이 아니라는 생각이 들었다.

충격적인 이야기는 거기서 끝나지 않았다.

「그보다 훨씬 오래전인 기원전 12000년에 당신은 아틀란티스에 살았어요. 그보다 더 전에는 우주선을 타고 우리 행성을 정복하러 왔었죠.」

「뭘 타고 왔다고요?」

「거대한 우주선을 타고 살던 행성을 떠나는 계획을 주도한 사람이 바로 당신이었어요. 생존을 위한 탈출이었죠. 당신은 우주선에 사람들을 태우고 이곳에 도착했어요.」

와, SF에 버금가는 얘기인걸……. 듣고 있는데 은근히 기분이 좋았다.

「저기, 항상 똑같은 얘기를 해주는지 아니면 상대방에 따라 다른 얘기를 지어내는지는 모르겠지만, 평생 책이라곤 손에 잡아 본 적 없다는 사람이 일관성 있는 스토리를 가진 인물들을 만들어 내는 걸 보면 대단한 능력의 소유자인 건 확실하네요. 가상의 인물들을 창조하고 그들에게 개연성 있는 운명을 만들어 주는 게 직업인 나는 그게 쉽지 않은 일이라는 걸 누구보다 잘 알아요. 더군다나 당신이 들려준 내 전생들은 현생의 나와 어느 정도 맞아떨어지는 면이 있어요.」

「혹시 주변 사람들이 전생에 당신과 어떤 연을 맺었는지 궁금하지 않아요?」

「우리 어머니는요?」

「당신 어머니는 전생에 당신 딸이었어요.」

나는 또다시 웃음을 터뜨렸다. 파리에 다니러 와 우리 집에 머물고 계신 부모님께 전날 했던 잔소리가 기억났기 때문이다. 나는 조나탕에게 방을 치우라고 야단치듯 어머니에게 여행 가방을 복도에 놔두지 말라고 했다.

「아버지는?」

「당신 아버지는 당신과 둘도 없는 친구였어요.」

내가 이 사람 저 사람에 관해 물어볼 때마다 모니크는 그럴듯한 대답을 들려줬다.

특이한 점은 상담 내내 모니크의 시선이 옆을 향해 있었다는 것이다. 마치 옆에서 누군가 귓속말을 해주는 것 같았다. 그녀는 간혹 직전에 했던 말을 바로잡기도 했다.

「미안해요, 조금 전에 잘못 듣고 당신한테 잘못 전했어요. 그가 한 말을 중간에서 내가 잘못 이해했어요.」

나는 상담을 끝내고 나오며 그녀에게 말했다.

「당신 말이 사실이든 거짓이든 난 상관없어요. 재밌는 얘기를 들은 걸로 충분해요. 당신이 정말 비가시 세계에 접속하는지는 모르겠지만, 이거 하난 분명해요. 여기 올 때는 축 처져 있었는데 지금은 기분이 좋아졌어요. 이렇게 웃을 정도로. 고맙게 생각해요.」

「인사를 받을 사람은 내가 아니라 바르나베예요.」

「고마워요, 바르나베. 그는 내가 볼 수도 목소리를 들을 수도 없지만 당신은 지금 이 순간 내 앞에 있으니까, 행복감을 선사해 줬으니까 당신한테 고맙다고 하는 거예요. 만약에 그가 정말로 존재한다면, 그리고 지금 내 말을 듣고 있다면 당연히 고맙다는 인사를 하고 싶어요. 그동안 그가 내게 해준 모든 것에 대해.」

모니크가 꽃 그림이 그려진 종이와 함께 상담 내용을 녹음한 카세트를 내밀었다.

나는 내키지 않아 하는 친구에게 잊지 못할 경험을 선물해 준 마리피에르에게 고마움을 전했다.

모니크의 얘기를 듣는 동안 나는 잠들기 전 아버지가 읽어 주던 〈동화와 전설〉에 귀 기울이던 어린아이로 돌아간 기분이었다. 낯선 이방의 나라들이 어린 나를 사로잡았었다면 이번에는 〈영혼들의 나라〉가 나를 상상의 세계로 이끌었다.

영매 모니크와 나는 절친한 친구 사이가 되었다. 함께 점심을 먹다가 그녀가 그동안 살아온 이야기를 들려준 적이 있다.

그 굴곡진 인생의 주인공은 물론 내 소설의 등장인물 목록에 추가되었다.

리옹에 살던 열여덟 살의 앳되고 순진한 아가씨가 한 남자를 만나 사랑에 빠진다. 나중에 그는 화폐 위조범에 조직 폭력배로 밝혀지지만 그때는 몰랐다. 남자는 위조 화폐가 가득 든 가방 여러 개를 모니크의 집 침대 밑에 숨겨 놓는다. 범죄가 발각되자 그는 애인인 모니크를 자기 대신 범인으로 지목한다. 그의 제보로 모니크의 집에 들이닥친 경찰은 침대 밑에서 문제의 가방들을 발견한다. 현장에서 체포된 모니크는 영문도 모른 채 감옥살이를 시작한다. 그녀가

모니크 파랑 바캉과 함께.

자칫 지옥이 될 뻔했던 교도소 생활을 견딜 수 있었던 건 타로 덕분이었다.

모니크의 타로 점은 같은 수감실 동료들뿐 아니라 전체 재소자들, 심지어는 교도관들 사이에서까지 인기를 얻어 그녀는 교도소의 마스코트 같은 존재가 된다. 타로 덕분에 모니크는 온갖 혜택 속에 편안한 수형 생활을 한다. 형기가 끝나 출소할 때가 되자 동료 재소자들은 물론 교도관들과 교도소장까지 그녀를 붙잡고 싶어 한다. 애인이 자신을 경찰에 찔렀다는 사실을 알 리 없는 그녀는 출소하자마자 그의 행방을 수소문한다. 멈춘 자리에서 사랑을 다시 이어 가고 싶었던 것이다. 하지만 결국 진실을 접하게 되고, 그 충격으로 다시는 남자와 인연을 만들지 않겠다고 결심해 일부러 체중을 불리기 시작한다. 일자리도 몸을 누일 방 한 칸도 없는 막막한 상황이었지만 그녀는 주저앉지 않았다. 상담소를 차려 손님들에게 타로 점을 봐주고 비가시 세계와의 만남을 중개해 줬다. 사업은 성공을 거두었지만 지나치게 불어난 체중 탓이었는지 그녀는 2013년 급작스럽게 세상을 떠나고 말았다.

이 모니크한테서 영감을 얻어 만든 인물이 바로 뤼시이다. 『죽음』의 주인공인 영매 뤼시는 자신을 살해한 범인을 찾으려는 유명 작가와 손잡고 사건을 수사하게 된다.

모니크는 내게 2번 아르카나 여황제와 같은 존재였다. 그녀는 나를 영성에 눈뜨게 해줬다.

모니크가 죽고 3년이 지나서야 겨우 다른 영매를 만날 마음이 생겼다. 그런데 한창 상담 중에 그 영매가 뜬금없이 물었다.

「혹시 나 이전에 만난 다른 영매가 있었어요?」

「네. 그건 왜 묻죠?」

「지금 곁에서 그녀의 존재가 느껴져서 그래요. 내가 미덥지 않은가. 당신한테 객쩍은 소리를 지껄이지 않는지 신경을 곤두세우고 있는 것 같아요.」

하여튼 모니크는 못 말려.

서른여섯 살. 구름 위의 존재들

〈그들은 행복을 가꾸기보다 불행을 줄이기 위해 애쓴다.〉

『개미의 날』이 출간되자 『개미』가 다시 대중의 관심을 얻는 걸 보고 나는 명예 회복 차원에서 『타나토노트』의 후속작을 쓰기로 했다.

영매 모니크 파랑 바캉과의 만남에서 크게 영향받은 나는 이번에는 영화의 리버스 숏 기법을 도입해 보기로 했다. 보이지 않는 곳에서 우리를 도와주는 천사의 관점에서 가시 세계를 바라보기로 한 것이다.

가령 수호천사 바르나베는 나라는 〈케이스〉에 대해 어떻게 생각할까?

〈인간은 행복을 가꾸기보다 불행을 줄이기 위해 애쓴다〉라는 아이디어에서 출발해 이야기를 짓기 시작했다. 그것이 천사들이 우리 인간을 바라보는 관점을 가장 잘 요약해 주는 말이라고 생각했다. 여기에 더해 나 자신이 바르나베에게 그랬듯이 인간은 수호천사의 고마움을 모르는 배은망덕한 존재라는 점도 부각할 생각이었다.

그 소설의 주인공인 천사들은 각자 세 명의 인간을 맡아 교육한다. 천사들은 학생을 가르치는 교사처럼 그 인간들이 의식의 진화를 이루게 도와줄 책임이 있다.

천사들이 쓸 수 있는 방법은 다섯 가지. 1) 꿈, 2) 직관, 3) 징표, 4) 고양이, 그리고…… 5) 영매.

천사들에게는 각각 대천사가 한 명씩 배정된다. 대천사는 인간이 〈어리석음〉에서 벗어나게 도와주는 천사의 능력을 평가하게 된다.

나는 그런 비가시 세계를 상상해 나가면서 의식의 진화 과정을 숫자의 상징체계로 설명하는 개념을 고안했다. 그 아이디어는 리브르 드 포슈에서 일하던 친구 막스 프리외와의 대화 도중에 우연히 얻은 것이다(막스 역시 파킨슨 법칙에 따라 그를 잠재적 경쟁자로 여긴 보스에 의해 해고되었다).

숫자의 모양은 의식의 진화를 이해하는 열쇠다. 숫자의 가로선은 구속을, 곡선은 사랑을, 십자선은 시련을 상징한다고 가정하고 각 숫자를 살펴보면 다음과 같다.

1은 광물이다. 가로선 없이 세로선만 있다. 사랑과 시련을 뜻하는 곡선이나 십자선이 없다. 이는 의식이 없는 물질의 첫 단계를 가리킨다.

2는 식물이다. 바닥에 그어진 가로선에 의해 식물은 땅에 구속되어 있다. 사랑을 상징하는 곡선이 위로 올라가는 것은 식물이 햇볕을 좋아하기 때문이다.

3은 동물이다. 두 개의 곡선은 두 개의 입을 상징한다. 아래쪽은 물어뜯는 입을, 위쪽은 입맞춤하는 입을 가리킨다. 동물은 배고픔이나 두려움, 생식 본능 같은 일차적 감정으로 작동하는 존재다. 과거에 대한 미련이나 미래에 대한 걱정 없이 오로지 현재를 살아간다.

4는 인간이다. 시련을 뜻하는 십자선이 그어져 있다. 이는 인간이 3(동물)에서 5(영적인 인간)로 이행하는 과정에 있음을 뜻한다.

5는 영적인 인간이다. 이 숫자의 모양은 2와 정반대로, 위의 가로선은 하늘에 구속되어 있음을, 밑의 곡선은 땅을 향한 사랑을 의미한다.

6은 천사다. 하늘에서 땅으로 내려오며 나선을 그리는 이 숫자는 하늘의 천사가 땅의 인간에게 주는 사랑을 가리킨다.

『천사들의 제국』을 쓰는 동안 나는 인간 세상과 묘한 거리 두기를 시도했는데, 그러다 보면 가끔은 내가 사람들 밖에 있는 존재처럼 느껴지기도 했다.

그 이야기는 같은 천사에게 관리받는 인간 학생 셋이 끌고 간다. 한 사람은 피상적인 것만 좇는 젊은 미국인 모델이고, 또 한 사람은 불안증에 시달리는 프랑스인 작가이며, 마지막 사람은 위험에 뛰어들길 좋아하는 러시아인 병사다. 각자 다른 에너지를 갖고 다른 환경에서 사는 세 사람에게는 똑같은 진화의 기회가 주어진다.

놀랍게도 나는 여러모로 나와 정반대인 러시아 병사 이고르에게 가장 마음이 갔다. 〈선제 타격 아니면 죽음〉이라고 생각하는 그는 〈나쁜 패를 쥐고도 포커에서 이기는 게 진짜 실력이다〉라는 삶의 철학을 지녔다. 어쩌면 이고르야말로 진정한 의미의 현자일지 모른다는 생각이 들었다.

이렇듯 나는 내가 창조해 낸 인물에게서 거꾸로 삶을 배우기도 한다. 소설가에게 가장 중요한 것은 공감 능력이라는 사실을 새삼 떠올리게 된다.

6번 아르카나: 연인

카드 속 남성은 이전 세계와 새로운 세계 사이에서 선택을 해야 하는 처지에 놓여 있다. 성장(盛裝)한 젊은이는 나이 지긋한 여성과 젊은 여성 사이에 끼어 있다. 어머니로 짐작되는 여성은 그의 어깨를 손으로 잡고 있지만 젊은 여성 쪽으로 그를 미는 듯 보인다. 〈어서 가렴, 날 잊지만 말아 다오〉 하는 것 같다. 젊은 여성은 그의 용단을 기다리고 있다.

하지만 남성은 중간에서 이러지도 저러지도 못하는 눈치다. 타로에 처음으로 등장한 천사가 하늘에서 이 장면을 내려다본다. 큐피드를 닮은 천사가 쥔 화살은 마치 남성을 대신해 결정을 내려 주듯 오른쪽 젊은 여성을 향해 있다.

이 카드에는 스스로 선택하고 책임지는 자야말로 진정한 영웅이라는 뜻이 담겨 있다.

결정을 미루는 것이야말로 최대의 실수다.

서른일곱 살. 연인

「난 타로의 6번 아르카나예요.」

1998년 6월, 니스에서 열린 도서 박람회에서 사인회를 할 때의 일이다. 드디어 내 사인회에도 독자들이 긴 줄을 만들어 기다렸다. 한 여성이 앞으로 나오며 말했다.

「난 타로의 6번 아르카나예요.」

「〈연인 L'Amoureux〉[11] 말인가요?」

「맞아요. 그건 내 이름이기도 하죠. 난 베로니크 라무뢰 Lamoureux예요.」

「베라 vera(참되다)와 아이콘 icon(이미지)이 합쳐진 베로니크 Véronique는 〈참된 이미지〉를 뜻하죠.」

그녀가 내민 책에다 천사 그림이 들어간 사인을 해주는데 그녀가 한마디 덧붙였다.

「『타나토노트』를 무척 흥미롭게 읽었어요. 그 후속작에 내가 영감을 주고 싶어요.」

마침 그날이 그녀의 생일이어서 우리는 함께 저녁 식사를 했고, 그 자리에서 연애 감정이 싹텄다. 그때부터 나는 코트다쥐르 해변, 정확히는 골프쥐앙에 사는 그녀를 만나기 위해 매주 파리와 니스를 오갔다.

베로니크 또한 작가였는데, 나보다 훨씬 영성에 치우친 글을 쓰고 있었다.

사인회에서 했던 제안대로 그녀는 『천사들의 제국』을 쓰는 동안 뮤즈가 되어 줬다. 베로니크는 독특한 관점과 신념을 가진 사람이었다. 특히 차크라를 활용한 그녀의 커플 관계 분석은 무척 흥미로웠다.

11 〈연인〉을 뜻하는 프랑스어 〈L'Amoureux〉는 〈라무뢰〉라고 발음된다.

1번 차크라는 회음부에 있다. 차크라 중 유일하게 타인이 아닌 지구와 연결되어 있으므로 커플 관계와는 무관하다.

2번 차크라는 음부에 있다. 타인과 맺는 육체적 관계의 수준을 결정하는 차크라다.

3번 차크라는 배꼽을 중심으로 한 복부에 있다. 물질성으로 맺어지는 관계에 영향을 미치는 차크라다. 가족, 돈, 사는 곳, 휴가 등이 이것과 밀접히 관련된다.

4번 차크라는 심장에 있다. 정서적 관계에 관여하는 차크라다. 상대방을 떠올리면 나도 모르게 미소가 지어지거나 심장 박동이 빨라지는 것은 이 차크라 때문이다. 상대방이 연락도 없이 늦을 때 덜컥 겁이 나고, 그러다 무사한 모습으로 나타나면 품에 안아 주고 싶어지는 것도 이 차크라의 영향이다.

5번 차크라는 목에 있다. 소통에 깊이 관여하는 차크라다. 반려인과의 대화가 지루하지 않고 늘 즐겁다면 이 차크라가 왕성하게 작동한다는 뜻이다. 이것이 제대로 작동하지 않는 커플은 식당에서 각자 휴대폰만 들여다보면서 말한 마디 없이 밥을 먹는다.

6번 차크라는 미간에 있다. 커플의 문화적 관계에 영향을 미치는 차크라다. 이 차크라가 제대로 작동하는 커플은 책, 드라마와 영화, 게임과 스포츠, 여행 등에서 비슷한 취미와 기호를 공유한다. 그렇지 않은 경우는 각자 TV를 켜 놓고 상대방은 관심이 없는 영화를 혼자서 본다.

7번 차크라는 정수리에 있다. 영성과 밀접한 관계가 있는 차크라다. 이 차크라가 원활히 작동하는 커플은 우주 속 인간의 위치, 세상에 태어난 이유, 신이라는 존재, 사후 등에 관해 비슷한 궁금증을 품고 비슷한 생각을 하게 된다.

베로니크에 따르면 상대방을 떠올릴 때 활성화되는 차크라가 커플 관계의 현주소를 말해 준다고 한다.

와, 이거 소설보다 더 소설적인걸?

베로니크는 커플이라고 해서 모든 차크라가 연결되지는 않는다면서, 어떤 차크라는 연결되고 어떤 차크라는 연결되지 않는다고 했다.

그녀에 따르면 초기에는 보통 2번, 4번, 6번 차크라, 다시 말해 성적 관계, 정서적 공감, 공통된 문화적 취향 등이 가장 중요하다. 하지만 관계가 지속되면서 3번과 5번 차크라, 즉 가족과 대화가 점점 중요해지다가 나중에는 7번 차크라에 해당하는 영성이 핵심적인 의미를 띠게 된다.

베로니크는 자신이 태어난 도시인 파리를 혐오해 코트다쥐르 해안으로 도망쳐 살고 있었다. 그녀는 바다와 태양, 올리브오일, 제맛이 나는 토마토, 깨끗한 공기가 있는 그 천국에 가서야 비로소 삶의 기쁨을 깨달았다고 했다.

베로니크에게는 멜리사라고 이름 붙인 암고양이가 한 마리 있었다. 거북이 등딱지처럼 검은색과 회색, 갈색이 섞인 그 삼색 고양이는 밤이 되면 집을 나가 이웃집 지붕을 돌아다니며 동네 수컷들과 애정 행각을 벌였다. 온 동네가 떠나가라 울어 대는 멜리사 때문에 이웃들은 밤잠을 설쳤다. 그 소리가 멜리사가 짝을 부를 때 내는 교성이라는 걸 아는 베로니크와 나는 곧 한바탕 사랑의 파티가 벌어지겠구나 생각했다. 아침이 되면 멜리사가 털이 부스스해져 흡족한 표정으로 돌아왔다. 멜리사는 대식가였고 애정 표현에 적극적이었다. 한번은 새끼를 여섯 마리 낳더니, 병약한 새끼 하나를 먹어 치우고 나머지 다섯 마리에게만 젖을 물렸다. 물론 인간의 관점에서는 잔인하게 보일 수 있지만 그게 고양이의 방식이다. 우리가 함부로 가치 판단을 내려서는 안 된다는 뜻이다.

살아남은 새끼는 검은 고양이, 흰 고양이, 흰색과 검은색이 섞인 고양이, 회색 고양이, 그리고…… 치즈색 털을 가진 고양이 한 마리였다. 베로니크는 늘 형제들을 밀어내고 어미 젖꼭지를 차지하는 그 활달한 치즈 고양이를 내게 안기며 파리에 데려가 키워 보라고 했다.

그렇게 내 두 번째 반려묘가 된 녀석에게 안젤로라는 이름을 지어 줬다. 물론 이름과 달리 천사 같은 구석이라곤 찾아볼 수 없는, 우두머리 기질을 타고난 드센 녀석이었다.

집에 오자마자 녀석은 내가 자신을 모시는 집사이지 그 반대가 아님을 행동으로 알려 줬다.

이 안젤로는 훗날 〈고양이〉 3부작에 등장하는 치즈 고양이 안젤로의 모델이 된다. 멜리사 역시 주인공 바스테트의 캐릭터를 만드는 데 큰 도움이 되었다.

내가 베로니크와의 인연을 털어놓자 영매 모니크의 입에서 뜻밖의 얘기가 나왔다.

「당신 수호천사가 내게 준 정보에 따르면 그녀는 영혼의 가족이에요. 당신은 생을 거듭하면서 그녀를 여러 번 만나게 되는데, 한 번 만남이 3년간만 지속된다는군요. 그보다더 길지도 짧지도 않은 딱 3년. 그러고는 외부 존재의 질투심 때문에 관계가 파국을 맞는대요.」

모니크한테 들은 얘기를 베로니크에게 전했다. 그리고

만난 지 3년이 되던 날, 우리는 저주에서 풀려난 것을 축하했다.

「봤지, 당신 친구 모니크의 말이 틀렸어.」

그런데 그 3주년 기념일로부터 정확히 일주일 뒤, 우리는 외부 존재가 발단이 되어 일어난 사건 때문에 결국 헤어지게 되었다.

하지만 그녀와 나는 친구 사이로 남았다. 베로니크는 본인 말대로 타로의 6번 아르카나를 상징하는 존재였다. 사랑에 빠지는 연인이기도 했지만 피할 수 없는 비극적 선택을 의미하기도 했으니까.

어쨌든 그녀에게서 배운 많은 것 덕분에 『천사의 제국』을 마무리할 수 있었다. 집필 과정 동안 뮤즈가 되어 준 베로니크에게 늘 고마운 마음이 있다.

서른일곱 살. 아틀란티스 여행

「가장 뜨거운 사랑을 경험했던 전생에 가보고 싶어요.」

한편으로는 『천사들의 제국』을 쓰면서 다른 한편으로는 모니크 파랑 바캉을 통해 접하게 된 비가시 세계와 최면을 탐구하기 시작했다.

〈레이키(靈氣)〉 치료사 겸 〈퇴행 최면 치료사〉인 필리프 르루(무슨 신기한 우연인지 코트디부아르 람토에서 만났던 르루 교수와 성이 똑같았다)는 그 과정에서 만난 중요한 인물이다. 다재다능한 그는 가수 베르나르 라벨리에의 드러머로도 활동하고 있었다.

그가 들려준 흥미로운 얘기가 하나 있다. 한번은 퇴행 최면을 통해 어머니 태중에 있던 때로 돌아갔는데, 양수에 떠 있는 자신을 바깥에서 자꾸 가격하는 느낌이 들더라는 것이다.

그 얘기를 어머니한테 했더니 그녀가 놀라운 사실을 고백했다. 배 속 아기를 없애려고 주먹으로 배를 때리고 일부러 계단에서 굴러떨어지기도 했었다는 것이다. 필리프는 자기가 어머니 배 속에서 했던 생각을 기억할 수 있다고 했다. 〈그녀는 절대로 날 이길 수 없어. 난 보란 듯이 살아서 밖으로 나갈 거야.〉 필리프의 어머니는 그렇게 태어난 신생아를 옷도 제대로 입히지 않고 추운 곳에 방치했다. 하지만 그럴수록 삶에 대한 아기의 의지와 저항력은 강해져만 갔다. 그 아기는 병치레 한 번 없이 자라 지금의 자신이 되었다고 필리프는 말했다.

또 한 명의 평범하지 않은 인물이 내 목록에 추가된 순간.

나는 그가 시키는 대로 긴 의자 위에 긴장을 풀고 누웠다.

퇴행 최면 과정을 녹음하기 위해 필리프가 녹음기를 켰다.

「어떤 전생에 가보고 싶은가요?」

「가장 뜨거운 사랑을 경험했던 전생에 가보고 싶어요.」

「자, 눈을 감아요.」

눈을 감은 상태에서 그의 말이 귀에 들렸다.

「바다 앞에 있는 절벽을 시각화해 봐요. 절벽이 보여요?」

「네.」

「좋아요. 이번엔 바다 위에 떠 있는 짙은 구름과 절벽 가장자리에서 그 구름을 향해 위로 뻗어 있는 다리를 시각화해 봐요. 자, 다리를 건너 구름으로 올라가요. 올라갔어요?」

「네.」

「이제 구름 속으로 들어가요. 두꺼운 구름 속에서 처음에는 안개만 보이겠지만 천천히 앞으로 나가 봐요.」

뇌에서 온갖 장면을 상상해 내는 게 직업인지라 어렵지 않게 그가 말하는 장면을 시각화할 수 있었다.

「구름 속을 걷다 보면 멀리서 빛이 보일 거예요. 그 빛을 끝까지 따라가면 환한 곳이 나타나요. 거긴 대낮이죠. 그 장소와 시대가 당신이 가장 열렬한 사랑을 경험했던 전생이에요. 거기가 보여요?」

카메라 초점이 맞춰지듯 이미지가 선명해지길 기다렸다.

「보여요.」

「뭐가 보이죠?」

「……해변이 보여요. 해변에 한 남자가 있어요. 그가 해변에서 조약돌을 집어 물수제비를 떠요.」

「차림은 어때요?」

「청록색 무늬가 찍힌 베이지색 치마 같은 걸 두르고 있어요.」

「더 자세히 묘사할 수 있겠어요?」

「대머리예요. 파 뿌리 같은 짧은 구레나룻이 나 있고.」

「그를 내면으로부터 느껴 봐요.」

「믿기지가 않아요.」

「뭐가 말이죠?」

「뭐랄까…… 초현실적으로 〈여유 만만한〉 사람 같아요. 이렇게 느긋한 사람은 처음이에요. 살면서 한 번도 스트레스받거나 화낸 적이 없는 것 같아요. 짜증 내거나 불안에 떠는 일도 없어 보여요. 작은 걱정거리 하나 느껴지지 않아요.」

나는 그의 감정과 감각을 온전히 느껴 보려고 애썼다.

「아, 내가 느끼는 그는…… 평생 불만이라곤 가져 본 적이 없어요. 타고나길 느긋하고 침착한 성품인 것 같아요. 어떻게 이럴 수 있을까. 실망감이나 좌절감, 후회, 상처 같은 게 어떻게 없을 수 있을까. 이 사람은 현실에 순응하며 행복을 찾으려는 사람이 분명해요.」

「이름이 뭐죠?」

「그건 모르겠어요. 자신을 생각할 때 〈나는〉, 혹은 〈내가〉라고 하거든요. 하긴, 이름이나 성으로 자기 자신을 지칭하지 않는 건 너무나 당연하죠.」

「거기가 어디죠?」

「그것도 모르겠어요. 그는 이곳을 생각할 때 그냥 〈여기〉라고 해요.」

「시대가 언젠지는 알겠어요?」

「그의 〈지금〉이라는 것만 알겠어요.」

질문의 톤으로 봐서 퇴행 최면사는 내 대답이 흡족하지 않은 눈치였다.

「그렇다면, 여유 만만해 보이는 성격 외에 눈에 띄는 다른 특징은 없어요?」

「나이가…… 무척 많아 보여요.」

「얼마쯤 되어 보여요?」

「8백 살이 넘는다는데…… 잠깐만요, 방금 그가 자기 나이를 생각했어요. 그 정보에 따르면 그는…… 821살이에요. 그의/내 나이치고는 아주 건강해요. 821살인데 지금의 나보다 훨씬 건강해 보여요.」

「시간을 건너뛰어 그의 일터로 가봐요. 무슨 일을 하는 사람이죠?」

　장면 전환.

「지금 그가/내가 있는 곳은 일종의 작업장 같아 보여요. 앞에 놓인 테이블에 한 사람이 엎드려 있어요. 그가 손으로 상대방의 등을 위에서 아래로 훑듯이 쓰다듬기 시작해요. 환한 빛을 내며 이어지는 빨간색 선과 흰색 선의 흐름을 손바닥으로 느끼는 중이에요. 기(氣)의 흐름이 원활하지 않아 군데군데 막혀 있어요. 그가/내가 테이블에 누운 사람에게 이렇게 말해요. 〈당신의 증상은 기와 관련된 게 아니라 변비예요.〉 내가 보기엔 물을 충분히 마시지 않는 것 같네요. 몸에 물이 들어가야 장 활동이 활발해져요. 이 말을 듣는 순간 환자가 갑자기 무슨 생각이 떠오른 듯, 요즘 도시 한가운데를 지나가는 도랑에 물이 고이고 쓰레기가 쌓여 썩는 바람에 악취가 이만저만이 아니라고 해요. 그러자 그는/나는 땅 밑을 파서 쓰레기가 물길을 따라 흘러가게 할 방법을 함께 찾아보자고 해요.」

　최면 치료사가 재밌어했다.

「방금 당신이 한 말은 도시의 하수 시설 개발에 간접적으로 아이디어를 제공한 말이었어요. 그건 그렇고, 언제 어디서 벌어지는 일인지 아직 모르겠어요?」

「지금 알 수 있는 건 우리 섬 앞에 대륙이 하나 있다는 것뿐이에요. 우리 배들이 가끔 거기에 닿으면 원주민들이 활을 쏴서 공격해요. 그곳에는 키 작은 소인들이 살고 있어요.」

「자, 그럼 로맨스가 시작되는 시점으로 가봅시다. 시간을 건너뛰어 바로 그 순간으로 가봐요. 가능하겠어요?」

장면 전환.

「……됐어요. 그 순간이에요……. 내가 그 순간에 가 있어요. 어스름이 깔린 저녁이에요. 선술집 같은 곳이 보여요. 나는 테이블에 앉아 재스민 향 음료를 마셔요. 잔 속에 허브 조각이 떠 있어요. 주변에는 나와 비슷한 재질의 옷을 입은 사람들이 앉아 있어요. 분명히 가죽은 아니고, 얇으면서도 질긴 모시로 만든 옷 같아요. 베이지색 천에 은색과 청색 무늬가 수놓여 있어요. 잠깐, 지금 공연이 시작되고 있어요. 한 젊은 여자가 무대에 나와 하프 연주에 맞춰 춤추네요. 몸놀림이 무척 우아하고 아름다워요. 여자는 긴 갈색 머리를 곱게 땋아 내리고 구슬 같은 파란색 보석 장식을 달았어요. 춤을 추면서 수시로 나를 곁눈질하는 것 같아요. 아, 내 직감이 맞았네요. 공연이 끝나자 그녀가 무대를 내려와 내 쪽으로 다가와요. 같이 산책이나 하면서 얘기를 나누자는군요. 그녀와 나는 달빛이 비추는 인적 없는 거리를 걸어요. 밤공기가 후덥지근하게 느껴져요. 그녀의 체취가 향수와 뒤섞여 코끝에 닿을 때마다 정신이 아찔해져요. 그녀는 자신도 나처럼 〈치료사〉가 되어 사람들의 병을 고쳐주고 싶은데, 가르쳐 줄 수 있냐고 물어요. 의술에 관한 얘기를 한창 주고받던 중에 그녀가 갑자기 내 손을 잡더니 걸음을 멈춰요. 그러고는 나를 빤히 쳐다봐요. 나는 시선을 어디에 둘지 몰라 어정쩡하게 서 있어요. 나는 821살인데 상대는 많아야 3백 살로 보여 괜히 민망하기까지 하네요. 그녀가 까치발을 하고 갑자기 내 입에 뽀뽀해요. 나는 모른 척 가만히 서 있어요. 그녀 쪽에서 무척 적극적으로 나와요. 우리는 오랫동안 키스해요.」

「그곳의 커플은 어떤 모습인가요?」

나는 그의/나의 기억을 뒤졌다.

「남자와 여자가 서로 마음에 들면 합의하는 기간만 관계를 지속해요. 오늘날에 비해 약속에 따르는 책임이나 형식주의가 훨씬 적어요. 둘 중 하나가 싫증을 느끼면 즉시 관계가 정리돼요. 상대방에게 이유를 설명할 필요도 없어요. 결혼이라는 제도는 존재하지 않아요. 커플이라고 한 지붕 밑에서 살 의무도 없고, 누구도 다른 사람의 소유가 될 수 없어요. 보통 나는/그는 한 파트너와 3년에서 7년을 함께해요. 그 뒤로는 친구 사이로 남죠. 8백 년 넘게 살았지만 자식을 많이 낳지는 않았어요.」

「그녀에 관한 얘기를 좀 해봅시다. 이름이 뭐죠?」

「나의/그의 머릿속에서 그녀는 〈그녀〉라고 지칭될 뿐이에요.」

「조금 더 기억해 내봐요.」

「다른 정보와 똑같아요. 그녀를 떠올릴 때 이름으로 지칭하지 않으니 알 방법이 없네요.」

「계속해 보죠. 이번엔 시간을 훌쩍 건너뛰어 다른 장면으로 가봐요. 뭐가 보이나요?」

눈을 감은 상태로 나는 잠시 기다린다. 그러자 마치 영화 속처럼 이미지들이 머릿속에 연달아 나타난다.

「그녀와의 사이에 자식을 셋 뒀어요. 우린 지금 배를 타고 대륙을 탐험하러 떠나겠다는 큰아이 얘기를 하는 중이에요. 여전히 거칠고 공격적인 대륙의 소인들이 무슨 짓을 할지 모른다며 걱정하는 파트너에게 나는 아들을 믿는 수밖에 없다고, 아들의 길을 막아서는 안 된다고 말해요.」

「자, 시간이 많지 않아요. 결론으로 갑시다. 시간을 건너 뛰어 이제 당신의 마지막으로 가봐요.」

나는 비장한 마음으로 마지막 순간에 도달한다.

「그 순간이에요. 거대한 파도가 섬을 덮친다는 소식을 듣고 사람들이 세 무리로 나뉘었어요. 한 무리는 파도를 피해 산꼭대기로 도망치자고 해요. 또 다른 무리는 배를 타고 도망치자고 해요. 내가 속한 세 번째 무리는 섬에 남아 운명을 받아들이는 게 최선이라고 생각해요. 나와 파트너는 섬 사람 수천 명과 함께 해변에 앉아 파도가 들이닥치길 기다려요. 우리는 편안한 얼굴로 가부좌를 틀고 앉아 옆 사람과 손을 잡고 있어요. 별안간 사위가 죽은 듯이 고요해져요. 멀리서 파도가 나타나는 게 보여요. 우리 쪽으로 움직이기 시작하는군요. 시퍼렇게 치솟은 거대한 물기둥 꼭대기에서 갈매기들이 날고 있어요. 파도가 차가운 바람을 일으키며 밀려오기 시작해요. 바람 때문인지 몸에 한기가 느껴져 나는 몸을 움츠려요. 파도가 육박해 오고 있어요. 드디어 왔어요. 내 몸이 시퍼런 물속으로 빨려 들어가요. 그런데 엉겁결에 그만 파트너의 손을 놓치고 말아요. 몸이 빙글빙글 돌면서 물의 소용돌이 속으로 휩쓸려 들어가요. 물속에서 간신히 눈을 떠보니 그녀의 모습이 멀리서 보여요. 거친 물살 때문에 헤엄쳐 올라가기는 불가능해요. 발버둥 치는 건 무의미해요. 죽음을 받아들이는 수밖에 없어요. 벌써 바닷물이 폐 속으로 흘러들고 있어요. 최후의 순간에 나는 생각해요. 〈행복한 인생이었어.〉 흐릿하지만 아직 파트너의 모습이 보여요. 나는 빙그레 웃으며 그녀를 향해 의미심장한 몸짓을 해 보이고 나서 바로 의식을 잃어요.」

침묵.

「좋아요. 이제 당신의 정신은 다리를 반대로 건너 출발점
인 절벽으로 돌아올 거예요. 아직 눈을 뜨지 말아요. 내가
카운트다운을 끝내면서 〈지금〉, 하고 말할 때 눈을 떠요.」

〈나〉는 아쉬움을 간직한 채 〈그〉의 세계를 떠난다.

갔던 길을 되돌아와 절벽에 이르자 〈지금〉, 하는 소리가
들려 천천히 눈을 뜬다.

「한 시간이 걸렸어요.」

최면사가 말했다.

「더 있고 싶은 걸 억지로 돌아왔어요. 평생 잊지 못할 시
간이었어요.」

집에 돌아오자마자 나는 몸의 다섯 감각이 경험한 것을
최대한 상세히 기록했다. 내가 본 것, 들은 소리, 코에 끼치
던 냄새, 혀의 감각, 손끝이 느끼던 촉각. 그리고 살갗에 닿
던 옷의 질감, 뜨거운 태양, 파트너의 살결, 그녀 몸에서 나
던 체취, 목소리 톤. 그 귀한 오감의 체험을 그대로 간직하
고 싶었다.

퇴행 최면 중에 생긴 몇 가지 궁금증을 떨쳐 버릴 수가
없었다. 아틀란티스는 정말로 존재했을까? 그 섬이 기원전
10000년쯤, 그러니까 지금으로부터 약 1만 2천 년 전에 물
속으로 가라앉았을 가능성을 언급하는 연구자가 꽤 있다는
사실을 알게 되었다. 또 한 가지, 821살이라는 나이가 과연
현실성이 있을까? 성경을 찾아보니 아담은 930살, 므두셀
라는 969살, 노아는 950살까지 살았다고 기록되어 있었다.
그렇다면 아주 불가능한 건 아닐 수도 있다.

내가 찾아본 여러 신화에는 8백 살을 넘게 산 거인 인류

의 존재가 언급되어 있었다. 이제 마지막으로 남은 의문 한 가지. 지진 해일 같은 거대한 파도가 밀려올 때 갈매기 떼가 공중에 떠 있던 것을 어떻게 설명할 수 있을까. 위력적인 물살에 빨려 들어갔다 반동 때문에 하늘로 튕겨 오르는 물고기들을 낚아채려 몰려든 갈매기 떼였을 가능성이 있다고 한 과학자 친구가 설명해 줬다.

그건 한 편의 소설 못지않게 극적인 이야기였다. 내 몸의 감각이 마치 아틀란티스로 휴가를 다녀온 사람처럼 반응하는 걸 보고, 혼자 그 생생한 경험을 계속해 보기로 했다.

자가 최면을 통해 몇 번 더 1만 2천 년 전 아틀란티스로 돌아갔다. 현실로 돌아온 뒤에도 나의 전생과 정신 대 정신의 대화를 나눴다는 느낌이 오래 남았다.

「진화를 거듭해 당신 같은 사람이 되는 게 이제 내 인생의 목표가 되었어요.」

하루는 내가 그에게 말했다.

「당신처럼 느긋하고 여유로운 사람이 되면 얼마나 좋을까요.」

그가 빙그레 웃었다.

「자네 삶이 나보다 근사한 걸 모르는군. 내 말과 행동은 여기 사는 몇백 명에게만 영향을 미치지만 자네 생각은 전 세계 수백만 명에게 전파될 수 있지 않나. 게다가 자네 작품들은 자네가 죽고 나서도 사람들에게 영향을 줄 수 있지. 그게 다 지금 자네가 살고 있는 시대가 보유한 책이라는 발명품 덕분이야. 인쇄술이 얼마나 막강한 힘을 지녔는지 자네 아나? 책이라는 물건은 내게도 다시 생명을 불어넣을 수 있네. 자네가 쓰는 그 책을 통해 사람들은 내가 존재했다는 걸 알게 될 테니까.」

서른일곱 살. 모스크바에서 보내는 키스

「지금 러시아에는 정치와 경제, 낡은 전통, 종교를 뛰어넘어 미래로 향하는 새로운 세대가 등장하고 있습니다.」

1998년, 프랑스 부스가 따로 설치된 모스크바 도서전에 초청받아 다비드 포앙키노스, 산사 등과 함께 러시아에 다녀왔다. 나는 모스크바에 도착해 알뱅 미셸 해외 저작권 담당자에게 전화를 걸어 러시아 내 판매 현황을 물었다.

「나쁘지 않아요. 2천 부 정도니까.」

전화를 끊고 내 책을 출간한 러시아 출판사의 담당 편집자를 만났다. 그런데 그가 축하한다는 말과 함께 상패를 내미는 게 아닌가. 대리석 받침대에 얹힌 금동 상패에는 〈『천사들의 제국』 2백만 부 판매 돌파〉라고 찍혀 있었다.

확인을 위해 다시 알뱅 미셸에 전화를 걸어서 아까 숫자 1천과 1백만을 혼동해 말하지 않았는지 물었다. 그러자 저작권 담당자는 아니라고, 그게 공식 판매 부수라고 단호하게 말했다. 사정을 알아보니 러시아 출판사에서 그 반가운 소식을 아직 저작권사에 알리지 않아 벌어진 해프닝이었다.

러시아 편집자는 『개미』의 러시아어 번역을 둘러싼 복잡한 사정을 내게 들려줬다. 『개미』의 저작권을 산 첫 번째 출판사는 초판을 조금 찍어 2천 부만 판매하고 재쇄에 들어가지 않았다. 그런데 암 투병 중이던 한 프랑스 외교관이 우연히 『천사들의 제국』을 읽고 감명받아 러시아어로 번역하기 시작했다. 건강을 되찾게 도와준 그 〈책〉에 그렇게라도 감사의 마음을 표시하고 싶었다는 것이다. 그는 자신이 한 번역을 인터넷에 올려 독자들이 무료로 읽을 수 있게 했다. 그것이 높은 다운로드 횟수를 기록하며 인기를 끄는 걸 눈여겨보다 자신들이 저작권을 승계받았다고 편집자는 말했다. 그 책에 승부를 걸어 보려고 초쇄를 넉넉히 찍었는데 예상이 적중해 출간 직후 베스트셀러 상위권에 진입했고, 지금까지 누적 판매 부수가 2백만 부를 넘었다고 그는 자랑스럽게 덧붙였다.

그 에피소드에서 한 가지 배운 게 있다. 세상에는 직접 눈으로 보고 확인하지 않으면 알 수 없는 것들이 무수히 많다는 사실.

그 여행은 러시아라는 나라를 발견하는 데 좋은 기회이기도 했다.

러시아인들은 생사에 관해 프랑스인들과는 전혀 다른 〈이국적〉 관점을 지닌 것 같다. 모스크바에 막 도착했을 때 안전벨트도 매지 않은 운전자들이 신호를 수시로 어기며 차를 모는 걸 보고 깜짝 놀랐다.

「아무리 찾아봐도 이 차에는 안전벨트를 끼울 곳이 없네요.」

차를 운전해 주는 러시아인에게 내가 물었다.

그가 코웃음을 쳤다.

「가만 보면 당신들, 프랑스인들은 겁쟁이란 말이야. 왜, 헬멧도 쓰지 그래요? 자동차를 타는 순간 우리는 위험에 노출되는 거예요. 어차피 언젠가는 죽을 텐데 병원에서 죽는 거랑 차를 운전하다 죽는 거랑 뭐가 다르죠?」

러시아 대도시에서는 손만 들면 택시가 쉽게 잡혔다. 자가용으로 부업 삼아 택시 운전을 하는 사람이 많기 때문이었다.

하루는 저녁 식사 자리가 늦게 파해 밤 11시가 넘어서 호텔로 돌아가는 길이었다. 택시를 잡아야 하는데 마침 사내 둘이 차를 세워 놓고 얘기 중이었다. 그중 한 사내에게 호텔까지 태워 줄 수 있는지 영어로 물었다. 사내가 그러겠다고 해서 가격 흥정이 시작되었다. 그가 1백 유로에 해당하는 금액을 불렀다. (주변에 다른 택시가 없고 늦은 시간이어서) 50유로까지는 예상했지만 1백 유로는 터무니없는 액수였다. 하지만 사내는 1백 유로가 아니면 안 된다고 단호하게 말했다.

결국 우리는 70유로로 의견을 절충했다.

그런데 막상 가격을 깎아 주고 나니 화가 났던지 사내가 운전대를 잡자마자 러시아어로 툴툴거리기 시작했다. 게다가 호텔이 있는 시내 중심가가 아니라 반대 방향인 모스크바 외곽으로 차를 몰기 시작했다. 갈수록 건물이 띄엄띄엄해지더니 외진 곳이 나타났다. 차가 속도를 줄이자 길가에서 불을 피워 놓고 모여 서서 담배를 피우는 사내들이 눈에 들어왔다.

길을 잘못 든 게 아니냐고 묻자 운전사가 〈노 스피크 잉글리시No speak English〉라고 짧게 대답했다. 몇 분 전만 해도 나와 가격을 흥정하던 아르바이트 택시 기사가 갑자기 셰익스피어의 언어를 잊어버리기라도 한 걸까. 게다가 액셀을 수시로 밟으며 무섭게 속도를 높였다. 차 문까지 잠금 상태로 되어 있는 걸 확인하는 순간 덜컥 겁이 났다. 그때 경찰차가 나타나 우리를 멈춰 세웠다. 운전자가 얼굴이 붉으락푸르락하면서 경찰차에 다가가더니 나를 손가락으로 가리키며 대거리했다. 경찰이 차에서 내리더니 무표정한 얼굴로 고개를 끄덕였다. 운전자의 입에서 내가 러시아어로 유일하게 알아들을 수 있는 숫자들이 계속 나오는 걸로 보아 경찰과 거래를 시도하는 것 같았다.

돈을 좀 떼어 줄 테니 〈먹잇감〉을 데리고 조용히 가던 길을 가게 해달라고 말하는 것이었을까.

그런데 경찰이 요지부동인 모양이었다.

운전사가 한참 만에 차로 돌아오더니 차 문을 쾅 닫고 방향을 돌려 달리기 시작했다. 그는 어조로 보아 당연히 욕일 듯한 말을 러시아어로 쉴 새 없이 지껄였다. 목적지에 도착하고 나서 약속한 금액을 루블로 계산해 건네자 그가 노골적으로 불쾌해했다. 경찰이 재수 없게 끼어드는 바람에 일을 망쳤다고 생각하는 게 분명했다. 생사의 갈림길에서 구세주처럼 러시아 경찰이 등장한 것도 아마 바르나베가 보이지 않는 곳에서 손을 썼기 때문이 아닐까.

간밤의 모험담을 전해 들은 출판사 측에서 다음 날부터 경호원 두 명을 붙여 줬다.

나보다 머리통 두 개는 더 큰, 양복 차림의 경호원 둘을 달고 거리를 활보하는 것은 색다른 경험이었다.

도서전이 열리는 장소에 도착하자 사인을 받기 위해 젊은이들이 다가왔다. 그런데 옆에 있던 경호원들이 그들을 잡아 바닥에 패대기치는 것 아닌가. 나는 깜짝 놀라 그들을 제지했다.

「잠깐만요, 이분들은 내 독자예요. 좀 살살 다뤄 줘요……」

태도가 조금 누그러지긴 했으나 그들은 여전히 내게 가까이 다가오려는 독자들을 뒤로 밀어냈다. 다음 독자가 앞으로 나오길 기다리고 있는데 경호원 하나가 내 귀에 대고 속삭였다.

「누구든 걸리적거리는 놈 있으면 말해요. 1만 유로에 해결해 드리죠.」

「무슨 말이죠?」

「난 직업 저격수예요. 아프간 전쟁에도 참전했죠. 원거리에서도 정확히 조준 사격이 가능합니다. 물론 발각되지 않고 깔끔하게 처리할 거예요. 당신과의 관계도 노출하지 않을 거고.」

그가 고개를 까딱하더니 한마디 덧붙였다.

「방금 말한 금액은 왕복 비행기표와 호텔 숙박비, 그리고 식비를 제외한 액수예요. 당연히 명세서도 발급해 드립니다.」

1만 유로만 받으면 〈케이스〉 하나를 처리해 줄 수 있다는 그 러시아인의 눈 밖에 나면 큰일이겠다 싶어 순간 목덜미가 뻣뻣해졌다.

시간이 흘러 2008년, 신간 홍보를 위해 다시 모스크바를 찾았을 때의 일이다. 여러 서점을 돌며 사인회를 했는데, 그때마다 평균 2백~3백 명의 독자가 줄을 서서 기다렸다. 하루는 뜻밖의 상황이 벌어졌다. 서점 다섯 곳에서 사인회를 마치고 오후 늦은 시간에 조금 지친 상태로 〈와인 팩토리〉라는 장소에 도착했다.

주최자인 듯한 여성이 다가와 물었다.

「밖에서 기다리는 사람이 많은데, 안으로 들어오게 할

까요?」

나는 숫자가 얼마나 되는지 물었다.

「2천 명가량 되는 것 같아요.」

「안에서 기다리는 사람은 몇 명이죠?」

「……3천 명 선이에요. 어쨌든 밖에서도 스피커를 통해 강연을 들을 수 있긴 해요.」

「다 들여보내요.」

나는 별다른 준비 없이 5천 명을 상대로 즉석 강연을 해야 했다.

종일 모스크바 서점들을 돌면서 〈작은〉 사인회를 하느라 셔츠가 땀에 절었고 면도를 못 해 턱이 까칠까칠했다.

양조장을 개조한 강연장에 들어서는 순간, 마치 록 콘서트에 초대된 듯한 느낌이었다.

연단에 올라서자 대부분 대학생인 듯한 청중 5천 명이 나를 바라보고 있었다.

앞쪽에서는 제복 차림의 경찰관 수십 명이 군중을 통제하고 있었다.

마이크를 잡고 첫마디를 내뱉는 순간 내 목소리가 마치 거대한 대성당에 울려 퍼지는 듯한 기분이 들었다.

대규모 강연에 맞게 정치인과 비슷한 톤으로 말머리를 꺼냈다. 나는 구시대의 질서를 뒤엎을 새로운 세대의 출현을 목도하고 있다고 말했다. 그 새로운 세대가 세상의 주역이 될 것이라고. 또 부모 세대와 조부모 세대가 이미 한계를 드러낸 전통의 답습에 몰두했다면, 새로운 세대는 상상력을 지렛대 삼아 창의적인 해결책을 만들어 내야 한다고 강조했다. 새로운 아이디어와 길을 찾으라고, 위계질서를 과감히 거부하라고, 혁신적이고 독립적인 소규모 프로젝트를 만들어 네트워크를 형성하라고, 개미의 방식으로 소통하라고 청중에게 주문했다.

작가에게 여행은 독자를 직접 만날 소중한 기회다. 시간이 흐르면 그 독자들이 모여 하나의 거대한 가족을 이룬다. 그 가족 안에는 국경도 언어의 장벽도 존재하지 않는다.

14번 아르카나: 절제

어깨에 날개가 달린 여성이 두 항아리의 물을 섞고 있다.

17번 별 카드 속 여성은 두 항아리의 물을 분리하지만 이 여성은 합친다.

신중함과 절제, 이성을 불어넣어 대상을 차분한 상태로 만드는 것이 이 여성의 역할이다. 그녀는 지나치게 뜨거운 액체와 지나치게 차가운 액체를 섞어 이상적인 온도의 액체를 만들어 낸다.

그녀는 공포에서 벗어나 이성과 합리성을 지향하게 한다.

이 카드는 중용의 중요성을 말한다. 우리 정신이 지닌 힘인 중용이야말로 에너지가 조화롭게 흐르도록 해준다. 절제는 외교관, 중간자, 중개자의 품성이다. 이는 사람들 간에 관계를 맺어 주고 양쪽 모두가 만족할 해법을 찾아 주는 능력을 말한다.

서른여덟 살. 흰고래와의 꿈같은 만남

「혹시 아소르스 제도 해역에 가서 야생 돌고래 만나 볼래? 나한테 제안이 왔는데 사정이 생겨 못 가게 되었어. 생각 있으면 대신 가.」

『타나토노트』를 출간하고 나서 자연스럽게 친구가 된 파트리스 반 에르셀이 제안했다.

나는 흔쾌히 수락했다. 전설 속 아틀란티스가 물에 잠길 때 산봉우리 몇 개가 남아 물 위로 솟아 있다가 아소르스 제도가 되었다는 얘기가 있다. 그 섬들에 매료된 스무 명가량의 유쾌한 사람들이 나와 함께 여행에 참가했다. 여행을 주관한 클로드 트라크스는 돌고래의 지혜를 다룬 책을 출간한 작가이기도 했다.

피코섬에 도착하자 내가 예상했던 열대 섬이 아니라 브르타뉴를 연상케 하는 풍경이 펼쳐졌다(나중에 그 섬의 풍경을 떠올리며 〈제3인류〉 3부작에 등장하는 초소형 인간들의 거주지를 구상했다).

트라크스는 섬에 내리자마자 현지 주민들이 돌고래를 보러 온 관광객들을 탐탁지 않아 한다는 점을 주지시켰다. 섬 사람들이 고래잡이를 하던 과거의 영광을 아직 잊지 못했기 때문이라고 했다. 섬에는 뱃사람들이 잡아 온 고래를 해체하던 대형 창고 시설이 그대로 남아 있었다.

원주민들은 자신들을 『모비 딕』 속 에이허브의 후예로 여기는 듯 보였다.

포경이 법으로 금지되자 (립스틱과 오일 램프에 들어가는 고래기름을 팔아 주로 수입을 올렸던) 대다수 섬사람이 일자리를 잃었다. 그들 입장에서 〈자신들은 손댈 권리가 없어진 고기〉를 재미 삼아 구경하러 오는 관광객들이 짜증스러운 것은 당연했다.

고래가 나타나기를 기다리는 며칠 동안 클로드 트라크스는 조만간 만나게 될 그 멋진 동물에 관해 상세히 설명해 줬다. 드디어 그날이 왔다. 아침에 클로드가 먼바다에 돌고래 무리가 나타났다고 알려 줬다.

우리 일행은 돌고래를 만나러 갈 준비를 서둘러 마쳤다.

조디아크 고무보트를 타고 섬을 출발했다. 클로드가 망원경을 들고 한참 바다를 응시하더니 뒤를 돌아보며 물 위로 솟은 지느러미들을 손으로 가리켰다. 그는 먼저 고래를 만나러 갈 두 사람을 제비뽑기로 정하는 게 좋겠다고 했다. 나와 제니퍼라는 이름의 젊은 여성이 행운의 주인공으로 뽑혔다.

그녀와 나는 물안경을 쓰고 고무 오리발을 달고 물속으로 뛰어들었다. 조디아크에 고정된 케이블에 몸을 연결한 상태에서 앞으로 나아갔다. 보트는 우리 둘을 견인하며 고래들을 놀라게 하지 않는 선에서 최대한 가까이 다가가려고 애썼다. 문제는 자유로운 야생 동물인 고래들이 우리를 만나고 싶어 할 이유가 전혀 없다는 것이었다.

고래들과의 거리가 충분히 가까워졌다고 판단해 클로드 트라크스가 보트의 엔진을 끄자 우리는 고무 오리발의 추진력만으로 헤엄쳐 나아가야 했다.

바로 눈앞에 고래가 보였다.

두 개의 흰 실루엣.

더 근접해 보니 이마가 튀어나온 게 전형적인 흰고래였다. 믿기지 않을 정도로 투명한 몸통을 가진 고래.

고래들은 공중 부양이라도 하듯 물속에 살짝 몸을 담근 채 꼬리로 살살 물을 치면서 꼼짝도 하지 않고 우리를 관찰했다.

물속 1미터 아래 떠 있는 두 흰색 유령을 보는 듯했다.

나는 고래들이 도망가게 하지 않고 더 가까이 다가갈 방법을 궁리했다. 살금살금 야생 사슴 두 마리에게 다가가는 심정이었다. 아무리 생각해 봐도 흰고래로서는 인간의 접근을 허락할 이유가 없었다.

문득 내 폐활량에 한계가 있다는 자각이 들었다. 이 귀한 시간이 이제 1분밖에 남지 않았어.

아, 이 얼마나 짜릿짜릿한 1초 1초인가!

조심스럽게 천천히 다가가는 나를 한 마리가 크고 둥근 눈으로 뚫어져라 쳐다봤다. 내 존재를 위협적으로 느끼지는 않는 것 같았다.

이 만남을 허락한다는 의미일까.

거리가 1미터까지 좁혀졌지만 고래는 전혀 동요하지 않고 나를 빤히 쳐다봤다. 좀 더 가까이 다가갔다. 하지만 손을 뻗어 고래를 만질 용기는 끝내 내지 못했다.

문명에서 멀리 떨어진 바다에서 강하고 순수하며 자유로운 생명체가 나와 시선을 교환한다는 것은 하나의 마법이었다.

속절없이 시간이 갔다. 드디어 폐활량이 한계에 다다랐다. 조금 떨어져 있는 제니퍼 역시 힘들어하면서도 조금이라도 더 고래에게 다가가려고 애쓰는 게 보였다.

우리는 아쉬움을 뒤로한 채 보트로 돌아와야 했다.

고래야, 그렇게 가까이 다가갈 수 있게 허락해 줘서 고마워.

제니퍼와 내가 보트로 돌아오자 우리의 행운을 부러워하며 기다리던 사람들이 질문 공세를 퍼부었다. 바로 그때, 클로드 트라크스가 새로운 지느러미들을 발견했다고 말했다.

한 무리의 돌고래가 나타났다. 이번에는 크기가 조금 작은 회색 돌고래들이었는데, 족히 스무 마리는 되어 보였다. 먼저 잠수해 본 제니퍼와 나만 보트에 남겨 두고 나머지 모두가 고래를 만나러 물속으로 뛰어들었다.

고래들이 먼저 다가와 만져 볼 수도 있다면서 그들이 물속에서 우리를 향해 큰 소리로 외쳤다. 끝내 흰고래를 만져 보지 못하고 보트로 돌아와야 했던 우리는 아쉽고 부러웠다.

돌고래들이 보트 근처에 머물자 클로드 트라크스가 제니퍼와 내게 한 번 더 기회를 줬다.

조금 뒤에야 돌고래들이 그렇게 가까이 다가온 이유를 알 수 있었다. 물속으로 뛰어드는 순간 은빛 물고기 떼가 돌진해 와 우리를 에워싸기 시작했다. 정어리 떼는 도망치기 위해 우리를 이용하려 했던 것이다. 늑대 무리의 공격에서 벗어나려고 발버둥 치는 양 떼처럼.

결국 회색 돌고래들이 바짝 다가온 목적은 인간과의 교류나 소통이 아니었다. 주둥이를 내밀며 헤엄쳐 와 인간들을 위협하는 것일 뿐이었다. 애써 잡게 된 먹잇감을 당신들 때문에 놓치게 생겼으니 얼른 물러나라는 신호였다. 한마디로 일방적인 소통이었다. 돌고래들은 〈인간들은 어서 꺼져, 당신들 때문에 일이 꼬이고 있잖아〉라고 말했지만 돌고래를 만져 보느라 신난 인간들은 사인을 알아채지 못했다.

결국 모든 것은 소통의 문제다.

저녁이 되어 호텔에 있는 피아노 앞에 앉았다. 낮에 흰고래와 만났을 때의 감격을 떠올리며 아르페지오 주법으로 즉흥곡을 연주했다.

제니퍼가 슬쩍 내 옆에 와 앉더니 연주에 손을 보탰다. 네 개의 손이 연탄곡을 치듯 피아노 위를 활공하기 시작했다. 우리는 침묵의 대화를 나눴다. 그녀와 내가 공유한 경험이 소리를 통해 다시 하나가 되었다.

피코섬에서의 잊지 못할 경험은 나중에 소설 『잠』에서 돌고래와 만나는 장면을 쓰는 데 많은 도움이 되었다.

서른여덟 살. 철창 뒤 사람들

「일반 수형자들을 만나 함께 얘기해 볼 생각 있어요?」

홍보 담당자가 알뱅 미셸 작가 중에 플뢰리메로지 교도소에서 강연해 줄 사람이 있는지 찾고 있다며 내 의사를 물었다.

나는 법정에는 문턱이 닳도록 드나들었고 부검실도 (특유의 목구멍이 타는 듯한 역한 냄새도) 익숙했지만 교도소에 관해서는 아무것도 몰랐다.

플뢰리메로지는 내 머릿속 교도소의 이미지와는 전혀 달랐고 마치 고등학교 건물 같다는 첫인상을 받았다. 영화와 달리 철조망이나 담장에 촘촘히 꽂힌 깨진 병 조각, 망루, 수감실 창문에 설치된 쇠창살은 없었고, 운동장에서 벌어지는 축구 시합의 활기찬 함성만 귀에 들렸다.

안내자는 내 강연이 수형자들에게 책 읽는 재미를 알게 해주려고 기획한 〈문화적 만남〉이라는 제목의 행사 중 하나라면서, 책을 좋아하고 흥미로운 토론을 할 수 있을 만한 수형자들을 미리 뽑아 놓았다고 했다. 그들이 마네킹을 세워 놓고 나라고 생각하면서 질문을 던지는 방식으로 이미 예행연습까지 마쳤다고.

강연 장소에 들어서자 죄수 다섯 명이 먼저 도착해 테이블에 빙 둘러앉아 있었다. 다들 죄수복이 아닌 평상복 차림이었다. 그런데 안내자와 담당 교도관 외에 말쑥한 정장 차림으로 서 있는 남성 하나가 눈길을 끌었다. 양복에 흰 셔츠를 받쳐 입고 있어 나 다음으로 강연하게 될 작가려니 했다. 그가 먼저 말을 걸어왔다.

「『타나토노트』를 재밌게 읽었어요. 그 책에서 남미 무속 신앙을 다뤘던데, 나 역시 민속학에 관심이 많아 아마존 밀림에 사는 원주민들의 풍속을 연구한 적도 있어요. 혹시 관심이 있으면 귀한 관련 자료를 드릴 수도 있어요.」

「물론이죠, 관심 있습니다. 어떤 부족에 관한 자료인가요?」

나는 이름을 들어 보지 못한 부족 하나를 그가 언급했다. 브라질과 페루 국경에 있는 밀림에 사는 부족인데, 함께 지내면서 그들의 무속 의식도 직접 경험했다고 덧붙였다. 그는 자기 분야의 연구에 몰두하는 마음씨 좋은 과학자 할아버지 같은 인상을 풍겼다.

「아마존 밀림의 원시 부족과 그들의 풍속에 관한 깊이 있는 자료가 필요하면 우리 집으로 와요. 당신을 초대하죠. 방금 말한 그 고장에 내 소유의 큰 저택이 있어요. 수영장이 딸려 있고 손님방도 여럿 있는 편한 집이니까 생각날 때 언제든 들러요. 나한텐 영광이니까. 오기 전에 먼저 여기로 편지를 보내거나 전화를 걸어 주기만 하면 돼요.」

그가 명함을 한 장 꺼내더니 그 위에 〈cellule〉[12]이라고 쓴 다음 번호를 적어 건넸다.

〈Cellule〉?

수감자들과의 대화가 시작되었다. 나는 간단히 내 직업에 관해 설명했다. 그다음 결코 평범하지 않은 삶을 살아왔으리라 짐작되는 그들에게 각자 살아온 이야기를 글로 써 보라고 했다. 내가 그들의 인생 내력을 궁금해하자 저마다 자기소개를 한 뒤 어떤 죄목으로 복역하게 되었는지 말했다. 신기하게도 모두가 〈마약 사범〉이었다. 나는 그들이 교도관들과 함께 준비한 〈영감의 원천은 무엇인가요?〉류의 질문에 먼저 답하고 나서 즉석에서 자유롭게 질문을 받겠다고 했다.

첫 번째 질문이 나왔다.

「무슨 자동차를 타요?」

「푸조 205.」[13]

다들 대단히 실망하는 눈치였다.

「설마! 포르셰나 BMW도 한 대 없어요? 205를 몰려면 뭐 하러 작가를 해요?」

「나한테 자동차라는 건, 음…… 한 지점에서 다른 지점으로 이동하기 위한 수단일 뿐이에요. 게다가 파리 같은 도시에서는 주차가 정말로 골칫거리죠.」

고개를 갸우뚱하는 걸 보니 동석한 안내자와 교도관 역

12 휴대폰을 뜻하는 영어 단어 중에 〈cellular phone〉이 있고 줄여서 흔히 〈cell〉이라고 하는데, 그 줄임말을 프랑스어식으로 바꿔 〈cellule〉이라고 쓴 것이다. 프랑스어로 〈cellule〉은 감방을 가리키기도 한다.

13 프랑스 자동차 회사 푸조가 만든 소형 자동차.

시 내 말에 동의하지 않는 모양이었다. 다들 소유한 차의 브랜드가 삶의 성공 여부를 말해 준다고 여기는 걸까.

비슷한 질문이 계속 쏟아졌다.

「보트는 있어요?」

「성은 하나 갖고 있어요?」

파리 도심이지만 창문만 열면 유람선과 갈매기가 보이는 게 좋아 스탈린그라드 광장 근처의 60제곱미터짜리 작은 아파트에 살고 있다고 말하자 다들 거짓말이라고 여기는 눈치였다. 전 세계에 팔리는 책을 쓴 작가라고 전해 듣고 상상했던 모습과 너무 달라 실망한 표정이 역력했다. 그런 작가가 스와치 시계를 손목에 차고 나타나는 게 말이 돼? 유명 작가라면서 미모의 배우와 나란히 찍은 사진 한 장 없는 게 어떻게 말이 되냐고?

우리는 각자 자신만의 세계에서 자신만의 기준을 갖고 살아간다. 다른 사람들의 세계가 논리를 결여한 것으로 보이는 일은 너무도 당연하다.

「저 사람들이 한 자기소개가 거짓말인 건 짐작하셨겠죠.」

안내자가 목소리를 낮추며 말했다.

「저들은 마약 사범이 아니에요. 첫 번째 남자는 마피아 집단의 저격수였어요. 대통령이 탄 차량이 지나갈 예정이었던 길의 건물 지붕 위에 저격 소총을 들고 매복해 있다가 현장에서 체포되었죠. 케네디 암살을 모방하려 했던 모양이에요. 불발로 끝난 그의 암살 기도는 언론에는 전혀 알려지지 않았어요. 동료를 밀고한 것도, 〈조직〉에 해를 끼친 것도 아니라 마피아들이 그가 복역하는 동안 그는 물론 가족에게까지 월급과 생활비를 지급한다고 들었어요.」

「그 말은 〈살인자〉가 월급을 받고 퇴직금도 보장받는 직업이 될 수 있다는 거네요? 체포된다는 건 산재 사고를 당해 당분간 일할 수 없는 상태가 된다는 뜻이고.」

「밖에서 수형자에게 돈을 넣어 주면 여기서 생활하는 데 큰 불편이 없어요. 영치금만 있으면 뭐든 살 수 있으니까.」

「다른 수감자들은 어떤 사람들이에요?」

「키가 크고 비쩍 마른 수형자는 오토바이 폭주족의 보스였고, 얼굴이 험상궂은 수형자는 강도 짓을 벌이다 일가족을 살해했어요. 그 사람 바로 왼쪽에 있던 수형자는 잔혹 범죄를 저지르고 들어왔어요.」

「단정한 정장 차림의 나이 지긋한 분은?」

「그 사람이야말로 최악이에요.」

「아까 나한테 아마존 밀림의 원주민들과 무속 신앙 얘기를 하면서 브라질에 있는 자기 집으로 초대하겠다고 했는데, 그게 다 지어낸 얘기란 말이에요?」

「다 사실이긴 한데, 일부러 듣기 좋은 말만 골라서 한 것 같네요. 그 친근한 인상의 노인은 알고 보면 페루와 브라질 국경에 터를 잡은 한 마약 카르텔의 보스예요. 아마 그 업계에서 가장 막강한 파워를 가진 다섯 명 안에 들걸요. 프랑스의 파블로 에스코바르[14]라고 해야 하나, 아무튼 밀림에서는 왕으로 군림하는 사람이에요. 그가 당신을 초대한다고 한 그 집은 자기 소유의 초호화 아시엔다(대농원)를 말할 거예요. 민병대가 철통같은 경호를 펼치는 대저택이 거기 있죠. 그는 원주민들과도 협력 관계를 유지하면서 마약

14 콜롬비아 마약 카르텔의 우두머리로 전 세계에 악명을 떨쳤다.

제조에 필요한 일을 모두 그들에게 시켜요.」

「그런 사람이 어쩌다 여길 들어오게 되었죠?」

「순수 코카인 2킬로그램이 든 여행 가방을 들고 루아시 공항 세관을 통과하다 적발되어 체포되었어요. 그의 오른 팔이 가방에 몰래 마약을 넣은 걸 모르고 입국했다고 들었어요. 이인자가 그를 제거하기 위해 꾸민 음모에 보기 좋게 당한 거죠.」

「그럼 감옥에서 썩어야겠군요?」

「그의 변호사가 루아시 공항에서 벌어진 체포 과정에서 절차상의 하자를 발견했고 그걸 꼬투리 잡아 반격에 나섰다고 들었어요. 체포 당시에는 분명히 코카인이 2킬로그램 있었는데, 작성된 압수품 목록에는 1킬로그램이라고 명시되어 있었다는군요. 그래서 변호사가 헤이그의 국제 사법 재판소에 절차 위반으로 소송을 제기했고, 그 결과를 낙관하고 있다고 해요. 조만간 석방될 가능성이 높으니 당신이 그 노인의 대농장에 가서 휴가를 즐기는 것도 전혀 불가능한 일은 아니죠. 그가 고용한 개인 사병들이 농장을 지키고 있으니 당신 신변이 위태로울 일도 없을 테고.」

강연 말미에 그 아마추어 민속학자이자 마약계 황제는 자신이 〈악의적인 동료〉 때문에 부당한 고초를 겪고 있다면서 내게 억울함을 호소했다. 하지만 조만간 해결될 게 분명하니 시간이 날 때 언제든 자기 집을 방문해 달라고 했다.

그가 호주머니에서 커다란 남미 지도를 꺼내 펼치더니 집 위치를 손가락으로 가리켰다. 지도상에는 삼림으로 표시된 지역이었다.

「바로 여기예요. 한데 한 가지 꼭 명심할 게 있어요. 당신이 탄 비행기가 이 상공을 통과해선 안 돼요.」

그가 다시 지도 위의 한 지점을 가리켰다. 남미 북동부에 있는 기아나를 마주 보는 조그마한 섬이었다.

「이 섬에는 우리와 전혀 말이 통하지 않는 폭력적인 미치광이들이 터를 잡고 있어요. 그러니 절대, 무슨 일이 있어도 이 섬 상공을 지나와서는 안 돼요.」

우리는 각자 자신만의 행성에서 자신만의 기준을 갖고 살아간다.

우리 모두는 자신이 만든 영화의 주인공이며, 그 영화 속에서 자신은 맞고 남들은 틀렸다고 믿는다.

그 푸근한 인상의 노인이 했던 얘기 중에 뭐가 사실이고 뭐가 거짓인지는 알 길이 없다.

판단하고 싶지 않다. 그저 이해하려 애쓸 뿐이다…….

그렇게 또 하나의 기상천외한 인물을 만났고 그 캐릭터를 핀으로 꽂아 수집함에 소중히 간직해 뒀다.

서른여덟 살. 성난 사람들

「당신은 우릴 절대 이해 못 해. 당신 같은 사람들은……떳떳하니까!」

플뢰리메로지 교도소의 죄수들 말고도 사회에서 소외된 사람들을 만날 기회가 한 번 더 있었다. 작가와 거리의 삶을 사는 사람들의 문화적 만남을 주선하는 한 단체를 통해 노숙인들을 만나게 된 것이다.

생미셸 지하철역 근처에 있는, 지하실을 개조해 꾸민 강연장에 들어서자 서른 명가량의 노숙인이 기다리고 있었다. 먼저 주최 측에서 간단한 인사말을 하고 나서 내가 책이야말로 정신을 통한 탈출을 가능하게 하는 훌륭한 도구라는 요지로 강연했다.

내 말이 끝나기 무섭게 참석자 하나가 언성을 높였다.

「당신은 부르주아로 살고 우리는 길바닥에 사는 이 상황이 당신 눈에는 역겹게 보이지 않아? 경찰은 우릴 한시도 가만히 놔두질 않아! 억지로 우리를 센터에 보내는데, 거긴 도둑놈들 천지인 데다 언제 누구한테 공격당할지 모른다고. 요즘은 지하철에서도 마음 편히 있을 수가 없어. 동유럽에서 온 놈들이 무슨 짓을 할지 모르니까. 이민이랍시고 와서 우리 일자리를 몽땅 훔쳐 간 아프리카 놈들 얘기는 하지도 맙시다. 그놈들 때문에 우리가 지금 이 모양 이 꼴로 거리에 나앉아 있어……」

그의 입에서 불만에 찬 이야기가 끝도 없이 쏟아져 나왔다.

말을 할수록 더 악에 받치는 모양이었다.

「아무튼 당신도 말이야, 작가라는 당신도 우릴 이해 못해. 당신 같은 사람들은…… 떳떳하니까!」

그건 그의 입에서 나올 수 있는 최고로 모욕적인 표현이 아니었을까.

다른 노숙인들이 웅성웅성 동의의 뜻을 표했다. 자신들 대신 〈부르주아〉에게 할 말을 해줘 속이 시원한 눈치였다. 내가 마땅한 답변을 찾지 못하고 있는 걸 본 행사 주최자가 대신 대답했다.

「이 자리에 와달라는 제안을 얼마나 많은 작가가 거절했는지 여러분은 모를 거예요. 여러분과…… 시선이 마주치는 게 두려웠던 거예요.」

펄펄 뛰던 노숙인이 멈칫했다.

「하지만 이분은 제안을 수락했고 이 자리에 와줬어요. 그런데 무턱대고 공격부터 하면 앞으로 이런 만남을 다시 주선하기는 힘들 것 같아요.」

「하지만 이 사람은 우리가 하루하루 어떻게 사는지 몰라요.」

「그래서 그걸 알리고 왔잖아요. 이따가 그 얘길 들려주면 되죠. 여러분 중에는 차마 입에 담기도 힘든 끔찍한 일을 겪은 분들이 있다는 걸 알아요. 그 얘기를 책으로 남기고 싶은 분들한테 여기 계신 베르베르 씨가 좋은 조언을 해주실 수 있을 거예요.」

이번엔 내가 주로 그들에게 질문을 던졌다.

나는 살아온 얘기를 나누고 싶어 하는 그들의 심정을 이해할 수 있었다.

그들이 화난 이유도 납득이 갔다. 자신들이 겪은, 혹은 겪었다고 믿는 부당한 일들을 입 밖으로 꺼내는 순간 응어리져 있던 울분이 터진 것이다.

내가 진지한 태도로 그들의 사연에 귀를 기울이자 흥분이 점차 가라앉았다.

강연이 끝나고 주최자가 귓속말로 내게 말했다.

「저 중에는 편집증이나 여타 정신 질환이 있는 분도 있어요. 하지만 보신 것처럼 대부분 당신이 찾아온 일의 의미를 이해하고 만남을 소중히 생각할 거예요. 저는 저분들이 자기 육체는 물론 정신도 돌봐야 한다고 생각해요. 정신을 돌보는 데 문화는 큰 역할을 하죠. 삶에 대한 의지를 불어넣을 수 있으니까요. 저분들은 온갖 문제를 안고 있지만 배고

플 때 밥은 먹을 수 있어요. 제 말은, 저분들이 정말로 힘들어하는 건 배고픔이 아니라 전망의 부재라는 뜻이에요. 아무 목적도 없이 하루하루 살아가는 게 고통스러운 거예요. 여기서 책을 빌려 가 읽으면서 점차 독서에 흥미를 느끼게 되면 서서히 수렁에서 벗어날 수도 있으리라 믿어요.」

그가 다소 격앙된 목소리로 말을 이어 갔다.

「제가 한 일 중에 스스로 가장 뿌듯하게 여기는 게 저분들에게 생일을 다시 기억하게 해준 거예요. 모르고 지나가는 사람이 대부분이거든요. 그러니 자기 나이도 모를 수밖에요. 저는 우리 센터에 새로 등록하는 사람한테 생일부터 물어요. 잘 적어 놨다가 생일날이 되면 당사자에게 얼마나 소중한 날인지 환기해 주죠. 근처 빵집에서 좋아하는 케이크를 사 와서 초를 꽂고 축하도 해주고요.」

「멋진 아이디어네요.」

「의식에는 시간에 마디를 만들어 주고 기대감을 품게 하는 대단한 힘이 있어요. 소소한 의식을 통해 우린 노숙인들이 스스로가 어떤 존재인지 떠올리게 해요. 한 개인에게 일어날 수 있는 최대의 비극은 자신이 살아온 역사를 망각하는 거예요. 그런 상태에서는 자신의 이름을 잊어버리는 게 큰일도 아니죠.」

나는 이 만남에서 영감을 얻어 나중에 자폐증이 있는 천재 소녀가 공공 쓰레기 하치장에서 노숙인들을 만나며 벌어지는 일을 그린 『카산드라의 거울』을 쓰게 된다.

노숙인들과의 대화를 통해 그동안 몰랐던 것을 알게 되었다. 거리의 사람들은 우리와 함께 살지만 전혀 다른 시간과 공간의 감각을 가진 집단이라는 사실을.

우리와 같은 도시에 살면서 같은 언어를 말하고 일상에서 늘 마주치지만 그들은 우리와 다른 평행 세계에 산다.

서른아홉 살. 나무의 관점

글쓰기는 여러 면에서 무술과 비슷하다. 그런 점에서 내가 쓰는 소설은 〈권법 소설〉이라 불러도 무방할 것이다. 글쓰기 무술에서 작가는 모든 형식에 통달해야 한다.

무엇보다 길이가 다른 세 가지 형식을 아무런 제약 없이 쓸 수 있다는 것을 보여 줘야 한다.

첫째, 단편소설. 둘째, 중장편소설. 셋째, 대하소설 혹은 연작 소설.

그 세 가지 중에서 단편이 가장 까다롭고 엄격함을 요구하는 이유는 속임수가 통하지 않기 때문이다. 단편에서는 소설가가 지닌 이야기꾼의 재능이 고스란히 드러나게 되는데, 특히 이야기 전개에 불필요한 요소는 일절 허용되지 않는다. 단편 쓰기는 우스갯소리 하기와 비슷하게 3단계를 밟는다. 1) 대립하는 인물들을 상황 속에 배치하기, 2) 드라마적 긴장 고조하기, 3) 극적인 결말 제시하기.

아래의 농담을 한번 예로 들어 보자.

〈프라이팬 하나에서 오믈렛 두 개가 나란히 익어 간다.〉

대립하는 인물들을 상황 속에 배치하기.

〈한 오믈렛이 다른 오믈렛에게 말한다. 「여기 너무 뜨겁지 않아?」〉

드라마적 긴장의 고조. 두 오믈렛에게 돌이킬 수 없는 비극이 닥치게 될까? 이들은 곤경에서 벗어날 수 있을까? 프라이팬 온도가 더 상승하면 이들은 탈출을 시도할지도 모른다. 이들에게 치명적인 온도는 얼마일까?

〈별안간 옆에 있던 오믈렛이 비명을 지른다. 「살려 줘요! 나 좀 꺼내 줘요! 여기 말을 하는 이상한 오믈렛이 있어요!」〉

극적인 결말. 오믈렛은 대화와 협력이 자신에게 이득이 되는 걸 모르고 차이점을 내세워 상대를 배제하는 전략을 취한다.

〈편협한 정신세계〉의 소유자인 두 번째 오믈렛이 탈출을 위한 협력을 거부함으로써 두 오믈렛은 결국 프라이팬 위에서 비참한 운명을 맞게 된다.

이 우스갯소리가 먹히는 건, 현재 인류에게 벌어지고 있는 상황에 빗댄 은유적인 이야기라는 걸 우리의 무의식이 감지하기 때문이다. 차이점을 빌미로 서로 전쟁을 벌이다 결국 후손들이 살 수 없을 만큼 뜨거워진 행성에서 마지막을 맞게 될지도 모른다는 두려움이 모두에게 있기 때문이다.

짧은 이야기 하나가 이런 위력을 가질 수 있다.

단편에서는 뻔한 결말이나 밋밋한 결말이 금방 눈에 띄게 마련이다.

문체로 요령을 부리면서 아이디어의 빈약함과 엉성한 서사를 덮으려 한다면 그 또한 들키게 되어 있다.

〈하루 한 단편〉이라는 규칙을 정해 놓고 매일 꾸준히 쓰다 보니 금세 1백 편이 넘는 단편이 모였다. 리샤르 뒤쿠세에게 그중 스무 편 정도를 추려 단편집을 내보고 싶다고 했다.

「안타깝지만 프랑스는 단편이 제대로 평가받을 수 있는 분위기가 아니네.」

즉각 부정적인 답이 돌아왔다.

「국내 독자들은 단편을 영미권 특유의 마이너 장르라고 취급하는 경향이 있어. 굳이 내고 싶다면 내줄 수는 있지만, 독자가 아주 제한적일 거야. 그건 알아 두게.」

〈나무〉[15]라는 제목 아래 꼭 최고는 아니더라도 다양한 소재를 다룬 단편을 모았다. 여러 색깔의 꽃을 묶어 꽃다발을 만드는 플로리스트의 심정으로 단편을 골랐다.

그중 내가 각별한 애착을 느끼는 「수의 신비」는 좁은 사고 체계에 갇힌 한 문명을 다룬 이야기다. 그 문명에 속한 사람들은 수에 관한 지식으로 평가받고 그것으로 사회적 지위가 결정된다. 특정 숫자까지만 셀 줄 알고 그 이상은 미지의 세계로 여긴다는 점에서 그들은 어린아이와 크게 다르지 않다. 가장 큰 숫자를 셀 줄 아는 사제 겸 정치인들이 백성들을 지배한다.

또 다른 단편 「말 없는 친구」는 범죄를 목격한 증인의 생각을 독자가 읽을 수 있다는 점에서 어떤 마술같이 느껴지기도 한다. 나중에 밝혀지는 그 증인의 정체는 바로…… 나무다. 가까운 거리에서 세포의 죽음이 감지되는 순간 나무가 미세한 전기 저항의 변화를 일으킨다는 과학적 연구를 토대로 그 작품을 썼다. 식물에도 감각이 있을 수 있고 다른 생명체를 연민할 수도 있다는 사실이 나는 놀랍기만 했다. 식물은 〈우리의〉 고통을 느낄 수 있는 것이다.

「그들을 사랑하는 법을 배우자」는 희곡 『인간』의 초고 격인 작품이다. 거기서 나는 역지사지의 자세를 취했다. 인간이 어린애들을 즐겁게 해주기 위해 햄스터를 기르듯 외계

15 프랑스어 원제는 〈가능성의 나무〉다.

인이 우리 인간을 기르는 일이 벌어지면 어떻게 될까.

뒤쿠세 회장의 예상대로 단편집은 내가 그동안 낸 〈전통적인〉 소설들에 비해 반향이 적었다. 반면에 한국에서는 독자들의 폭발적인 관심 속에 1백만 부가 넘게 팔렸다. 게다가 내 우상인 일러스트레이터 뫼비우스가 직접 그림을 그린 아트 북 버전으로도 독자들에게 선보였다.

표제작인 「가능성의 나무」는 과학 기자 시절, 체스 게임에 적용되는 인공 지능 프로그램에 관한 기사를 쓰면서 알게 된 내용을 바탕으로 쓴 작품이다. 단기적으로, 또 중장기적으로 인류에게 펼쳐질 미래의 모든 가능한 시나리오를 시각화할 수 있지 않을까 생각했다. 마치 체스 게임의 인공 지능 프로그램이 상대 플레이어가 시도할 수 있는 모든 수(手)의 조합을 테스트해, 말의 손실을 최소화하면서 이길 수 있는 가장 효율적인 시나리오를 찾아내는 것처럼 말이다.

나는 그 단편의 아이디어를 인터넷상으로 옮겨 〈가능성의 나무〉라는 이름의 사이트(www.arbredespossibles.com)를 개설했다. 누구나 그 공간에 와서 자신이 가진 미래의 비전을 다른 사람들과 공유할 수 있다.

사이트의 웹마스터인 실뱅 팀시트는 오랫동안 훌륭한 정원사 역할을 해주고 있다. 그는 사람들이 보내오는 수많은 미래 시나리오 중에서 흥미로운 것들을 선별한 다음 재밌게 배치해 보여 준다.

나는 실뱅이 운영하는 사이트(www.syti.net)를 보고서 그에게 〈가능성의 나무〉를 맡아 운영해 보지 않겠냐고 먼저 제안했었다. 그의 개인 사이트 또한 세상의 흐름과 유행을 관찰하고 읽는다는 공통점이 있었기 때문이다. 내가 만난 실뱅은 1980년대 뉴에이지형 인간의 전형이었다. 돌고래와 서핑 등을 소재로 한 다큐멘터리를 제작한 감독이기도 했던 그는 시끄럽고 오염된 대도시를 떠나 랑드 지방의 대자연에 파묻혀 살고 있었다.

어떤 면에서 그가 바로 미래의 인간이었던 셈이다.

내 아이디어에 관심을 보인 실뱅은 기술, 정치, 생물학 등으로 분야를 세분화해 가능한 미래들을 펼쳐 놓은 거대한 지도를 만들었다. 나는 씨앗을 뿌린 것으로 소임을 다했다고 생각하고 나머지는 그에게 맡겼다. 사람들이 보내오는 수많은 시나리오를 일일이 읽고 흥미로운 것을 골라 업로드하는 번다한 일을 고맙게도 그가 지금까지 맡아 주고 있다. 〈가능성의 나무〉에는 현재까지 3천4백만여 명의 방문객이 다녀갔고 (수천만 개의 시나리오 가운데 엄선된) 9천3백여 개의 시나리오-나뭇잎이 달려 있다. 실뱅은 비슷한 시나리오는 걸러 내고 색다른 것들 위주로 보여 주려고 애쓴다.

가끔 이런 생각을 해본다. 우리에게 다가올 미래가 혹시 그 시나리오 중 하나와 닮지 않았을까.

솔직히 SF 문학은 지나치게 부정적이고 종말론적인 미래의 시나리오에 주목하는 측면이 없지 않다. 허버트 조지 웰스는 『우주 전쟁』에서 외계 생명체의 침공을, 조지 오웰은 『1984』에서 전체주의 사회의 도래를, 올더스 헉슬리는 『멋진 신세계』에서 신경 안정제로 유지되는 클론들의 사회를, 해리 해리슨은 『비켜! 비켜!』에서 식인 사회를, 피에르 불은 『혹성 탈출』에서 유인원의 인간 지배 가능성을 그리지 않았나.

여기에 하나를 추가해 보는 건 어떨까. ……낙관적인 미
래를 한번 그려 볼 수도 있지 않을까.

어쨌든 오늘날 우리는 조상들보다 나은 삶을 산다.

뉴스는 우울하고 두려운 기사 일색이지만 그래도 우리가
사는 환경은 과거보다 더 깨끗하고 더 안전해졌다. 무엇보
다 우리는 조상들보다 더 건강한 상태로 두 배는 오래 살
수 있게 되었다.

〈옛날이 더 좋았지〉라고 하는 사람들은 생각이 다를지
모르지만 현세대는 조상들보다 교육 기회도, 유용한 기술
의 혜택도 더 많이 누리면서 살고 있다. 어디 그뿐인가. 조
상들은 먹고사는 데 급급했지만 우리에게는 예술과 문화,
스포츠, 그리고 자기 성찰과 영성 추구에 쓸 수 있는 여가
시간도 있다.

그러니 〈미래가 더 좋겠지〉라고 말할 수 있는 가능성을
한번 꿈꿔 보자.

이런 미래 낙관주의의 관점에서 한 자선 단체를 위해 비
교적 최근에 쓴 「해피 엔딩」이라는 단편은 다른 작가들의
작품과 함께 묶여 문고판으로 출간되었다. 그 작품에서 나
는 수명 연장으로 더 행복해진 미래 인류의 모습을 그렸다.
건강과 위생, 교육 수준, 기술 발전 등 모든 면에서 지금보
다 나아졌을 뿐 아니라 의식의 고양을 통해 서로 소통하고
협력하는 미래 인류 공동체를 상상했다. 그런 미래에는 종
교 간 갈등이 사라지고 국가 간 전쟁이 종식될 것이다. 인
간이 생태계에 가하는 파괴 행위 또한 멈출 것이다. 식물과
동물은 도구가 아니라 지구 행성에서 인간과 공생하는 존

재로 여겨질 것이다.

완벽한 조화가 구현된 미래 세계.

나는 글로 묘사함으로써 그 세계의 존재 가능성을 만들었다고 생각한다.

그런 미래가 우리에게 도래하지 않을 것 같은가? 절대 그렇지 않다. 구습을 버릴 것을 종용하는 고통스러운 위기들이 찾아오기도 하겠지만 〈해피 엔딩〉은 우리에게 도래할 수 있는 미래라고 나는 믿는다. 그건 실현 가능한 미래다.

8번 아르카나: 정의

카드 속에 오른손에는 검을, 왼손에는 저울을 들고 옥좌에 앉아 있는 여성이 보인다. 그녀의 시선은 과거를 뜻하는 왼쪽으로도, 미래를 뜻하는 오른쪽으로도 향해 있지 않다.

그녀의 시선은 정면을 향한다. 현재를 응시하는 것이다.

이 카드는 개개인의 능력에 따라 보상이 주어지는 인간 사회의 정의를 표현한다.

저울은 각자의 노력에 부합하는 보상을 결정해 준다. 여인이 손에 든 검은 과잉을 차단해 준다.

마흔세 살. 〈신〉 3부작

〈전략이 모든 것을 결정한다.〉

어려서부터 전략 게임을 무척 좋아했다. 체스를 비롯해 자신의 한계를 뛰어넘고자 하는 두 정신의 대결 형식을 갖춘 게임이면 무조건 좋아했다. 게임을 통해 내 뇌가 상대 뇌에 맞서 문제를 해결할 능력이 있는지 확인하고 내 뇌의 한계를 시험해 볼 수 있기 때문이다. 상대가 인공 지능이래도 예외는 아니다.

기자 시절에 시드 마이어가 개발한 전략 게임인 〈문명〉에 푹 빠졌던 때가 있다. 내 눈에는 〈문명〉이 두 플레이어가 각각 열여섯 개씩 총 서른두 개의 말을 갖고 예순네 개의 칸 위에서 움직이는 체스와, 70억 명의 인구(당연히 인간과 동식물, 바이러스, 기상 등의 상호 작용까지 고려해야 한다)가 5억 1천만 제곱킬로미터의 땅에서 펼치는 현실 게임 사이에 있는 완벽한 중간 단계의 게임으로 보였다.

당시 내가 했던 게임은 〈문명〉의 초기 버전이었음에도 농업과 종교, 기술과 예술의 발전은 물론이고 복잡한 외교적 역학 관계까지 담고 있었다.

마르티니크섬의 리조트로 휴가를 가서도 방 밖으로 거의 나가지 않고 온종일 게임만 했다. 노트북 화면이 잘 보이지 않아 커튼까지 쳐서 햇빛을 가리고 캄캄한 방에 들어앉아 가상의 세계 지도 위에서 마야 문명을 만들어 키우고 발전시켰다.

그 게임의 최대 매력은 시간과 공간에 대한 거시적 관점을 갖게 해주는 데 있다.

〈지금 이 세계가 완벽해 보이지 않으면 여러분이 직접 그런 세계를 만들면 되죠. 하루아침에 무너지지 않는 완벽한 세계를.〉 프랑스에서 했던 한 강연에서 필립 K. 딕은 이렇게 말한 적이 있다.

내 식으로 다시 말해 보고 싶다. 〈여러분 각자가 신이 되어 더 나은 작품을 만들어 보세요.〉

나는 기원전 4000년, 바깥세상이 어떻게 돌아가는지도 모르고 수렵과 채집을 하면서 움집에 사는 1천 명의 사람을 데리고 게임을 시작했다. 시간이 흘러 기원후 2500년에 도달하자 1천 명에 불과하던 작은 부족은 수천만 명의 인구를 보유한 국가로 변해 있었다. 가까운 곳에서 생명체가 살 수 있는 대안 행성을 찾기 위해 우주 정복 프로그램을 추진해야 하는 시대가 된 것이다. 그 게임은 선택의 연속이었다. 선사 시대에 무심코 한 사소한 선택이 몇천 년 뒤 어마어마한 결과를 초래할 수 있다는 것을 나는 깨달았다. 일명 나비 효과. 기원전 4000년에 조그만 원시 부족이 내린 결정이 현대 사회의 운명을 뒤바꿔 놓을 수도 있었다.

과학을 통해 발전을 꾀할 것인가, 전쟁을 통해 세력 확장을 노릴 것인가? 육로와 해로 중 어느 것을 중시하는 개발 전략을 짤 것인가? 농업에 투자할 것인가, 예술에 투자할 것인가? 영성 추구를 사회의 가치로 삼을 것인가, 종교에 독점권을 줄 것인가? 능력주의에 바탕을 둔 부르주아 계급과 출생으로 결정된 귀족 계급 중 누가 나라를 통치하게 할 것인가?

선택은 포기의 다른 이름이기도 했다.

인류 역사를 공부하면서 게임을 하자 재미가 배가되었다. 책을 읽다 보니 인류 역사 초기에 발전한 도시들은 대부분 고지대에 있었다. 그 이유는 한 가지, 지대가 높을수록 외부 세력의 침략에서 상대적으로 안전했기 때문이다. 그런데 르네상스 무렵부터는 강에 가까이 위치한 도시가 훨씬 이점이 많았다. 그래야 적의 침략에서 보호받는 동시에 다른 도시나 나라 들과 물길을 통해 교류하고 교역할 수 있었기 때문이다.

칸에서 개최된 게임 페스티벌에서 우연히 〈문명〉의 개발자 시드 마이어를 만나 대화할 기회가 있었다. 그는 게임 전략 중에 〈지나치게〉 잘 작동하는 몇 가지를 손보는 중이라고 했다. 가령 게임 초반부터 많은 수의 도시를 건설하는 전략 같은 것. 그 전략으로 세금 징수액이 늘어나면 대규모 군대를 육성해 군사력을 키우는 데 집중하게 되고, 그러다 보면 천연자원과 기술을 빼앗기 위해 이웃 나라를 침략하는 일이 빈번해질 수밖에 없다는 것이었다.

게임에 몰두하다 보니 『나무』에 실린 단편 「어린 신들의 학교」의 아이디어를 발전시켜 보고 싶어졌다. 그 단편의 주인공인 신 수습생들은 학교에 가서 인간을 관리하는 법을 배운다. 배움이 일정 단계에 도달하면 같은 행성 위에서 각기 문명을 만들어 경쟁을 펼치게 되는데, 가용 자원을 총동원해 최고의 문명을 수립 발전시키는 자가 승자가 된다. 나는 그 흥미로운 아이디어를 확장해 『타나토노트』와 『천사들의 제국』의 연장선에 있는 장편소설을 쓰기로 마음먹었다.

인간에서 천사, 신 수습생으로 이어지는 존재의 진화는 자연스러워 보이지 않는가? 어린 신들이 동급생 신들과 경쟁을 벌이면서 최고의 신이 되는 법을 배운다는 상상은 한

번 해볼 만하지 않은가?

글을 쓰다 보면 스스로 신이 된 것 같은 느낌이 들 때가 있다. 물론 나는 내가 창조한 등장인물들이 살아가는 작은 세계를 관리하는 신이다. 그 허구의 세계와 운명을 내 손으로 빚다 보면 우리 인간의 〈창조자이자 게임 플레이어〉가 한 선택들을 어느 정도 이해할 수 있을 것 같기도 했다.

가령 고요한 상태에서는 세계가 진화하기 어려울 것이다. 이 세상은 갈등과 투쟁을 통해 발전한다. 그 게임의 과정에서 말들이 존재를 드러내고 자기 한계를 뛰어넘게 된다.

아몬신과 라신을 숭배한 다신교를 통치 수단으로 삼았던 아버지에게 반기를 들지 않았더라면 이크나톤이 유일신 아톤을 숭배하는 새로운 종교를 만들 수 있었을까?

유대 백성이 노예 상태로 고초를 겪지 않았더라면 모세가 이스라엘 땅으로 도망칠 생각을 했었을까?

그가 증오했던, 그래서 암살했다는 의심을 받기도 하는 아버지 마케도니아의 필리포스 2세보다 뛰어난 왕이 되고자 하는 욕심이 없었다면 알렉산드로스 대왕이 그 거대한 제국을 건설할 수 있었을까?

자신이 끔찍이 싫어했던 음악가 형제와 사촌 들을 뛰어넘으려는 욕심이 없었다면 바흐가 「토카타」를 작곡할 수 있었을까?

어머니와의 소통이 원활했더라면 프로이트가 정신 분석학이라는 학문을 만들었을까?

우주 정복을 위한 미국과 소련의 경쟁이 없었다면 아폴로 우주선이 달 착륙에 성공할 수 있었을까?

우리에게 닥치는 역경과 고난, 부당함은 숨겨져 있던 개개인의 가능성이 발현되기 위해 꼭 필요한 것인지도 모른다. 심지어는 식물도 전쟁을 벌인다. 담쟁이덩굴은 나무에 달라붙어 위로 올라가며 나무를 질식시킨다. 나뭇잎들은 햇빛과의 접촉면을 최대한 늘리기 위해 사투를 벌인다. 우리가 사는 세계에는 물론 비겁한 사람, 남을 등쳐 먹거나 배신하는 사람, 망나니, 사디스트, 살인자 등등 해로운 존재들이 있다. 하지만 그것은 자기 한계를 뛰어넘는 영웅의 출현을 위한 전제 조건이자 연금술의 일부다.

이해하려고 노력하되 판단하지는 않는다. 이해를 바탕으로 복잡하고 정교한 시계 장치, 다시 말해 현실을 허구의 이야기 속에서 재현해 낸다. 그게 내가 소설을 쓰는 방식이다.

〈신〉 3부작 집필 과정에서 다시 한번 라마르크의 생물 변이설이 지닌 의미를 발견할 수 있었다. 주어진 제약 속에서 생명체는 적응하기 위해 노력하게 된다. 시간이 흐르면 새로운 행동은 규칙으로 굳어져 다음 세대로 전달된다.

나는 우리의 창조자가 직면했을 힘든 선택들을 톺아보며 이해하게 되었다. 공룡을 살려 둘 것인가, 말 것인가? 공룡의 자리를 인간으로 대체한다면 어떤 모습으로 존재하게 할 것인가? 인간이라는 존재를 파충류 같은 냉혈 동물이 아닌 온혈 동물로 만든다고 치면, 골격은 어떻게 만들까? 네 발로 걷게 할까, 아니면 직립 보행이 가능하게 할까? 꼬리는 없앨까, 그냥 둘까? 퇴화한 꼬리뼈의 흔적만 살짝 남겨 둘까, 어떻게 할까? 감각 기관을 두 배 더 강화해 볼까? 눈 두 개, 귀 두 개, 콧구멍 두 개, 그리고 손 두 개. 이렇게 두 개씩 만들어 보자. 하지만 입과 항문에는 구멍을 하나만 내자.

귀는? 고양이처럼 움직일 수 있게 만들어 볼까? 손가락은 몇 개로 하지? 하나, 둘, 셋, 넷, 다섯, 여섯 개? 다섯 개가 적당한 것 같아. 가운뎃손가락을 중심으로 대칭을 이루는 모양이 그럴듯해 보여.

지금 우리 모습은 지극히 당연해 보이지만 우리의 창조자와 그가 이끌었을 〈생명의 설계자들〉에게는 그렇지 않았을 것이다. 그렇다, 요모조모 살펴보면 우리 인간이라는 존재는 제법 걸작이라는 생각이 든다.

충격을 흡수하기 위해 두 개의 곡선으로 설계된 척추뼈.

거추장스럽게 시야를 가리지 않으면서도 입체적으로 사물을 볼 수 있게 해주는 적당히 짧은 길이의 코.

생식 본능을 불러일으키는 쾌락의 호르몬들(만약 그런 호르몬이 몸에서 분비되지 않았으면 인간은 반대 성을 찾아 욕구를 충족시키려고 하지 않았겠지).

인간은 그렇다 치자. 그런데 그 무수하고 다양한 생명체가 존재하는 이유는 대체 뭘까? 셀 수 없이 많은 식물과 동물은 왜 존재하는 걸까? 생물 다양성은 왜 필요할까? 이 세상에는 크기와 생김새가 제각각인 개미가 1만 2천 종류나 되는데, 과연 그게 다 필요할까?

개미 품종은 하나면 충분하지 않나?

그 모든 것은 당연히 우리가 사는 세상의 현실을 구상한 설계자가 내린 선택들의 결과다.

자연은 이전의 경험들을 제거해 없애지 않고 새로운 경험을 계속 추가하기만 한다. 그러다 어느 시점에 끝없는 축

적이 거북해지는 단계가 온다.

바로 조절 시스템이 필요한 이유다. 포식자가 존재하는 이유다. 모든 종에게는 그것을 먹이로 삼으려는 종이 있다. 인간은 어떠한가? 대형 포식자를 모조리 정복한 인간은? 인간을 위협할 포식자가 과연 존재할까? 아이러니하게도 박테리아나 바이러스 같은 미세한 생물이 그 주인공이다. 게다가 인간은 자기 파괴 본능을 지닌 존재다. 인간이라는 종은 동족을 파괴하려는 본능, 그 천성을 통해 자기 조절을 달성한다. 도덕적인 관점에서 보면 당연히 옳지 않지만 이는 지구라는 행성 위에 존재하는 인간이라는 종에 행해진 선택의 결과다.

인간은 역설을 두려워하지 않는 존재다. 그래서 〈창조주의 이름으로〉 살인도 서슴지 않는다. 그 〈신〉이 행하는 일을 〈천연덕스럽게〉 얘기해 보면 어떨까? 나는 신비주의자는 아니지만 그런 가정하에 독창적인 소설을 한 편 써보고 싶었다.

〈신〉 3부작의 배경으로 〈아에덴〉이라는 섬을 만들었다.

아에덴은 에덴동산과 아데엔ADN[16]을 연상케도 하지만, 내가 생각하기에 우주에 작동하는 세 가지 힘을 가리키기도 한다.

- A: Amour(사랑), Association(협력), Alliance(동맹)
- D: Dominance(지배), Destruction(파괴), Division(분열)
- N: Neutralité(중립)

이 세 가지 힘은 원자를 구성하는 세 가지 소립자에 해당하기도 한다.

16 DNA의 프랑스어식 표기.

- 양전하를 가진 양성자
- 음전하를 가진 전자
- 전하를 갖지 않는 중성자

이렇듯 아에덴은 다른 시공간에 있는 실험적 세계로 설정했다. 여기서 수습생 신들을 맡아 가르치는 이들은 다름 아닌 올림포스의 신들이다.

- 사랑의 신 아프로디테
- 축제의 신 디오니소스
- 목축과 상업과 도둑의 신 헤르메스
- 예술의 신 아폴론
- 농업의 신 데메테르

이들이 교육하는 신 수습생들로는 『타나토노트』와 『천사들의 제국』에 나오는 에드몽 웰스와 미카엘 팽송, 라울 라조르박이 재등장한다. 이외에도 마타 하리, 귀스타브 에펠, 매릴린 먼로, 생텍쥐페리 같은 유명 인사도 중요한 역할을 맡아 이야기에 재미를 더한다.

그 작품에서도 전작들과 마찬가지로 『상대적이며 절대적인 지식의 백과사전』의 형식을 빌려 제라르 암잘라그한테 배운 지식을 비롯한 흥미로운 정보를 독자들과 나누기로 했다. 전체적인 골격이 짜이자 빠른 속도로 책을 써 내려갈 수 있었다. 마지막까지 극적인 긴장감을 유지할 형식과 적절한 톤을 찾기 위해 이번에도 여러 개의 새로운 버전을 쓰며 수정을 거듭했다. 2004년 6월 집필이 끝난 〈신〉 3부작의 제1부 『우리는 신』은 3개월 뒤인 그해 가을에 출간되어 즉시 폭발적인 반응을 일으켰다.

〈신〉 제1부는 현재까지 (문고판을 제외하고) 일반 판형으로만 프랑스에서 37만 부가 넘게 팔렸다. 내 책 중 최고의 기록이다.

독자에게 한발 물러나 세계를 바라볼 기회를 준 것이 그 책의 성공 요인 중 하나라고 감히 생각한다. 책을 읽으면서 독자는 〈주어진 운명을 감내하는 필멸의 존재인 인간〉이 지닌 좁은 시각에서 벗어나 거시적인 시공간에서 보다 큰 주제들을 고민하고, 그에 따라 우리가 가진 행동과 선택의 가능성을 생각해 볼 수 있지 않았을까. 〈어떤 시스템을 이해하기 위해서는 그 시스템 밖으로 나오지 않으면 안 된다.〉 나는 수학자 쿠르트 괴델의 이런 관점이 참 마음에 든다. 내가 사는 프랑스를 더 잘 이해하기 위해 나는 밖으로 나가 러시아와 한국, 코트디부아르, 미국 등지를 여행했다. 인간을 더 잘 이해하기 위해 비인간의 관점을 택했다. 신 또한 이런 관점의 일환이었다.

마흔두 살. 책임질 수 있는 실수는 예술적 선택이라 불러도 무방하다

「에이, 솔직해집시다! 이 돼먹지 못한 시스템에 솔직히 화가 나죠, 그렇죠?」

2003년 11월, 파리 생제르맹데프레에 있는 카페 레 되 마고에서 작가 트리스탕 바농이 기획한 대담집 『고백한 실수들』의 출간을 축하하기 위해 모인 자리에서 있었던 일이다.

멋진 정장 차림의 풍채 좋은 남자가 나를 향해 걸어왔다. 그가 한 유명 라디오 문학 프로그램의 진행자임을 단박에 알아봤다. 대형 주간지의 문학면 담당 책임자이자 유명 문학상의 심사 위원이기도 했던 그는 한마디로 〈파리 공식 문단〉의 거물급 인사였다. 편의상 그를 제레미라고 부르기로 하자. 제레미는 반가운 얼굴로 다가와 거침없이 말했다.

「아, 베르베르 씨 맞죠? 감사 인사부터 해야겠네요.」

「무슨 말씀인지?」

「우리 아들이 전에는 책을 통 안 읽었어요. 열세 살짜리가 만화책만 봐서 짜증스럽기도 하고 걱정도 했는데 『개미』가 결정적 계기가 되어 갑자기 책에 재미를 붙였어요. 당신 책을 다 찾아 읽기 시작하더니, 이제는 〈그림 없는〉 책도 끝까지 읽는 건 물론 과학과 역사에도 흥미를 보여요. 툭하면 당신 소설 얘기를 꺼내고 저녁 식탁에서 가족들에게 내용을 요약해 들려주기까지 해요. 내가 쓴 책은 여전히 읽지도 않는 녀석이 말이야! 살짝 질투가 날 지경이라니까요.」

그의 입가가 실룩 올라가는 게 보였다.

「어쨌든 당신한테 감사 인사를 하고 싶었어요. 당신 덕분에 아들이 독서의 재미를 깨닫게 되었으니까. 이제는 TV나 게임보다 책을 훨씬 좋아하게 되었어요. 정말 고마워요.」

「별말씀을. 그런데…… 좀 궁금한 게…… 무슨 내용이길래 아드님이 제 책을 그렇게 좋아하는지 한번 읽어 보고 싶은 마음은 생기지 않던가요?」

「내가요? 아, 그건, 미안하지만 내 일과를 몰라서 하는 소리예요. 매일 읽어야 하는 책이 산더미예요! 더 읽는 건 불가능해요. 지금도 거의 고문 수준이니까. 아무리 의지를 발휘해도 지금보다 더 읽는 건 상상도 할 수 없어요.」

제레미가 말을 이어 갔다.

「한데 아무리 생각해도 이건 정상이 아니에요. 대중의 인기를 누리고 어린 독자들한테 책 읽는 재미를 깨닫게 해주는 당신 같은 작가에게 파리 언론에서는 호기심조차 느끼지 않는다니. 물론 스노비즘 때문이겠지만.」

머릿속에서 여러 생각이 동시에 일어나는 듯 그가 눈동자를 뒤룩뒤룩 굴렸다.

「이미 여러 나라에서 당신 작품이 번역 출간되었고, 우리가 원하든 원하지 않든 해외에서 당신은 어떤 의미에서 새로운 프랑스 문학을 대표하는 작가로 자리매김했어요.」

제레미가 내 쪽으로 바짝 다가들었다.

「자, 내가 당신한테 한 가지 제안하죠. 우리 잡지에 〈불평불만〉이라는 꼭지가 있어요. 여기다 대중, 특히 어린 독자들의 사랑을 받는 당신의 작품 세계를 궁금해하지조차 않는 편협한 사고방식을 가진 기자들에게 느끼는 불만을 한번 털어놓아 보지 않겠어요?」

그 만남 후 일주일 뒤에 그 잡지의 기자 하나가 찾아왔다.

「우리 보스가, 당신이 당신 작품에 관심을 주지 않는 파리 언론사 기자들에게 단단히 화나 있다면서 인터뷰를 해오라고 했어요.」

「잘못 알고 왔어요. 난 화나지 않았어요. 나 역시 기자 출신이라 그 시스템이 어떻게 작동하는지 잘 알죠.」

「그러니까 그 시스템을 상대로 싸움을 벌이고 있는 거군요.」

그녀가 대화를 한쪽으로 유도했다.

「아니, 절대 그렇지 않아요. 솔직히 관심도 없어요. 예전에 편집자가 나한테 이런 말을 해준 적이 있어요. 〈대중의 마음을 얻거나 평단의 마음을 얻거나 둘 중 하나예요. 양립은 불가능해요. 한쪽에서 박수를 받으면 다른 쪽에서는 자동으로 욕을 먹게 되어 있어요.〉 그 말을 듣고 선택했어요. 대중의 마음을 얻기로. 당신 보스가 열세 살짜리 아들이 내 책을 엄청나게 좋아한다길래 나는 그 이유가 궁금하지 않냐고 물어봤던 것뿐이에요.」

「어쨌든 이런 상황이 짜증스러운 건 사실이잖아요. 미국 유력 언론에도 당신을 상찬하는 비평이 실린 걸 봤는데.」

나는 우회적으로 생각을 표현할 방법을 찾고 있었다.

「〈조국은 예언자를 알아보지 못하는 법〉이에요.」

상대방은 내 반응이 마뜩잖은 눈치였다. 대화는 쇠귀에 경 읽기가 될 게 뻔했다.

「난 아무렇지 않아요.」

나는 거듭 의견을 밝혔다.

「스스로 아주 행복한 작가라고 생각해요. 해군보다 해적으로 사는 게 더 짜릿하고 흥미진진한 법이죠.」

「아까 했던 그 파리 문단 얘기로 돌아가자면,」

그녀가 내 말을 끊었다.

「우리 나라는 세계에서 유일하게 평론가가 작가를 겸하는 나라예요. 심판이 선수로도 뛰는 셈이죠. 이건 너무 비상식적인 거 아닌가요?」

「난 낡은 시스템을 극복하기 위해선 그것과 맞서 싸우기보다 새롭고 독창적인 걸 제안하는 편이 더 효과적이라고 생각해요. 그러면 변화는 자동으로 일어나게 되어 있으니까. 내 최대 관심사는 젊은 독자들을 책으로 유인하는 거예요. 그들이 독서의 재미를 깨닫게 해주고 싶어요.」

기자는 〈불평불만〉란에 싣기에는 내 대답이 너무 〈뜨뜻미지근해〉 실망하는 눈치였다.

나는 이번이야말로 고르디오스의 매듭을 끊을 기회라고 생각하며 물었다.

「잠깐만, 한 가지 간단히 물어볼 게 있어요. 당신은, 당신은 내 책을 읽었어요?」

「……아니요.」

「그럴 줄 알았어요. 당신 자신부터 그 이유가 뭔지 생각해 봐요.」

그로부터 일주일 뒤에 인터뷰 기사가 나왔다. 제목에 인용 부호가 붙어 있었다. 〈비평가들이 계속해서 내 책을 읽어 주지 않으면 절필할 생각입니다.〉 당연히 내 입으로 뱉은 기억이 없는 말이었고, 나머지 내용도 내가 한 말과 정반대였다. 기사를 읽어 보니 그것이 실린 난의 제목처럼 정말로 내가 〈불평불만〉을 쏟아 내는 것같이 느껴졌다.

기자가 먼저 기사를 써놓고서 그저 형식적인 차원에서 나를 찾아와 인터뷰를 진행했을지도 모른다는 생각까지 들었다.

하긴, 원자를 깨트리는 것보다 인간의 편견을 깨트리는 게 더 어렵다고 아인슈타인은 말했지.

내 생각과 정반대인 인용문이 언론에 실렸으니 진지하게 반론권 행사를 고심했다. 그런데 뒤쿠세 회장이 어차피 그런 성격의 기사에는 아무도 관심이 없다고, 더군다나 그런 잡지의 그런 난에 실린 기사를 누가 읽겠냐고 나를 말렸다.

기사가 나온 날 저녁, 스트레스도 풀 겸 최근 겪은 일에서 모티브를 가져와 「화낼 줄 모르는 남자」라는 단편을 썼다. 주변 사람이 모두 한통속이 되어 가는 과정을 그린 이야기다. 다른 사람을 판단하는 건 나한테 아무 득이 되지 않으니 그저 내 장점과 단점을 명확히 인식하면서 게임을 계속 해나가는 수밖에 없다고 또 한 번 생각했다.

그런데 일은 거기서 끝나지 않았다.

내가 프랑스 앵테르 라디오의 여름 특집 프로그램에 출연해 청취자들에게 그 일을 상세히 공개하자 기분이 상한 제레미가 나를 공격하는 기사를 자기 잡지에 두 면에 걸쳐 실었다. 이번에는 덤으로 내 사진까지 실어 줬다.

마침내 나에 관한 〈기사〉가 언론에 나온 것이다.

타로의 8번 아르카나가 암시하듯 양손에 떡을 쥘 수는 없다. 그래서 나는 하나를 선택했다. 대중을 위해 글을 쓰기로 마음먹은 순간부터 내 관심사는 오로지 대중의 인정뿐이었다. 그동안 받은 『엘』 독자상, 『과학과 미래』 독자상, 리브르 드 포슈 독자상 등의 공통점은 바로 독자들이 준 상이라는 것이다.

돌이켜 생각해 보면 제레미를 만나는 계기가 된, 트리스탄 바농이 기획한 대담집의 제목이 〈고백한 실수들〉이라는 게 그렇게 절묘할 수가 없다.

마흔네 살. 제7의 예술

「앞으로도 지금처럼 꾸준한 창작 리듬을 유지하면 평생 글로 먹고사는 데 큰 문제는 없을 걸세. 단, 한 가지 조건이 있어. 영화계에 발을 들이는 실수를 저질러서는 안 돼.」 리샤르 뒤쿠세가 의미심장하게 말했다.

절친한 친구 렌 역시 그 관점에 동의했다. 「영화는 너한테 실망만 안겨 줄 거야. 그러니 저작권을 넘기고 수표만 받고 끝내. 영화를 직접 보면 화만 날 테니까.」

보리스 비앙이 자신의 소설 『너희들 무덤에 침을 뱉으마』를 각색해 제작한 영화의 시사회장에서 유명을 달리했다는 것은 널리 알려진 사실이다.

하지만 시나리오 작가 경험도 있고 직접 단편 영화를 찍은 적도 있는 내게 영화는 포기하기 힘든 유혹이었다. 영화제작은 여전히 내 원대한 계획 중 하나였다. 영화야말로 가장 많은 대중을 만날 수 있는 예술적 형식이니까.

어느 날 클로드 를루슈 감독에게서 전화가 왔다. 그는 내가 만든 단편 영화 「인간은 우리의 친구」(동물 다큐멘터리를 가장하지만 사실은 인간이라는 종을 들여다보는 작품이다. 외계 생명체들이 인간을 주제로 만든 다큐멘터리 형식을 취한 그 영화는 단편집 『나무』에 실린 「그들을 사랑하는 법을 배우자」에서 모티브를 가져왔다), 그리고 내 희곡을 각색해 무대에 올린 연극(외계 생명체들이 시험 삼아 두 인간을 사육하는 이야기를 담은 그 작품은 걸출한 연출가 장 크리스토프 바르크가 연출을 맡고 재능 있는 배우 오드리 다나와 함께 직접 출연까지 했다)을 모두 흥미롭게 봤다고 했다.

「당신 단편 영화의 아이디어를 계승해 장편을 하나 만들어 봅시다.」

시나리오를 쓰는 동안 클로드 를루슈의 놀라운 면모를 여럿 발견했다. 그는 고도의 창의성과 놀라운 호기심을 갖춘 인간의 전형이었다. 여전히 동심을 간직하고 있던 그는 작은 것에도 감탄할 줄 아는 섬세한 사람이었다.

그렇게 내 존재에 결정적인 영향을 미칠 또 한 사람을 만나게 되었다.

그는 마흔 편이 넘는 영화를 제작한 감독임에도 늘 추진 중인 프로젝트가 두 개씩은 있었다. 창작의 꾸준함과 자신의 모든 것을 던지는 헌신은 예술인들의 모범이 될 만했다. 그는 꼭 만들고 싶은 영화의 투자자를 찾지 못하면 직접 제작비를 대는 모험도 수시로 감행했다.

우리가 제작 기획안을 들고 영화 배급사나 방송국 간부를 찾아가면 다들 어떤 〈간판스타〉가 출연하는지를 가장 궁금해했다. (줄거리상 외계 생명체들이 유명 배우들과 마주칠 일이 없으니) 스타 배우가 등장하지 않는다는 걸 알게 되자 그들은 전례가 없는 상품을 어떻게 관객들에게 〈판매〉할 수 있을지 모르겠다며 한결같이 우려를 나타냈다.

그런 줄도 모르고 어리석은 나는 〈태초에 말씀이 계시니라〉 하는 믿음으로 일의 순서를 거꾸로 생각해 추진했던 것이다. 프랑스에서는 영화 제작의 출발점이 시나리오가 아니라 배우였을 줄은 꿈에도 상상 못 했다.

클로드 를루슈는 포기하지 않고 나를 격려해 줬다.

「아무도 제작비를 대주지 않아도 우린 이 영화를 완성할 걸세.」

결국 그가 혼자서 제작비 전부를 댔다.

「난 자네가 실수하게 내버려 둘 생각이야. 그 실수들로부터 자네만의 독특한 스타일이 생길 테니까.」

촬영 첫째 달에는 카메라 감독인 스테판 크라우츠(그는 이미 「인간은 우리의 친구」를 함께 작업한 경험이 있었다)를 비롯한 소규모 촬영 스태프단과 함께 주로 멀리서 망원

렌즈로 인간들을 카메라에 담는 작업을 했다. 관객에게 야생 서식지의 동물들을 보는 듯한 느낌을 주기 위해서였다. 그 자신이 다큐멘터리 감독이기도 한 스테판은 배우에게 미리 요구해서는 얻을 수 없는 기발하고 독창적인 순간을 포착하는 재능을 보여 줬다. 우리는 연출되지 않은 생생한 장면들을 찍고 나서 나중에 거기 등장하는 사람들에게 이미지 사용권에 대한 동의를 구하는 식으로 작업했다.

우리는 인간의 생식을 설명하기 위해 신생아의 출생 순간을, 그리고 섭식을 설명하기 위해 가금류 도축장을 카메라에 담았다.

둘째 달에는 촬영 인력이 조금 더 보충된 상태에서 캐스팅을 거친 실제 배우들이 촬영에 참여했다. 우리는 두 인간의 사랑이 변화하는 단계를 동물의 구애 행동을 바라보듯 카메라에 담기로 했다. 내 첫 단편 영화「나전 여왕」에서 특수 효과를 담당했던 친구 세바스티앵 드루앵이 기발한 아이디어를 냈다. 그는 몸속의 뼈를 투명하게 보여 줌으로써 마치 성교 장면을 엑스선으로 촬영한 듯한 착각을 일으켰다. 성교 중인 두 인간의 뼈가 움직이는 모습을 본 대부분의 관객은 우리가 실제 정사 장면을 촬영해 투명하게 보이도록 만든 것이라고 믿었다.

촬영 셋째 달에 접어들어 케이지 안에 인간 커플을 넣어 놓고 그들이 함께 살아가는 모습을 카메라에 담는 작업은 쉽지 않았다.

인간 여자 주인공은 내 희곡을 무대에 올린 작품에서 재능을 보여 줬던 오드리 다나가 맡았다. 그녀는 자신의 첫 영화 출연작인 그 작품에서 헌신적인 연기를 선보였다. 그녀가 등장하는 첫 장면에서 나는 낯선 행성을 처음 발견했을 때의 느낌을 표현하기 위해 알몸으로 유리 벽에 몸을 붙인 채 안절부절못하는 모습을 카메라에 담았다. 그녀와 마찬가지로 알몸으로 케이지에 갇힌 어리바리한 인간 수컷의 역할은 보리스 방뛰라가 맡았다.

대본이 있긴 했지만 최대한 자연스러운 행동을 유도하기 위해 배우들에게 즉흥 연기를 요구했다. 생면부지의 동류(同類) 인간과 함께 생체 실험을 당하는 기분으로 유리 감옥에 갇히면 어떻게 될까?

평범함을 탈피하고 싶어 (서로 마주 보는 카메라 두 대가 번갈아 장면을 담아내는 촬영 기법으로, 두 등장인물 간의 대화를 촬영할 때 주로 쓰이는) 리버스 숏 사용을 최대한 자제했다. 그리고 다양한 이동 촬영 방식을 통해 독창적인 카메라 움직임을 만들어 내려고 애썼다. 다행히 우리가 세트장으로 썼던 브리 스튜디오는 크레인 숏이 가능할 만큼 넓었다.

촬영에 들어가기 전에 클로드 를루슈 감독이 해준 조언을 수시로 떠올렸다.

「좋은 감독이 되고 싶거든 제일 먼저 촬영장에 나오고 제일 늦게 귀가하게. 촬영장 분위기가 좋아지려면 무엇보다 스태프들의 식사가 맛있어야 하지.」

그는 이런 조언도 덧붙였다.

「감정을 포착하려면 두 눈과 코가 만드는 삼각형 구도 속에서 배우의 얼굴을 최대한 가까이 찍어야 하네. 감독이 하는 일은 배우들이 즐겁게 연기할 수 있는 장을 만들어 주는 거야. 그러면 배우들이 알아서 자네에게 놀라움을 선사해

「우리 친구 지구인」 촬영 현장에서 카메라를 잡은 베르나르 베르베르.

줄 걸세.」

〈케이지 속 인간〉의 수를 조금씩 늘려 가면서 촬영을 계속했다. 배우들에게 최대한 자유롭고 즉흥적으로 연기하라고 주문했다. 연기가 마음에 들면 다음 날 조금 더 많은 분량의 대본을 배우에게 줬다.

촬영을 마친 저녁에는 낮에 찍은 분량을 편집했다.

그렇게 편집해 나가면서 다음 날 촬영할 장면의 시나리오를 그때그때 수정했다. 목표는 오직 하나, 익숙함에 매몰되지 않고 관객에게 놀라움을 선사하는 것이었다.

카메라 감독 스테판 크라우츠는 시나리오를 읽지 않은 상태에서 촬영에 임했다. 그는 익숙한 모습으로 카메라를 어깨에 메고 케이지 속 배우들을 찍으면서 그들의 말과 행동에서 놀라운 순간을 포착해 냈다.

촬영 기간 내내 (클로드 를루슈 감독을 실망하게 할지도 모른다는 두려움과 함께) 일종의 흥분 상태에 빠져 있었다. 그래서 저녁에는 편집 작업을 마친 뒤에 긴장도 풀 겸 새로운 소설을 쓰기 시작했다.

『파피용』은 인류가 생존할 수 있는 다른 행성을 찾아 지구를 〈탈출〉하는 이야기를 담고 있다.

전에 읽은 앙리 라보리의 『도피 예찬』과 영매 모니크 파랑 바캉이 들려준 전생 이야기가 그 소설을 쓰는 데 적잖은 영향을 미쳤을 것이다. 내가 지구를 정복하러 우주선을 타고 온 외계인 중 하나였다던 모니크의 말을 떠올리면서 〈우주를 나는 노아의 방주〉를 연상케 하는 이야기를 지어냈다.

10만 명이 넘는, 정확히는 14만 4천 명의 지구인이 새로운 행성을 찾아 우주선에 탑승한다. 그 우주선은 일반적인 크기의 로켓이 아니라 움직이는 도시라 해도 과언이 아닐 만큼 거대하다.

파피용호를 움직이는 거대한 돛 두 개는 내연 기관이 아니라 별들이 발산하는 빛 알갱이인 광자에서 추진력을 얻는다. 광자야말로 진공 상태인 우주에 무한히 존재하는 유일한 에너지원이라는 사실에 착안해 현실적으로 가능한 우주 범선을 설계하려고 애썼다.

설계 과정에서 광자 기반 우주 항해를 열렬히 홍보하는 국립 우주 센터CNES 소속 엔지니어인 기 피뇰레 드 생트 로즈에게서 적극적인 도움과 조언을 얻었다. 한 억만장자의 후원을 받아 마침내 32킬로미터에 이르는 튜브 모양 동체에, 초미세 섬유인 케블라 섬유로 만든 호주 대륙 크기의 돛이 달린 우주 범선 파피용호가 완성된다. 드디어 인류는 그 우주선을 타고 멸망 직전의 지구를 떠난다.

파피용호가 1천2백 년간 우주를 항해하는 동안 그 안에서는 세대교체가 무수히 일어난다. 드디어 인간이 살 수 있는 행성에 도착했을 때, 우주선에 생존자는 단 두 사람, 남자 하나와 여자 하나뿐이었다. 행성에 내려 보니 공룡이 살고 있었다. 그러나 두 개척자의 몸에 있던 독감 바이러스가 퍼지는 바람에 공룡은 순식간에 절멸하고 만다. 남미 대륙에 도착한 최초의 콩키스타도르들한테서 바이러스가 옮아 원주민들이 떼죽음을 당한 것과 비슷한 일이 벌어진 것이다.

소설의 마지막에 이르면 놀라운 반전이 기다리고 있다. 독자는 우리의 미래에서 벌어지는 것 같았던 이야기가 사실은 우리의 과거임을 깨닫게 된다. 파피용호의 마지막 두 생존자가 〈1번 지구〉를 떠나 도착한 새로운 행성, 그들이 〈2번 지구〉라고 이름 붙인 그 행성은 알고 보면 지금 우리가 사는 행성이다. 훗날 그 남녀는 각각 아담과 릴리트로 불리게 된다. (유대 신화에 나와 있는 것처럼) 릴리트가 몸을 허락하지 않고 달아나자, 아담은 자기 갈비뼈를 하나 뽑아 DNA를 추출한 다음 유전자 조작을 통해 딸을 얻는다. 그는 이브라는 이름을 지어 준 그 딸과 함께 우리 인류를 탄생시킨다.

『파피용』은 그야말로 일필휘지로 써 내려간 작품이었다.

편집을 마친 「우리 친구 지구인」은 피에르 아르디티의 목소리를 입히고 동물 행동학 전문가인 보리스 시륄니크의 인터뷰를 추가함으로써 제작의 전 과정이 끝났다. 그때부터 본격적으로 배급사를 찾아 나섰지만 스타 배우가 출연하지 않는다는 이유로 또다시 난관에 봉착했다.

결국 클로드 를루슈 감독이 자신의 배급사인 〈필름 13〉을 통해 직접 배급을 맡기로 했다.

영화는 니콜라 사르코지와 세골렌 루아얄이 맞붙었던 대통령 선거의 1차 투표와 2차 투표 사이인 2007년 4월 18일 극장에 걸렸다. 시기가 시기였던 만큼 언론의 주목을 거의 받지 못했다. (『누벨 옵스』에서 내 정규직화를 위해 힘써 줬던 프랑수아 지루의 손자인) 나타나엘 카르미츠가 자신이 운영하는 파리의 극장에서 영화를 상영해 줬다. 영화는 도시 외곽 쇼핑몰에 있는 극장들에서만 상영되어 소수의 관객을 만나는 데 그쳤다.

「우리 친구 지구인」은 기대했던 성공을 거두지는 못했지만 내가 만든 최초의 장편 영화라는 데 의의가 있다.

그 프로젝트에 보여 준 클로드 를루슈 감독의 용기와 끈기를 영원히 잊지 못할 것이다. 〈실험적인〉 장르의 영화를 만들기 위해 불가능에 도전했던 그에게 무한한 감사의 마음을 전한다.

13번 아르카나: 죽음

〈이름 없는 아르카나〉로도 불리는 13번 아르카나에는 낫을 휘두르는 해골이 그려져 있다. 바닥에는 낫질에 잘려 나간 왕관을 쓴 머리들, 손들, 발들이 보인다. 그런데 아이러니하게도 죽음을 연상케 하는 이 검은 땅에서 새싹이 자라나고 있다.

이 카드는 한 시스템의 종말과 새로운 시스템의 시작을 뜻한다. 공포를 불러일으키는 아르카나이지만 고통스러운 사이클이 끝남을 의미하기도 한다. 이는 새로 태어나기 위해 반드시 필요한 과정이다.

마흔여덟 살, 비보가 날아들다

「다른 사람들이 하지 않은 얘기를 굳이 내가 해줄 필요가 있는지 모르겠네요.」

내 생일날에는 항상 예기치 못한 일이 벌어지곤 한다. 마흔여덟 살 생일에 (20대 때 건강에 관한 책을 같이 써서 알뱅 미셸에서 내자고 했던) 친구이자 심장 전문의인 프레데리크 살드만이 특이한 선물을 해줬다. 다름 아닌 종합 검진.

「우리 몸은 자동차와 비슷해. 운행 거리가 5만 킬로미터를 넘기면 전반적인 정비가 필요하지. 너도 내일모레면 쉰이니까 지금이 몸을 전체적으로 한번 점검할 때야.」

나는 아침 일찍 그가 일하는 퐁피두 병원으로 향했다. 도착 직후부터 50년 가까이 움직이고 글을 쓸 수 있게 해준 낡은 몸뚱이의 상태를 점검하기 위한 다양한 검사가 진행되었다. 질문지를 작성하고, 피 검사를 하고, 엑스레이를 찍고, CT와 MRI 촬영을 하다 보니 어느새 하루가 갔다.

검진이 끝나 갈 무렵 관상 동맥을 촬영해 검사해 준 흰 가운 차림의 남자가 고개를 푹 숙인 채 다가왔다.

「다른 사람들이 얘기해 주던가요?」

「무슨 얘기요?」

그가 일부러 내 눈을 피하며 대답했다.

「다른 사람들이 하지 않은 얘기를 굳이 내가 해줄 필요가 있는지 모르겠네요.」

「무슨 말이죠?」

그는 여전히 내 눈을 똑바로 바라보지 않았다.

「자기들이야 쉽겠지. 마지막 검사를 맡은 나한테 늘 이런 식으로 떠넘기면 되니까. 미안하지만 이번엔 그렇게 안 돼.」

그가 결과지를 덮은 채로 내게 건네며 말했다.

「의사들한테 보여 주고 설명을 들으세요.」

결과지를 받아 들고 프레데리크의 진료실을 찾아갔다. 결과지를 훑어보는 그에게 직전에 나눈 이상한 대화의 내용을 전했다. 그가 다른 검사 결과들을 건너뛰더니 관상 동맥 조영술 결과를 유심히 들여다보기 시작했다.

「맞아. 〈약간의〉 걱정거리가 있긴 해.」

「약간? 얼마나 약간? 무슨 걱정거리?」

「관상 동맥 협착이 발견되었어.」

「심각한 거야?」

「골치 아픈 문제야. 혈액을 공급해 심장을 뛰게 하는 혈관이 막혔으니까.」

프레데리크 역시 난처한 표정을 지었다.

「게다가 막힌 지점이 딱 분지부여서 스텐트 시술이 불가능해.」

「그럼 어떻게 하지?」

「일단 좀 고민해 보면서 관상 동맥 우회술이 필요한지 동료들과 상의해 볼게.」

나는 2차 소견을 받기 위해 다른 전문의를 찾아갔다. 마리라를롱그 병원의 CT 및 MRI 센터 과장인 장프랑수아 폴 교수는 똑같은 검사를 다시 하고서 죽상 동맥 경화라는 똑같은 결론을 내렸다. 위험 요소가 있긴 하지만 수술 필요성에 대해서는 단정적인 결론을 내리기 힘들다고 말했다.

「특이한 게, 당신은 이런 문제가 흔히 발생하는 환자와 조건이 정반대예요. 술, 담배를 일절 하지 않고 고기도 안

먹잖아요. 콜레스테롤 수치도 정상이고 고지질 혈증도 아닌 데다 심근 경색을 일으킨 적도 없어요. 일주일에 한 번한 시간씩 조깅도 하고 특별히 스트레스가 심한 환경에 놓인 것도 아니란 말이죠. 당신 친구 덕에 건강 검진을 했기에 망정이지 그렇지 않았으면 혈관이 막힌 줄도 몰랐을 거예요. 길에서 행인들을 무작위로 골라 당신과 똑같은 검사를 받게 하면 그중 다수가 아마도 당신과 비슷한 결과가 나오지 않을까요…….」

마흔여덟 살에 그렇게 뜻밖의 비보가 날아들었다. 내 인생 소설의 한가운데 와 있다고 믿었는데 어쩌면 이미 마지막 챕터에 이르렀는지도 모른다고 통보받은 것이다.

프레데리크 살드만은 내 〈케이스〉를 동료 의사들과 공유하면서 관상 동맥 우회술의 필요성을 물었더니 절반은 하는 게 좋겠다고 하고 절반은 하지 않는 게 좋겠다고 하더라고 전해 줬다. 결국 내 결정에 달렸다는 뜻이었다.

어떻게 하는 게 좋을까? 동전을 던져서 결정할까?

프레데리크에게 수술 과정을 자세히 설명해 달라고 부탁했다. 그는 관상 동맥 우회술은 흉골을 절개하고 심장을 정지시킨 상태에서 내흉 동맥을 주변 조직으로부터 떼어 내어 우회 혈관을 확보함으로써 심근으로 혈액이 공급되게만드는, 상당히 힘든 외과 수술이라고 설명해 줬다.

「그렇구나. 그런데, 내 처지라면 넌 어떤 선택을 할래?」

친구에게 단도직입적으로 물었다.

「부작용 우려가 있는 이런 수술을 한번 하고 나면 폭삭늙는다는 느낌이 들긴 해. 게다가 7년쯤 후에 다시 한번 수술을 해야 할지도 모르고…….」

그 말을 듣는 순간 의학이 정밀과학이 아님을 실감했다. 드라마 「닥터 하우스」에 나오는 것처럼 의학 진단은 의사의 직관과 주관이 작동한 결과인지도 모른다. 어떤 의미에서 의학은 불확실성의 영역이며 수술 필요성에 대한 판단 또한 의사가 다분히 직관적으로 내리는 경우가 많다.

프레데리크가 얕은 한숨을 내쉬면서 잠시 생각에 잠겼다가 말했다.

「내가 너라면 수술을 택하지 않겠어. 대신 앞으로 철저히 몸을 관리해야 해. 일주일에 한 번이 아니라 매일 한 시간씩, 예외 없이 운동해야 해. 그래야 막힌 관상 동맥의 기능을 보완해 줄 우회 혈관이 생길 수 있어. 고속 도로가 정체를 빚으면 작은 샛길들로 교통량을 분산해 소통을 원활하게 하는 것과 같은 이치라고 보면 돼.」

즉시 실내 자전거를 구입해 TV와 마주 보는 거실 한쪽에 설치했다. 그리고 일과 중 비어 있던 한 시간, 즉 단편을 하나 쓴 뒤인 저녁 7시부터 8시 사이를 심장 강화 운동에 할애하기로 했다.

스스로 자극을 주기 위해(솔직히 아무것도 하지 않고 한 시간씩 실내 자전거를 타는 건 지루하기 짝이 없는 일 아닌가!) 운동하면서 드라마를 보기로 했다.

TV를 보지 않은 지 무척 오래되었는데 그렇게 매일 한 시간씩 드라마를 시청할 시간이 생기니 자전거 페달을 밟는 데 동기 부여가 되었다.

역사 드라마인 「로마」부터 시작해 「덱스터」와 「튜더스」를 연달아 봤다. 노아 홀리가 코언 형제의 동명 영화를 바탕으로 제작한 「파고」는 화면에서 눈을 뗄 수 없을 만큼 흥미진진했다. 코언 형제의 시나리오는 내가 완벽한 시나리오의 교과서로 여기는 텍스트이기도 하다.

「왕좌의 게임」은 서사를 바라보는 관점에 적지 않은 변화를 일으켰다. 신선한 충격이었다. 드라마를 보고 있으면 조지 R. R. 마틴이 주사위를 던져 등장인물들의 생사를 결정한 듯한 느낌이 들었다. 그만큼 주인공들의 운명은 예측 불가능했고 납득할 만한 논리도 없어 보였다.

하루 한 시간씩 자전거를 타며 심폐 지구력 강화 운동을 했더니 신기하게도 면역력이 같이 향상되어 겨울에도 예전만큼 자주 감기에 걸리지 않았다.

그때부터 삶을 대하는 태도가 완전히 달라졌다. 하루하루가 덤으로 주어지는 선물 같은 시간이라고 생각하게 되었다. 아침에 눈을 뜨면 하루 더 살아 있음을 감사히 여겼다.

나는 13번 죽음의 아르카나를 손에 쥐고 있었지만, 그것은 열세 번째 카드일 뿐 마지막 카드는 아니었다. 잘린 머리들 옆에서 돋아나는 새싹이 말해 주듯 그 카드는 부활의 가능성을 내포하고 있다. 물론 타로를 처음 접하는 사람들이 그 카드를 받아 들고 느낄 공포는 충분히 이해한다.

타로에 〈나쁜〉 아르카나는 없다. 장애물 경주에서처럼 우리가 뛰어넘어야 할 무수한 시련이 있을 뿐이다.

그냥 실패하고 끝나는 일은 없다. 〈성공하거나 배우거나 둘 중 하나〉라는 속담도 있지 않던가.

하지만 대작을 쓸 시간이 아직 남아 있다고 생각하던 내가 이 일을 계기로 긴박감에 사로잡히게 된 것도 사실이다.

나는 신체라는 육신의 껍질에도 전보다 더 많은 관심을

두게 되었다. 조깅 시간을 두 배로 늘려 운동하다 보니, 나한테 편리함을 준다기보다 온갖 문제만 일으킨다고 여겼던 몸이 생각 이상의 능력을 지녔다는 사실을 알게 되었다. 그동안 충분히 쓰지 않아 약해져 있었을 뿐이다.

이전처럼 10킬로미터가 아니라 20킬로미터를 쉬지 않고 달리기 시작했다. 지루함을 달래려고 역사와 과학 팟캐스트를 들으며 뛰었다. 덕분에 하프 마라톤도 거뜬히 뛸 수 있는 몸 상태가 되었다. 관상 동맥 경화가 없었더라면 불가능한 일이었을 것이다. 내 몸에 그런 잠재력이 있다는 것조차 몰랐을 테니.

당장 내일 죽을 수도 있다는 가능성을 인식하자 일종의 유작을 써야겠다는 생각이 들었다. 우리 인류에게 닥칠 미래에 대한 큰 그림을 그려 보고 싶은 욕심이 생겼다.

제목은 〈제3인류〉로 정했다.

〈제3인류〉 프로젝트는 오래전 지구상에 제1인류인 거인들이 살았다는 가정에서 출발한다. 그 거인들의 흔적은 여러 신화에서 발견된다. 그리스 신화 속 티탄, 스칸디나비아 신화 속 거인이 대표적인 예다. 성경에도 거인족에 관한 언급이 있다. 어느 순간 거인이 모두 사라지고 그들보다 몸이 작은 인류가 뒤를 이었다. 현생 인류인 우리가 그 주인공이다. 우리는 두 번째 인류, 다시 말해 제2인류인 셈이다. 그런데 현 인류 문명이 쇠락의 길로 접어들자 새로운 인류가 출현할 필요성이 대두되었다.

공룡에서 인간으로 이어지는 축소 지향의 관점에서 나는 현생 인류보다 작은 새로운 인간종을 만들어 냈다. 작은 크기는 소비와 환경 오염을 줄여 지구 행성의 지속에 도움이 될 것이었다.

그 새로운 인류에〈제3인류〉라는 이름을 붙였다.

작품 중간중간에는 인격화된 지구의 생각을 삽입했다. 지구의 관점을 통해 이 땅에 점점 더 정교하고 복잡한 생명체가 존재하게 된 이유를 독자가 알게 했다. 지구의 최종 목표는 자신의 표면에서 사는 생명체들을 소행성과의 충돌로부터 보호해 주는 것이다. 45억 년 전에 일어난 소행성 테이아와의 충돌 같은 비극이 되풀이되는 것을 막고자 한다. 그때 테이아가 지구에 부딪히면서 떨어져 나간 엄청난 양의 파편들이 뭉쳐 만들어진 게 바로 달이라는 것은 이미 널리 알려진 사실이다.

그 소설에서 지구는 몸에 벼룩이 들끓는 개와 비슷한 모습으로 묘사된다.

피부에 달라붙은 벼룩이 너무 많아져 스멀거리는 느낌을 참을 수 없게 되면 지구는 한 번씩 몸을 턴다. 기생충 같은 인간들은 지구의 검은 피(석유)를 무분별하게 빨아들이고 털을 제멋대로 깎아 내는가 하면(벌목), (피부 깊숙이 뚫고 들어가는 핵 실험으로) 표피에 상처를 내기도 한다.

나는 애초에 그 작품을 7부작으로 계획하면서〈쓰는 도중 죽지 않는 한 매년 한 권씩 써서 마무리〉할 결심이었다.

한 권을 새로 추가할 때마다 시간을 건너뛰었다. 독자가 책을 막 펼쳤을 때는 10년을 뛰어넘었고, 그러다 1백 년, 1천 년, 1백만 년, 1천만 년, 1억 년으로 간격을 늘려 갔다.

거시적 관점에서 인류를 바라봄으로써 현재 우리에게 벌어지는 일에 거리 두기를 시도할 생각이었다. 이는 오늘날 우리에게는 사소해 보일 수 있는 선택이 먼 미래에는 생각지도 못한 엄청난 결과를 초래할 수 있음을 인식하는 방식이기도 했다.

현재 이 세계가 겪는 일들은 이상적인 미래에 대해 서로 다른 관점을 지닌 일곱 개의 진영이 벌이는 각축과 충돌의 결과라는 아이디어에서 출발해, 그 일곱 진영을 미시적으로 분석했다.

1) 백색: 〈많으면 많을수록 좋다〉라고 외치는 자본주의자들. 인구는 많아야 좋고 소비는 늘수록 좋다고 믿는다. 천연자원 고갈과 환경 파괴는 안중에도 없다. 〈이윤의 극대화를 위해서는 무분별한 소비가 전제 조건〉이라고 생각한다. 그런 근시안적 관점은 자원 낭비를 불러올뿐더러 전 세계적으로 (주로 야당이 존재하지 않고 인권 개념이 없는 비민주적 국가에서) 수백만 명의 노동자가 착취당하는 상황을 초래한다.

2) 녹색: 세상 사람들을 모두 개종시켜 신에게 예속시키겠다는 목표를 가진 광신주의자들. 신정 정치를 주창하며 혹세무민을 일삼는 자들이다. 하지만 대중은 천국을 약속받는 대가로 예속 상태를 쉽게 수용한다. 광신주의 사제들은 신을 내세워 자신들의 신을 믿지 않는 사람은 죽여도 무방하다고 대중을 현혹한다.

3) 청색: 기계주의자인 공학자들과 컴퓨터 엔지니어들. 인간을 대체할 고지능 로봇과 컴퓨터를 개발하는 데 혈안이 된 이들은 인간을 감시하고 통제하려고까지 한다. 인공지능이 인간보다 실수가 적은 점은 청색 진영에 유리하게 작용한다. 컴퓨터와 로봇은 그동안 인간이 했던 힘든 노동을 모두 대신할 수 있게 된다. 하지만 그렇게 기계에 모든

권력을 내주고 나면 언젠가 인간은 기계에 예속될 수밖에 없을 것이다.

4) 적색: 지난 수 세기 동안의 속박과 폭력, 부당함과 작별하고 반격을 준비하는 여성주의자들. 이들은 새로운 가치들로 새로운 세계를 만들려고 한다. 생명의 가치에 민감한 이 여성들은 평화로운 세계를 꿈꾼다.

5) 황색: 유전학을 자유자재로 부려 인간을 불멸의 존재로 만들고 싶어 하는 생물학자들. 수명 연장으로 배움의 기회가 많아진 인간은 이전보다 합리적이고 객관적인 사고를 할 수 있는 존재가 된다. 하지만 무한정 계속되는 삶의 권태로움은 어떻게 할 것인가? 〈생로병사〉의 원칙이 적용되는 생태계에서 인간만 예외를 인정받게 되면 그것은 과연 어떤 결과를 낳을 것인가?

6) 흑색: (당연히 〈파피용 2호〉라고 불리는) 우주선을 만들어 지구 탈출을 계획하는 도망자들. 동류 인간들에게 도덕성과 합리성을 요구하는 게 무의미하다고 판단한 이들은 새로운 행성에서 더 나은 문명을 건설하고자 한다. 기하급수적으로 인구가 늘어나는 상황에서는 독재자와 광신주의자, 거짓과 선동으로 동족의 마음을 지배해 권력을 잡는 자들이 더 늘어날 수밖에 없다. 지구 행성은 인간의 무분별한 행동 때문에 갈수록 망가질 수밖에 없다. 그러므로 탈출이 유일한 선택이라고 흑색주의자들은 확신한다. 멀리 떠나 이전의 실수를 되풀이하지 않고 처음부터 다시 시작하는 게 최선이라고.

마지막으로 일곱 번째 진영.

7) 연보라색: 탈성장과 자율적인 인구 통제, 인간의 소형

화가 문제 해결의 핵심이라고 믿는 이들. 〈적으면 적을수록 좋다〉라고 외치는 연보라색 진영은 유전자 조작으로 새로운 형태의 인류인 초소형 인간을 만들고자 한다. 크기가 10분의 1로 줄어들면 소비도 이전 인류의 10분의 1밖에 하지 않을 테니 지구에 끼치는 해악도 10분의 1로 줄어들리라는 게 이들의 생각이다.

그 일곱 개 진영이 대결을 펼칠 장으로 칠각형 체스판을 구상했다. 둘이 아닌 일곱 플레이어가 새로운 체스판 위를 종횡무진으로 움직이며 경쟁을 펼치게 할 생각이었다.

인류가 지구상에서 존속하기 위해서는 지구에 끼치는 악영향을 줄이는 것은 물론 지구와 직접 소통해야 한다는 게 내가 작품을 통해 전하고 싶었던 메시지다.

첫 책(프랑스어 원제는 〈제3인류〉)은 그럭저럭 반응이 좋았지만 두 번째 책(프랑스어 원제는 〈초소형 인간〉)부터는 판매가 줄기 시작해 세 번째 책(프랑스어 원제는 〈땅의 목소리〉)은 초라한 성적을 냈다. 그러자 출판사 측에서 프로젝트 중단을 요구했다.

나머지 네 작품의 밑그림을 이미 그려 놓았고 7부작의 결말도 정해 둔 상태였으나 독자들이 호응해 주지 않는 프로젝트를 끝까지 고집할 수는 없었다.

〈개미〉 3부작, 〈천계〉 5부작[17]과는 달리 〈제3인류〉 연작은 독자들의 마음을 얻지 못한 게 분명했다.

야심 차게 기획한 대작이었던 만큼 마무리하지 못했다는 아쉬움과 후회가 대단히 컸다.

---

17 『타나토노트』, 『천사들의 제국』, 그리고 〈신〉 3부작을 통틀어 가리킨다.

마흔일곱 살. 카산드라의 선택

〈너는 미래를 볼 수 있지만 네 예언에 귀 기울이는 사람은 아무도 없을 것이다.〉

2008년, 오늘날의 역사를 바라보며 내가 느끼는 무력감을 담아 『카산드라의 거울』을 쓰기 시작했다. 주인공 카산드라는 그리스 신화 속 동명의 인물에서 영감을 얻어 만들었다. 기원전 1200년, 트로이아 사람들이 아폴론에게 바치는 신전을 짓는다. 당시 트로이아의 왕 프리아모스와 왕비 헤카베 사이에는 카산드라라는 딸이 하나 있었는데, 그 딸이 신축 신전의 사제를 맡게 된다. 직접 내려와 완공된 신전을 둘러보던 아폴론은 카산드라와 마주친다. 앳된 사제가 마음에 든 아폴론은 그녀에게 미래를 내다보는 능력을 선물한다. 몇 년 뒤 다시 신전을 찾은 아폴론. 카산드라는 어느덧 성숙하고 아름다운 여인으로 변해 있다. 아폴론은 카산드라에게 잠자리를 요구했다 거절당하자 왕과 왕비를 찾아가서는, 받들어 모셔야 할 신인 자신에게 불손하게 군 배은망덕한 딸을 벌하겠다고 말한다. 아폴론은 예전에 카산드라에게 줬던 예언 능력을 빼앗지는 않지만 끔찍한 저주를 내린다. 〈너는 미래를 볼 수 있지만 네 예언에 귀 기울이는 사람은 아무도 없을 것이다.〉

아폴론의 저주대로, 그리스인들이 대군을 이끌고 곧 상륙할 것이라고 카산드라가 예언하지만 아무도 믿어 주지 않는다. 그리스 군대가 당도한 뒤에도 트로이아 사람들의 태도는 달라지지 않는다. 오히려 말이 씨가 되었다면서 예언을 한 그녀를 탓하고 원망한다.

카산드라는 훗날 그리스 병사들이 안에 몰래 숨어 있었

던 것으로 밝혀지는 대형 목마가 함정이라는 것 또한 일찍부터 직감한다. 그녀는 절대 목마를 도시에 들여서는 안 된다고 말한다. 〈Timeo Danaos et dona ferentes(나는 그리스인들과 그들이 가져온 선물이 두렵다).〉 하지만 트로이아 사람들은 두 민족 간 평화의 상징인 목마를 왜 믿지 못하냐며 또다시 카산드라를 공격한다.

2008년, 나의 주인공 카산드라는 빈번한 테러 발생을 예언했다. 그런데 마치 그녀의 예언이 적중한 듯 2015년부터 잇달아 테러가 일어났다. 광신주의자들이 때로는 칼라시니코프 소총을 들고, 때로는 트럭이나 자가용을 무기 삼아, 심지어는 달랑 단도 한 자루만으로 생면부지의 대중에게 무자비한 테러를 저질렀다. 『카산드라의 거울』을 쓸 때 내 눈에 비치는 세상을 바라보며 했던 예언이 적중한 셈이었지만 결코 기뻐할 수가 없었다.

우리가 사는 세상은 그런 대형 재난을 막을 준비를 전혀 하고 있지 않았다. 세상을 향해 경고를 보내는 게 무의미하게 느껴질 정도였다. 그렇게 속수무책으로 당할 수밖에 없었는지도 모른다. 세상은 타조처럼 모래에 머리를 박고 〈괜찮아, 아무 일 아니야. 별거 아니야. 시간이 지나면 저절로 괜찮아질 거야〉라고 읊조리고만 있었으니까. 그런 현실에 대한 염려를 담아 친구 루이 베르티냐크가 부른 「누[18] 이야기」의 노랫말을 쓰기도 했다. 포식자가 언제 공격해 올지 모르는 상황에서 그저 앞으로 나아가기만 하는 대중을 누 무리에 빗댄 가사였다. 내가 편집증 환자가 아닌가 싶을 정도로 당시에는 현실이 어둡게 보였다. 아침에 일어나 뉴스

18 아프리카에 서식하는 영양의 한 종.

를 들을 때마다 내 생각이 틀리지 않았다는 걸 확인했다.

『카산드라의 거울』의 집필 방식은 독특했다. 주인공인 카산드라가 말을 거의 하지 않았기 때문에 나는 독자들이 그녀의 〈생각〉을 들을 수 있게 해줬다. 주변 인물들이 카산드라의 침묵을 각자의 방식으로 해석하는 반면 독자들은 그녀의 생각을 정확히 읽을 수 있다.

소설의 무대인 쓰레기 하치장은 역설적인 장소다. 현대도시 속 고립된 요새 같은 그곳은 끔찍한 악취 덕분에 오히려 바깥 세계로부터 보호받는다. 쓰레기 하치장이 배경인 이야기를 쓰는 동안 오래전에 했던 미국 무전여행을 떠올렸다. 제때 씻지 못해 몸이 근질근질하고 부끄러운 냄새가 났었다. 긁지 않으려 해도 가려운 몸에 자꾸만 손이 갔었다. 출판사 주선으로 만났던 파리 노숙인들, 기자 시절 〈쓰레기학〉에 관한 르포 기사를 쓰기 위해 찾아갔던 노천 쓰레기 하치장과 그때 수집했던 많은 정보가 이야기에 사실성을 불어넣는 데 도움을 줬다.

한편 『카산드라의 거울』은 여자 주인공이 서사를 이끌고 나간다는 점에서 내게는 하나의 도전이었다. 소녀 카산드라의 생각을 쓰기 위해 가까운 여자 지인들에게 청소년기 여성으로서 몸을 인식하는 과정과 느낌에 관해, 그리고 첫 성 경험에 관해 물어봤다. 작가라는 직업의 매력 중 하나는 자기 생각을 다양한 등장인물에게 투영할 수 있다는 것이다. 등장인물이 다양하면 다양할수록 그 재미 또한 커진다. 집필 과정에서 그동안 감춰져 있던 나의 여성적인 면을 발견한 건 큰 수확이다. 다른 성을 이해하려는 노력은 비단 글을 쓰는 작가가 아니더라도 중요한 일이라고 생각한다.

그렇게 해서 써낸 이야기는 매우 인상적인 첫 장면으로 시작한다. 한 남자가 몽파르나스 타워에서 추락한다. 그는 5초 후 사망 확률을 예언하는 시계를 손목에 차고 있다. 그가 떨어지는 동안 시계의 숫자는 점점 커진다. 그런데 어느 순간 갑자기 숫자가 다시 작아지기 시작한다. 도로에 트럭이 한 대 나타나 추락의 충격을 흡수해 준 것이다. 이렇게 시간의 흐름을 빠르게 했다 느리게 했다 하는 장면을 쓸 때면 흥분을 넘어 쾌락을 느낀다. 글쓰기는 템포를 가지고 장난을 치는 것이다. 마치 작곡하듯이 말이다.

쉰네 살. 레위니옹섬에서 새들과 나란히 하늘을 날다

관상 동맥 경화를 발견한 이후 주어진 삶은 선물이었다. 혈관이 막혀 있으니 어느 순간에 심장이 멈출지 알 수 없었다. 한마디로 다모클레스의 검을 머리에 이고 사는 처지였다.

하루는 친구인 질 말랑송이 전화해 다짜고짜 어느 카페로 오라고 했다. 느릿느릿 샤를 미셸 지하철역 근처의 카페로 갔더니 질이 자기 뒤쪽에 앉은 한 여성을 가리켰다.

「왠지는 모르겠지만 네가 저 여자를 꼭 만나야 할 것 같아서 오라고 했어.」

그는 이 말을 툭 던지고 자리에서 일어나 밖으로 나갔다.

질이 나가는 것을 본 여자가 내 쪽으로 걸어오더니 내 소설의 독자인데 사인해 줄 수 있냐고 물었다.

그녀의 이름은 이자벨, 직업은 아동 심리학자였다. 내 안에 있는 어린아이가 이해받았다는 느낌이 들었기 때문일까. 시선을 교환하는 순간 그녀에게서 모종의 동질감을 느졌다. 그렇게 또 한 번의 로맨스가 시작되고 있었다.

몇 주 뒤, 나는 이자벨과 그녀 조상들의 땅인 레위니옹섬을 찾았다.

함께 부캉 카노 해변을 산책하다 우연히 휠체어를 탄 젊은 남자를 만났다. 단단한 근육질의 상반신을 가진 그가 패러글라이딩을 하면서 섬을 만끽해 보지 않겠냐고 하기에 기꺼이 그러겠다고 대답했다. 다음 날, 이자벨과 함께 레위니옹섬에서 패러글라이딩 장소로 최적인 생뢰를 찾았다.

절벽에 서자 끝없이 펼쳐진 푸른 바다가 눈에 들어왔다.

전날 해변에서 만났던 다비드라는 이름의 남자와 그의 아내 코린, 그리고 또 한 커플과 함께 패러글라이딩복을 입고 머리에 헬멧을 쓴 다음 절벽 가장자리에 섰다. 나일론 천과 구명줄에만 몸을 의지한 채 허공으로 몸을 던졌다.

아소르스 제도에서 물고기가 되어 돌고래와 조우했던 나는 이번에는 새가 되어 레위니옹섬 상공을 날고 있었다.

활공하는 인간들을 구경이라도 하듯 열대 바닷새들이 다가와 우리와 나란히 날았다. 돌고래만큼 소통의 느낌이 강렬하진 않았지만 황홀감만은 못지않았다. 시끄러운 엔진 소리도 휘발유의 역한 냄새도 덜덜거리는 기계의 진동도 없이 오직 얼굴에 와 닿는 바람의 감촉만 느끼며 호기심 넘치는 새들과 함께 하늘을 나는 기분이라니.

열기구나 글라이더, 초경량 비행기를 탈 때도 그런 기분은 맛본 적이 없었다. 하늘에 떠 있는 느낌이 그토록 편안하고 자연스러울 수가 없었다.

내 몸의 미세한 감각 기관들까지 팽팽해지는 게 느껴졌다. 몸이 할 수 있는 궁극의 경험이었다. 곁에서 하늘을 오르락내리락하며 날던 바닷새 무리가 상승 기류를 타고 서서히 고도를 높이기 시작했다. 우리도 새들의 항적을 따라 상승 기류에 몸을 싣고 위로 날아올랐다.

새들은 비행 교사 역할을 톡톡히 해줬다.

비행이 끝나 갈 무렵에는 이어폰을 귀에 꽂고 비발디의 「봄」을 듣는 여유까지 부렸다. 고전 음악을 들으며 하늘을 나는 그 순간이 초현실처럼 느껴졌다.

비행을 마치고 나자 다비드가 같이 저녁이나 하자면서 바다가 한눈에 내려다보이는 생뢰의 한 식당으로 이자벨과 나를 초대했다.

「어쩌다 휠체어를 쓰게 되었어요?」

식사가 끝나 갈 무렵 내가 다비드에게 물었다.

「그 질문이 언제쯤 나오나 했네요.」

그가 빙그레 웃었다.

「제가 이래 봬도 패러글라이딩 대회에서 우승까지 한 사람이에요. 그런데 바로 이곳 생뢰에서 열린 대회에 출전했다 사고를 당하고 말았어요. 에어 포켓을 만나 급강하했죠. 어떻게든 양력을 유지한 상태에서 방향을 잡고 하강하려고 애쓰다 그만 두 번째 에어 포켓을 만났어요. 그런 일이 발생할 확률이 1천 분의 1이라는데, 제가 그날 그 희박한 확률의 주인공이 되었죠. 에어 포켓을 연이어 두 번이나 만나고 보조 낙하산마저 펼쳐지지 않아 순식간에 양력을 잃었어요. 추락이 불가피하다고 생각하는 순간 앞으로 떨어지는 것보다 뒤로 떨어지는 게 낫겠다고 판단했어요. 결국 등이 지면과 닿아 요추가 부서지는 바람에 두 다리를 쓸 수 없어졌죠. 제 직업은 원래 건축가인데, 그 사고를 계기로 장애인을 위한 설계 분야로 전문화하게 되었어요. 아내 코린과는 일이 인연이 되어 만났죠. 접골 전문가인 코린이 자기 병원의 리모델링을 저한테 맡기면서 가까워졌어요.」

「나한테 패러글라이딩을 꼭 해봐야 한다고 말했던 무슨 이유가 있나요?」

「정신을 통해 날 수 있다는 걸 당신은 내게 가르쳐 줬어요. 그런 당신에게 나는 육체를 통해서도 날 수 있다는 걸 경험하게 해주고 싶었어요.」

레위니옹섬에서 생애 최초로 했던 패러글라이딩은 결코 잊지 못할 짜릿하고 황홀한 경험이었다.

그로부터 여러 달 뒤, 이자벨과의 사이에서 둘째 아들인 뱅자맹이 태어났다. 삶의 의욕이 넘치는 사랑스러운 아이였다.

하지만 밤이 되면 그 의욕을 한층 더 분출하는 것 같은 녀석 때문에 생전 없던 불면증이 생겼다.

이자벨과 나는 밤잠을 내리 자본 적이 거의 없었다. 나는 한밤중에 깨 뱅자맹에게 젖병을 물려 재우면서 라디오를 들었다. 신생아를 둔 부모라면 누구나 겪는 일이라지만, 다시 잠들기는 쉰네 살 아빠보다 서른 살 아빠가 훨씬 쉽지 않을까.

다시 침대에 누워 한 시간씩 눈을 말똥말똥하게 뜨고 천장을 바라보는 날이 되풀이되다 보니 슬슬 걱정이 되었다. 나는 또 한 번 글쓰기를 통해 돌파구를 찾았다.

그렇게 해서 2015년, 수면을 소재로 소설을 쓰기 시작했다.

과학 기자 시절에 이미 잠 문제에 관심을 두고 소위 〈오니로노트(꿈 항해자)), 다시 말해 자신이 꿈꾸고 있다는 것을 자각하면서 꿈꾸는 사람들을 취재한 적이 있다. 관련 정보를 수집하다가 말레이의 세노이 부족을 알게 되었다. 해몽은 세노이 부족의 삶을 지탱하는 큰 축 중 하나이다. 사람들은 아침에 일어나면 모닥불을 피워 놓고 둘러앉아 간밤의 꿈 얘기를 하는 것으로 하루를 시작한다. 꿈속에서 누군가에게 위해를 가했거나 그의 물건을 훔쳤다면 상대방에게 사과하고 선물을 하는 게 세노이족의 관례다. 혹시라도 꿈에서 남의 아내와 잠자리를 가졌다면 상대 여자는 물론 그녀의 남편에게도 사죄의 의미를 담아 선물을 해야 한다. 재규어와 결투를 벌여 승리한 꿈을 꿨다면 성인이 되었다는 의미다. 그때부터 부족 사이에서 정식으로 성인 대접을 받게 되니 꿈이 일종의 성인식인 셈이다. 세노이 부족에게 가장 인기 있는 꿈은 하늘을 나는 꿈이다.

그렇게 꿈이 생활의 중심축인 세노이족은 소위 선진국은 물론이고 이웃 부족들에 비해서도 훨씬 스트레스가 적은 삶을 산다는 것을 확인할 수 있었다.

이전에 과학 기사를 쓸 때 수면의 사이클을 깊이 있게 다룬 적이 있었다. 그중 다섯 번째 단계인 〈역설수면〉 단계에서 인간의 몸은 경직된 상태로 굳어 있지만 정신은 활발한 활동을 보이는 경향이 있다.

수면을 입문(入門)의 관점에서 다루면서 일종의 성장 소설을 쓰기로 했다. 이야기가 진행되면서 불면증을 앓던 주인공은 서서히 수면의 메커니즘을 이해하게 된다. 또한 자각몽을 꿈으로써 꿈에 통제력을 갖게 된다. 그는 역설수면 다음에 또 다른 수면 단계가 존재한다는 놀라운 사실을 발견한다. 이전 단계에 비해 육체는 무기력해지지만 정신은 극도의 각성 상태가 되는, 일명 〈수면 6단계〉.

숙면을 취하고(대놓고 잠을 〈목적〉으로 표방한 책은 아마 내 책이 최초가 아니었을까?) 자각몽을 꾸는 게 그 책을 쓴 가장 큰 목적이었다.

『타나토노트』를 쓰고 나서 죽음을 받아들이게 되었듯이 『잠』을 쓴 뒤로는 불면증이 찾아와도 그다지 개의치 않았다. 잠에 대해 편안한 마음을 갖게 되었다.

새로운 사람을 만나 커플을 이루고 아기까지 태어나자 삶이 이전보다 한결 편안하고 여유로워졌다.

물론 요즘도 숙면한다고까지는 할 수 없지만 잠을 바라보는 시각이 달라진 건 분명하다. 이제 나는 잠자는 시간을 단순히 재충전을 위한 시간이라고만 생각하지는 않는다. 그 시간은 배움의 시간이기도 하다. 매일 밤 영화관에 입장하는 기분으로 오늘은 무의식이 어떤 영화를 상영해 줄지 궁금해하며 잠이 든다. 잠자는 시간은 잃어버리는 시간이 아니다. 그 시간은 세계에 대한 이해와 창의력을 높여 주는 소중한 시간이다.

17번 아르카나: 별

카드 속 여성이 강가에 무릎을 꿇고 앉아 손에 든 두 항아리의 물을 따르고 있다. 얼핏 절제 카드의 그림과 비슷해 보이지만, 자세히 보면 이 여성은 물을 섞지 않고 분리하는 중이다. 그녀는 한 항아리의 물은 강에 쏟아 버리고 다른 항아리의 물은 땅에 흘려 버린다.

그녀의 머리 위에 별이 여덟 개 떠 있다. 그중 가운데 별이 가장 크고 밝게 빛난다. 이것은 우리에게 방향을 일러 주는 금성, 일명 목동의 별이다.

이 카드는 자연의 요소들이 우주의 질서에 따라 제자리를 찾아가게 하는 카드다.

쉰네 살. 일몰

이자벨은 심리 전문가였지만 나는 그렇지 않았다.

우리 커플은 5년 동안 지속된 관계에 마침표를 찍었다. 결별이라는 말이 처음 나왔을 때 나는 〈그래〉 하고 짧게 말했다. 언쟁을 극도로 싫어하는 건 내 큰 단점이다. 이자벨과의 관계를 마무리하는 과정에서도 그 단점은 여실히 드러났다.

똑같은 물건을 두고 한 사람은 흰색이라고 하고 다른 사람은 검은색이라고 한다면 그런 상황은 승자가 나올 수 없는 핑퐁 게임이나 마찬가지다.

TV 속 정치인들이 토론을 벌일 때도 비슷한 현상이 발견된다. 자신이 틀렸고 상대방이 옳다고 말하는 정치인을 나는 지금까지 단 한 명도 본 적이 없다. 독자 여러분은 〈내가 틀렸음을 인정합니다. 방금 당신은 내가 몰랐던 진실을 깨닫게 해줬어요〉라고 말하는 정치인을 본 적이 있나요? 어쩌면 토론이라는 것 자체가 못된 심보를 가진 사람에게 유리한지도 모른다. 지금에 와 돌이켜 보면 법대를 그만둔 게 내 성향과도 무관하지 않아 보인다. 상대가 내 말을 반박하면 나는 그 의견을 듣고서 견해를 바꾸는 편이다.

이렇게 써놓으니 멋져 보이는 것도 같지만, 현실에서 내 방식은 일을 꼬이게 만드는 때가 많다. 우리가 사는 세상은 어떤 의미에서 갈등을 동력 삼아 작동하기 때문이다. 운전만 해도 그렇다. 앞서가던 차를 추월하거나 운 좋게 먼저 주차 자리를 찾으면 생면부지의 남에게 욕을 먹는 일이 허다하다. 소설적 관점에서 보면 화낼 줄 모르거나 갈등을 회피하는 사람은 당연히 등장인물로서 매력이 없다. 게임이

나 운동을 할 때를 제외하고는 웬만하면 갈등과 대결을 피하고 싶어 하는 나 같은 사람은 소설 주인공에 어울리지 않는다. 나는 내가 옳다는 확신이 강한 사람이 아니다. 나를 반박하는 상대방의 의견에 고개가 끄덕여지는 때가 훨씬 많다.

이런 내가 정치를 직업으로 삼지 않은 건 천만다행한 일이 아닐까.

이자벨과의 관계는 큰 갈등이나 충돌 없이 끝났다. 그녀와 나는 삶의 한 구간을 함께했고, 뱅자맹이라는 멋진 아들도 얻었다. 그러고서 자연스럽게 서로 다른 길을 가게 된 것이다. 아무리 생각해도 작가를 반려자로 둔 사람들은 대단하다. 머릿속이 늘 집필 중인 소설로 꽉 차 있어 자신을 온전히 상대에게 내주지 못하는 사람과 같이 사는 건 얼마나 고역일까? 게다가 나는 독자들과의 만남을 즐겨 새 책이 나올 때마다 전국 곳곳을 돌며 사인회를 하고, 심지어는 해외에 나가서까지 독자들을 만나고 강연하니…….

인생 세 번째 반려자와의 인연을 만들어 준 것 또한 책이었다.

내가 스무 명 남짓한 스릴러, 추리, 판타지, SF 작가이자 친구들과 함께 〈대안 문학〉을 옹호하기 위해 발족한 〈상상력 리그〉 모임이 발단이었다. 모임 초기에는 가볍게 칠레산 와인을 마시면서 작가로 사는 고충을 나누던 우리는 〈상상력 리그상〉을 제정해 매년 가능성 있는 젊은 장르 문학 작가들에게 수여하기로 했다.

그 모임에서 아멜리를 처음 만났다. 그녀는 우리가 뜻을 모은 직후부터 자청해 간사 역할을 맡아 줬다. 그녀와 나는 그림 얘기를 하면서 서로에게 호감을 느끼기 시작했고(그녀 덕분에 잭 베트리아노라는 재능 있는 화가를 알게 되었다), 점차 문학으로 대화 소재를 넓혀 갔다.

아멜리는 추진력이 뛰어난 사람이었다. 나는 단박에 그런 그녀에게 매료되었고, 우리는 연인 사이가 되었다. 아멜리는 일상에서도 작가인 나를 이해하고 배려해 줬다. 긴 집필 시간을 견뎌 주는 것은 물론 격려와 응원을 아끼지 않았다.

우리는 미국 플로리다로 여행을 떠나기로 했다. 키웨스트에 가서 헤밍웨이의 발자취를 둘러보고 그가 살았던 집을 방문하는 게 목적이었다.

마이애미에 도착해 자동차를 빌렸다. 거기서는 머스탱 컨버터블이 기본급 렌터카 모델인 모양이었다. 우리는 머스탱을 타고 마이애미 공항을 출발해 1번 국도를 타고 키웨스트로 향했다. 1번 국도 중 마이애미에서 키웨스트에 이르는 165마일 구간은 악어가 득실거리는 에버글레이즈 국립 공원을 통과하고 플로리다 남단의 작은 섬들을 연결하는 길인데, 특히 아름다운 풍광으로 유명하다.

우리는 다섯 시간 동안 쉬지 않고 차를 달렸다. 핑크 플로이드의 「컴퍼터블리 넘Comfortably Numb」과 「더 그레이트 기그 인 더 스카이The Great Gig in the Sky」를 무한 반복해 들으며 바람에 날리는 머리를 (물론 난 아니고 아멜리만) 쓸어 넘기다 보니 목적지인 키웨스트가 눈앞에 나타났다. 저녁이 되자 사람들이 듀발 거리로 모여들었다. 눈앞에서 동화 속 장면이 펼쳐지고 있었다. 일몰.

해가 스러지는 순간은 매일 치러지는 종교 축제같이 느

껴졌다.

수천 명이 스툴에 앉아 맥주를 마시거나 음악을 틀어 놓고 춤추면서 태양이라는 별의 존재를 경배했다.

고대 종교 의식을 연상케 하는 장면이었다. 태양의 존재로부터 세상의 모든 것이 비롯됨을 자각하는 순간이라고 할까. 생명의 근원. 식물의 에너지원. 공기를 덥혀 주는 열원. 세상을 비춰 주는 빛. 컴퓨터와 자동차를 작동시키는 에너지. 태양이 빛나기 때문에 세상이 존재할 수 있다. 17번 아르카나의 가운데 별은 이 세계의 시원이다.

나는 또 한 번 장소가 촉발하는 의식의 고양을 경험했다. 살다 보면 우연히 어떤 장소나 만남에 갔다가 궁극의 경험을 할 때가 있다. 태양과의 만남은 내게 그런 사건이었다. 그때 함께 듀발 거리에 있던 수많은 사람이 비슷한 심정이지 않았을까.

아소르스 제도의 흰고래, 레위니옹섬의 열대 바닷새, 그리고 플로리다 최남단의 키웨스트에서 바라본 일몰. 어느 순간부터 우리는 그 기적들을 경배하지 않게 되었을까. 우리 조상들은 어땠을까. 그들은 그 기적을 인식하고 삶을 마쳤을까. 우리가 사는 행성 위에서 매일 펼쳐지는 하나의 기적. 노란색을 띠다 점점 붉어져 핏덩이같이 빨개지는 마법의 원이 일으키는 기적을.

그 일몰이 아멜리와 나를 거기로 불렀던 걸까.

빛의 원반이 바다에 집어삼켜져 수평선 뒤로 사라지자 춤추고 노래하던 사람들이 약속이라도 한 듯 동작을 멈췄다. 잠시 침묵이 흐르더니 박수가 터져 나왔다. 사람들이 말없이 바다를 바라보며 손뼉을 치고 있었다.

우리에게 주어진 모든 것에 감사하는 그런 기회는 얼마나 소중한가……. 모든 것이 〈당연하지도〉, 필연적이지도 않고, 〈응당〉 그래야 하는 것도 아님을 자각하는 건 또 얼마나 중요한가.

오래전 일출 속에서 자크 파도바니가 내 존재에 촉발했던 무언가가 그 일몰의 순간에 매듭지어진다는 느낌을 받았다. 그 마무리의 느낌이 몰입을 가능하게 했는지 평소보다 두 배나 오래 글을 썼다.

키웨스트에 머문 일주일 동안 나는 평소처럼 아침 8시부터 12시 30분까지 한 차례 글을 쓰고서 오후 2시부터 저녁 6시까지 다시 글을 썼다.

그러고는 저녁 8시가 조금 넘어 식사하러 가기 전에 아멜리와 함께 태양이 선사하는 빛의 축제를 즐겼다.

우리는 여행의 목적이었던 헤밍웨이의 집을 찾아갔다. 화이트헤드 거리에 콜로니얼 양식으로 지은 집이었다. 앞쪽의 널찍한 본채는 뒤쪽 별채와 작은 다리를 통해 이어져 있었다. 헤밍웨이는 별채에서 세상으로부터 자신을 단절시킨 채 소설을 썼을 것이다. 그때나 우리가 방문했을 때나 그 집에는 많은 고양이가 살고 있었다. 방문 당시 있었던 쉰 마리 정도의 고양이는 대부분 발가락이 여섯 개인 다지증 고양이로, 작가가 기른 첫 번째 고양이의 후손들이라고 했다.

헤밍웨이가 쓰던 타자기 앞에는 바구니 침대가 하나 놓여 있고 그 위에 고양이가 누워 있었다.

기자 시절에 클로드 클로츠의 집을 찾아갔을 때 글쓰기와 예술적 영감, 그리고 작가의 고양이는 삼위일체의 관계일지도 모른다는 느낌을 받았었다. 헤밍웨이의 집에서 그 느낌을 확인받는 것 같았다.

노벨 문학상 수상자인 어니스트 헤밍웨이는 1961년 자신의 아버지처럼 엽총을 쏴서 스스로 생을 마감했다.

이제는 고양이들만 그 집에 남아 작가의 기억을 방문객들에게 환기해 주고 있다.

쉰다섯 살. 〈고양이〉 3부작

〈야옹!〉

『잠』이 불면증에 시달리다 그 현상을 이해하고 싶어 쓰기 시작한 소설이었다면, 차기작에서는 오랜 관심사인 수명 연장을 다뤄 볼 생각이었다. 일단 〈천 살 인간〉으로 가제를 정했다. 나한테 821살까지 살았던 전생이 있었다면 그 장수 능력을 미래 시점에서 이야기로 펼쳐 보는 것도 흥미롭겠다는 생각이 들었다.

수백 년 연륜에서 나오는 여유로움을 지닌 인간을 상상하는 일은 재미있었다. 그렇게 오래 살다 보면 누구나 인생을 달관하고 관조하게 되지 않을까.

멕시코에 서식하는 도롱뇽인 아홀로틀에게서 아이디어를 얻어 이야기를 쓰기 시작했다. 아홀로틀은 주로 분홍빛을 띠는 반투명한 하얀 몸체를 갖고 있다. 몸 양옆에 빨간색 혹은 분홍색 아가미가 길고 더부룩하게 뻗은 모습이 레게 머리를 연상케 한다. 아홀로틀은 몸의 일부가 잘리거나 절단되어도 재생하는 특징이 있으며 노화를 겪지 않는다. (병에 걸리거나 포식자를 만나지 않는 한) 아홀로틀은 이론적으로 영생불멸이 가능한 동물이다. 변태를 거치지 않고 일생을 유생 상태로 머무르기 때문이다. 엄마의 양수 안에 떠 있는 인간 태아처럼 물속에 있는 아홀로틀의 몸은 재생 가능한 줄기세포 덩어리로 이뤄져 있다. 하지만 인간 태아와는 달리 생식이 가능하다. 아홀로틀은 자신과 똑같은 재생 능력을 가진 새끼를 낳는다.

하지만 물에서 뭍으로 올라와 수서 동물에서 육서 동물로 호흡 방식이 바뀌면 문제가 발생한다. 아가미가 아닌 허파로 호흡하는 순간 몸의 재생 능력을 상실하고 노화가 일어나는 것이다. 다시 말해 죽음을 향한 카운트다운이 시작된다.

이미 관련 자료가 많아 집필이 힘들지는 않았다. 그런데 초고를 완성해 새 편집자인 스테파니 델레스트레에게 건네자 뜻밖의 반응이 돌아왔다.

「서사의 얼개가 전작인 『잠』과 너무 비슷해요. 과학자인 주인공이 최신 연구 성과를 바탕으로 놀라운 능력을 지닌 인간을 만들어 내는 줄거리잖아요.」

그녀 말이 백번 옳았다. 나도 모르는 새 자기 복제를 하고 있었던 것이다. 말이 똑같은 길을 달리는지도 모르는 채 그저 앞으로 질주하는 것처럼. 벌써 1월인데 어쩐다. 지금부터 쓰기 시작해 과연 10월 출간 일정을 맞출 수 있을까? 4개월에 소설 한 권을 쓰는 일은 결코 녹록지 않은 도전이었다.

어쨌든 독자들과의 약속을 지키려면 소재를 새로 정하고 서둘러 집필에 들어가는 수밖에 없었다.

그때 문득 키웨스트의 헤밍웨이 집에서 본 다지증 고양이들이 떠올랐다. 그래, 고양이를 소재로 소설을 써보자.

내가 지금까지 함께 살아 본 고양이는 세 마리다. 멜리사, 안젤로에 이어 이 소설을 구상할 당시에는 도미노라는 암고양이와 함께 살고 있었다.

작가 친구인 스테파니 자니코에게서 데려온 도미노는 디바처럼 구는 이기적이고 식탐 많은 고양이였다. 암팡지고 살가움과는 거리가 먼 녀석이었지만 은근히 겁도 많았다.

도미노는 내가 집에서 글을 쓰고 있으면 주변을 어슬렁거리며 방해할 기회를 엿봤다. 어떻게든 관심을 끌어 보려다가 마음대로 되지 않으면 발코니 난간에 올라서서 협박하듯 나를 빤히 쳐다봤다. 〈봐봐, 당장 날 안 쳐다보면 그냥 확 떨어져 버린다.〉 집이 5층이다 보니 정말 추락이라도 하면 치명상을 입을 게 뻔해 그럴 때마다 간이 철렁하곤 했다.

이 도미노에게서 영감을 얻어 전무후무한 여주인공 캐릭터를 만들어 냈다.

내가 집에 사는 암고양이를 주인공이자 일인칭 화자로 내세워 이야기를 쓰겠다고 하자 편집자가 대답했다.

「고양이? 안 될 건 없죠. 하지만 〈청소년 문학〉으로 분류될 거라는 건 알고 쓰세요. 고양이를 소재로 쓴 책들은 주로 어린 독자가 타깃이니까요.」

그렇다면 작품이 〈영 어덜트〉 문학으로 분류되지 않게 할 방법을 고심해 보겠다고 했다. 성인 독자를 염두에 두고 〈폭력과 섹스와 강한 비트〉를 가미해 보면 어떨까. 또 하나, 파리 바타클랑 극장과 『샤를리 에브도』 신문사 테러 사건, 툴루즈에서 벌어진 유대인 테러 사건에서 받은 충격도 이야기에 끼워 넣고 싶었다.

동시대에 벌어진 강력한 사건을 증언하는 일 또한 작가

발코니 난간에 올라선 도미노.

의 책무니까.

문제는 방식이었다. 나는 고민 끝에 비인간의 관점을 취하기로 했다.

주인공인 암고양이의 눈으로 자기 파멸을 향해 치닫는 인간 문명을 관찰하는 것이다. (광신주의로 대표되는) 인간의 비이성적 행동들이 고양이 눈에는 어떻게 비칠까? 위기에 처한 인류 문명은 어떤 미래를 맞게 될까? 인간 문명이 고양이 문명, 즉 〈묘류〉로 대체될 날이 오지는 않을까?

고양이라는 종은 인간에 비해 여러 면에서 뛰어나다. 인간보다 시각이 발달해 어둠 속에서도 볼 수 있다. 독립적으로 움직이는 귀 덕분에 청각 또한 인간보다 훨씬 우월하다. 수염은 멀리서 일어나는 움직임까지 포착할 수 있게 해준다. 어디 그뿐인가. 고양이의 몸은 인간과는 비교도 할 수 없을 정도로 유연하다. 게다가 고양이는 삶에 대해 훨씬 느긋하고 여유로운 태도를 갖고 있다.

고양이 머리가 달린 이집트 여신에게서 이름을 따온 바스테트라는 암고양이를 주인공으로 내세워 이야기를 풀어나가는 일은 생각 이상으로 흥미진진했다.

글은 술술 써졌다. 디즈니에서 만든 「아리스토캣」류의 애니메이션과 거리를 두고 〈성인 독자〉를 겨냥하기 위해 더러는 과감하고 거친 액션 장면도 삽입했다.

고약한 심보를 지닌 자아도취형의 바스테트는 결과적으로 귀엽고 사랑스러운 캐릭터로 탄생했다. 이제 상대역이자 조연을 맡을 남성 캐릭터를 만들 차례. 나는 바스테트 못지않게 도도한 수컷 샴고양이를 생각해 냈다. 한때 인간들의 뇌 실험에 쓰였던 그 고양이는 정수리에 제3의 눈이라고 불리는 USB 단자가 붙어 있는 게 특징이다. 그 장치 덕분에 컴퓨터와 연결될 수 있어진 고양이는 인터넷에 접속해 인간의 모든 지식을 섭렵한다.

그는 인간과 고양이의 역사 모두에 정통하게 된다.

그 고양이는 동물의 최대 약점이 바로 자기 종의 역사를 모른다는 사실임을 자각했다.

음, 이 똑똑한 수고양이한테 어떤 이름을 지어 줄까?

처음에는 〈지혜〉라는 단어를 생각하면 으레 떠오르는 소크라테스를 염두에 뒀는데, 소크라테스라는 이름의 고양이가 등장하는 영화와 소설이 이미 여럿 있어 식상하겠다는 생각이 들었다. 고심하던 중에 문득 제라르 암잘라그의 말을 떠올렸다.

「피타고라스라는 인물에 한번 관심을 가져 봐. 대단한 사람이야. 흔히 그의 이름을 딴 정리만 떠올리는데, 사실 그는 많은 분야에 위대한 업적을 남겼어.」

피타고라스라는 이름을 후보에 올리고 나서 그에 관한 자료를 찾기 시작했다.

제라르 말이 맞았다. 그 유명한 피타고라스의 정리에 가려진 다른 무수한 업적을 우리는 모르고 있다(「사계」 때문에 비발디의 다른 작품들이 빛을 잃은 것과 같은 이치다).

일생일대의 발견이었다. 이런 인물이 있었다니. 피타고라스가 이렇게 곡절 많은 인생을 산 사람이었다니.

피타고라스는 기원전 580년, 그리스 사모스섬에서 보석 가게를 하는 부모 밑에서 태어났다. 열여덟 살에는 올림픽 격투 경기에 나가 우승을 차지할 만큼 운동에 재능을 보인다. 그는 아버지가 멤피스 신전의 사제들이 주문한 세공 반지를 가져다주고 오라고 시켜서 이집트로 가게 된다. 간 김에 멤피스에 머물다가 고대 이집트 종교를 접한다. 그가 사제들의 가르침을 받는 동안 이집트가 페르시아에 침공당한다. 당시 페르시아 군대를 이끌던 캄비세스 2세는 이집트에 고양이 숭배 문화가 있다는 사실을 알고 휘하 병사들에게 고양이를 산 채로 방패에 매달게 해 적군이 활을 쏘지 못하게 한다. 청년 피타고라스는 지금의 이스라엘인 유대 땅으로 간신히 도망친다. 거기서 그는 히브리 사제들을 만나 유대교를 접하게 된다. 얼마 후 유대 땅 또한 바빌로니아 왕국의 침략을 받자 피타고라스는 히브리인들과 함께 포로로 잡혀 바빌로니아로 끌려간다. 그는 바빌로니아에서 엘레우시스의 신비 의식과 미트라신 숭배를 접하게 된다. 이후 인도까지 가 힌두교에 입문한 다음 고향인 사모스섬으로 돌아오지만, 독재자 폴리크라테스의 지배하에 있는 고향을 다시 뒤로하고 북쪽으로 향한다. 그는 델포이 신전에서 만난 피티아와 사랑에 빠지고 아폴론 숭배 전통을 부활시킨다. 다시 서쪽으로 길을 떠나 도착한 곳은 이탈리아 남부의 크로토네. 그는 크로토네에 정착해 학교를 설립하고 일명 피타고라스학파를 탄생시킨다.

그가 세운 학교는 여성과 노예, 외국인에게도 공평한 입학 기회를 부여한 최고의 교육 기관이었다. 신입생 선발은 신분이나 외적 조건에 상관없이 오로지 능력을 기준으로 엄격히 이뤄졌다.

피타고라스는 〈철학〉과 〈수학〉이라는 말을 최초로 사용한 사람이다.

두 학문 간에 다리를 놓는 데 일생을 바친 그는 수(數)에서 모든 해답을 찾으려고 했다.

그는 〈만물의 근원은 수〉라는 철학적 신념을 갖고 있었다.

피타고라스는 그 생각을 음악에도 적용해 최초의 음률인 피타고라스의 음률을 찾아내는데, 이는 오늘날 우리가 사용하는 음계의 기본이 된다.

그는 천문학에도 조예가 깊어 지구는 둥글고 자전한다는 사실을 직감으로 알고 있었다.

피타고라스가 세운 학교에서는 건축과 수학, 생물학, 의학, 철학, 정치학, 시학, 미술, 연극, 운동, 병법, 심지어 미식과 채식주의까지 가르쳤다. 그는 주변 도시들에 학교를 설립할 수 있게 해주면 정치와 경제, 군사 전문가를 양성해주겠다고 제안했다.

이렇듯 피타고라스는 기원전 550년부터 지금까지 서양의 과학 기술과 정신세계의 근간을 형성하는 데 절대적으로 크게 기여한 인물이다.

피타고라스는 환생을 믿었다고 알려져 있다. 이와 관련해 디오게네스 라에르티오스는 다음과 같이 적었다. 〈피타고라스는 자신이 전생에 헤르메스의 아들인 아이탈리데스였다고 말하고 다녔다. 헤르메스는 아이탈리데스에게 원하는 재능을 하나 줄 테니 마음대로 고르라고 했다. 단 불멸성은 예외라고 했다. 아이탈리데스는 전생의 기억을 간직하는 재능을 갖고 싶다고 했고, 그렇게 지난 전생들을 고스란히 기억할 수 있게 되었다.〉

피타고라스라는 인물을 알아 갈수록 그가 주인공인 신성한 암고양이 바스테트의 상대역으로 이야기를 이끌어 갈 완벽한 적임이라는 생각이 들었다. 그렇게 피타고라스라는 또 하나의 캐릭터가 탄생했다.

『고양이』에는 무수한 엑스트라와 스릴 넘치는 액션, 폭력, 성교 장면이 등장한다. 독자들에게 영화에 버금가는 화려한 볼거리를 선사하고자 한 욕심 때문이었다.

자판을 두드리는 내 머릿속은 『살람보』와 『반지의 제왕』, 「왕좌의 게임」, 그리고 (〈종말론적〉 색채를 더하기 위해) 「워킹 데드」의 이미지로 가득 차 있었다. 단기간에 마쳐야 한다는 압박감은 오히려 집필의 동력으로 작용했다. 나는 흥분한 상태로 신들린 듯 글을 써 내려갔다.

애초에 생각한 제목은 〈우리는 고양이〉였으나 찾아보니 이미 같은 제목을 달고 나온 책이 있었다. 고심 끝에 결국 클리퍼드 D. 시먹의 걸작 『내일은 개』(인류의 먼 미래를 공포스러우면서도 서정적인 필치로 그려 낸 이 SF 단편집의 영어 원제는 〈시티City〉이다)에 경의를 표하는 차원에서 〈내일은 고양이〉[19]로 결정했다.

멸망 직전의 인류와 새로운 세계의 지배자로 부상하는 고양이들을 대비해 그리려면 환상적이고 초현실적인 무대와 장치가 필요했는데, 그런 상상 자체가 도전이고 기쁨이었다.

나는 새로운 실험을 해보고 싶다는 생각을 편집자인 스테파니 델레스트레에게 전했다. 주인공 고양이가 일인칭 시점으로 이야기를 끌고 나가는 책인 만큼 〈기름기〉를 빼고 〈주어 + 동사 + 보어〉로 이뤄진 간단하고 짧은 문장으로만 글을 써보고 싶다고. 조리 과정을 거치지 않아 주재료인

19 『고양이』의 프랑스어 원제는 〈내일은 고양이〉이다.

생선의 신선함이 살아 있고 맛과 향이 다른 양념에 묻히지 않은 스시 같은 글에 도전해 보고 싶다고. 기름기 많은 소스가 들어가면 식재료 본연의 맛이 사라지지 않느냐고 그녀를 설득했다.

「그 판단이 틀렸으면 어쩌죠? 기름기가 결국 음식의 맛을 살리는 거면?」

문득 어릴 때 어머니가 스테이크에서 기름기 많은 부위만 좋아하는 사람들이 있다고 말했던 기억이 났다.

고무처럼 질겨 보이는 그 반투명의 노란 지방을 즐겨 먹는 사람들이 있다는 걸 어린 나는 믿을 수 없었다.

하긴 사람 입맛이야 제각각이니까. 그 또한 판단할 필요는 없다. 그저 이해와 배움의 대상으로 삼으면 된다.

편집자의 말을 떠올리며 소스를 듬뿍 뿌린 〈기름기 많은〉 단편을 몇 편 시험 삼아 써봤다. 내가 새로운 형식의 글을 쓸 수 있을지 궁금하기도 했다. 하지만 결과적으로 내 믿음은 더욱 확고해졌다. 〈작가의 일은 건축가의 일이지 장식가의 일이 아니다〉라는 헤밍웨이의 말은 글쓰기에 대한 내 철학을 가장 잘 대변한다.

〈고양이〉 3부작 중 두 번째 작품인 『문명』의 집필을 끝내고서 기원전 1500년 부바스티스 신전(바스트Bast는 바스테트신을 가리킨다)에서 열렸던 고대 고양이 축제를 재현해 보자고 편집자와 의기투합했다. 그리스 역사가 헤로도토스에 따르면 고대 최대 규모였던 그 축제에는 70만 명이 모였다고 한다. 고양이 분장을 하고 온 사람들이 진짜 고양이들과 함께 노래하고 춤추며 축제를 즐겼다. 사람들은 황홀경에 빠져 사랑을 나누기도 했다. 그 축제는 고대의 우드

스톡 페스티벌이었다.

2019년 10월 4일, 2천8백 명이 입장료를 내고 파리 그랑 렉스 극장에 모였다. 우리는 세 시간 반 동안 같이 야옹거리고 갸르릉거리며 축제를 즐겼다. 일부 관객은 고양이 분장을 하고 나타나 분위기를 한층 뜨겁게 달궈 줬다. 고양이를 소재로 만들어진 영상이 상영되고 희귀한 품종의 고양이가 소개되었다. 유머 작가이자 마술사인 에리크 앙투안, 역시 유머 작가인 셸리그와 브뤼노 살로몬, 수의사이자 〈갸르릉테라피〉의 창안자인 장이브 고세, 진기한 이야기를 수집하는 유튜브 채널의 운영자인 파트리크 보를 비롯한 여러 유명 인사가 내 친구 자격으로 축제에 참여해 관객들과 소통했다.

21세기 파리 한복판에서 고대 이집트 축제가 성공적으로 재현되는 모습을 지켜보자니 이제 고양이 숭배가 부활할 날만 남았는지도 모른다는 생각이 들었다……

20번 아르카나: 심판

천사가 하늘에 나타나 지상의 사람들을 향해 트럼펫을 분다. 천사의 아래쪽에 보이는 알몸의 남자와 여자는 무덤에서 일어난 남자를 바라보며 기도를 올리는 중이다. 8번 아르카나가 인간의 정의를 상징한다면 20번 아르카나는 비가시 세계의 심판을 가리킨다. 이 카드에 이르러 우리는 드디어 하늘의 뜻을 알게 된다.

이 카드는 하늘이 내리는 심판을 가리킨다. 인간이 지상에서 정의를 구현하지 못했다면 사후 세계에서라도 정의가 실현되어야 한다고, 각자에게 합당한 심판이 내려져야 한다고 이 카드는 말한다.

쉰여섯 살. 영혼은 내 말을 듣고 있나요?

「〈저 위〉에 당신이 바라는 걸 정확히 전달만 하면 〈그들〉
이 알아서 소원을 들어줄 거예요.」

차기작인 『죽음』의 아이디어는 새로 만난 영매에게서 얻
었다. 그녀는 모니크 파랑 바캉 못지않게 강렬한 인상의 소
유자였다.

영매 파트리시아 다레.

몽마르트르 언덕에서 열린 한 도서전에서 우연히 그녀를
만났다.

사인을 받으러 온 수백 명의 독자에게 짧게나마 일일이
사자들의 세계를 체험하게 해주는 모습이 무척 인상적이
었다.

사인회가 끝난 뒤 그녀와 단둘이 얘기할 기회가 생겼다.
그녀는 자신이 기자 겸 작가이지 유료로 상담해 주는 직업
영매는 아니라고 했다.

몇 주 뒤 브리브에서 열린 도서전에서 그녀를 다시 만났
다. 이번에도 그녀는 독자 한 사람 한 사람에게 심령과의
짧은 만남을 경험하게 해주고 있었다. 그녀 앞에는 당연히
긴 줄이 늘어서 있었다.

우리는 파리로 돌아오는 기차 안에서 좀 더 깊은 얘기를
나눴다. 첫 번째 만남 때보다 한결 편안하게 얘기를 시작하
는데 파리 도착 시간을 알려 주는 기관사의 안내 방송이 흘
러나왔다. 그녀가 갑자기 얼굴을 찌푸리더니, 자기가 사는
샤토루와 가까운 역에 기차가 설 줄 알았다면서 옆에 앉은
홍보 담당자에게 이 기차가 브리브-파리 간 직행 TGV 열
차냐고 물었다.

파트리시아가 난감해하자 홍보 담당자가 SNCF 직원들에게 샤토루에 특별히 정차해 달라고 부탁해 보겠다며 자리에서 일어났다.

파트리시아가 나를 보며 말했다.

「아무래도 저 위에 부탁을 좀 해야겠어요.」

그녀가 잠시 눈을 감고 집중하는 것 같더니 다시 눈을 뜨면서 빙그레 웃었다.

「됐어요, 부탁했어요.」

몇 분 후에 홍보 담당자가 자리로 돌아왔다.

「어떡하죠, 파트리시아. 파리 SNCF 본부에서 불가능하다는 대답이 왔어요. 샤토루에서는 정차가 안 된대요. 대신 파리에 호텔 방을 하나 잡아 줄 테니 거기서 자고 내일 아침 첫 기차로 돌아가는 게 어떻겠냐고 하네요.」

내가 영매를 향해 말했다.

「매번 원하는 결과를 얻을 순 없겠죠.」

파트리시아는 여전히 미소를 잃지 않았다. 여전히 태연하고 침착한 얼굴이었다.

그런데 갑자기 그녀가 서둘러 짐을 챙기기 시작했다.

샤토루 기차역이 얼마 남지 않았을 때 갑자기 객차 스피커로 안내 방송이 흘러나왔다.

「2분간 샤토루역에 특별히 정차하겠습니다.」

이미 내릴 준비를 마친 그녀가 가방을 들고 자리에서 일어났다. 그 역에서 하차하는 승객은 그녀 하나뿐이었다.

「대체 무슨 수를 쓴 거죠?」

나는 도저히 믿을 수가 없었다.

「베르나르, 당신도 얼마든지 할 수 있어요. 뭔가 바라는 게 생기면 방금 나처럼 하면 돼요. ⟨저 위⟩에 당신이 바라는 걸 정확히 전달만 하면 ⟨그들⟩이 알아서 소원을 들어줄 거예요. 왜, 『천사들의 제국』에도 다 나와 있던데요. 당신이 쓴 책들을 다시 읽어 봐야 하는 거 아니에요?」

그녀가 나를 향해 의미심장한 윙크를 날렸다.

그게 그렇게 간단하다고? ⟨저 위에 부탁만 하면⟩ 들어준다고? 여러 소설에서 그 개념을 언급하고도 정작 나는 믿지 않았나 보다. 설령 그게 사실이고 가능하다 하더라도(나는 얼마든지 믿을 수 있다) 사소한 일로 수호천사(혹은 수호천사들)를 번거롭게 할 수는 없다고 생각했던 모양이다. 내가 무슨 자격으로?

영성을 소재로 글을 쓰면서 정작 종교는 없다는 게 나라는 사람의 아이러니이다. 게다가 진리에 대한 확신도 없다. 오히려 세상에 대한 의심으로 가득 차 있다.

파트리시아가 샤토루역에서 내리는 모습을 물끄러미 바라봤다. 그 작은 기적을 지켜본 사람은 그녀의 홍보 담당자와 나뿐이었다.

그 이후로 여러 번 파트리시아를 다시 만났다. 그녀는 집나즈 극장에서 한 강연 겸 공연에 나를 불러 『타나토노트』 얘기를 해달라고 했다. 나 또한 같은 극장에서 한 강연에 그녀를 초청했다. 그녀는 자신이 겪은 재밌는 에피소드들을 관객들에게 들려줬다. 오래된 성을 사서 새로 주인이 된 산 사람들과 성을 떠도는 혼령들의 관계를 중재한 얘기는 무척 인상적이었다.

「알아보면 주인보다 유령이 성에 먼저 살고 있었던 경우가 더 많아요. 그래서 나는 성의 새 주인에게, 돈을 내고 성을 샀다고 해서 그곳에 대해 절대적인 권리를 갖게 되는 건 아니라고 얘기해 줘요. 난처한 일을 당하기 싫으면 그곳을 먼저 점유하고 있던 존재와 협상하라고 설득하죠.」

고개가 끄덕여지는 논리였다.

아메리카 원주민들도 비슷한 관점에서 바라볼 수 있다. 스페인의 1세대 콩키스타도르들이 남미 대륙에 도착했을 때 그 땅을 먼저 점유하고 있던 원주민들도 그렇게 생각하지 않았을까. 새로운 정복자들이 아니라 자신들이 그 땅의 주인이라고 생각한 것은 당연한 일이다.

직장 동료들이 자신을 모른 척해 힘들다고 찾아온 사람과의 상담 사례도 흥미로웠다. 파트리시아는 상담자가 가족과 소통이 없으며 식욕이나 수면욕을 전혀 느끼지 않는다는 점을 발견하게 되었다고 한다. 알고 보니 그는…… 죽은 사람이더라는 것이다. 그런 사례는 아주 흔하다고 파트리시아는 말했다. 자신이 여전히 살아 있다고 믿고 찾아온 상담자들에게 이런저런 얘기를 들려줘서 죽었다는 사실을 받아들이도록 한 일이 여러 번 있었단다. 가령 수술이 성공해 살아 있다고 믿는 상대에게 실상은 그 반대라는 걸 깨닫게 해줬다는 것이다.

새벽 2시에 심령체-노부인이 잠옷 차림으로 찾아와 딸과 얘기하고 싶다며 그녀의 잠을 깨웠다는 일화도 있었다. 그런데 그 불쌍한 노인은 딸의 이름은 물론이고 자기 이름조차 모르더라는 것이다. 파트리시아는 자신은 자야 하니 기억이 분명해지면 다시 찾아오라고 말하고 노부인을 돌려보냈다고 한다.

알츠하이머병에 걸린 유령의 존재를 누가 상상이나 할

수 있을까?

그야말로 소설보다 더 소설적인 이야기였다.

파트리시아는 죽은 자들과 산 자들의 세계를 연결해 주는 중개자이자 일종의 외교관인 셈이었다. 그녀는 자신이 하는 일이 제대로 인정받지 못해 힘들다며 고충을 토로했다.

「사람들은 내가 고민을 들어주는 게 당연하다고 생각하고 시도 때도 없이 찾아와 괴롭혀요. 양쪽 세계에서 다 찾아와 불평을 늘어놓으니 어떤 때는 〈민원 처리 담당자〉가 된 듯한 기분도 들어요.」

충분히 그럴 만했다. 영매라는 직업은 보통 힘든 일이 아닐 게 분명하다.

혹시 내 이전 영매인 모니크 파랑 바캉의 소식을 알 수 있냐고 묻자 파트리시아는 그녀가 림보에서 자신들은 살아 있고 우리들은 죽었다고 생각하는 영혼들의 모임을 여러 개 꾸리면서 바쁘게 지낸다고 전했다.

역시 모니크다워.

『죽음』에서 나는 파트리시아 다레와 모니크 파랑 바캉의 캐릭터를 섞어 빛을 뜻하는 뤼시[20]라는 이름을 가진 인물을 만들었다. 뤼시의 성(姓)인 필리피니는 『누벨 옵스』의 전산 업무 담당자였던 파트리크 필리피니에게서 따왔다(내 해고 절차가 진행될 때 파트리크는 프랑수아 슐로세르 못지 않게 힘이 되어 줬다. 그 또한 자신만의 도덕적 잣대를 가진 사람이었다).

그 작품을 통해 작가라는 직업의 이면을 보여 주고 영매

20 〈뤼시 Lucy〉는 〈빛〉을 의미하는 라틴어 〈Lux〉에서 유래한 이름이다.

434

라는 다소 생소한 직업을 독자들에게 알리고 싶었다.

소설은 파격적인 첫 문장으로 시작한다.

〈누가 날 죽였지?〉

이제 서사의 얼개를 짤 차례. 이야기의 주인공인 살인 사건의 희생자는 죽은 상태에서 범인을 잡기 위해 수사를 펼쳐야 한다. 그런 그에게 도움을 줄 수 있는 사람은 단 한 명, 영매 뤼시 필리피니뿐이다. 그녀는 죽은 주인공과 달리 물질에 작용할 수 있을 뿐 아니라 그와의 소통도 가능하니 수사 파트너로서 완벽한 조건을 갖췄다. 글을 쓰다 보니 자연스럽게 나 자신의 죽음 이후와 (내 영혼이 사후에 에테르 형태로 존속한다는 가정하에) 떠돌이 영혼으로서의 존재를 상상하게 되었다.

내 장례식을 머릿속에 그려 본다. 과연 누가 올까?

어떤 부고 기사가 실릴까?

편집인 리샤르 뒤쿠세와 의사 프레데리크 살드만에게서 영감을 얻어 책 속 현실 세계에 각각 그들과 같은 직업을 가진 두 인물을 만들어 냈고, 비가시 세계에는 돌아가신 할아버지 이지도르 베르베르를 모델 삼아 비슷한 인물을 창조했다.

복잡한 요소들이 나중에 가서 퍼즐처럼 하나로 맞춰지는 이야기를 쓰고 싶었다. 짐작할 수 없는 방향으로 이야기를 끌고 가다가 결말에서 뒤통수를 얻어맞은 듯한 기분을, 한 편의 마술을 본 것 같은 기분을 선사하고 싶었다.

추리 소설 작가인 주인공 가브리엘 웰스는 신작 출간을 앞두고 급작스러운 죽음을 맞는다. 그 소설의 제목은 〈천살 인간〉이었다. 죽었다는 사실만 빼면 가브리엘 웰스는 나와 여러모로 닮은 인물이다. 저승에서 비로소 자유로운 발언권을 갖게 된 그는 잘 알려지지 않은 작가들의 실제 삶을 거침없이 들려준다.

『죽음』은 2017년 10월 1일에 출간되었다.

그 소설은 사후에 대한 궁금증과 고민을 담았다는 점에서 넓게 보면 『타나토노트』의 연장선에 있다고도 볼 수 있다. 하지만 (죽은 사람이 자신의 살해범을 찾기 위해 수사를 펼친다는) 설정은 진지한 소재에 유머러스하게 접근할 수 있도록 해줬다.

『죽음』은 언론의 시선을 별로 끌지 못했고 〈고양이〉 3부작만큼 폭넓은 대중의 관심을 받지도 못했지만 나는 꼭 있어야 하는 책을 썼다고 생각한다.

출간을 몇 달 앞두고 여동생이 아버지가 백혈병 진단을 받았다는 사실을 알려 왔었다. 치료가 불가능하다는 판단을 내린 아버지는 병원이 아닌 집에서 남은 시간을 보내고 싶어 했다. 할아버지처럼 마지막을 맞지는 않겠다는 의지가 확고했다.

돌아가시기 전 마지막으로 뵈었을 때 아버지는 걷지 못했을 뿐 아니라 음식을 삼키는 것조차 힘들어할 만큼 쇠약해져 있었다.

「궁금하구나, 베르나르, 난 좋은 아버지였니?」

「더할 나위 없이 좋은 아버지였어요.」

가슴이 저려 왔다.

「아버지는 절대 강요하지 않고 제가 원하는 모습으로 살게 해주셨어요. 그리고 부모가 자식에게 줄 수 있는 가장 큰 선물을 해주셨어요. 저를 믿어 주셨으니까요. 그 신뢰가 얼마나 대단한 건지 잘 알아요. 그래서 저도 아버지처럼 제 자식들에게 똑같은 선물을 해주고 싶어요.」

아버지가 얼굴에 미소를 띠며 고개를 끄덕였다.

그 말이 아버지의 마지막을 조금이라도 편안하게 해드렸을까. 그랬으면 좋겠다.

나는 행운아다. 우리 아버지는 내게 완벽한 아버지였다. 〈다른 생에서 당신과 다시 만나 또 부자의 인연을 맺고 싶습니다〉라고 내가 한 단편에 쓴 말은 결코 빈말이 아니다.

나는 아버지의 마지막 시간이 편안하도록, 아니 많이 힘들지 않도록, 무엇보다 아버지가 고통스럽지 않도록 최선을 다했다.

아버지는 당신의 바람대로 집에서 생을 마감했다. 2017년 10월 16일이었다.

나는 종교인도 신비주의자도 아니다. 하지만 렌 실베르와 모니크 파랑 바캉의 사망 소식을 접했을 때 그랬듯이 아버지 육신의 껍데기가 수명을 다하고 생명이 꺼졌다는 연락을 받는 즉시 눈을 감았다. 그러고서 아버지의 영혼이 마침내 안식을 찾기 위해, 아니 세상에 사랑을 퍼뜨리는 씨앗이 되기 위해 빛을 향해 나아가는 모습을 머릿속에 그렸다.

우연이었을까 필연이었을까. 마침 그날 내 파트너 아멜리의 몸속에 새 생명이 자라고 있다는 것을 알게 되었다.

불과 몇 주밖에 되지 않은 여린 생명의 싹.

우리는 루이스 캐럴의 『이상한 나라의 앨리스』의 주인공처럼 아기를 앨리스라고 부르기로 했다.

나를 잘 아는, 사려 깊은 아멜리는 내 정신적 어머니였던 렌의 이름을 아이의 가운데 이름으로 넣어 추억하는 게 어떻겠냐고 먼저 제안했다.

아버지 장례식 며칠 뒤 마르세유에 가서 TEDx 강연을 했다. 대형 스크린에 아버지의 젊은 시절 사진을 한 장 띄워 놓고 말문을 열었다.

「우리 아버지는 제게 두 가지 유산을 남겼습니다. 하나는 이야기에 대한 열정이고 또 하나는 강직 척추염입니다. 그 열정과 질병이 모두 지금의 저를 만들었습니다. 첫 번째 것이 두 번째 것을 극복하게 해줬죠. 글쓰기는 제게 치유의 힘을 발휘했습니다. 요즘 말하는 〈글쓰기 치료〉 효과죠…….」

몇 달 뒤 앙굴렘에서 신간 사인회를 하는데 한 젊은 여성 독자가 다가와 뜬금없이 말했다.

「나도 『죽음』의 주인공처럼 영매인데, 두 사람한테서 당신에게 보내는 메시지를 받았어요. 이지도르와 프랑수아가 당신이 자랑스럽다고 전해 달라는군요. 그리고 될 수 있는 대로 늦게 만나 함께 뭘 먹자던데, 무슨 음식인지는 정확히 못 알아들었어요. 케이스쿠렌이라던가, 카츠쿠헨이라던가…… 아무튼 난 처음 들어 보는 음식이었어요.」

그건 이디시어로 〈케스쿠흔〉이라는 일종의 치즈케이크라고 영매에게 설명해 줬다. 온 가족이 좋아해 우리 할머니와 어머니가 자주 만들어 줬다고.

순간 타로의 20번 아르카나가 머리에 떠올랐다. 하늘의 심판. 비가시 세계가 산 자들에게 말을 걸어오는 카드. 죽은 자들의 세계와 산 자들의 세계의 소통을 의미하는 카드.

쉰다섯 살, 작가 인생 최대의 난제를 만나다

〈과연 내가 목숨을 살리는 말을 할 수 있을까?〉

보통 2년에 한 번씩 방문하는 한국에서 있었던 일이다. 2016년, 〈제3인류〉 연작 완간 기념으로 한국을 찾았을 때 당혹스러운 일을 경험했다.

한 학교에서 강연을 마치고 연단을 내려오는데 교장이 다가와 간곡한 청이 하나 있다고 했다. 그를 따라 교장실로 가니 한 소녀가 그의 팔걸이의자에 몸을 웅크리고 앉아 울고 있었다. 교장은 죽고 싶다며 자신을 찾아온 학생을 말릴 방법을 찾지 못했다면서, 내게 설득을 부탁했다.

그 자리에는 교장과 학생 외에도 나와 동행하던 통역사와 방송국에서 나온 카메라맨이 있었다.

일단 카메라맨에게 촬영을 중단하고 자리를 비켜 달라고 했다. 그러고는 통역사만 남기고 모두 방에서 나가 달라고 부탁했다.

학생을 설득할 말을 찾아야 했다.

그때가 아마 작가로 살아오면서 겪은 가장 난감하고 힘든 순간이 아니었을까. 어떤 말을 해야 사람 목숨을 살릴 수 있을까. 인도 바라나시에서 내가 들었던 말과 정반대의 말을 학생에게 해줘야 했다.

삶을 포기하려는 이유가 무엇인지부터 물었다. 학생은 곧 있을 시험에서 실패할 게 뻔하다면서, 그 순간을 상상만 해도 견딜 수가 없다고 했다. 시험에 실패하면 좋은 직장을 얻을 수 없고 그것은 인생의 실패를 의미한다고. 가족에게 실망감을 안겨 주는 것도 무섭다면서 학생은 흐느껴 울었다.

학생은 눈물이 가득한 새까만 눈을 크게 뜨고 나를 쳐다봤다.

「제가 죽지 않아야 할 이유를 한 가지만 말해 주세요, 작가님.」

깊게 고민해 대답을 준비할 시간이 없었다.

몇 초 안에 그 학생의 마음을 돌릴 말을 찾아내야만 했다.

일단 숨을 크게 쉬라고 말했다. 상대가 숨을 한 번 깊이 들이쉬는가 싶더니 갑자기 어깨를 들썩이며 흐느꼈다. 호흡이 다시 짧고 불안정하게 변했다. 나는 자크 파도바니한테 배운 호흡법을 떠올리며 복식 호흡법을 설명했다. 숨을 어깨쯤에서 멈추지 말고 배까지 끌어 내리라고 말했다. 결정적인 순간에 〈체조〉 동작을 설명하는 듯한 말을 하자 상대방은 당혹스러운 눈치였다.

나는 들숨보다 날숨이 길게 호흡해 보라고 했다. 학생은 뜨악한 표정을 지으면서도 차마 못 하겠다고는 하지 않았다.

상대의 호흡이 서서히 차분해지기 시작했다. 바로 이때다 싶었다. 그 학생을 지성의 영역에서 감각의 영역으로 끌어오는 게 나의 전략이었다. 자기 몸을 느낄 수 있게 만들어야 했다.

나는 학생에게 숨을 들이쉬었다 내쉬었다 하는 동안 배가 부풀어 올랐다 꺼지는 걸 느껴 보라고 했다. 그러고는 호흡을 최대한 깊고 느리게 해보라고 했다.

학생은 〈지적이고 진지한〉 대화를 기대하고 조바심을 내는 눈치였지만 나는 호흡이 안정된 상태에서 대화를 이어 갈 생각이었다. 호흡을 제대로 하기 시작하자 쥐어뜯는 듯한 단속적인 흐느낌이 멈췄다. 학생에게 허리를 펴고 천장에 달린 실이 머리를 위로 끌어당긴다는 상상을 하며 몸을 꼿꼿이 세워 보라고 했다.

그런 다음 의자에 앉은 자세, 척추의 곡선, 쿵쾅거리는 심장 박동을 느껴 보라고 했다. 이제 앞에 있는 나를 위해 억지로라도 한번 웃어 줄 수 있는지 물었다. 우리가 웃을 때 사용하는 신체 근육이 뇌를 자극해 좋은 호르몬을 분비하게 한다고 설명하자 상대가 마지못해 피식 웃었다. 하지만 내 입에서 얼른 시험과 인생의 성공에 관한 얘기가 나오길 기다리는 눈치였다.

그 학생은 늘 똑같은 말을 들어 오지 않았을까. 잘될 테니 안심하라든가 실패해도 괜찮다든가. 당사자에게는 조금도 도움이 되지 않는 비슷비슷한 위로의 말들.

어떻게든 상대를 지성의 영역 밖으로 끌어내 놓고 해결책을 고민하는 게 좋을 것 같았다.

무슨 음식을 좋아하냐고 물었다. 학생은 시큰둥하게 몇 가지를 나열하면서 눈으로는 어서 진지한 얘기로 넘어가라고 나를 재촉했다.

나는 개의치 않고 뭘 할 때 기분이 가장 좋은지 물었다. 역시나 짧고 건조한 대답이 돌아왔다. 그 학생의 관심은 오로지 공부뿐이었다. 친구도 별로 없고 영화관에도 가지 않는다고 했다. 음식도 맛 때문이 아니라 공부하기 위한 에너지가 필요해서 먹는다고 했다. 악기 연주나 운동 같은 건 공부 시간을 빼앗기 때문에 상상도 할 수 없다고.

복식 호흡을 하면서 내 눈을 똑바로 쳐다보라고 말했다. 하지만 상대는 나와 눈을 맞추지 못했다.

기뻤던 순간들을 머릿속에 떠올려 보라고 했다.

학생이 고개를 가로저었다.

어떻게 해야 상대의 마음을 열 수 있을까.

나는 학생에게 눈을 감고 마음을 편안히 한 상태에서 어릴 때 소풍을 갔던 기억을 떠올리며 그때 숲에서 봤던 것, 귀에 들렸던 소리, 코에 와 닿던 냄새를 되살려 보라고 했다. 오감이 받았던 행복한 자극을 현재로 불러오라고.

「그때 느꼈던 나무껍질의 거친 질감, 흙냄새와 풀 냄새, 새들의 지저귐, 곤충의 울음소리를 나한테 상세히 묘사해 줄 수 있어요?」

아무리 시험이 급박해도 일주일에 한 번은 시간을 내서 수영이나 조깅을 하라고 조언했다. 그게 불가능하면 짬짬이 산책이라도 해야 몸이 암기 말고 다른 걸 할 수 있는 능력이 생긴다고 말해 줬다.

어느새 내 목소리도 나직하고 느려져 있었다. 그게 학생과의 소통을 위한 가장 적합한 어조라고 무의식적으로 판단했던 모양이다.

이제 학생은 억지로 애쓰지 않아도 내 눈을 쳐다볼 수 있게 되었다.

아직 어린 나이에 그런 고통을 겪는 아이가 안쓰러웠다.

어느 순간부터 말이 필요 없어졌다. 내 목소리의 톤과 호흡과 의미심장한 시선의 교환이 말을 대신했다.

나는 정교 교육을 받은 적도 큰 시험에 합격한 적도 없지만 화가로 성공한 유명한 사람들의 사례를 들려줬다.

「네 미래 모습을 상상해 보렴. 멋진 할머니로 늙어 있는 네 모습을 그려 봐. 그 할머니는 지금 이 장면을 어떻게 회상할까. 시험 하나 때문에 자기 목숨을 포기하려는 소녀가 그 할머니 눈에는 어떻게 보일까? 철없는 아이로 비치지 않을까?」

소녀가 킥 웃었다. 나를 위해 예의상 웃어 줬을지도 모르지만 어쨌든 시작이 반이라고 하지 않던가.

방 안에 감돌던 팽팽한 긴장감이 사라졌다.

학생의 얼굴이 환하게 펴져 있었다. 훌쩍임이 멈췄다.

「멋진 할머니로 늙어 이 시절을 회상하면서 그리워해야 하지 않겠어?」

학생이 입을 크게 벌리고 웃었다. 진심으로 웃고 있었다.

자리를 비켜 줬던 교장이 돌아와서는 그 학생이 걱정을 사서 한다면서, 반에서 1등을 할 만큼 우등생이라고 속삭였다.

나는 만남을 기념해 종이에다 개미 그림을 그려 학생에게 건넸다.

학업의 중압감을 견디지 못해 목숨을 끊는 한국 학생들이 있다고 알고 있었는데, 그 소녀를 통해 직접 확인한 셈이었다.

그날 새삼스럽게 말의 무게를 실감했다. 그 묘한 상황에서 혹시라도 내 잘못된 단어 선택이 돌이킬 수 없는 일을 부를까 봐 솔직히 무척 두렵고 떨렸었다.

쉰일곱 살. 체크 앤드 노 메이트

「네 살 때부터 매일 열 게임씩 체스를 둬온 내가 당신을 쉽게 이기는 건 당연하죠.」

세계 체스 챔피언에 올랐고 한때 KGB 책임 요원으로 활동했다는 소문도 있는 아나톨리 카르포프가 내게 했던 말이다.

2018년 3월, 파리 국제 도서 박람회 때의 일이다. 주최 측은 러시아가 명예 초청국이 된 것을 기념해 카르포프가 참가하는 체스 경기를 열기로 하고 프랑스 체스 대회 우승자들과 관심 있는 작가들을 섭외하기 시작했다. 문제는 그런 작가를 찾기가 쉽지 않다는 것이었다.

나 또한 막상 제안을 수락하고 나니 세계 체스 챔피언과 경기를 벌인다는 게 부담스럽게 느껴졌다. 아마추어(〈애정을 갖고 어떤 일을 하는 사람〉이라는 뜻이 담긴 이 단어를 나는 참 좋아한다) 체스 플레이어인 데다 20년 가까이 시합해 보지 않은 내가 그를 상대로 게임을 한다는 건 방울새와 검독수리가 누가 더 빨리 나는지 시합하는 것과 똑같았다.

경기 일자가 다가오자 내가 긴장하는 것을 눈치챈 아멜리가 조언했다. 「어떤 상황에서도 절대 미소를 잃으면 안 돼요. 그것만으로도 상대의 심리를 불안하게 할 수 있어요.」

드디어 결전의 날.

체스 대가와의 한판 대결을 위해 U 자형으로 배치된 테이블 앞에 열두 명의 선수가 모였다. 오른쪽으로 명감독 장 베케르가 보였다. 그는 높은 수준의 경기에 참가한다는 생각에 결의에 차 있는 모습이었다.

주최 측에서 방식을 설명해 줬다.

「카르포프가 테이블을 돌면서 여러분과 차례로 체스를 두게 될 겁니다. 여러분과 한 수씩 주고받고서 옆자리로 이동해 다음 플레이어와 또 경기를 펼치는 식이에요. 마지막 한 명이 남을 때까지 경기가 계속 진행될 겁니다.」

그렇게 한 사람이 열두 명을 동시에 상대하는 체스 경기가 시작되었다.

카르포프의 한 수 한 수는 그저 놀라울 따름이었다.

그는 말들을 전진 배치하거나 중원을 점령하는 체스의 두 가지 기본 전략을 하나도 구사하지 않았다. 카르포프의 말들은 공격적으로 전진하는 대신 서로 움직임을 차단하는 듯한 밀집 포지션을 취했다.

하지만 내가 나이트를 움직여 다가가자 기다렸다는 듯이 방어벽을 작동시켜 내 말을 무력화했다.

주변을 휙 둘러보니 다른 플레이어들도 비슷하게 궁지에 몰린 것 같았다. 대가의 수를 지켜보며 놀라기만 할 뿐 위협적인 한 수를 떠올리지 못해 결국 무너지는 형국.

말들은 서서히, 하지만 속수무책으로 당하고 있었다.

나는 아멜리의 조언을 상기했다. 1) 경험 자체를 즐길 것, 2) 승리를 목적으로 경기에 임하지 말 것.

여기에 나 스스로 덧붙인 원칙 한 가지. 3) 새롭게 펼쳐지는 상황에 재빨리 적응할 것.

오른쪽에 있던 플레이어 하나가 체크메이트를 당해 테이블을 떠나는 모습이 눈에 들어왔다.

휴! 첫 번째 패자가 되지 않은 게 어디야.

두 번째, 이어서 세 번째 플레이어가 테이블을 떠났다.

아홉 명이 남자 카르포프의 손놀림이 한층 빨라졌다. 나는 여전히 게임에 남아 있었다. 어느 순간부턴가 세계 체스 챔피언이 내 앞을 떠나지 않았다. 내가 한 수를 두면 그가 맞받아 한 수를 뒀다. 그가 꼼짝하지 않고 서서 주거니 받거니 하며 나와 수를 교환했다.

아나톨리 카르포프와 대전 중인 베르나르 베르베르.

테이블을 돌지 않고 뭐 하는 거지?

슬쩍 곁눈질로 양옆을 쳐다보니 자리가 텅 비어 있었다. 열한 명의 선수가 게임에서 져 테이블을 다 떠나고 나만 남아 있었다.

〈내려놓기〉 전략이 성공했나.

(대부분 러시아 방송국에서 온) 카메라맨들이 카르포프와 나의 대국을 클로즈업해 찍고 있었다는 사실을 그제야 인지했다.

이기기 위해 하는 게임이 아니니 아무것도 잃을 게 없었다. 느긋한 마음으로 세계 체스 챔피언을 상대로 다음 수를 고민했다.

쉰여섯 살. 지식 전수의 시간

〈다른 사람에게 줄 수 있다는 건 그걸 진정으로 소유했다는 뜻이다.〉

『죽음』을 쓴 뒤로 조급증 같은 게 생겼다. 글쓰기 노하우를 전수해야겠다는 생각이 든 것이다.

언제 심장이 이상을 일으켜 삶을 마감하게 될지 모르니 내가 수십 년간 쌓아 온 노하우를 초보 작가들에게 알려 주고 싶었다.

열일곱 살에 〈개미〉를 쓰기 시작했을 때 누가 옆에서 서사의 얼개는 어떻게 짜는지, 입체감 있는 등장인물은 어떻게 만드는지 가르쳐 줬더라면 시간을 많이 절약할 수 있었을 것이다.

뭔가를 남에게 주는 순간 그것은 진정으로 자신의 것이 되는 법이다.

다양한 실전 과제를 넣어 글쓰기 강의 초안을 짜기 시작했다.

첫 강의는 파리 서쪽 불로뉴 숲에 있는 독특한 식당 샬레 데 질에서 이뤄졌다. 트럼프 카드 한 벌처럼 쉰두 명의 참가자가 모였다.

강의를 놀이처럼 진행하고 싶었던 나는 제일 먼저 참가자들에게 최악의 글감을 골라 보자고 했다. 그들은 투표를 거쳐 면봉, 콧물, 체모, 먼지, 양말, 손톱 등등을 골랐다. 그 소재들을 갖고 몇 가지 형식으로 글을 써보자고 했다.

1) 로맨스

2) 수사물

3) 공포물

4) 코미디

글쓰기 시간은 4분에서 6분으로 제한했고, 참가자들이 글을 쓰는 동안은 주로 영화 음악(「미션 임파서블」, 「스타워즈」, 「반지의 제왕」, 「인셉션」, 「전격 대작전」 등등)을 틀어 상상력에 리듬을 불어넣었다.

나는 수강생들에게 들판을 내달리는 말이 되어 글을 써보라고 했다. 목표가 있어서가 아니라 오직 근육을 움직여 땅을 박차는 행위에서 오는 희열 때문에 질주하는 말이 되어 보라고 했다. 경주에서 이기려는 목표가 아니라 글쓰기 자체의 기쁨만을 생각하라고.

스스로 잘 썼다고 생각하는 다섯 명을 뽑아 다른 수강생들 앞에서 발표하게 했다.

글쓰기가 음악 연주나 운동처럼 즐거운 경험임을 깨닫게 해주려는 목적이었다. 좋은 아이디어만 찾아내면 글은 순식간에 써진다는 걸 참가자들이 체험하게 해주고 싶었다. 학창 시절 국어 선생님이나 철학 선생님이 나쁜 점수를 주면서 했던 지적은 머릿속에서 지워 버려야 한다고, 평가의 공포에서 벗어나 오직 창작의 기쁨만 떠올려야 한다고 말했다.

삶은 놀라움의 연속이다. 첫 번째 강의에서 과감한 상상력을 발휘해 가장 빨리 멋진 이야기를 만들어 낸 주인공은 사지가 없는 스위스 출신의 질 게랑이었다. 그가 팔꿈치로 스마트폰 자판을 두드려 글을 쓰는 광경은 놀라움 그 자체였다. 그런 그의 모습을 보면서 다른 수강생들은 오히려 콤플렉스에서 벗어날 수 있었다. 대작가가 될 재목인 질 게랑이라는 이름을 독자들도 기억해 두시길 바란다.

타로를 이용해 성장 소설식 서사를 짜는 방법에 관해서도 설명했다. 여황제, 여교황, 은둔자, 연인, 매달린 남자……. 카드 속 이미지는 보기만 해도 글 쓰는 이의 상상력을 자극하지 않는가? 카드들은 각각 어떤 상상을 촉발하는가?

우스갯소리, 마술, 대성당의 구조를 활용한 서사 구축에 관해서도 자세히 설명했다.

책 한 권 쓰는 데 걸리는 시간은 딱 30초, 완벽한 아이디어를 찾는 데 드는 시간이라는 점을 여러 번 강조했다. 아이디어라는 씨앗이 아름드리나무로 자라나게 되는 것이라고.

굵직한 글쓰기 원칙들을 설명하고 나서 그것들은 얼마든지 무시해도 좋다고, 하지만 그런 선택은 의식적으로 이뤄져야 한다고 강조했다. 〈책임질 수 있는 실수는 예술적 선택이라 불러도 무방하다〉라는 대원칙을 머리에 새기라고 했다. 특이한 관점으로 글을 써도 좋고, 클라이맥스가 없거나 대화가 없는 글을 써도 좋다. 결말이 없어도 아무 문제가 되지 않는다. 하지만 그런 선택을 한 이유는 알고 써야 한다고 거듭 강조했다.

그들에게 과감하고 독창적인 이야기를 쓰는 것을 주저하지 말라고 부탁했다. 잘 닦인 길에서 벗어나는 게 두려워서, 혹은 사람들이 좋아할 만한 이야기를 쓰고 싶어서 기존 아이디어를 모방하는 것이야말로 최대의 패착임을 명심하라고 했다.

겁을 줘서라도 초보 작가들이 소재 선정에 과감해지도록 하고 싶었다.

자가 출판 플랫폼의 출현이 신진 작가들에게 주는 여러 가능성에 관해서도 장시간 토론했다. 이제 누구나 작가가 되어 인터넷을 통해 대중과 만날 수 있으므로 그 형식을 적극 활용해야 한다는 데 뜻을 모았다.

나는 초보 작가들에게 〈에크리뱅écrivain(writer)〉이 아닌 〈오퇴르auteur(author)〉가 될 것을 주문했다.

어원을 살펴보면 〈에크리뱅〉은 뭔가를 쓰고 기입하는 사람이다. 넓게 보면 공증인이나 회계사도 그 범주에 포함될 수 있다는 말이다. 반면 〈오퇴르〉는 라틴어 동사 〈augere〉에서 파생된 〈auctor〉에서 온 말이다. 〈augere〉는 〈늘리다, 증가시키다, 드높이다〉라는 의미다.

내가 쓴 글이 독자의 의식을 드높일 수 있다면, 고양할 수 있다면, 그것이야말로 대단하고 가슴 벅찬 일 아니겠나.

18번 아르카나: 달

늦대 두 마리가 하늘의 달을 쳐다보며 울부짖는 사이 물속의 가재 한 마리가 수면으로 서서히 떠오르고 있다.

이것은 무의식이 존재를 드러내는 장면이다. 밤에 어둠이 찾아오면 꿈이나 명상, 최면을 매개로 무의식이 표층으로 올라온다. 잊히고 감춰졌던 진실들이 마침내 수면 위로 떠오른다.

쉰일곱 살. 내 다른 존재들

〈지금의 우리 존재는 환생을 거듭하며 시간을 통과하는 영혼의 한 모습일지도 모른다.〉

『죽음』을 출간하고 나서 세 가지 문제에 대한 철학적 고민을 발전시킬 새로운 이야기를 구상하기 시작했다. 〈우리는 누구인가?〉〈우리는 어디서 왔는가?〉〈우리는 어디로 가는가?〉

이번에는 필리프 르루와의 퇴행 최면 경험에서 아이디어를 얻어 역사 교사를 주인공으로 내세운 이야기를 쓰기로 했다.

주인공의 이름은 르네 톨레다노(르네는 〈다시 태어남〉이라는 뜻이다).

르네는 교과서에 나오는 공식 역사는 위정자들의 역사이며 승자들이 자기 입맛에 맞는 역사가에게 돈을 주고 기록하게 한 역사적 해석이라고 믿는다.

〈공식 역사〉라는 이름이 붙은 역사는 사실 단편적이고 편향적인 역사 해석에 불과하다고 그는 확신한다.

우연히 한 공연에서 퇴행 최면에 참여한 르네 톨레다노는 자신의 전생으로 돌아가게 된다.

그 첫 번째 전생 체험에서 르네는 제1차 세계 대전 당시 슈맹 데 담 전투에 참여했던 병사인 자신과 만난다.

하지만 그 만남은 그에게 극심한 정신적 충격과 후유증을 남긴다.

르네는 최면사 오팔을 찾아가 실수를 바로잡아 달라고, 〈문제의 뿌리를 뽑아 달라고〉 요청한다.

그렇게 그는 수차례 전생 체험을 하게 된다.

르네는 왜곡과 변질을 거치지 않은 실제 과거에 접근할 수 있는 방법이 바로 퇴행 최면임을 알게 된다. 시간을 거슬러 올라가는 가장 단순한 방법인 퇴행 최면은 정신의 힘만을 이용해 누구나 할 수 있는 시간 여행이다.

이야기 속에서 나는 퇴행 최면 과정을 다음과 같이 간단히 설명한다.

– 먼저 눈을 감는다.

– 열 칸으로 이뤄진 나선형 계단을 머릿속에 시각화한다.

– 몸과 마음의 긴장을 풀면서 계단을 한 칸 한 칸 내려간다.

– 계단을 내려서면 무의식으로 들어가는 문이 보인다. 그 문의 생김새를 상세히 시각화하며 손잡이를 돌려 문을 연다.

– 이제 전생의 번호가 매겨진 문들이 쭉 늘어선 긴 복도가 나타난다.

– 가보고 싶은 전생을 머릿속에 떠올린다(가급적이면 충격적인 전생보다는 행복했던 전생에 다녀올 것을 권한다. 가령 열렬한 사랑을 했다거나 득도의 경지에 이르렀다거나 위대한 과학적 발견을 했다거나 봉사하는 삶을 살았던 전생으로 돌아가 그 삶의 절정의 순간을 다시 경험하는 것이다). 그 전생에 해당하는 문에서 불이 깜빡깜빡한다. 문 번호를 잘 기억해 놓고 손잡이를 돌려 문을 연다. 이제 안으로 들어간다.

– 처음에는 안개가 자욱해 아무것도 보이지 않는다. 하지만 서서히 안개가 걷히고 제일 먼저 손이 시각화되어 보일 것이다. 손을 보고 세 가지 정보를 추론해 낸다. 성별, 피부

색, 그리고 나이.

  ─지금부터는 발을 시작으로 몸 전체를 시각화한다. 가장 마지막으로 얼굴을 시각화하고 나면 자기 이름과 살고 있는 나라, 그리고 시대를 알게 된다.

  ─마침내 안개가 완전히 걷히면 주변 풍경이 선명하게 드러난다. 이 상태에서 세 가지 정보가 더 추가된다. 지금이 밤인지 낮인지, 실내에 있는지 바깥에 있는지, 그리고 혼자 있는지 다른 사람들과 함께 있는지.

  왜곡되고 잊힌 진실들을 되살린다는 생각으로 글을 쓰는 일은 어느 때보다 즐거웠다. 가령 우리에게 알려진 것과 달리 루이 14세는 무능한 독재자였다. 그는 사치스럽고 방탕한 생활을 한 것은 물론 불필요한 전쟁을 일으켜 국가 재정을 파탄 낸 인물이다. 기독교인을 박해하고 민중의 반란을 잔인하게 유혈 진압 했다. 프랑스 인구의 10퍼센트가 목숨을 잃은 기근 속에서도 아무런 조처를 하지 않았다. 반면 루이 16세는 성군이었다고 나는 생각한다. 기근이 닥치자 그는 굶주린 백성에게 감자를 배부했다. 오래전부터 내려오던 프랑스식 농노제를 없앴고, 세금을 면제해 준 루이 14세와 달리 귀족이 누리던 각종 특권을 폐지했다. 루이 16세는 도로망 구축과 해외 정복에 나섰으며 미국 독립 혁명에도 도움을 줬다. 한마디로 그는 프랑스의 근대화를 이끈 군주였다. 시위 군중을 향한 경찰의 발포를 금지한 사람도 그였다.

  하지만 두 왕은 대조적인 운명을 맞았다. 자신을 〈태양왕〉이라 칭한 루이 14세는 백성의 인기를 누린 반면 프랑스의 근대화에 기여한 루이 16세는 단두대의 이슬로 사라졌다. 역사 교사인 주인공 르네는 이렇게 질문한다. 과연 누가 위정자에 대해 객관적이고 공정한 평가를 내릴 수 있나? 트로이아 전쟁과 갈리아 전쟁도 마찬가지다. 우리가 아는 역사는 침략자인 그리스인과 로마인의 시각에 불과하다.

잊힌 역사를 현재로 다시 불러오다 보니 자연스럽게 이런 상상에 이르렀다. 우리가 〈전생의 자신들〉과 나눈 대화가 혹시 역사의 흐름을 바꿔 놓을 수 있지 않을까?

소설의 분위기에 푹 빠져 지내기 위해 집필하는 동안 수시로 자가 퇴행 최면을 했다.

111번의 전생 중에는 아틀란티스의 치료사, 이집트 하렘의 여인, 일본 사무라이처럼 앞에서 언급한 것들 외에도 내가 잘 몰랐던 흥미로운 전생이 더러 있었다.

대표적으로 14세기 영국에서 궁수로 살았던 전생.

그 전생에서 나는 요즘 식으로 말하면 일종의 자영업자였다. 떠돌이 생활을 하던 나의 돈벌이 수단은 딱 한 가지, 일반 활보다 정확도는 떨어져도 화살이 멀리 날아가는 〈롱보(긴 활)〉였다. 나는 배를 타고 프랑스로 건너가 훗날 백년 전쟁이라는 이름이 붙는 긴 전쟁에서 몇 번의 전투에 참여한다. 최전선에서 싸우지 않다 보니 내가 가진 전투의 기억은 굉음과 동시에 일어나는 먼지구름, 그리고 동료들의 비명이 다였다. 어떤 왕을 위해 싸우는지조차 모른 채 활시위를 당겼다. 얼른 전투가 끝나 돈을 받아 챙기고 다른 전장으로 떠날 궁리만 했다.

궁수인 내게 평화는 공포의 다른 이름이었다. 그것은 일자리가 없어 돈을 벌 수 없다는 뜻이었다.

전장을 찾아다니다 보면 한 마을에서 며칠씩 머무는 일이 생겼다. 그러다 한번은 마을에서 심한 악취도 나고 신변의 위협도 느껴 근처 숲에서 양털 망토를 이불 삼아 덮고 잠을 청했다. 그런데 그만 사달이 나고 말았다. 나처럼 돈벌이를 찾아 나섰다 노상강도가 된 사내들에게 공격당한 것이다.

급작스럽게 찾아온 죽음 앞에서 한 가지 생각을 절절히 했던 기억이 있다. 〈다음 생에는 꼭 글을 읽고 쓸 줄 아는 사람으로 태어나고 싶다.〉

대부분의 전생에서 나는 가난하고 피폐한 삶을 살았다. 끼니 걱정 때문에 정신적 가치의 추구는 불가능에 가까웠다.

여성으로 태어나면 부모가 날 팔아 버리는 경우가 허다했다. 당연히 교육의 기회를 누리지 못했고 직업을 가질 수도 없었다.

그 시절에 여행은 위험천만한 모험이었다. 지금처럼 도로가 발달하지도 않았고 길에서 강도를 만나는 일도 허다했다. 배를 타면 해적을 만났다.

마을에서는 늘 남의 시선을 의식하며 살아야 했다. 내 일거수일투족을 지켜보며 쑥덕거리는 이웃들 때문에 행동이 자유롭지 않았다.

몸을 씻는 일, 특히 비누는 사치였다.

지난 전생들에서는 늘 몸이 가려웠다.

페스트가 세상을 휩쓸고 지나갔을 때의 기억도 남아 있다. 가족과 함께 빗장을 걸어 잠그고 집 안에 머물렀다. 내가 할 수 있는 건 우리 가족에게 불행이 닥치지 않게 해달라고 기도하는 것뿐이었다.

적의 침입을 받아 마을이 포위된 적도 있었다. 창자가 달라붙는 것 같은 그 배고픔의 기억은 현실로 돌아오고 나서도 기억에 한참 남아 있었다.

예전 사람들은 즐길 거리가 별로 없었다.

가끔 열리는 무도회나 중세 서양에서 유행했던 일종의 사우나가 다였다. 요즘 사람들처럼 파티로 스트레스를 풀지 않았던 옛날 사람들에게는 사냥이 중요한 레저 활동이었다.

책이나 음악, 예술 작품 등을 통해 문화를 누리는 계층은 극소수 사제와 교육받은 부자뿐이었다. 옛날에는 어떤 음악이 마음에 들면 곡을 통째로 외우거나 채보했다. 지금처럼 좋아하는 음악을 반복해 들을 방법이 없었기 때문이다.

오늘날의 중산층은 예전의 왕과 황제보다도 편안하고 재미있는 삶을 산다. 우리는 배고픔이라는 걸 모르는 채 건강하고 안전하게 산다. 높은 수준의 교육을 받고 다양한 경험과 여가 생활을 한다. 인터넷을 통한 지식의 대중화 역시 현대인만이 누리는 혜택이다. 요즘 웬만한 고등학생이 인터넷에서 얻을 수 있는 역사와 해부학, 물리학, 수학, 기술 관련 정보가 레오나르도 다빈치의 지식보다 더 많지 않을까.

직전 전생에 나는 러시아 상트페테르부르크에서 의사로 살았던 기억이 있다. 1890년 무렵이었다. 말수 적은 금발의 아내와 그녀처럼 금발인 네 아이들의 가장이었던 나는 한 병원에서 외과 과장으로 일했다. 당시 팔다리를 다친 환자들에게 예외 없이 행해지던 절단을 어떻게든 피해 보려고 애썼던 기억이 난다.

나는 흰 턱수염을 길게 길렀다. 아내가 준비한 저녁 식탁에 앉는 시간이 하루 중 제일 행복했다. 비트 뿌리를 넣어 끓인 보르시와 새콤달콤한 피클을 곁들인 돼지고기 요리를 가장 좋아했다.

가정에서나 직장에서나 나름 성공한 삶을 살았다고 생각했는데 말년이 되자 헛헛하기만 했다. 삶에 더는 전망이 없다고 느껴졌다. 앞으로 어떻게 내 존재의 진화를 이뤄 나갈지 막막했다. 막연히 정신세계가 메말랐다고 느꼈을 뿐 과학자였던 나는 그 결핍감의 원인을 찾아내지 못했다. 상상력이 부족했던 것이다.

그 삶이 끝나는 순간 나는 다시 태어나면 배움의 기회가 많은 직업을 갖고 싶다고 생각했던 것 같다. 내생에는 정신이 풍요로운 삶을 살고 싶었다.

지금의 나는 그 전생이 바라던 삶을 살고 있다. 바로 소설가라는 삶을.

물론 그 모든 것이 꿈일 수도, 내 상상력이 만들어 낸 이야기일 수도 있다는 것을 모르지 않는다. 그것들이 진짜인지 아닌지는 내 육신의 생명이 꺼지고 몇 초 후에 알게 되겠지. 하지만 그때 가서 정말로 아무것도 없다는 게 드러난다 해도, 젠장 그게 다 사실이 아니었어, 죽으면 끝이구나, 허무하게도 아무것도 없어, 하고 의식하진 못할 테지.

사후 세계, 천사, 환생, 전생 체험은 모두 50퍼센트의 확률을 가진 파스칼의 내기의 영역이다. 하지만 그런 개념과 상상 속에 살아야 현재의 삶이 더욱 풍성해지지 않을까. 그래야 더 많은 가능성이 생기지 않을까.

그래서 나는 〈있다〉라는 쪽에 내기를 걸어 보는 것이다.

게다가 전생에 바라던 삶을 사는 중이라는 생각, 그 전생의 바람이 18번 아르카나 속 가재(가제?)[21]처럼 내 무의식에 새겨져 있다는 상상은 그 자체만으로도 흥미롭지 않은가.

내 생일은 9월 18일이다.

나는 현재 파리 18구에 있는 몽마르트르에 산다.

이 책의 집필을 마치는 오늘 날짜는 12월…… 18일이다.

---

21 가재écrevisse와 가제écrit-vice(假題)의 발음이 비슷한 데 착안한 말장난.

21번 아르카나: 세계

알몸의 여인이 월계관 속에서 춤춘다. 그녀를 둘러싼 천사와 독수리, 사자, 말은 각각 공기와 불, 흙, 물을 상징한다.

그녀의 왼손에는 1번 아르카나인 마술사가 든 막대기와 똑같은 막대기가 들려 있다. 이는 사람과 사물의 가치를 정확히 평가하기 위한 측정의 도구다. 그녀가 오른손에 든 주머니에는 알이 하나 들어 있다. 이는 성취를 뜻한다.

그녀는 한 발을 들고 서 있다. 얼핏 매달린 남자 아르카나와 비슷한 자세 같지만 자세히 보면 다르다. 매달린 남자가 어쩔 수 없이 부동자세를 취하고 있다면 그녀는 신나게 춤추고 있다.

미소가 가득한 그녀의 시선은 왼쪽, 다시 말해 과거를 향해 있다. 지난 삶을 다 이해했고 맺힌 매듭을 모두 풀었다는 뜻이다. 이제부터 그녀는 자유로운 존재다.

쉰여덟 살, 대중 앞에 서다

「기억력이 나쁘다 보니 매번 새로운 내용으로 즉흥 공연을 하게 됩니다. 여러분은 세상에 단 한 번밖에 없는 공연을 보시게 되는 겁니다.」

2016년, 지금은 나와 친구 사이가 된 유명 유튜버 파트리크 보(그는 〈아홀로트〉라는 일종의 〈호기심의 방〉을 운영하고 있었는데, 도롱뇽 아홀로틀을 연상케 하는 이름과 로고가 호기심을 자극해 내가 먼저 연락했다)가 자신이 기획한 공연 「라 베예」[22]에 출연해 줄 수 있는지 물었다. 관객이 직접 무대에 올라와 자신이 실제로 겪은 신기한 경험을 15분간 다른 관객들과 나누는 형식이라고 설명했다.

공연장인 트리스탕 베르나르 극장에 도착하자 새로운 이야기 형식에 호기심을 느낀 수백 명의 관객이 객석을 가득 채우고 있었다. 누가 마이크를 잡을지, 무슨 이야기를 할지 모르는 상태에서 다들 기대에 가득 찬 시선으로 무대를 바라보고 있었다.

나는 파트리크에게 열네 살 때 코르시카섬에서 겪은 일을 관객과 나누고 싶다고 했다.

무대에 오르는 순간 한 번도 느껴 보지 못한 긴장감이 밀려왔다. 수백 명의 시선이 일제히 내게 꽂히는 것을 의식하며 말문을 열었다. 자칫하면 비극으로 끝날 뻔했던 사건의 〈놀랍고도〉 〈극적인〉 면을 부각하려고 애썼다. 나는 마치 다른 사람의 일처럼 그 장면을 초연하게 지켜봤던 내 정신

22 La Veillée. 미국의 시인이자 소설가 조지 도스 그린George Dawes Green이 만든 비영리 스토리텔링 단체인 더 모스The Moth에서 아이디어를 얻어 만들어진 공연으로, 무대와 관객(이자 스토리텔러), 그리고 실제 이야기라는 세 가지 요소로 구성된다.

에 관해서도 얘기했다.

그 짧은 이야기를 하는 동안 450명의 관객이 숨죽인 채 귀를 기울였다. 때로는 탄성이, 때로는 탄식이 터졌다. 작가라면 누구나 독자들이 자신의 책에 보일 반응을 궁금해한다. 그들이 책을 잡고 웃는지 우는지, 재밌어하는지 지루해하는지, 하품하다가 중간에 결국 책을 덮는지 알 수 없으니 답답한 노릇이다.

그런데 그날 무대 위에서 눈이 부실 정도로 환한 조명 속에 선 나는 대중의 반응을 실시간으로 확인했다. 내 말 한마디 한 마디에 그들이 어떻게 반응하는지 눈으로 볼 수 있었다. 아무런 준비 없이 그들 앞에서 서스펜스를 창조해 내는 것은 색다르고 특별한 경험이었다.

그때부터 이야기꾼으로서의 내 역할이 혼자 하는 글쓰기에 그쳐서는 안 된다고 생각했다. 대중 앞에 서서 직접 이야기를 들려주기로 했다.

「라 베예」 공연에서 강한 인상을 받은 나는 비슷한 형식의 공연을 만들어 보기로 했다. 그렇게 해서 탄생한 「기상천외한 이야기들과 색다른 경험들」은 일종의 원맨쇼 형식을 띤 공연이었다. 〈기상천외한 이야기들〉은 내 기억에서 끄집어낸 경험담들이고 〈색다른 경험들〉은 『여행의 책』의 연장선에 있는 유도 명상을 가리킨다.

다분히 고독한 글쓰기 작업과 사인회, 강연에 더해 라이브 공연이 그렇게 활동 목록에 추가되었다.

『기억』 출간 뒤부터 유도 최면이 위주인 공연을 펼치기 시작했다. 관객이 〈관광〉하는 기분으로 전생 체험을 할 수 있게 했다. 그때부터는 내 경험담보다 관객을 상대로 하는 유도 명상에 더 초점을 맞췄다.

요즘 그 공연은 〈내면 여행〉이라는 새로운 이름으로 관객과 만나고 있다. 공연을 찾은 관객은 재능 있는 음악가 바네사 프랑쾨르가 무대에서 연주하는 하프 소리를 들으며 최면에 들어간다. 공연이 끝나 갈 때쯤 관객은 〈성공한 미래의 자신〉과 만나게 된다.

그 공연은 〈당신은 누구인가요? 당신이 진정 누구인지 기억할 수 있나요?〉라는 질문으로 시작해 〈우리 이번 생에서 혹은 다음 생에서 조만간 다시 만나요〉라는 인사말로 마무리된다.

공연이 진행되는 동안 관객들은 총 다섯 번의 명상을 하게 된다. 나는 명상이 한 번 끝날 때마다 관객들에게 손을 들게 해 성패 여부를 확인한다. 네 번째 명상에 이르면 대략 70퍼센트가 전생에 다녀왔다고 대답한다. 나머지 10퍼센트는 절반쯤 성공했다고 대답한다. 실패했다고 대답하는 비율은 20퍼센트가량 된다. 그러면 나는 가장 생생한 전생 체험을 한 참가자들을 무대로 불러 올려 그들이 한 일종의 자각몽 체험을 다른 관객들과 공유하게 한다.

작가 발레리 페랭(그녀의 작품 중 특히 『비올레트, 묘지기』와 『일요일의 잊힌 사람들』은 많은 사랑을 받았다)이 무대에 올라와 들려준 전생 이야기는 극적이면서도 디테일이 생생했다. 그녀는 샹베리에서 〈루이즈 드 바랑스〉라는 이름을 가진 장자크 루소의 정부로 살았던 전생에 다녀왔다고 했다. 루이즈 드 바랑스라는 이름은 금시초문이지만, 루소가 자신을 〈엄마〉라고 불렀던 것만은 기억에 강렬히 남아 있다고 했다. 공연이 끝나고서 인터넷을 뒤져 보니 프랑수아즈루이즈 드 바랑스는 실제 인물이었다. 믿기지 않았다. 그녀는 18세기 샹베리에 살았던 장자크 루소의 정부였다.

믿든 믿지 않든(나는 얼마든지 각자의 입장을 존중한다) 짧은 명상을 통해 자신의 전생을 시각화해 보면 삶을 대하는 태도가 달라진다. 지금의 삶이 한 편의 완성된 단막극이 아니라, 아주 오래전에 시작해 우리가 죽고 나서도 계속될 연작 드라마의 한 에피소드에 불과할지 모른다고 생각하게 된다.

이는 존재의 여정과 영혼의 진화를 끊임없이 고민해야 한다는 뜻이다.

2021년 10월에 프랑스에서 출간된 내 서른 번째 소설 『꿀벌의 예언』에는 그런 고민이 담겨 있다.

『기억』의 주인공인 역사 교사 르네 톨레다노가 다시 등장해 이야기를 끌고 나간다. 그는 『기억』에서처럼 퇴행 최면만 하는 게 아니라 〈선행 최면〉을 통해 미래의 자신을 만난다. 지하실로 내려가 지나간 삶들을 만나는 데 그치지 않고 다락방으로 올라가 미래의 삶들과 마주하게 된다.

르네는 아인슈타인의 예언처럼 30년 뒤에 꿀벌이 멸종하고 인류가 파멸할 위기에 처한다는 사실을 알게 된다. 그런데 〈미래의 자신〉이 그에게 인류를 위기에서 구해 줄 비밀 메시지가 하나 있다고 알려 준다. 그 메시지는 파라오 이크나톤부터 시작해 그리스 철학자 소크라테스를 거쳐 중세 성전 기사단까지 전해졌는데, 성전 기사단은 그 정신적 메시지의 결정적 매개 역할을 했다고도 말한다.

그 메시지는 1100년 한 십자군 병사가 예루살렘에서 쓴

『꿀벌의 예언』이라는 예언서에 들어 있다. 미래의 르네에 따르면 예언서의 마지막 챕터에는 최후의 꿀벌을 다시 살려 내 생태계의 다양성을 회복하고 인류 문명을 파멸에서 구할 방법이 적혀 있다고 한다. 인류가 꿀벌의 벌집 도시에서 아이디어를 얻어 자연과 조화를 이루는 새로운 문명을 건설할 방법 또한 거기에 나와 있으니 그 책을 찾아야 한다는 것이다.

2021년 5월, 그 무렵이면 보통 집필을 마무리하는 시기인데 뭔가 이야기의 아귀가 맞지 않는다는 생각이 들기 시작했다. 당황스러웠다. 독자들을 숨죽이게 만드는 능력을 이제 상실한 건가. 또 한 번의 가면 증후군이 찾아온 것이다. 그러다 문득 문제의 노란 테니스공 하나가 빠져 있다는 사실을 깨달았다. 여러 개의 객차를 붙여만 놓았지 그것들을 앞에서 끌어 줄 강력한 기관차를 만들어 내지 못한 것이다. 순간 다 포기하고 싶었다. 그때 아멜리가 그런 의심과 불안감은 내가 매년 비슷한 시기에 반복적으로 겪는 것이라고 말해 줬다. 그 극심한 공포가 창작 과정의 일부라는 것을 인정하고 나니 그제야 조금 마음이 놓였다.

나는 여전히 내 직업에 대한 확신이 없다. 새 책을 쓸 때마다 극도의 부담과 위험을 느낀다.

처음부터 다시 시작하는 마음으로 서사를 새로 짠 다음 글을 써서 버전 L을 완성했다. 새 버전에는 독자가 긴장을 늦출 수 없게 하는, 눈에 띄는 노란 테니스공 하나가 들어갔다.

그제야 기관차가 기적을 울리며 덜컹거리기 시작했고 뒤에 연결된 객차들이 따라 움직였다.

의심과 당혹감과 도저히 마침표를 못 찍을 것 같은 자신감의 결여는 창작 과정의 일부다. 위기에 봉착했을 때 작가가 할 수 있는 일은 단 한 가지, 포기하지 않고 새로 시작하는 마음으로 작품을 완성해 내는 것뿐이다. 독자들이 쉬지 않고 책장을 넘기다 마지막에 〈와우〉 하는 탄성과 함께 책을 덮게 할 강력한 엔진을 찾아내는 것뿐이다.

노란 테니스공 하나를 이야기 속에 넣는 것, 그게 단 하나의 비결이라면 비결이다.

마무리하며

2021년 12월, 『꿀벌의 예언』을 막 출간하고 나서 2022년에 낼 새 소설(개인과 집단의 개념을 국제 정치와 연결해 대비하며 써 내려간 작품)의 얼개를 짜고 있을 때 우연히 헨리 제임스의 단편소설 「융단 속의 무늬」(1896년에 발표된 작품으로 그의 단편집에 실려 있다)를 읽었다. 기자이자 문학 비평가인 화자는 유명 작가인 휴 베레커와 얘기를 나누다 놀라운 이야기를 듣게 된다. 아무리 자신의 책을 다 읽고 이해했다고 믿으며 비평을 쓴 평론가일지라도 중요한 사실 한 가지는 필연적으로 놓칠 수밖에 없다고 작가는 말한다. 그러면서 그것을 〈융단 속에 감춰진 무늬〉에 비유하며 자신의 〈비밀〉이라고 한다. 그때부터 화자는 그 비밀을 알아내기 위해 혈안이 된다. 베레커의 작품을 관통하는 〈융단 속에 감춰진 무늬〉에 호기심을 느낀 화자의 친구 두 명 역시 그 지적 탐구에 동참하게 된다.

인도에까지 가서 조사를 벌이던 두 친구 중 하나가 어느 날 화자에게 〈유레카!〉라고 적힌 전보를 보내온다. 〈융단 속에 감춰진 무늬〉를 드디어 찾았다는 것이다. 〈해냈어, 내가 찾아냈어. 거대하면서도 단순한 것이었어. 그걸 알아내는 과정은 그야말로 대단한 경험이었어. 네가 여기로 오면 자초지종을 다 설명해 줄게.〉 하지만 그 친구는 화자에게 발견한 진실을 알려 주기도 전에 죽음을 맞는다.

읽다 보니 노란 테니스공 얘기가 헨리 제임스가 쓴 이 단편에서 유래한 것인지도 모르겠다는 생각이 들었다.

어쨌든 숫자 30과 깊은 인연(30년 동안 서른 개 언어로 번역되며 3천만, 즉 30 곱하기 1백만 독자에게 읽힌 서른 권의 소설)을 맺게 된 지금, 내 작품 세계의 피라미드를 이루는 그 서른 장의 벽돌 속에 하나의 〈융단 속의 무늬〉가 들어 있음을 고백한다.

궁금해할 독자들에게 몇 가지 단서를 귀띔해 주자면, 병정개미 103683호의 숫자, 파피용호에 탑승한 승객의 수, 그리고 당연히 등장인물들의 성(姓)이 그것이다. 〈나의〉 철학의 돌을 구성하는 재료들. 어때요? 소설 서른 권 속에 감춰진 노란 테니스공을 찾아낼 수 있겠어요?

예순 살. 에필로그

모든 것은 기억이다.

지금 여든다섯 살인 어머니 셀린은 기억을 송두리째 잃어버렸다. 나 또한 모든 기억이 사라질지 모른다는 공포에 시달린다. 필립 K. 딕이 쓴 『안드로이드는 전기양의 꿈을 꾸는가?』의 주인공이 한 말처럼 〈눈물이 빗물에 섞이듯 이 모든 순간이 시간 속에 희석될까 봐〉 두렵다.

그동안 내가 독자들에게 들려준 수많은 이야기가 벌써

서서히 사라지고 있다는 생각마저 든다. 그래서 그토록 독자들과 이야기를 나누고 싶었나 보다.

『더 키드 스테이스 인 더 픽처 *The Kid Stays in the Picture*』에서 로버트 에번스는 이렇게 썼다.

〈어떤 이야기에나 세 개의 버전이 존재한다.

당신의 버전.

나의 버전.

그리고 진짜 버전.

그 어느 것도 거짓말이 아니다.

단지 우리가 공유하는 기억이 각자에게 다를 뿐이다.〉

지금까지 독자들에게 들려준 이야기가, 내가 겪었다고 믿는 일들의 한 가지 해석에 불과할 수 있다는 것을 모르지 않는다. 어떤 이야기든 화자의 입을 거치면서 변형된다는 것도 모르지 않는다. 그럼에도 내 기억에 최대한 충실하게 이야기를 들려주려고 애썼다. 어떤 이야기를 변형하거나 잘못 해석했을 수 있다는 가능성 또한 당연히 인정한다.

나는 바보 카드와 함께 다시 출발점에 섰다. 그것은 삶이라는 여정의 앞과 뒤에 위치하는 카드다. 모든 것을 이룬 지금, 나는 봇짐을 어깨에 메고 수시로 엉덩이를 할퀴어 나를 깨어 있게 해주는 고양이 한 마리와 함께 다시 길을 떠난다.

조나탕이 출발점에 나와 나란히 서 있다. 스물일곱 살인 아들이 바통을 이어받을 준비를 하고 있다. 공학을 전공하고 시나리오 작가로 일했던 아들은 마술과 이야기에 이끌려 2020년에 첫 소설『심령들이 잠들지 않는 그곳에서』를 출간했다. 미국을 배경으로 젊은 여성 마술사가 사건을 풀어 가는 추리 소설 형식을 띤 그 이야기에는 19세기 중후반 심령술 유행을 일으킨 실제 인물들인 폭스 자매가 등장한다. 조나탕은 이미 소설 쓰기가 지닌 도구로서의 위력을 이해한 것 같다. 글쓰기가 생계의 수단을 넘어 삶의 의미를 고민하는 하나의 방식이라는 것을 깨달아 가고 있는 듯하다. 나는 서스펜스를 창조하는 시계공 같은 소설가의 일에 관해 아들과 틈틈이 얘기를 나눈다. 서사의 완성도를 높일 방법을 함께 고민하고, 빠르고 강렬한 이야기 전개 방식에 관해서도 의견을 주고받는다. 어떻게 하면 효과적인 서스펜스 메커니즘을 만들어 낼지, 어떻게 하면 놀라운 결말을 만들어 낼지 진지하고도 양보 없는 토론을 벌인다.

아들은 내게 만족하지 말고 한 단계 더 나아갈 것을 주문한다.

「지금도 좋지만 난 아빠가 더 잘 쓸 수 있다고 믿어요. 다시 써보세요.」

아들이 이런 말을 서슴지 않고 할 수 있는 건 그렇게 키워서인지도 모른다. 나 역시 아들에게 똑같은 조언을 아무렇지 않게 해준다. 우리 누구에게나 더 발전할 가능성이 있지 않은가. 내 직업은 나이 제한이 없어서 좋다. 내 은퇴 나이는 오로지 독자만 정할 수 있다.

글을 쓸 힘이 있는 한, 내 책을 읽어 줄 독자가 존재하는 한, 그리고 (어머니가 겪었던 이 병은 집안 내력이긴 하지만) 알츠하이머병에 걸리지 않는 한 계속 쓸 생각이다. 내 삶의 소설이 결말에 이르러 이 책의 첫 문장처럼 〈다 끝났어, 넌 죽은 목숨이야〉 하고 끝을 알려 줄 때까지.

얼마 전 둘째 아들인 아홉 살짜리 뱅자맹이 이렇게 말

했다.

「아빠, 죽고 나면 어떻게 되는지 알았어요. 지금 삶을 처음부터 똑같이 다시 살게 된대요.」

다시 살게 된다면? 나는 여전히 같은 선택을 할 것이다. 그동안 내가 만난 장애물들이 나라는 존재에 대해 알려 주고 장단점을 깨닫게 해줬기 때문이다.

아무도 원망하지 않는다. 우리 각자는 남과 다른 자신만의 길을 간다. 우리 모두가 자신을 주인공이라 여기고 자기 관점이 옳다고 믿는 건 지극히 당연하다. 이 책에서 나는 지금까지 살아오는 동안 나를 놀라게 한 삶의 경험을 가감 없이 이야기했다. 물론 판단하기보다 이해하려고 애썼다. 마치 소설 속 주인공이 된 것처럼.

우리는 배우고 경험하기 위해 세상에 태어났다. 나는 코트디부아르에서 마냥개미 떼의 여왕개미와 눈을 맞추고, 아소르스 제도에서 흰고래들과 헤엄치고, 레위니옹섬에서 열대 바닷새들과 나란히 하늘을 날 수 있는 삶을 살아 행복했다.

유체 이탈을 하고, 전생을 체험하고, 내 수호천사와 대화했다고 느끼는 행운을 나는 누렸다. 그 경험들의 정밀성은 확신할 수 없다. 그것들은 새로운 가능성과 전망을 열어 준 것으로 충분하다. 게다가 내 소설들의 멋진 소재가 되어 주지 않았나.

보다 소박하게 되짚어 보면, 나는 지금까지 2만 2천 번의 일출을 경험했고 5만 시간 가까이 글을 쓰면서 정신을 통한 세계의 탈출을 만끽했으며 무엇보다 조나탕, 뱅자맹, 알리스, 이 세 아이의 아버지가 되는 행운을 누렸다. 네 살짜리 알리스는 벌써 책과 동물과 지식에 호기심을 보인다.

딱 한 가지 바꾸고 싶은 게 있긴 하다. 삶을 대하는 태도. 다시 할 수만 있다면 삶의 순간순간을 더 음미하면서 감사하는 마음으로 살 것이다.

사랑하는 독자 여러분도 타로의 스물두 개 메이저 아르카나와 맞물려 펼쳐지는 삶의 여정을 이해하려고 애쓰면서 사시길 바랍니다.

끝

마지막 추신: 이 책이 인쇄에 들어가기 직전 어머니의 영혼이 아버지의 영혼을 만나기 위해 육신을 떠나 빛을 향해 하늘로 올라갔다. 엄마, 그동안 정말 감사했어요. 메르시.

옮긴이의 말

한 작가의 작품을 오래 옮기다 보니 몇 가지 비슷한 질문을 반복해서 받게 된다. 작가의 어떤 책을 가장 좋아하는지, 스스로 가장 잘 번역했다고 여기는 작품은 무엇인지. 매번 똑같은 답을 하는 건 아니지만 곰곰이 생각해 보니 조금 더 각별하게 느껴지는 작품들이 있긴 하다. 몇 권 꼽아 보니 대중적 인기도와 꼭 부합하지는 않아서, 책과의 만남은 지극히 사적인 경험임을 다시금 깨닫게 된다.

첫 번째 책은 『타나토노트』. 독자로서 만난 베르베르의 첫 책이자 지금까지도 최고로 꼽는 책이다. 여러 장르에 걸쳐 있는 그의 작품들을 두고 SF다 아니다 장르 문학 독자들 사이에 의견이 분분하다고도 하던데, SF가 낯선 세계의 언어적 묘사라는 데 동의한다면 이 소설은 가장 SF적인 작품임에 틀림이 없다.

두 번째 책은 『파피용』. 역자로서 만난 베르베르의 첫 책이다. 단기간에 번역을 끝내야 했던 데다 새로운 번역자로 〈베르베르 월드〉에 합류하는 부담까지 안고 작업했던 작품이다. 압박감을 느꼈던 나와는 달리, 작가는 첫 장편 영화를 촬영하는 동안 스트레스를 풀기 위해 저녁에 재미 삼아 이 소설을 썼다는 걸 이번에 알게 되었다. 뫼비우스의 삽화까지 힘을 실어 주어 다행히 책은 반응이 좋았다.

세 번째 책은 〈고양이〉 3부작. 가장 즐겁게 번역한 소설들이다. 내게는 남다른 의미가 있는 동물인 고양이가 주인공으로 등장해 좌충우돌하며 펼치는 모험담을 옮기는 일이니 즐겁지 않을 수가 없었다. 60대 남성 작가가 한 살 암고양이를 화자로 내세워 쓴 이야기. 자유분방한 상상력의 소유자인 베르베르가 아니었다면 가능했을까? 나 역시 어느 때보다 자유롭고 과감하게 번역자의 재량을 발휘했다. 주인공인 암고양이 바스테트의 캐릭터 구축이 번역의 관건이라 여겨졌기 때문이다. 그래픽 노블로 재탄생한 3부작 중 첫 번째 책 『베르나르 베르베르의 고양이』를 보니 그림 작가 나이스 캥은 나와는 또 다르게 바스테트를 해석했다는 걸 알 수 있었다.

마지막 책은 『심판』이다. 이 책은 죽음을 소재로 쓰인 한 편의 긴 농담이라 해도 과언이 아니다. 번역에서 가장 어려운 것 중 하나가 농담을 옮기는 일이다. 가독성을 너무 의식하다 보면 유머가 본래의 색깔을 잃고 밋밋해질 위험이 커지고, 원문의 말맛을 지나치게 의식하다 보면 주석을 달아 언어와 문화의 국경을 간단히 뛰어넘고 싶은 유혹에 빠진다. 결국 유머 번역은 〈낯섦〉과 〈수용〉 사이에서 역자가 오묘한 밸런스를 만들어 냄으로써 웃음이 지닌 〈보편성〉을 살리는 게 핵심일 텐데, 그럭저럭 해냈다고 스스로 자부한다. 베르베르에게서 내가 가장 좋아하는 점이 바로 그의 순한 유머다. 톡 쏘는 게 아니라 허허실실로 의표를 찌르는 유머. 이는 그의 작품 세계를 관통하는 낙관주의의 원천이 되기도 한다.

이번 책을 읽으면서 머릿속에 제일 많이 떠올린 단어는 〈수렴convergence〉이었다. 어떻게 한 사람의 인생이 이렇게 오롯이 자신이 쓰고자 하는 글을 중심으로 펼쳐질 수 있을까. 꺾일 법한 위기들 속에서도 이야기꾼의 길을 포기하지 않는 그를 보면서 나는 소설가 베르베르이기 이전에 인생 선배인 인간 베르베르에게 애정과 더불어 존경하는 마음을 품게 되었다.

이번 책의 원제는 〈개미의 회고록〉이다. 『개미』의 작가로 대중에게 인식되는 작가가 개미처럼 써온 지난 30년을 돌아보며 뒤늦게 기록한 일기처럼 읽힌다. 〈일기〉라는 표현을 쓴 것은 그만큼 작가의 숨김없는 자기 고백이 담겨 있기 때문이다. 동시에 이 책은 성공한 작가 베르베르가 초보 작가들에게 건네는 글쓰기 안내서이기도 하다. 작가는 책에서 『개미』를 쓸 때 누군가 옆에서 조언해 주는 사람이 있었더라면 시간을 많이 절약할 수 있었으리라고 아쉬움을 토로한다. 글쓰기에 열정을 느끼는 독자라면 이 책에서 멘토 베르베르를 만날 수 있을 것이다.

작가가 즐겨 쓰는 〈영혼의 가족〉이라는 표현이 있다. 혈연관계가 아니라 비슷한 생각과 가치를 공유함으로써 맺는 인연을 뜻한다. 이미 나는 작가와 그런 관계인지도 모르겠다. 30년 작가 인생을 이 책으로 중간 결산 한 베르나르 베르베르가 봇짐을 메고 다시 출발점에 서 있다. 앞으로의 여정을 함께하며 그를 깨어 있게 만들 고양이 한 마리가 그의 옆에 선다. 나도 그들과 나란히 서서 미래를 바라본다. 베르나르 베르베르는 지금까지 쓴 것보다 앞으로 쓸 것이 더 많은 작가라고 감히 생각한다. 진화를 계속할 그의 작품을 독자들도 기대해 주길 바란다.

2023년 5월
전미연

옮긴이 **전미연** 서울대학교 불어불문학과와 한국외국어대학교 통번역대학원 한불과를 졸업했다. 파리 제3대학 통번역대학원 번역 과정과 오타와 통번역대학원 번역학 박사 과정을 마쳤다. 한국외국어대학교 통번역대학원 겸임 교수를 지냈으며 현재 전문 번역가로 활동 중이다. 옮긴 책으로는 베르나르 베르베르의 『행성』, 『문명』, 『심판』, 『기억』, 『죽음』, 『고양이』, 『잠』, 『제3인류』(공역), 『파피용』, 『상대적이며 절대적인 지식의 백과사전』(공역), 『만화 타나토노트』, 에마뉘엘 카레르의 『리모노프』, 『나 아닌 다른 삶』, 『콧수염』, 『겨울 아이』, 카롤 마르티네즈의 『꿰맨 심장』, 아멜리 노통브의 『두려움과 떨림』, 『배고픔의 자서전』, 『이토록 아름다운 세 살』, 기욤 뮈소의 『당신, 거기 있어 줄래요?』, 『사랑하기 때문에』, 『그 후에』, 『천사의 부름』, 『종이 여자』, 발렝탕 뮈소의 『완벽한 계획』, 다비드 카라의 『새벽의 흔적』, 로맹 사르두의 『최후의 알리바이』, 『크리스마스 1초 전』, 『크리스마스를 구해 줘』, 알렉시 제니 외의 『22세기 세계』(공역) 등이 있다. 〈작은 철학자 시리즈〉를 비롯한 어린이책도 여러 권 번역했다.

베르베르 씨, 오늘은 뭘 쓰세요?

발행일   2023년 5월 30일 초판 1쇄
          2023년 5월 31일 초판 2쇄

지은이   베르나르 베르베르
옮긴이   전미연
발행인   홍예빈 · 홍유진
발행처   주식회사 열린책들

경기도 파주시 문발로 253 파주출판도시
전화 031-955-4000 팩스 031-955-4004
www.openbooks.co.kr